La duchesse et le roturier

Pour toute autorisation, veuillez communiquer avec l'agent autorisé de l'auteur : John C. Goodwin, 4235, avenue de l'Esplanade, Montréal (Québec), Canada H2W 1T1

Maquette de la couverture : Jacques Léveillé

ISBN 2-7609-3067-X

© Copyright Ottawa 1982 par Les Éditions Leméac Inc.
Dépôt légal — Bibliothèque nationale du Québec
3e trimestre 1982

Imprimé au Canada

CHRONIQUES DU PLATEAU MONT-ROYAL / 3

Michel Tremblay

La duchesse et le roturier

LEMÉAC

DU MÊME AUTEUR

Chez le même éditeur

Théâtre

Le cycle des *BELLES-SOEURS*
LES BELLES-SOEURS, 1972
EN PIÈCES DÉTACHÉES, 1970
TROIS PETITS TOURS, 1971
À TOI, POUR TOUJOURS, TA MARIE-LOU, 1971
DEMAIN MATIN, MONTRÉAL M'ATTEND, 1972
HOSANNA suivi de *LA DUCHESSE DE LANGEAIS*,
    1973.
BONJOUR, LÀ, BONJOUR, 1974.
SAINTE CARMEN DE LA MAIN suivi de *SURPRISE !*
    SURPRISE !, 1976.
DAMNÉE MANON, SACRÉE SANDRA, 1977.

Autres

LES HÉROS DE MON ENFANCE, 1976.
L'IMPROMPTU D'OUTREMONT, 1980.
LES ANCIENNES ODEURS, 1981.

Roman

LA GROSSE FEMME D'À CÔTÉ EST ENCEINTE, 1978.
THÉRÈSE ET PIERRETTE À L'ÉCOLE DES SAINTS-
    ANGES, 1980.

Adaptations (théâtre)

LYSISTRATA (d'après Aristophane), en collaboration
    avec André Brassard, 1969.
L'EFFET DES RAYONS GAMMA SUR LES VIEUX-
    GARÇONS (de Paul Zindel), 1970.
ET MADEMOISELLE ROBERGE BOIT UN PEU (de
    Paul Zindel), 1971.
MADEMOISELLE MARGUERITE (de Roberto Athayde),
    1975.

Chez d'autres éditeurs

CONTES POUR BUVEURS ATTARDÉS, Éditions du
    Jour, 1966.
LA CITÉ DANS L'OEUF, Éditions du Jour, 1966.
C'T'À TON TOUR, LAURA CADIEUX, Éditions du
    Jour, 1973.
IL ÉTAIT UNE FOIS DANS L'EST, en collaboration
    avec André Brassard, Éditions de l'Aurore, 1974.

*Pour Michel, qui m'a re-
donné le goût de vivre.*

*Pour Michèle Bernard,
Danielle Ferland et
Denis Maisonneuve, en
toute amitié.*

Merci à Monique Mercure, François Barbeau, Yvon Duhaime, Roger Garceau et Roland Laroche pour leur précieuse aide.

« *Il n'y a pas de mal à être né dans une basse-cour quand on sort d'un œuf de cygne.* »

Hans Christian Andersen
« *Le vilain petit canard* »

« *Si tu continues à te moquer de toi-même, tu pourras bientôt te moquer de tout le monde.* »

H. de Balzac
« *Histoire des Treize* »

Prologue et première partie

Janvier 1947

« *Nous autres, si on va au ciel, on va assister au party de loin, su'l'bout des pieds ou ben donc deboutes sus des chaises, dans nos jupes carreautées pis nos chemises de bûcheron parce que le bon Dieu va avoir honte de nous autres, lui aussi...* »

Les dits de Victoire

Marcel avait collé son nez à la vitre et mis ses deux mains en visière au-dessus de ses yeux. Dehors, il faisait nuit noire mais la neige luisait faiblement, bleutée, diffusant sa propre lumière et tout semblait éclairé par en dessous. Marcel pensa que pour une fois la terre éclairait le ciel et cela le fit sourire. Il regarda longtemps le pauvre petit arbre rabougri qui essayait de survivre dans le carré de terre devant la maison depuis que « les hommes de la ville », comme les appelait Albertine, sa mère, étaient venus le planter en sacrant parce qu'il était trop tard dans la saison ou trop tôt, il ne se rappelait plus très bien. Il avait assisté à toute l'opération,

17

assis dans les marches du bas de l'escalier extérieur, parfaitement immobile, le regard fixe
comme cela lui arrivait de plus en plus souvent,
toute son attention concentrée sur les mains dé-
licates et savantes de ces hommes autrement dé-
pourvus de toute délicatesse et bien inconscients
de leur savoir. Il avait été étonné par le sac de
toile attaché autour des racines qui faisait comme un gros moignon et plus encore par les farces cochonnes que s'échangeaient les hommes
en brassant l'arbre au fond de son trou. Après
leur départ il s'était approché de l'érable (c'était
au mois de mai, il s'en souvenait, maintenant, à
cause des bourgeons bruns qu'il avait frôlés
et qui avaient laissé sur ses mains une trace collante dont il avait eu beaucoup de difficulté à
se débarrasser) et lui avait souhaité la bienvenue, comme ça, tout haut: «J'espère que tu vas
t'être heureux dans not' rue, arbre!», après
l'avoir caressé et un peu embrassé. Marcel aimait
passionnément cet arbre qui disparaissait peu à
peu depuis le début de l'hiver sous le banc de
neige que les souffleuses, occupées à déblayer
les artères de Montréal plus importantes que la
rue Fabre, n'avaient pas encore eu le temps de
venir dévorer. Parfois, en revenant de l'école où
il s'était fort ennuyé, Marcel grimpait sur le
banc de neige, dégageait le corset de bois que
les deux mêmes «hommes de la ville» étaient
venus poser autour du tronc, à l'automne, et
disait à son arbre: «Respire, un peu! Tu passe-
ras pas l'hiver!» Chaque soir avant de se coucher, Marcel venait jeter un dernier coup d'œil
à son protégé, sûr de son pouvoir, confiant, plu-

tôt, parce que Marcel n'était jamais sûr de rien.
Quand la vitre était gelée comme ce soir, il
plaquait sa main chaude sur les arabesques de
givre, comme le lui avait montré sa grand-mère ;
la couche de glace fondait aussitôt en grosses
gouttes froides qu'il regardait couler avec
amusement. À neuf ans, Marcel n'en paraissait
que six ou sept tant son corps était resté fluet,
ses traits délicats, ses yeux ingénus. Derrière ce
regard candide, cependant, qui choquait tant
sa mère mais ravissait la grosse femme, sa tante,
qui disait volontiers de lui : « Y a l'air niaiseux,
de même, mais guettez-vous ben quand y va se
décider ! », se cachait une grande malice mal
contrôlée, un débordement de sensations mêlées
à l'instinct qui s'éveille, aux sentiments, aussi,
plus clairs, qui déjà dessinaient la ligne de dé-
marcation entre les différents choix qu'un enfant fait chaque jour, parfois hâtifs, souvent dé-
finitifs. Par exemple, Marcel avait choisi de haïr
l'école dès le premier jour de sa première année
à cause, justement, d'un sentiment sur lequel il
n'aurait pu mettre un nom (il ne savait pas ce
qu'était un nom et ne l'apprendrait jamais de
façon rationnelle) mais qu'il avait ressenti avec
une telle force qu'il en avait lui-même été étonné : mademoiselle Saint-Jean, la maîtresse d'école la plus populaire de l'école Bruchési, avait
voulu le prendre sous sa protection parce qu'elle
se souvenait très bien de Thérèse, sa sœur aînée,
si douée et si têtue, qu'elle avait tant aimée mais
Marcel, qui détestait les comparaisons entre
Thérèse et lui d'abord parce qu'il n'était pas une
fille et ensuite parce que sa sœur s'éloignait de

19

plus en plus de lui depuis quelque temps pour se consacrer à ses amies dont il avait fini par être jaloux, avait aussitôt affiché un souverain mépris pour cette femme courbée et vieillissante qui voulait lui imposer une sollicitude accaparante et sans intérêt. Il avait si bien résisté à tout ce que mademoiselle Saint-Jean représentait (l'école, les devoirs, les leçons, l'arithmétique, le français, la religion) qu'il s'était très vite retrouvé dans ce qu'on appelait « la classe auxiliaire », sorte de perpétuelle maternelle où l'on entassait sans discrimination les surdoués et les sousdoués, les occupant toute la journée à dessiner tout ce qui leur passait par la tête et à découper dans du carton bon marché des « chiens-chiens », des « oua-ouals » ou des « minous ». Marcel n'avait absolument rien appris depuis quatre ans à l'école mais quand on observait la façon qu'il avait de poser son regard sur tout ou les gestes infiniment délicats qu'il esquissait en découpant son carton ou en promenant son pinceau sur la surface lisse du papier on pouvait deviner chez cet enfant qui grandissait si mal une étonnante connaissance des choses, différente, peut-être, mais déjà profondément ancrée en lui et tellement plus spontanée que l'éducation obtuse qu'on lui aurait autrement inculquée. Marcel quitta la fenêtre pour s'approcher du lit de sa grand-mère. Il posa les deux mains sur le matelas à ressort qui gémissait chaque fois que la vieille femme bougeait. Il savait que quelque chose allait arriver ; il l'avait su tout de suite en se réveillant. Cela rôdait déjà dans la chambre, il pouvait le sentir, l'entendre, presque, parce que cela avait aussi une voix. Il pouvait lire cette chose qui allait arriver sur le visage décomposé de Victoire qui semblait lutter dans son sommeil. Il se pencha tout près du profil de sa grand-mère. Il fit le tour du front, du nez, des yeux, avec le bout de son doigt; il redessina chaque trait, chaque ride, sérieusement, le front plissé et ce qu'il dessinait était beau, mais grave. «C'est-tu à soir, grand-moman?» Victoire sursauta comme si elle l'avait entendu et une larme glissa du coin de son œil vers son oreille. Marcel écrasa la larme. «C'est à soir.» Ses épaules d'enfant frêle s'affaissèrent un peu; il sembla vieillir tout d'un coup. «Laisse-moé pas tu-seul, grand-moman. J's'rai pas capable.» Après un bien long moment où l'envie de s'étendre et de dormir à côté de sa grand-mère fut très forte, peut-être pour la réchauffer, peut-être pour l'obliger à l'emmener avec elle parce qu'il était convaincu qu'elle allait s'envoler, il se redressa et retourna s'asseoir sur le lit pliant hérité de son frère Richard. (Depuis le début de ses études classiques, Richard était pensionnaire au collège Sainte-Marie; on ne le voyait que les fins de semaine, plus distant que jamais, arborant même une arrogance nouvelle qui mettait la maisonnée mal à l'aise, parlant latin à table et reprenant tout le monde sur un ton hautain: «On dit pas *comtume* de bain, Marcel, on dit *costume* de bain!» ou bien: «Moman, franchement, tu lis Balzac pis tu dis encore *un* banane pis *une* escalier!»; ce à quoi sa mère répondait: «J'lis pas Balzac pour apprendre à parler, Coco, j'lis Balzac pour m'aider à vivre!» Richard avait donc cédé son lit pliant à Marcel qui dormait désormais entre la chambre de sa grand-mère et celle de son oncle Édouard qui se faisait de plus en plus rare et dont on ne commentait même plus les absences prolongées. Richard avait pris la place de Marcel, dans le sofa de la salle à manger et s'en trouvait tout à fait heureux parce qu'il pouvait ainsi se faire croire qu'il avait une chambre à lui qui l'attendait chaque fin de semaine.) Marcel regarda lentement autour de lui. Oui, décidément, quelque chose était là qu'il ne pouvait voir mais qu'il devinait très bien; une présence, froide et cassante, qui flottait et qu'il pouvait respirer: il la sentait entrer par ses narines, envahir ses poumons en fines aiguilles engourdissantes et ressortir par sa bouche pour aller se perdre dans les hauteurs du plafond. Cela l'effrayait tellement qu'il retenait sa respiration le plus longtemps possible. Il s'endormit assis, recroquevillé sur lui-même, les deux mains à plat de chaque côté de ses cuisses; il titubait dans son sommeil et des frissons le prenaient qui secouaient son corps pendant de longues secondes. Il fut réveillé en sursaut par un bruit étouffé qui provenait de l'extérieur. L'escalier avait vibré; quelqu'un venait. Il traversa la chambre, s'approcha de la fenêtre sans regarder du côté de sa grand-mère qui semblait gémir doucement. Le givre s'était reformé sur la vitre; il y colla la main et sentit aussitôt la morsure du froid et la fine pellicule de glace qui fondait. Lorsqu'il risqua un œil dans la loupe d'eau que sa paume avait laissée, la première chose qu'il vit fut que le ciel était redevenu tout blanc. Il allait donc encore neiger! On y voyait comme en plein jour et Marcel n'eut même pas à plisser les yeux pour apercevoir les silhouettes qui grimpaient lentement l'escalier extérieur. Elles avaient revêtu leurs bougrines d'un autre âge et s'étaient coiffées de chapeaux tout à fait étonnants où des oiseaux piquaient de l'aile dans un bouillonnement de point d'esprit, à moins que ce ne fussent des fleurs de soie qui semblaient s'échapper des nœuds de velours qui les retenaient; elles avaient dissimulé leurs mains dans des manchons de chat sauvage dont la fourrure bougeait au moindre souffle et leurs bottes doublées, qui leur faisaient les pieds gros, écrasaient la neige sans ménagement dans un crissement que Marcel s'imaginait plus qu'il ne l'entendait. Quand elles parvinrent à la hauteur de la fenêtre où se tenait Marcel, juste avant d'atteindre le palier, là où l'escalier faisait un coude, elles jetèrent chacune son tour un coup d'œil en direction du petit trou dans la glace. Rose, Violette, Mauve. Et leur mère Florence. Quand il vit qu'elles ne lui souriaient pas, Marcel se rappela de la chose qui rôdait dans la chambre et recula de quelques pas. « C'est pour ça qu'y viennent! » Il tourna la tête en direction de sa grand-mère. Elle respirait plus calmement, la tête un peu abandonnée sur le côté. « Y s'en viennent-tu te chercher, grand-moman? » Il risqua à nouveau un œil dans le petit trou qui déjà se colorait de givre. Elles attendaient sur le balcon, droites et immobiles, sérieuses et même quelque peu contrites aurait-on dit. « Y sonnent pas. Y'oseront

23

pas sonner, ça réveillerait tout le monde, dans' maison... Si j'leur s'ouvre pas la porte, y pourront pas venir chercher grand-moman... » Il se réfugia dans son lit, remonta les couvertures jusqu'à ses yeux. « Allez-vous-en! Allez-vous-en! » Mais il savait qu'il ne leur résisterait pas longtemps. Parce que dans les bras de Florence il avait aperçu une boule de fourrure rayée jaune et noir et deux yeux, jaunes aussi, qui lui avaient souri. « J'peux pas laisser Duplessis geler de même. Y va m'en vouloir. Pis eux autres non plus j'peux pas les laisser attendre. Ça serait pas fin. » Il se releva, ouvrit la porte de la chambre avec mille précautions parce qu'elle produisait la plupart du temps des craquements abominables qui réveillaient toute la maisonnée, se dirigea ensuite vers le portique, contournant l'énorme fournaise à charbon, ombre menaçante, à cette heure, avec son maître tuyau qui se divisait, à sept ou huit pieds du plancher, en un réseau de tuyaux plus petits qui s'étendait sur toute la surface de la maison. Lorsqu'il ouvrit la porte, le froid de janvier s'engouffra dans le portique. Marcel tourna le dos aux visiteuses pour courir vers sa chambre. Duplessis sauta des bras de Florence et se dirigea tout droit vers la fournaise en maugréant. « Y'était temps! Pis dis-nous pas que tu nous avais pas vus, j'ai vu ton œil rond dans le châssis! » Les quatre femmes se glissèrent à leur tour dans le portique puis dans le passage. Marcel revint vers la fournaise, se pencha, enfouit une de ses mains dans la fourrure de Duplessis. « T'es même pas froid, Duplessis, viens pas me faire accroire que t'as gelé! » Duplessis se

24

coucha sur le dos, les pattes repliées, le cou tendu. « Envoye, fouille, j'pense que j'ai une p'tite puce, là, quequ'part dans le bas du corps... » Marcel sourit. « Maudit menteur! Comme si t'avais besoin de puces pour que j'te caresse! » Rose, Violette, Mauve et Florence, leur mère, les avaient dépassés dans un froissement de jupes longues et étaient entrées dans la chambre de Victoire. Marcel se pencha un peu plus vers Duplessis. « Y s'en viennent-tu la chercher? » Duplessis se remit aussitôt sur ses pattes. « Ah! oui, c'est vrai... Viens, Marcel, c'est à soir que l'âme de ta grand-mère va s'envoler. » Les quatre femmes enlevèrent lentement gants, chapeaux, bougrines, Florence avec des gestes plus précis que ses filles qui regardaient autour d'elles avec une pointe de curiosité. « J'arais pas pensé que c'tait si p'tit, moman. » « Une chance qu'Édouard est pas là... » « Les manteaux, on les pose-tu sur le lit de Richard? » Marcel tapota son oreiller et étendit sa couverture de laine. « C'est pus le lit de Richard, c'est le mien, à c't'heure... » Lorsque les vêtements furent déposés sur le lit pliant, Marcel pensa que quatre femmes avaient l'air de dormir en travers de son matelas et il fit la grimace. Florence et ses trois filles s'étaient approchées du lit de Victoire. Duplessis était déjà installé à côté de la vieille femme, le menton posé sur l'épaule de la moribonde, les yeux fixés sur son visage où pouvaient se lire la douleur ou la peur autant qu'une espèce de soumission mêlée de soulagement. Marcel s'approcha à son tour, passa entre Violette et Mauve qui avaient baissé la tête et

25

grimpa sur le lit. «Vous m'avez déjà dit que quand on meurt notre âme s'envole au ciel. C'est ça qui va arriver, là?» Il se pencha sur le visage de sa grand-mère. «Grand-moman, quand tu vas partir, ouvre les yeux que j'vois c'qui va se passer...» Comme pour lui répondre, Victoire secoua la tête et exhala un petit cri qui fit sursauter Duplessis. «Ça s'en vient.» Duplessis avait tourné la tête en direction de Florence, en parlant. Cette dernière se pencha un peu sur le lit, parcourut le corps de Victoire d'un regard de compassion, acquiesça en direction du chat et reprit sa pose recueillie. Marcel était concentré sur le visage de Victoire qui s'était mis à bouger curieusement, passant de la joie la plus pure à l'effroi le plus profond comme si la vieille femme avait travaillé très fort ou s'était battue pour se frayer un chemin à travers un pays inconnu. Lorsqu'elle forçait trop, du rouge envahissait ses traits et on pouvait entendre sa gorge se nouer, puis, tout de suite après, elle semblait soulagée et soupirait d'un gros soupir de satisfaction comme si elle avait posé une hache après avoir abattu un arbre ou un gros baquet de linge propre qu'il faudrait à présent étendre au soleil pour le faire sécher. À un moment donné elle ouvrit les yeux si brusquement que Marcel recula avec un cri. Elle semblait chercher ses mots et fixait son petit-fils avec un air suppliant. Puis, tout à coup, elle trouva ce qu'elle avait à dire et le dit sur un ton curieusement interrogatif comme si elle n'avait pas compris les mots qui sortaient de sa bouche: «Josaphat, le ciel est rouge? La nuit

s'en vient? C'est la pleine lune, à soir, Josaphat?
Pis t'as oublié ton violon dans le trécarré?» Elle
se redressa dans son lit et Duplessis fila comme
une flèche. Il se réfugia sur le manteau de Florence et se lécha une patte, gravement, avant de
se la passer sur le museau. Marcel s'était appuyé
contre le pied du lit de fer et pleurait doucement. «Tu me fais peur, grand-moman! T'as les
yeux ouverts pis tu m'appelles Josaphat!» Et
cela arriva si vite que lorsque Marcel le réalisa
il était déjà trop tard. Victoire ferma les yeux,
prit une grande respiration et murmura dans un
sourire si doux que la chambre en sembla illu-
minée pendant quelques secondes: «J't'aime tellement que le pays a l'air plus p'tit! Y a pus de
distance, Josaphat! J'vas t'être à Montréal mais
j'vas transporter Duhamel dans mon cœur!»
Elle replia ses bras sur elle comme pour se caresser ou se bercer elle-même, posa le menton dans
le creux de son épaule et mourut assise, rayonnante de bonheur. Marcel se précipita sur elle,
l'entoura de ses bras, farfouillant avec son nez
dans le cou de la vieille femme, scrutant, hu-
mant, visitant les rides et les plis avec ses sourcils, avec sa bouche, posant son oreille sur le
vieux cœur qui ne battait plus. Il ne trouva pas
ce qu'il cherchait et se tourna vers les quatre
femmes qui avaient toujours la tête baissée.
«Vous m'avez menti! J'ai rien vu! J'ai rien vu
pantoute! Son âme s'est pas envolée! Son âme
est restée pognée en dedans!» Duplessis sauta
aussitôt sur le lit et vint se frotter contre Marcel pour l'apaiser mais cela n'eut pour effet que
d'irriter encore plus le petit garçon qui le re-

poussa brutalement. «T'es pareil comme eux autres, Duplessis! Tu me promets des affaires qui arrivent jamais!» Rose, Violette et Mauve s'éloignèrent du lit de Victoire et s'assirent sur leurs manteaux pendant que Florence, leur mère, tendait le bras en direction de Marcel. «Touchez-moé pas!» Florence passa un doigt sur le front de Marcel. «Viens, tu vas comprendre...» Une telle tendresse se lisait dans ses yeux que Marcel se jeta dans ses bras comme il lui arrivait souvent de se réfugier dans ceux de la grosse femme, sa tante, quand il était trop malheureux. Rose, Violette et Mauve levèrent le pied droit en même temps, puis le gauche et un lointain rythme de gigue monta dans la petite chambre, ténu et fragile, frileux, presque, pendant que de la bouche de Florence un air d'un autre âge, une plainte, plutôt, sortait doucement pour planer au-dessus de la cadence syncopée des talons contre le bois franc. Marcel prit Duplessis dans ses bras et s'envola, soulevé par la musique, porté par elle, la chevauchant comme s'il avait fallu la dompter, tourbillonnant dans ce flot sonore qu'il reconnaissait parfaitement mais dont il n'avait jamais soupçonné l'existence. Cela sentait la résine de pin, tout d'un coup, les roses sauvages et l'ours en rut; cela sentait le tabac à pipe pour éloigner les maringouins et la soupe au bœuf qui mijote lentement; la lessive avait été faite et un chien fourrageait dans les draps blancs étendus dans la rosée; on pouvait entendre ses jappements joyeux se mêler à la musique qui devenait de plus en plus présente, au point même où elle se confondait avec les battements du cœur de Marcel qui serrait son chat contre lui, ébahi, pâmé, navré de bonheur. Un vol d'engoulevents passa dans un ciel citron et Marcel cria: «Un mariage d'oiseaux!» en lâchant Duplessis qui se mit à flotter à côté de lui. Une femme pétrissait son pain en chantant et une autre cuisait des tartes qui embaumaient. Rose (ou Violette, ou Mauve) se mit à turluter et des paysages entiers défilèrent devant les yeux de Marcel: des levers de soleil à fendre l'âme, des orages instantanés qui séchaient aussi vite qu'ils étaient venus et des nuits si transparentes qu'on aurait pu décrocher la lune juste en étirant le bras; des tempêtes de neige qui s'abattaient dans des forêts silencieuses ou des inondations qui faisaient fuir la faune et, surtout, des midis immobiles remplis de bruissements de mouches, quand les montagnes vibrent dans la chaleur suffocante et que les paupières deviennent lourdes. Tout cela tournoyait, virevoltait, giguait et Marcel pouvait nommer toutes ces choses par leur nom et même, oui, en se forçant un peu, il aurait pu les chanter. Et lorsque Florence ajouta des mots à son chant un grand vide se fit; Marcel put voir défiler sous ses pieds tout un pan de pays au complet, de Duhamel à Saint-Jérôme, de Papineauville à Saint-André-Avellin et, au loin, brillante comme une menace mais quand même tellement attirante, Montréal avec sa Croix, avec ses croix. Quand la musique cessa, Marcel eut un grand vertige et tendit les bras vers Duplessis. «J'vas tomber!» Il ouvrit les yeux. Rose, Violette et Mauve avaient sorti de leurs vastes manches leur tricot et les aiguilles allaient bon train. Florence passa la main sur le front moite du petit garçon pendant que Duplessis lui léchait doucement le poignet. Marcel regarda sa grand-mère toujours assise dans son lit. Florence lui ferma doucement les yeux comme s'il avait lui-même été la morte. « C'tait ça, son âme ! »

*« V'nez pas me dire qu'une femme
qui gagne sa vie après six heures du
soir est une femme honnête ! »*

Les dits de Victoire

Quand Samarcette paraissait dans son costume de scène qui lui avait coûté si cher (un pantalon de gabardine fraise écrasée, une chemise de satin rouge vif agrémentée de paillettes roses et blanches et des housses à patins du même satin que la chemise) un brouhaha impatient l'accueillait au Théâtre National toujours plein à craquer, en matinée comme en soirée, habituellement suivi de moqueries mi-cruelles, mi-affectueuses dont quelques bribes parvenaient jusqu'à lui lorsqu'une ménagère en vacances pour quelques heures et considérant qu'elle n'avait pas de temps à perdre élevait franchement la voix au milieu des rires étouffés de ses compagnes : « Si y nous fait encore ses samarcettes sur sa p'tite maudite table carrée, j'y casse les deux jambes pis on le reverra pas de sitôt ! À moins

31

d'apprendre à patiner à roulettes sur ses mains!»
ou qu'une nouvelle arrivante, étonnée par les
pantalons serrés et ce qu'ils révélaient s'excla-
mait: «Y avez-vous vu l'anatomie!» ou bien:
«Doux Jésus! Faut-tu s'en confesser?» Samarcette soupirait tout en souriant de toutes ses
dents (The show must go on) mais comment
voulez-vous donner un spectacle un tant soit
peu respectable dans de telles conditions? Même
l'orchestre s'époumonait en vain sous la houle
de commentaires qui se faisaient de plus en plus
forts et de plus en plus cruels. Samarcette traversait l'épreuve bravement, saluant après chaque figure un peu compliquée malgré les quolibets («Salue moins, ton show va-t-être plus
court!», «Arrête de licher le plancher de même,
tu vas te rentrer des écharpes!») et les rires
méchants, enchaînant dans l'indifférence générale des tours d'acrobatie en vérité très quelconques et piètrement exécutés jusqu'à la finale
toujours accueillie avec une joie narquoise parce
qu'on aimait en rire (un homme de c't'âge-là
qui tourne en patins à roulettes sur une p'tite
table de deux pieds par deux pieds, c'est-tu assez niaiseux, rien qu'un peu!) et que cela signi-
fiait que la grande comédie pour laquelle on
était venu allait suivre. Samarcette saluait une
dernière fois en sacrant intérieurement et se jetait en coulisse pour aller aider Mercedes à enfiler ses fameux gants de dentelle blanche ou la
Poune à glisser dans son costume de clown ou
de servante ou de princesse ou de «matante»
des États. En scène Samarcette était une catastrophe; en coulisse c'était une fée précieuse et effi-

32

cace que tout le monde s'arrachait: il aidait les girls dans leurs changements rapides (il lui était même arrivé d'en remplacer une au milieu d'un des plus mémorables fous rires de l'histoire du Théâtre National), se transformait en souffleur pour les acteurs qui manquaient de mémoire ou qui étaient trop fatigués pour improviser comme du monde, il allait même jusqu'à conseiller madame Petrie qui avait pourtant la réputation d'être une femme de goût, enfin bref il avait su se rendre indispensable (les soirs où il fallait vraiment faire vite il ne prenait pas la peine d'enlever son costume et travaillait en patins à roulettes) et sans lui le Théâtre National aurait sûrement flanché. Au Palace, sur la rue Mont-Royal au coin de Parthenais, où Samarcette finissait ses soirées, donnant des spectacles jusqu'à la fermeture quand l'assistance était suffisante, c'était encore pire: on le recevait avec hostilité, on le traitait de tous les noms, on lui lançait de grosses allumettes de bois ou des dix cennes pour qu'il s'enfarge sur la minuscule scène de laquelle il était d'ailleurs tombé d'innombrables fois (ses seuls triomphes) et qu'il abhorrait par-dessus tout. Sur l'affiche du Théâtre National, tout au bas, après le nom de la Poune, celui de madame Petrie, des acteurs, des chanteurs et de Mercedes Benza (toujours de couleur différente, celui-là, et de préférence lilas parce qu'on traitait déjà Mercedes en Grande), on pouvait lire en très petites lettres: Serge Morrissette, acte de nouveauté. Au Palace, à la porte, sous celui de Mercedes qu'il suivait partout comme un petit chien, il avait son portrait jauni et ra-

corni sous lequel on pouvait encore lire: Serge
Morrissette, acrobate. Dans un moment de
conscience particulièrement pénible, un jour
où le public avait été vraiment déchaîné, Serge
Morrissette, alias Samarcette, avait renoncé au
titre d'«acrobate» dont il s'était toujours affublé.
Étonnamment, cela l'avait plutôt soulagé: il savait qu'il n'avait jamais été un bon acrobate et
«acte de nouveauté», après tout, cela pouvait
vouloir dire n'importe quoi. Il continuait donc à
faire n'importe quoi sur les deux scènes qui le
faisaient vivre (chichement), rêvant parfois vaguement d'enlever ses patins pour aller se joindre aux girls qu'il dévorait des yeux lorsqu'elles
déambulaient dans les décors de carton, bien
déshabillées et si à l'aise; mais ces désirs-là, il
les retenait le plus qu'il pouvait: ils couvraient
comme un voile jeté sur des choses honteuses
des désirs auxquels il ne voulait pas penser
parce qu'il ne les comprenait pas. Son train-
train quotidien était donc des plus simples: il
donnait un spectacle en matinée et en soirée au
Théâtre National, se changeait à toute vitesse,
fourrait son costume et ses patins dans une
petite valise, prenait le tramway Papineau et
allait faire un fou de lui au Palace, dans les
odeurs de bière mal digérée et de désirs refou-
lés. Il avait arrêté de parler d'avenir à l'âge de
trente ans et s'amusait même à dire lorsqu'il
était paqueté: «Mon avenir se compte en
nombre de paires de patins à roulettes que j'vas
user avant de me péter la yeule définitivement
pis de finir au refuge Merling.» Rien n'ébran-
lait plus donc sa vie qu'il avait fini par trouver

34

insupportablement monotone. Mais en ce soir du début de janvier 1947, quelque chose planait dans la coulisse du Théâtre National que tous sentaient mais que personne n'aurait pu décrire : c'était comme une impression de gêne, une tension, plutôt, qui s'installait peu à peu dans les loges et faisait frissonner les girls qui cherchaient du regard une fissure dans le plafond ou un bas de porte mal calfeutré. La coulisse habituellement si bruyante (au point même que parfois, au milieu du film qui précédait le spectacle, le public se permettait de lancer des chut! sonores parce qu'on avait de la difficulté à suivre les dialogues entre Raymond Rouleau et Viviane Romance ou entre Pierre Fresnay et Madeleine Robinson) était plongée dans un silence étrange et une inquiétante pénombre d'où ce sentiment de malaise semblait naître. En revenant de souper au Napoléon, il était à peine sept heures et quart, Madame Petrie et Samarcette qui lui donnait le bras en faisant l'important avaient passé par la salle pour voir comment était le public. Il était attentif. Sur l'écran, un train fonçait vers les spectateurs pendant qu'en surimpression Éric von Stroheim hurlait en grimaçant et en balançant un fanal au bout de son bras : « Mathias, arrête le train ! » Madame Petrie s'était penchée vers Samarcette qui avait deux bons pouces de moins qu'elle. « C'est ça, la nouvelle vue ? Va falloir les faire rire après ça ? On a besoin de s'y prendre de bonne heure ! » Ils s'étaient glissés en coulisse le plus discrètement possible. Une femme, dans l'assistance, avait murmuré à sa voisine : « Que c'est qu'y font en-

35

semble, ces deuses-là? Est pas mariée, elle?»
ce à quoi son amie avait répliqué: «Les artistes,
ça se marie rien que pour la forme. Pis un coup
mariés...» L'autre avait haussé les épaules. «Pas
Madame Petrie!» En passant devant la console
du régisseur (un mastodonte de cuivre et de bois
couvert de manettes et de boutons que personne
ne comprenait sauf Tit-homme Belhumeur, le
régisseur maison), madame Petrie avait eu un
frisson et avait remonté son manteau de fourrure. «Dis-moi pas que j'vas avoir une grippe, à
c't'heure! Surtout que mes costumes de c'te
s'maine sont pas c'qu'on pourrait appeler
chauds-chauds-chauds!» Le spectacle qui allait
commencer ce soir-là était intitulé *Est-ce bien
votre fille, madame?* et pendant la finale qui se
passait dans un bal costumé, madame Petrie devait descendre l'escalier vêtue d'une toilette de
sa conception qui allait sûrement faire courir
tout Montréal, du moins l'espérait-on. «Voulez-
vous que j'vous frictionne le dos?» Madame
Petrie avait ouvert la porte de sa loge, s'était
tournée vers Samarcette avec ce balancement
des épaules qui avait fait sa réputation. «Quand
j'voudrai qu'un homme me frictionne le dos,
Samarcette, c'est certainement pas toi que j'irai
chercher!» L'éternel sourire d'admiration que
Samarcette arborait toujours en présence de
madame Petrie se figea quelque peu. Madame
Petrie lui tapota affectueusement l'épaule.
«Va me chercher Mercedes. Pis la bouteille
d'alcool à friction.»

Édouard voudrait hurler. Lui qui avait tant
envie de rire avant d'entrer au Théâtre National,
le voici installé devant un gros mélodrame français qui le ferait brailler en toute autre occasion
parce qu'il aime ces histoires d'hommes trompés
auxquels il s'identifie facilement et volontiers
mais qu'il juge parfaitement ridicules en cette
soirée de janvier neigeuse où il aurait plutôt le
goût de rire des grimaces de Fernandel ou de
s'attendrir sur l'accent inimitable de Milly
Mathis. Il est pourtant un grand admirateur
d'Eric von Stroheim; il l'a vu fumer des cigarettes en plissant les yeux dans d'innombrables
films, parlant aux femmes avec une voix douce
mais si glacée qu'elle faisait frissonner; il l'a vu
discuter avec Pierre Fresnay dans un château fort
où rien ne poussait qu'une petite fleur qu'il dor-
lotait comme un enfant; il l'a vu faire souffrir
Annabella et baiser des mains comme s'il allait
les avaler; mais là, franchement: «Mathias,
arrête le train!» Si le public n'était pas si attentif, si Édouard ne connaissait pas déjà la plupart
des femmes qui l'entourent, madame Ouimet,
juste derrière lui, avec son éternelle odeur d'eau
de Javel, madame Brouillette, la pauvre, qui
marche jusqu'ici une fois par semaine parce
qu'elle n'a pas d'argent pour se payer le tramway, mademoiselle Pinsonneault, enrubannée et
couverte de dentelle de coton, qui ressemble à
une vieille poupée jaunie et qui ne rit ni ne
pleure jamais, se contentant de fixer droit devant elle comme si elle ne comprenait rien à ce

37

qui se passait sur l'écran ou sur la scène, mais
fidèle au poste, tôt arrivée et la dernière à partir;
toutes ces femmes, enfin, qui chaque semaine
viennent puiser ici de quoi pleurer dans un film
français et de quoi rire dans une revue multi-
forme, à mi-chemin entre la revue à grand dé-
ploiement et le spectacle de cabaret, pour
oublier pendant quelques heures le mari morose
et les enfants penchés sur leurs devoirs; s'il
n'avait pas peur de se faire chahuter, donc, par
ce public hypnotisé par le train qui fonce sur lui
et la phrase toujours répétée, Édouard prendrait
une de ces voix qu'il s'est développées depuis
quelques mois et qui font tant rire les femmes, à
l'entracte; il dirait en balançant les épaules:
«C'te vue-là était assez plate que j'avais l'impression d'être dans le coma tellement j'm'en-
nuyais!» Ses amies se tordraient en disant: «On
dirait que c'est ben elle!» Ou bien il ouvrirait
grands les yeux, ferait un large sourire et enton-
nerait «C'est moé la Poune...» au délice de tout
le monde. Mais voilà. Le public est fasciné par
«Mathias, arrête le train!» et Édouard se contente de bayer aux corneilles. «Quand c'est que
ça va finir, pour l'amour...» Tout à l'heure il a
vu madame Petrie traverser la salle au bras de
Samarcette, il a ressenti ce pincement au cœur
qu'il ne sait pas encore s'il l'aime ou s'il le dé-
teste tant les effets en sont inattendus et complexes (parfois il a l'impression qu'il va éclater
de joie; parfois, au contraire, il sent un intolérable abattement l'envahir et il sait que des idées
de meurtre ou de suicide lui viendront), il les
a vus disparaître tous les deux derrière le coin

38

gauche de l'écran pour se rendre en coulisse et il s'est dit, cette fois plutôt du côté de la dépression : « Y commencent un nouveau show à soir; si j'vas les rejoindre tu-suite, j'vas les déranger pis y vont me renvoyer... » Il a donc pris le parti d'essayer de s'intéresser au film mais il reste à peine vingt minutes de projection, on devine déjà qu'Eric von Stroheim va finir sous les roues d'une antique locomotive, que le mot fin va apparaître au milieu d'une boucane compacte. Édouard soupire comme un vieux chien qui va mourir.

« Vous devez ben avoir le plus beau dos de la ville de Montréal, madame Petrie... » Madame Petrie leva le nez de la tasse de café qu'elle savourait lentement, les yeux clos, et regarda Mercedes dans le miroir de sa table à maquillage. « Ôte un peu de sucre de sus tes flatteries, Mercedes, y donnent la diabète! J'veux ben croire que j'ai un beau dos mais y en a d'autres en ville! » Mercedes sourit tout en continuant de masser les chairs blanches et si fermes de madame Petrie avec cet onguent gluant à l'odeur douceâtre qu'elle avait trouvé au fond de la trousse de premiers soins du théâtre. « Vous pensez toujours qu'on vous flatte... » « J'aime mieux me méfier que de me rendre compte qu'on vient de rire de moi! J'te l'ai déjà dit, mais tu veux pas m'écouter : un peu de compliments, ça fait du bien; trop de compliments, ça use la peau! C'est ma mère qui me disait ça quand j'étais p'tite pis que je r'venais de l'école toute croche parce qu'un p'tit gars m'avait couverte de compliments pour avoir un bec... Je l'ai jamais oublié pis ça m'a toujours été utile... Pis tu vois, chus loin d'avoir la peau usée, aujourd'hui... » Mercedes rit franchement et tapota l'épaule de madame Petrie. « J'vas arrêter avant de trop vous user. » « En as-tu mis partout, au moins? Faut que ça pénètre; faut que ça chauffe! » « Ben oui, c'est pas la première fois que j'frotte un dos! » Madame Petrie lui jeta un autre petit regard, mais rapide, celui-là, comme étonné. Elle sortit d'une antique trousse à maquillage qu'elle traînait partout avec elle depuis des années et qui sentait la vieille loge mal nettoyée, un minuscule flacon de vernis à ongles, le secoua quelques secondes puis l'ouvrit avec d'infinies précautions. Quand son maquillage était terminé, juste avant d'enfiler son costume, madame Petrie aimait étaler lentement sur chacun de ses ongles l'épaisse couche de vernis grenat que les hommes trouvaient excitant mais que les femmes étaient au bord de trouver osé tant il rappelait le sang séché. Madame Petrie avait toujours dit que cela la débarrassait de son trac et avait fini par développer une sorte de superstition autour de cette dernière opération avant le spectacle, difficile et délicate quand on est nerveux, qu'on sent le public impatient, surtout un soir de première. Elle se fit un premier doigt dans un silence qu'elle trouvait un peu tendu. Mercedes avait appuyé sa tête au dossier de la chaise qui trônait dans un coin de la loge et regardait droit devant elle, indifférente aux petits regards inquiets que lui jetait son amie. Madame Petrie se mit à fredonner le thème de la revue de la semaine, *Est-ce bien votre fille, madame?*, composé à toute vitesse la veille et dont elle n'arrivait pas à mémoriser le refrain. La chanteuse ne bougeant toujours pas, madame Petrie pivota sur sa chaise au bout de quelques minutes en secouant sa main gauche qu'elle venait juste de terminer. «Des fois, j'ai l'impression que tu regrettes ton ancienne vie, Mercedes. T'ennuies-tu avec nous autres?» Mercedes tourna brusquement la tête vers elle. «Jamais! Pensez jamais ça!» Elle se leva d'un bond avec ce frémissement de tout le corps qui la prenait souvant, en scène, quand elle sentait quelque chose lui échapper, un rythme, un regard admirateur, parfois même une chanson entière quand elle n'était pas assez concentrée, ou, comme maintenant, lorsque se présentait une situation gênante qu'elle n'avait pas prévue et qu'elle n'avait pas su éviter. Elle s'approcha de madame Petrie à nouveau penchée sur la table, cette fois sur sa main droite étalée dans la lumière crue des ampoules électriques. «Madame Petrie... chus-tu une bonne chanteuse?» La question était sortie, toute menue, dans un seul souffle, si fragile qu'un petit sourire narquois se dessina, mais à peine, sur les lèvres de madame Petrie. «C'est toi qui cours après les compliments, à c't'heure?» Mercedes s'accroupit à côté de la chaise de la comédienne qu'elle admirait tant. «Chus sérieuse. C'est une question ben sérieuse.» Madame Petrie la regarda droit dans

41

les yeux et parla sur ce ton impératif qui écor-
chait même quand il se voulait affectueux:
« T'es pas une bonne chanteuse, Mercedes. T'es
une *grande* chanteuse. Mais fais attention. Vas-y
doucement. R'garde c'qui est après arriver à
Alys. » Mercedes tremblait tellement que madame Petrie dut l'aider à se relever et lui prêter
une robe de chambre qu'elle ne portait plus depuis belle lurette et qui traînait au fond de la
penderie. « Si vous saviez... si vous saviez... »
Que de chemin parcouru depuis la maison de
passe de la grosse Petit, sur la rue Ontario;
les Tourist Rooms si déprimants du Plateau
Mont-Royal et le petit appartement de la rue
Fabre, en face du restaurant de Marie-Sylvia,
où elle « faisait » des soldats en permission avec
Betty son amie qui se frayait aujourd'hui un
chemin, elle aussi, et qu'on disait de plus en
plus populaire dans le milieu des affaires et chez
les professionnels, grâce aux soins de Fine
Dumas qui les avait recueillies toutes les deux,
jadis, qui l'avait prise en affection et s'occupait
intensément de sa « carrière »; que de coups de
pied, que de coups de gueule, que d'échecs hu-
miliants dont on croit ne jamais pouvoir se remettre avant les premiers petits succès presque
aussi déprimants que les échecs parce qu'ils
arrivent rarement pour les bonnes raisons.
Mercedes se rappela les chansons apprises à la
hâte parce qu'une chanteuse avait disparu ou
était tombée malade au Palace ou aux Deux Ca-
nards, les accompagnateurs la plupart du temps
saouls au point de s'écraser sur leur clavier, le
public si peu attentif des cabarets, si réfrac-

42

taire, aussi, à une pauvre fille qui essaie de murmurer timidement *Tico Tico* («Je vais maintenant vous interpréter le grand succès d'Alys Robi») ou *Plaisir d'amour* au milieu des rots de bière et des plaisanteries graveleuses. Elle revoyait les folles courses en tramway avec son inséparable Samarcette, ses éternels patins à roulettes suspendus à son épaule et son indécrottable sourire qui donnait parfois envie de le frapper («Souris, un peu, Mercedes!» «Y a pas de quoi sourire, Samarcette! On est à peine sorti de scène pis y faut déjà se garrocher comme des fous pour donner un show que parsonne va regarder ni écouter! C'est déprimant pis c'est pas juste!»); les spectacles absolument absurdes donnés dans un total fou rire; les trous de mémoire et les grimaces de l'acrobate qui faisait tout en coulisse (la coulisse, c'est vite dit: au Palace il fallait se changer dans les toilettes) pour la faire rire. Ici, au Théâtre National, elle ne chantait que trois chansons en solo, dans la première partie, mais le public l'écoutait, l'appréciait et commençait même à l'aimer sérieusement, applaudissant à tout rompre les quatre ou cinq chansons qu'elle faisait vraiment très bien (elle les appelait déjà ses classiques) et écoutant attentivement les nouvelles, qu'il acceptait ou rejetait avec autant de passion. Madame Petrie s'était rassise à sa table de maquillage mais elle avait repoussé le flacon de vernis à ongles. Une telle détresse se lisait dans le visage de Mercedes au lieu de la joie qu'elle s'était attendue à y trouver qu'elle se sentait soudain toute désemparée, elle habituellement si contrôlée et si articulée. Elle prit donc le parti de la brusquerie dans laquelle elle se réfugiait en dernier ressort et qui se révélait presque toujours efficace quand la gentillesse, la douceur, la bienveillance s'étaient avérées inutiles: «T'es pas pour me faire une crise d'épilepsie parce que j't'ai faite un compliment, Mercedes! Pis va pas non plus penser que j'te flatte! C'que j'voulais dire c'est que tu vas devenir une grande chanteuse si tu travailles comme du monde pis si tu vires pas folle au premier succès qui va t'arriver! En attendant, r'tourne dans ta loge, pis prépare-toi, on commence d'une minute à l'autre pis t'as l'air d'un cadavre ambulant! Tu me déranges, là!» Au même moment, trois grands coups furent frappés à la porte de la loge et la tête souriante de la Poune parut, surmontée de son éternel caluron qui lui donnait l'air d'une petite fille espiègle. «La vue est finie, Juliette, on va y aller. As-tu vu Tit-homme? On le charche partout!»

On le retrouva derrière sa console, complètement paqueté, un quarante onces de gin à la main. Vide. La surprise fut telle qu'on ne comprit pas immédiatement l'ampleur de la catastrophe. Tit-homme Belhumeur avait cessé de boire dix ans plus tôt quand la Poune avait accepté de lui donner une dernière chance et de le garder avec elle. Depuis 1937, donc, Tit-homme Belhumeur n'avait pas touché à un seul verre d'alcool et il s'en vantait à quiconque voulait l'entendre : « Pas une goutte ! Pis j'ai même pus le goût ! C'est madame Ouellette qui m'a faite arrêter pis tant que j's'rai avec elle je r'commencerai pas ! » (Comme tout le monde dans la troupe, Tit-homme appelait la directrice du théâtre madame Ouellette plutôt que la Poune qui était le nom du personnage qu'elle jouait tous les soirs devant un public hystérique mais qui, en fin de compte, était assez différent de sa vraie personnalité.) Très grande fut donc la stupéfaction lorsqu'on vit Tit-homme Belhumeur affalé sur le dos, les yeux vagues, une salive épaisse et jaunâtre lui coulant sur le menton, le corps secoué de tremblements. Quelques girls s'étaient mises à hurler, suivies de Rose Ouellette dont la voix rauque parvenait jusqu'aux premiers rangs du parterre. « Je l'savais ! Je l'savais que ça finirait par arriver ! Depuis que sa femme est morte, y'était pus pareil ! J'arais dû y parler, aussi ! » Paul Desmarteaux, un des jeunes comédiens de la troupe, s'était penché sur Tit-homme, avait dénoué sa cravate et détaché le col de sa chemise. « On peut pas le laisser là… » Madame Petrie avait ouvert la porte de sa loge en soupirant. « V'nez l'étendre icitte, j'ai un bon sofa… » Paul Desmarteaux souleva Tit-homme avec une telle facilité qu'il en fut étonné. « Y pèse quasiment rien ! » Des murmures commençaient à monter de la salle lorsque la Poune sursauta comme elle le faisait si souvent en scène, joignant les pieds, soulevant le derrière et portant sa main à son chapeau pour l'empêcher de tomber. « Mon Dieu ! Pis la revue ! » Le brouhaha qui suivit fut l'un des plus mémorables de l'histoire du Théâtre National: dans le noir presque complet (Samarcette avait trouvé le régisseur à l'aide d'une lampe de poche) des cris stridents s'élevèrent; une bousculade monstre se produisit alors que les girls et les boys se jetaient dans la porte de la loge de madame Petrie suivis de Rose Ouellette qui essayait de se frayer un chemin en distribuant claques et coups de pied (elle finit par grimper sur le dos de Samarcette en hurlant: « Donnez-moé-lé que j'l'étrangle! »); Mercedes riait comme une folle, appuyée contre la console du régisseur et le pianiste piochait sur son instrument quelque chose à la limite entre le *Ô Canada* et le *God Save the King* pour couvrir le tout. Sylvie Heppel, une chanteuse classique venue discuter un contrat avec Rose Ouellette qui voulait inclure dans une prochaine revue quelques airs d'opéra, se tenait un peu à l'écart, ahurie. Elle sortit sur le bout des pieds, se jurant bien de ne revenir au Théâtre National qu'en spectatrice. C'est au milieu de cette excitation portée à son paroxysme qu'Édouard fit son entrée.

Le rôle de Tit-homme Belhumeur au Théâtre National était multiple, complexe et crucial. Il était à la fois le régisseur des spectacles, le gardien de la bâtisse (il dormait dans un lit pliant à l'arrière-scène et se faisait à manger dans un réduit à côté des toilettes), l'homme à tout faire de tout un chacun, l'éclairagiste en

titre et à l'occasion un figurant récalcitrant et
figé par le trac dont on adorait se moquer (il
avait un jour fait un bien piètre père Noël qui
n'arrivait pas à sortir un seul « Ho ho ho » et qui
tremblait comme une feuille sous son énorme
poche de cadeaux). Il vivait au Théâtre National
pour le Théâtre National qu'il chérissait comme un poupon et qu'il gardait propre comme un
sou neuf (parce que, bien sûr, il était aussi
l'homme de ménage qu'on entendait bardasser
jusqu'à deux heures du matin, s'indignant devant la saleté de certains spectateurs : « Y en a
encore un qui a pissé dans ses culottes ! », hurlant de joie quand il trouvait un dix cennes
échappé de la poche d'un pauvre bougre qui
avait eu de la misère à payer son entrée et que
la Poune avait trop fait rire, trottinant de satisfaction quand tout était fini). Des semaines pouvaient passer sans que Tit-homme Belhumeur
ne sorte du théâtre et il s'en vantait volontiers :
« En 42, j'ai passé vingt-sept jours enfarmé
icitte sans jamais sortir ! J'savais même pas quel
temps y faisait dewors ! J'avais pas le temps !
Quand chus sorti su'a'rue Sainte-Catherine,
c'tait un deux mai, j'm'en rappellerai toujours,
y faisait tellement beau que j'me sus-tais mis à
brailler comme un enfant ! » Il était donc l'escla-
ve consentant et peut-être heureux du Théâtre
National en général et en particulier de la Poune,
la patronne, à qui il devait son emploi, sa so-
briété durement acquise et son importance (madame Ouellette avait un jour dit : « Le premier
qui touche un cheveu de Tit-homme va avoir
affaire à moé ! »). Ils formaient d'ailleurs à eux

deux un couple des plus étonnants (au burlesque, on aurait dit un « team »), avec ses règles propres que chacun des deux partis suivait d'une façon presque maniaque, ses commandements à demi énoncés par le chef (la Poune) mais parfaitement compris par le serf (Tit-homme), ses ruptures spectaculaires quand madame Ouellette n'était pas contente et qu'elle le laissait savoir, ses réconciliations quand Tit-homme se reprenait et faisait le lendemain trois fois plus que ce qu'on lui avait demandé, ses moments de tendresse un peu brusque (une tape sur les fesses dont la patronne gratifiait son employé en sortant de scène quand tout avait bien été) et ses débordements comiques, habituellement échangés les soirs de première, dans la nervosité générale : « Tit-homme, c'est pas un grelot que t'as à' place du cerveau, c'est une crotte de nez ! » « Madame Ouellette, si j'ai pus de cerveau, c'est parce que vous me l'avez faite chier ! » « T'es ben vulgaire, Tit-homme Belhumeur ! » « C'est parce que j'ai eu un bon professeur, Rose Ouellette ! » Est-il besoin d'ajouter que Tit-homme vénérait la Poune et que cette dernière adorait son régisseur, qu'elle le couvait et qu'elle avait même fini par en faire sa chose ? Une indéfectible complicité s'était tissée entre eux au fil des ans ; un regard ou un petit geste chez la Poune, un froncement de sourcils chez Tit-homme leur suffisaient souvent pour se comprendre, toujours suivis, bien sûr, du petit sourire de connivence qui était leur récompense. La présence de Tit-homme Belhumeur était donc absolument nécessaire au bon déroulement du spectacle (qui d'autre aurait accepté de ramper sur le plancher de la scène pour aller déplacer un récalcitrant bosquet en carton ou redresser un arbre pris dans les rideaux; qui d'autre aurait eu le front de porter à madame Petrie un micro oublié ou un accessoire perdu en faisant semblant que ça faisait partie du show; qui aurait consenti sans discussion à aller risquer sa vie dans les ceintres si peu sécuritaires pour faire descendre sur un paysage d'hiver ou une crèche de Bethléem la neige de papier crêpé qu'il serait ensuite lui-même obligé de balayer entre deux sketches en sacrant mais heureux de se montrer devant un public qui l'envierait de balayer pour la Poune?) et cela explique pourquoi une telle commotion se produisit quand on se rendit compte qu'on n'avait plus de régisseur pour la première du nouveau spectacle. Surtout que, pour une fois, on avait particulièrement soigné les éclairages et que Tit-homme était le seul à comprendre son antique console, imprévisible et pas toujours d'équerre. On n'avait jamais vu madame Ouellette si enragée — pourtant! — mais sous cette rage, sous cette accumulation d'injures qu'elle laissait sortir d'elle comme un vomi qui l'aurait étouffée si elle l'avait retenu, on sentait dix ans de travail détruit, dix ans de patience trompée s'envoler en poussière sans raison apparente, un soir de première, et on pouvait lire dans les yeux de la Poune le désespoir de quelqu'un qui connaît la trahison pour la première fois et qui ne la comprend pas. Madame Petrie lui avait interdit l'accès à sa loge, aussi se tenait-elle devant la porte

49

fermée, bien plantée sur ses jambes, les poings sur les hanches, pour hurler ses bêtises que le public entendait de plus en plus distinctement et qu'il commençait à trouver vraiment très drôles.

Édouard avait vite jugé la situation dramatique (comme il les aimait) et s'était précipité sur Samarcette qui essayait de retenir la Poune. « Que c'est que vous allez faire, Samarcette, le show devrait déjà être commencé ! » Samarcette l'avait repoussé de la main sans même sembler remarquer qui lui parlait tant la colère de la Poune l'inquiétait. Il parlait doucement à l'oreille de sa patronne, espérant la calmer un peu, lui faire comprendre que sa crise était inutile et ridicule mais madame Ouellette, concentrée dans sa rage, n'entendait rien et continuait à hurler des injures sans fin. Édouard s'était donc tourné vers le reste de la troupe massé autour de la console de Tit-homme Belhumeur. « Y faut que quelqu'un fasse quequ'chose ! Vous pouvez pas rester là à rien faire ! Tit-homme est paqueté, ça sert à rien de penser qu'y va pouvoir faire le show... » On l'interrompit avec des huées et des sarcasmes. « Aie, le gros, tu viendras pas nous dire quoi faire icitte, toé ! » « Si t'es venu en coulisse juste pour nous annoncer des affaires qu'on sait déjà, t'es t'aussi ben de retourner dans' salle ! » Édouard avait monté d'un ton pour couvrir les voix. « Allez au moins annoncer que le show va commencer en retard!» «On n'a pas besoin de l'annoncer, épais, y le voyent ben!» «Pis c'est pas à nous autres à annoncer ça, c'est à la directrice de la troupe!» Édouard haussa les épaules d'exaspération. «Tu vois ben que tu peux pas compter sur la directrice de la troupe, maudit gnochon, est après virer folle devant une porte farmée!» Du coup madame Ouellette se tut, se tourna vers Édouard, l'apostropha avec ce qu'il lui restait de voix: «Toé ma maudite grosse plogue, si tu dis encore une fois que chus t'après virer folle devant une porte farmée, j'te fais manger tes propres canneçons, même si y'ont une barre de santé au fond!» Elle passa ensuite à travers le groupe d'acteurs, de chanteurs, de danseurs en distribuant force coups de coude et même quelques coups de pied. «Vous voulez que j'alle leu' dire qu'on est une gang d'amateurs qui sont pas capables de leu' montrer un show qui a du bon sens? Ben m'as aller leu' dire pis y vont avoir assez peur qu'y reviendront pas de sitôt!» Édouard l'arrêta en la retenant par le bras: «J'espère que vous voulez pas aller parler su'a'scène dans c't'état-là, madame Ouellette... Envoyez quelqu'un d'autre... Madame Petrie, par exemple!» Rose Ouellette s'approcha très près d'Édouard, se souleva sur le bout des pieds pour que leurs yeux soient à la même hauteur. «Pour quelqu'un qui fait même pas partie de mon staff, tu te mêles pas mal de c'qui te r'garde pas, hein, Édouard chais-pas-qui? Qui c'est que t'es, toé, pour venir me parler de même? Si on t'endure, icitte, c'est parce que tu t'imagines que t'es l'ami de cœur

51

de Samarcette, pis que Samarcette est ben commode! Ça fait que déguidigne avant que j'attaque ton beau visage de brute épaisse!» Au moment où la Poune allait mettre le pied sur la scène, Édouard sortit son ultime argument. «J'ai une idée pour sauver vot' soirée, madame Ouellette. Donnez-moé cinq minutes. Allez dire à vot' public que toute va commencer dans cinq minutes...» Rose Ouellette revint vers lui, les lèvres pincées, le caluron de travers. «J'te fais confiance, Édouard, mais ça l'a de besoin d'être vrai sinon tu remets pus jamais les pieds icitte!» «Okay, je r'viens tu-suite!» Deux secondes plus tard il avait disparu et la coulisse était de nouveau plongée dans le silence. Et le noir. Rose Ouellette s'appuya contre la console de Tithomme Belhumeur, les bras croisés. «Y doit quand même y en avoir un qui est capable de trouver le piton pour la lumière de la coulisse, jamais j'croirai!»

«Deux chansons, madame Heppel, juste deux pis ça va être correct!» Sylvie Heppel tiraillait l'anse de son sac à main en cuir souple. «Mais chus une chanteuse semi-classique, vous savez!» Un genou sur le tapis de l'allée de gauche, dans la position du soupirant officiel qu'on vient d'éconduire, Édouard était un tantinet ridicule avec son gros ventre qui lui frôlait la cuisse et ses pantalons tendus à en craquer sur ses imposantes jambes. Un homme à genoux de-

52

vant une femme dans une allée de théâtre est
une chose plutôt rare aussi le public profitait-
il largement de ce spectacle gratuit, surtout que
l'autre, le vrai, commençait à tarder sérieusement. Des cous s'étiraient, d'invraisemblables
chapeaux s'agitaient, des fous rires se dissimu-
laient derrière des mains usées par l'eau de vaisselle. « Je le sais que vous êtes une chanteuse
semi-classique, madame Heppel, mais c'est
justement, le monde vont vous écouter... Chantez... j'sais pas, moé... chantez *Le rêve passe*
ou ben donc *Le ver luisant* pis y vont aimer
ça, y connaissent ça! » « J'ai pas mes musiques
pis mon accompagnateur est pas là... » « Le
nôtre connaît toute ça, ces affaires-là, vous le
savez ben, vous le connaissez... Madame Heppel,
j'vous demande deux p'tites chansons, le temps
de me préparer... » Sylvie Heppel regardait
autour d'elle avec un petit air d'oiseau effarou-
ché. Jusque-là elle avait surtout chanté dans
des cabarets chic pour des gens plutôt gentils
qui l'écoutaient poliment, l'applaudissaient poliment et l'oubliaient poliment aussitôt son tour
de chant terminé. Elle avait un peu peur de
ces têtes ébouriffées tournées vers elle et
Édouard, qui jacassaient jusque pendant les
spectacles, lançant tout haut leurs commentaires,
riant souvent là où il ne fallait pas, indisciplinées mais franches et honnêtes et qui n'auraient
sûrement pas peur de le lui faire savoir si par
malheur elles ne l'aimaient pas. Ce que la Poune
lui avait offert un peu plus tôt dans la soirée,
c'était un rôle précis dans une comédie où elle
aurait à jouer une chanteuse d'opéra ridicule en-

tourée des autres membres de la troupe qui sau-
raient lui venir en aide si jamais quelque chose
se produisait mais ce qu'Édouard lui demandait
était tout autre chose : chanter comme ça, en début de spectacle, *avant* le spectacle, uniquement
pour faire patienter le public lui semblait témé-
raire et même dangereux. « Y me connaissent
pas, sont pas habitués à moi... » « Y vont vous
aimer, madame Heppel, chus certain ! J'vous ai
entendue chanter, une fois, au Windsor, pis j'ai
trouvé ça tellement beau que ça se peut pas
qu'y' aiment pas ça eux autres aussi ! » Sylvie
Heppel sourit ; Édouard soupira de soulagement. « V'nez au moins leu' chanter *Summertime*, c'est tellement beau ! » La chanteuse secoua la tête en riant. « Vous savez par où me
prendre, hein... *Summertime*, c'est ma favorite...
Ben 'coudonc, ça s'ra une expérience ! » Édouard
se releva avec une étonnante souplesse pour un
homme de sa corpulence et précéda madame
Heppel en trottinant. Lorsqu'ils revinrent dans
la coulisse enfin éclairée (Paul Desmarteaux
avait trouvé le bon bouton) la Poune se jeta sur
eux avec un air affolé. « Pis ? Où c'est que t'étais,
pour l'amour ! » Édouard s'effaça pour laisser
passer Sylvie Heppel. Il la poussa même un peu
vers la Poune. « Votre amie va chanter quequ'chose pendant que vous allez m'expliquer à
peu près comment éclairer vot' show. » Les yeux
ronds d'incrédulité de la Poune passaient d'un visage à l'autre sans s'attacher à aucun plus qu'une
seconde ou deux. « Comment ça, a' va chanter...
j'comprends pas... On n'a, des chanteuses, on
n'a pas de besoin d'elle... » « Madame Ouellette,

54

j'passe mes grandes soirées en coulisse, à côté de Tit-homme, à le r'garder se garrocher d'un bord pis de l'autre sur sa machine... Y m'arrive même d'y aider... J'sais un p'tit peu comment ça marche. J'vous dis pas que vous allez avoir le show que vous avez préparé mais au moins vous allez avoir un show. Allez sur la scène, là, pis dites qu'une grande chanteuse vous visite pis que vous avez décidé d'y demander de chanter... Dites n'importe quoi, vous êtes capable, vous avez faite ça toute votre vie! Pis pendant qu'a' va chanter vous allez m'expliquer quoi faire pour les décors pis les éclairages... » Édouard poussa la Poune sur la scène et déplaça le levier qui commandait l'éclairage de l'avant-scène. Une clameur s'éleva de la salle et, sûrement pour la première fois de sa vie, Rose Ouellette resta figée quelques secondes. Quand le silence fut revenu, l'introduction de sa chanson fétiche s'éleva de la fosse et la Poune reprit immédiatement son aplomp. Elle fit quelques cabrioles, son célèbre sourire envahit son visage, elle envoya quelques tatas aux femmes des premiers rangs qu'elle aurait pu toutes nommer par leur nom et se lança dans cette chanson thème du Théâtre National que tout le monde connaissait par cœur et qui promettait tant de rires, tant d'oubli: *C'est pas d'ma faute si j'suis v'nue au monde comme ça. C'est pas d'ma faute c'est d'la faute à poupa!*

55

Sylvie Heppel est sourde, muette, aveugle ou, plutôt, elle entend, elle voit et pourrait probablement s'exprimer si on lui posait une question, mais les gens qui l'entourent, ce qui se passe sur la scène, Édouard, aussi, qui commence déjà à fureter autour de la console d'éclairage, les odeurs particulières aux théâtres qu'on retrouve partout dans le monde, son propre corps, même, tout semble déphasé, distordu par rapport à la réalité: elle a l'impression d'évoluer dans un rêve très réaliste tout en vivant une situation différente, parallèle; elle se sent à la fois témoin et actrice d'un événement capital dont l'importance et même la simple pertinence lui échappent. «C'est pas le trac, ça... Le trac, j'connais ça... C'est quoi, d'abord?» Une main s'est posée sur son épaule. Elle a sursauté en portant la main à son cœur. Madame Petrie lui sourit, lui dit quelque chose. Elle ne saisit que quelques bribes par ci, par là: «...ben contente... courageuse... aimer ben ça chus sûre...» Sylvie ouvre de grands yeux suppliants. «Mon Dieu! J'le sais c'que c'est... Chus pas énervée d'aller chanter pour eux autres, j'ai peur!» Elle se tourne à nouveau vers la scène. La Poune ne chante plus. Elle explique quelque chose que Sylvie ne veut pas comprendre. La salle rit. La salle rit! Déjà! Mercedes Benza vient de la prendre par la taille. Sylvie baisse la tête, abattue. «Pourquoi a' y va pas, chanter, elle? Y'a' connaissent! Ah! oui, c'est vrai... Le premier tableau qui se passe dans la neige... Y faut qu'y soyent toutes là...» La Poune ne parle plus. Le public semble applaudir mais très faiblement. La première chose que Sylvie entend distinctement c'est l'introduction de *Summertime*, de Gershwin. Une panique incontrôlable commence à la tirailler à la hauteur du plexus solaire; cela irradie jusqu'à son cœur, jusqu'au creux de ses reins; ses jambes tremblent; elle va sûrement perdre conscience si elle ne meurt pas tout simplement! Soudain tout le monde est derrière elle; elle sent la poigne solide de madame Petrie autour de son bras gauche; des mains la poussent doucement vers la scène où la Poune l'attend les bras tendus et le sourire aux lèvres comme un bourreau particulièrement sadique. En mettant le pied sur la scène, elle pense: «C'est drôle, d'habitude on voit pas le visage du bourreau qui est caché en dessous de sa cagoule...» Elle avance à tous petits pas, comme une vieillarde. L'éclairage est trop fort. Elle fronce les sourcils. Pourquoi la Poune est-elle tordue en deux, comme ça? Et ce n'est que sous la salve des premiers rires qu'elle se rend compte qu'elle a oublié d'enlever son manteau d'hiver et qu'elle tient encore sous son bras son sac à main en cuir.

Dès qu'elle avait entendu Sylvie Heppel lancer la première note de *Summertime*, madame Brouillette avait sauté sur le bord de son siège en passant les bras autour des épaules de madame Ouimet qui était assise juste en face d'elle. Elle avait crié très fort, pour que tout le monde l'entende: « Mon Dieu! On dirait que quelqu'un vient de piler su'a'queue du chat! » Mademoiselle Pinsonneault avait haussé les épaules au milieu du rire général. Sur la scène la chanteuse avait d'abord hésité puis, le rire se prolongeant vraiment trop longtemps, elle s'était tue. Elle avait patiemment attendu que le rire s'éteigne. Pendant ce temps, madame Ouimet s'était tournée vers son amie. « Toé, quand tu parles, Marie-Ange Brouillette, on dirait que quelqu'un vient de donner un coup de pied dans le cul du chien! » Autres rires, applaudissements, quelques sifflets d'admiration. La chanteuse regardait fixement dans la salle, hébétée, confuse, blanche de trac et peut-être même de peur. On était bien loin de l'hôtel Windsor, de ses chandeliers en cuivre, de ses plafonniers en verre taillé et de son public attentif mais constipé! Madame Brouillette avait ouvert son sac, avait sorti une barre de chocolat Nutmilk déjà entamée. « Bon, ben si a' chante pus j'vas toujours ben manger mon chocolat. En veux-tu, madame Ouimet? » Mademoiselle Pinsonneault, la voisine de madame Ouimet, ne s'était pas tournée pour répondre; elle s'était contentée de parler haut en se tamponnant le menton avec un mouchoir de dentelle qui puait la lavande. « A' peut ben avoir peur de chanter, vous l'insultez aussitôt qu'a'l' ouvre la bouche! » Et Marie-Ange Brouillette n'avait pas attendu d'avoir avalé son chocolat pour répliquer. « A'l' a rien qu'à chanter des affaires qui ont du bon sens! J'ai toujours haï ça, l'opéra, pis y a jamais parsonne qui me fera aimer ça! » Cette fois ma-

58

demoiselle Pinsonneault s'était retournée, d'un coup, comme si on l'avait frappée. «C'qu'a' chante, madame Brouillette, c'est pas de l'opéra, c'est en anglais!» Marie-Ange Brouillette avait approché son visage de celui de mademoiselle Pinsonneault en plissant la bouche comme le faisait souvent la vieille fille. «Ouan? Ben de l'anglais chanté trop haut ça l'a l'air de l'opéra pis j'haïs ça!» «C'est du semi-classique, vous comprenez rien!» «Même si ça s'rait du quart de classique, j'haïrais ça pareil!» À court d'arguments, mademoiselle Pinsonneault s'était couvert le nez avec son mouchoir. «Madame Brouillette, vous avez mauvaise haleine!» Madame Brouillette avait reculé sur son siège. «Ça veut dire que j'mange des bonnes affaires! Pis j'aime mieux sentir le manger que de sentir le dessous de bras!» On avait complètement oublié Sylvie Heppel qui, elle aussi, commençait à s'intéresser à la prise de bec qui prenait de plus en plus l'allure d'un sketch avec la Poune et madame Petrie. Dans la salle, on se levait de son siège pour mieux suivre la discussion, des clans se formaient, on pouvait même entendre quelques dérisoires paris s'organiser autour de madame Gladu, maniaque du bingo, joueuse de cartes invétérée et gageuse-née (Marie-Ange Brouillette avait d'ailleurs déjà dit d'elle: «Si a' se retiendrait pas a' gagerait ses propres enfants! Mais c'est vrai qu'y sont tellement monstrueux que parsonne en voudrait!»). Madame Gladu avait ouvert son porte-monnaie et comptait son petit change. «Deux cennes pour la Brouillette!» «Cinq cennes pour la vieille folle!» «J'vas

59

te voir pour dix cennes!» «Dix cennes! Tu y vas fort, madame Gladu! J'te mets quinze cennes pareil!» Au moment où le tohu-bohu était à son comble et où Sylvie Heppel amorçait une sortie discrète et, pour parler franc, tout à fait inaperçue, la Poune fit irruption sur la scène mais sans son célèbre sourire, cette fois, et même sans son caluron qu'elle avait oublié en coulisse. Elle vint se planter au milieu du rideau rouge, là où tout le monde, dans toutes les revues, venait faire son solo que ce soit de danse ou de chant (la Poune disait toujours: «Bon, ben rendu là, là, tu t'en vas dans le spot du milieu pis tu fais ton acte!») et comme par magie le silence retomba en quelques secondes dans le Théâtre National. Elle avait mis sa main gauche en visière au-dessus de ses yeux pour mieux voir dans la salle. «Que c'est qui se passe, donc, là? Que c'est ça, ces chicanes-là, pendant que quelqu'un essaye de chanter! J'vous ai dit qu'ètait bonne, t'à l'heure, vous me croyez pas? Assisez-vous tranquille pis écoutez-la! On est occupé, nous autres, en coulisse, parce qu'on veut vous donner un bon show pis on veut pas être dérangé par vos niaiseries!» Elle se dirigea vers la chanteuse qu'elle prit par la main et qu'elle ramena au milieu de la scène. «Pis toé, chante quequ'chose qui a de l'allure! On n'est pas au His Majesty's, icitte!» Sylvie Heppel jeta un petit coup d'œil paniqué vers le pianiste de l'orchestre qui fit un titre de chanson avec les lèvres. Elle parla ensuite à l'oreille de la Poune. Tout le monde dans la salle se pencha un peu par en avant pour essayer de saisir ce qui se disait sur la scène. «Si j'leu' chante *J'atten-drai,* ça va-tu être correct?» La Poune lui tapota l'épaule. «Parfait, ça, parfait. Ça f'ra pas peur à parsonne!» Elle se tourna vers son public encore sous le choc de ne pas la voir sautiller et gesticuler. «A' va vous chanter le grand suc-cès de monsieur Tino Rossi qui va venir nous visiter à Montréal le mois prochain: *J'atten-drai.* Écoutez-la, pis farmez-vous-la!» Quel-ques applaudissements s'élevèrent de la salle et on entendit madame Ouimet dire à sa voisine: «Y nous font attendre pis ensuite y nous font écouter *J'attendrai.* Franchement! Y veulent-tu rire de nous autres?» Madame Heppel se gourma un peu, sourit, remit son sac à main sous son bras gauche. Avant de sortir de scène, la Poune lui sourit. «Veux-tu que j'te débarras-se?» «Ben non! Chus rentrée su'a' scène de même, j'vas rester de même!» «Tu vas avoir chaud, mon p'tit chien!» «J'ai chaud!» Aussi-tôt que l'orchestre attaqua le grand succès de Tino Rossi, le silence se fit total; quelques se-condes plus tard le public commençait à chanter en chœur pendant que Sylvie Heppel se balan-çait d'un pied sur l'autre en laissant monter sa belle voix chaude jusqu'aux derniers gradins du balcon. Mademoiselle Pinsonneault se tampon-nait le nez, Rose Ouimet battait doucement la mesure avec sa tête et Marie-Ange Brouillette avait rangé sa tablette de chocolat dans son sac après s'être bien léché les doigts. La chanson fut évidemment un triomphe. À demi levée de son siège, mademoiselle Pinsonneault hurlait «Bravo!» en agitant son mouchoir. Rose Ouimet se tourna vers elle au beau milieu de l'apothéose : « Allez-vous le serrer, c'te maudit mouchoir qui pue là avant que j'vous l'arrache des mains pis que j'vous le fourre dans le nez ! » Mais aussitôt que les applaudissements et les « horrays » se furent éteints, les premières mesures de *Summertime* s'élevèrent dans le Théâtre National et Marie-Ange Brouillette soupira. « Y me semblait ben, aussi, qu'y avait une pogne quequ'part ! »

« Pour le numéro d'ouverture, *La troïka*, y'était supposé de nous faire un éclairage d'hiver parce que le décor est toute bleu et blanc... » Édouard s'était installé derrière la console d'éclairage, avait retroussé ses manches et avait demandé qu'on lui raconte tout le spectacle. Ils l'avaient déjà fait deux fois, donnant le titre des chansons et des sketches et, surtout, répétant les promesses de Tit-homme Belhumeur : « Pour le deuxième tableau, *La Petite Princesse*, c'était supposé d'être ben beau : y nous avait dit qu'y mettrait d'la gélatine rose dans ses spots... » (la Poune) ; « Pendant la chanson thème, à la fin, quand j'arrive en haut de l'escalier, y m'avait dit qu'y me ferait quequ'chose de spécial pour qu'on voye ben ma robe... » (madame Petrie) ; « Pour le troisième tableau, là, *Un vrai tour de la Poune*, on n'a pas de besoin d'éclairage, c'est juste un sketch. » (la Poune) ; « Voyons donc, Rose, faut ben que le monde nous voye! Est-tu bonne, elle!» (madame Petrie); «J'voulais juste dire qu'on n'avait pas de besoin d'éclairage spécial, fais-moé pas choquer, là!» (la Poune). Édouard soupirait, levait les yeux au ciel, s'affairait derrière ses manettes et ses boutons. «R'dites-moé encore une fois tout ça, là, pis laissez faire les effets spéciaux... D'abord qu'on vous verra su'a'scène, ça va être le principal...» Monsieur Desmarteaux essayait de mettre son grain de sel, de temps en temps, mais la Poune le faisait taire d'un geste. «Laisse-nous parler, Juliette pis moé, mon p'tit chien, toé tu seras pas clair...» La tension montait, Sylvie Heppel achevait sa troisième chanson (*Sombreros et mantilles*, empruntée à Rina Ketty et chantée avec l'accent) et on n'était pas plus avancé. Au moment où Mercedes allait dire pour la quatrième fois que dans *Est-ce bien votre fille, madame?* Tit-homme Belhumeur lui avait promis un top light rouge pour faire ressortir son personnage de gitane (elle chantait *Golden Earrings* en s'accompagnant avec des castagnettes), Édouard leva les deux bras au ciel et tout le monde se tut. «Écoutez, mes trésors chéris, j'vous ai demandé de me conter le show, j'vous ai pas demandé de me réciter les promesses de Tit-homme! Ça fait vingt fois que j'vous dis que vous les aurez pas, vos effets spéciaux! Faut pas trop m'en demander!» Des plaques de sueurs commençaient à apparaître sur sa chemise mais cette fois Édouard, pour qui suer représentait pourtant le comble de la vulgarité, n'y prenait pas garde. «J'ai écrit sur un papier les chansons que vous faites pis les sketches, pis

63

j'vas essayer que le monde vous voye su'a'scène, c'est toute c'que j'peux vous promettre! Pis ça, c'est si j'trouve toutes les bons pitons!» Il était arrivé à Édouard d'aider Tit-homme certains soirs où voyant le spectacle pour la troisième ou quatrième fois dans la semaine il s'était surpris à cogner des clous pendant l'ouverture. Il quittait alors sa place, se glissait en coulisse et venait s'installer à côté du régisseur qui était bien content d'avoir de la compagnie. Tout en jasant, Tit-homme abaissait des manettes, en soulevait d'autres sans presque regarder ce qui se passait sur la scène tant les éclairages du Théâtre National étaient rarement compliqués. Il comptait les mesures de l'introduction de la chanson de Mercedes après l'avoir entendue une seule fois, en suivant parfaitement le rythme (presque toujours le même) et disait «Go!» exactement au bon moment sans avoir besoin de vérifier. Et Mercedes entrait en scène dans le plein feu qu'elle aimait tant et qui faisait toujours le même effet quelle que soit la chanson ou le costume qu'elle portait. Mais les choses se précipitaient quand même un peu lorsque, pendant un sketch, Tit-homme Belhumeur avait à changer un décor. Sans rien dire à Édouard et parfois même au milieu d'une phrase, il disparaissait et allait déplacer ses arbres ou ses intérieurs de maison en sacrant quand il s'accrochait quelque part et riant dans sa barbe quand il avait préparé un tour à l'une des femmes du spectacle (un buisson au beau milieu d'une cuisine ou une fenêtre dans une clairière), de préférence à la Poune qui avait le fou rire facile

64

et la repartie imprévisible: «Juliette, va donc cueillir des fraises en dessours du lavier!» ou bien: «Farme le châssis, y a un courant d'air dans le bois!» Pendant tout ce temps, Édouard guettait chacun de ses gestes et sans jamais rien demander il avait fini par reconnaître ce qu'il appelait pour lui-même le spécial Mercedes (la deuxième manette en partant de la gauche qui actionnait le spot dirigé sur le micro quand il était au milieu de la scène) et le spécial Petrie (la suivante, cette grande poignée noire pour les entrées de la divine Juliette toujours grimpée en haut d'un escalier ou dans les bras des danseurs); il aurait pu, les yeux fermés, produire l'éclairage des numéros de danse (l'avant-scène qu'il avait d'ailleurs donné à Sylvie Heppel pour ses chansons); il croyait donc sincèrement pouvoir se tirer d'affaire si on le laissait en paix. Il lisait le doute dans les yeux de tout le monde et en ressentait une sorte d'excitation qu'il ne détestait pas du tout. Samarcette, qui devait faire son numéro de patins à roulettes à la fin de *La troïka* (un danseur en patins à roulettes dans un décor d'hiver!), lui faisait des gestes désespérés (mais quand même discrets) qu'Édouard ne voyait pas. Sa chemise était déjà trempée et le spectacle n'était même pas commencé. *Sombreros et Mantilles* était terminé, le public était déchaîné. Sylvie Heppel saluait profondément, comme elle le faisait dans ses cabarets chic. Lorsqu'elle sortit de scène elle se jeta dans les bras de la Poune. «T'avais raison! Y'ont tellement aimé ça! J'pense que j'vas aller leur s'en chanter une autre p'tite!» Avant qu'on puisse la rattraper elle était de retour sur la scène et annonçait *Katari* avec un geste dramatique vers le pianiste qui fronçait les sourcils en regardant la Poune. Cette dernière remit son caluron en le callant avec une grande claque. «On est déjà une demi-heure en r'tard, maudit toryieu! A'l' a pas envie de nous faire son tour de chant au complet!»

Ce fut un bien curieux spectacle et, étonnamment, un grand triomphe dont on parla très longtemps. Le public rit beaucoup, dès le début, mais pas toujours pour les bonnes raisons. Aux mines de la Poune, aux répliques à l'emporte-pièce de madame Petrie, aux cris et aux grands gestes de monsieur Desmarteaux, la réponse fut la même qu'à l'habitude : le délire total. La Poune n'avait qu'à ouvrir la bouche pour que la salle s'écroule (avant même le punch, la plupart du temps, et même lorsqu'il n'y en avait pas) et Juliette Petrie qu'à se brasser les épaules en lançant son célèbre début de réplique («Tu sauras, ma p'tite fille...») pour qu'on l'écoute religieusement avant d'exploser en rires et en applaudissements. Mais tout ça était facile à éclairer et Édouard se contentait de donner le plein feu au début des sketches et de faire le noir après la dernière réplique (sauf que pour *Un vrai tour de la Poune* on avait oublié de lui raconter la fin dans l'énervement général et que la Poune avait dû répéter trois fois «C'tait pas le laitier, c'tait ton mari!» en fronçant les sourcils et en jetant vers la coulisse des regards meurtriers avant qu'il comprenne). Ce fut plutôt la partie «variétés» qui souffrit, à la joie générale, il faut bien le dire, du manque d'expérience d'Édouard. Dès le début le rideau s'était ouvert sur un décor de neige plongé dans le bel éclairage rouge vif que Tit-homme Belhumeur avait amoureusement préparé pour la finale du dernier tableau qui se passait dans un bal costumé. Le public parut d'abord étonné de voir de gros flocons rouges (les danseurs) faire semblant de frissonner en évoluant autour d'un bonhomme de neige en carton qui, à cause du bleu qu'on avait mêlé à la peinture blanche qui le couvrait, prenait une teinte violette des plus curieuses, puis s'en amusa en croyant à une facétie de mise en scène et finit par rire franchement lorsque Rose Ouimet lança pour qu'on l'entende de partout: «Comment ça se fait qu'y fondent pas!» Mercedes et Samarcette, qui étaient restés auprès d'Édouard pour l'encourager, avaient poussé les hauts cris mais le régisseur improvisé leur avait répondu en levant les baguettes au ciel: «J'peux pas les changer tusuite, ça va paraître!» Mercedes s'était tournée vers la Poune, furieuse. «J'rentre pas sus c'te stage-là dans mon costume tout blanc de princesse russe, avec mon manchon pis mon chapeau de fourrure blancs, certain! J'vas avoir l'air d'un feu follette!» La directrice du Théâtre National avait posé son index sur le bout du nez de Mercedes. «Premièrement, tu vas rentrer sus c'te stage-là même si l'éclairage devient

67

vert pis que t'as l'air d'un singe qui est après s'étouffer dans sa cage au zoo du parc Lafontaine, pis deuxièmement, ton chapeau pis ton manchon sont pas en fourrure, maudite niaiseuse, sont en ouate!» Samarcette avait pris Mercedes par le bras, l'avait poussée vers la troïka de carton derrière laquelle elle devait se glisser pour faire son entrée. Il venait de poser sur sa tête un casque d'aviateur surmonté d'un bois de chevreuil en carton-pâte qu'il avait déniché dans le fond du placard aux accessoires (il figurait un renne et devait tirer la troïka sur la scène en agitant les grelots qu'il avait accrochés aux lacets de ses patins à roulettes). «Vite, Mercedes, c't'à nous autres, le ballet achève!» La chanteuse avait haussé les épaules. «C'est pas un ballet, c't'affaire-là, c't'une moppe!» La Poune l'avait attrapée par le poignet. «Aie, commence pas à me voler mes jokes, toé!» Édouard avait envoyé un baiser d'encouragement à Mercedes qui pestait en se glissant dans son traîneau. «J'vas t'arranger ça aussitôt que tu vas rentrer su'a'scène, mon trésor!» Les applaudissements à la fin des numéros de danse étaient toujours clairsemés et très courts parce que le public ne prisait pas beaucoup ces femmes écourtichées qui se laissaient toucher partout et ces hommes maniérés dont on pouvait voir la craque des fesses et bien autre chose encore, mais ce soir-là, même s'ils avaient beaucoup ri, les spectateurs n'applaudirent pas du tout, ce qui fit dire à madame Petrie: «Ça commence ben! M'est avis que la soirée va être longue!» Les danseurs sortirent de scène en sacrant (ce qui n'était pas nouveau

68

parce que les danseurs sortaient toujours de scène en sacrant) et, pour la première fois de sa vie, Mercedes fit son entrée dans le noir total parce qu'Édouard, énervé après avoir éteint l'éclairage rouge, ne se décidait pas à lever la manette qu'il croyait être la bonne mais qui lui semblait menaçante, soudain, et surtout indécente, ce qui le gênait beaucoup. « Si c'est pas la bonne, j'vas me faire tuer, c'est mes deux meilleurs amis qui sont su'a'scène ! Faut que ça soye la bonne ! » De la salle on pouvait entendre un tintement de grelots particulièrement agressif et voir deux taches blanches s'agiter frénétiquement. Au bout de quelques secondes d'un silence épais un rire strident s'éleva dans le théâtre suivi d'un « Veux-tu ben arrêter de me chatouiller, maudite folle ! » qui fit s'écrouler la salle. La Poune en profita pour hurler : « Fais quequ'chose, Édouard, ou ben donc j't'étripe de mes propres mains ! » Et l'éclairage rouge vif était revenu au grand désespoir de Mercedes qui s'était caché la figure dans son manchon d'ouate pendant que Samarcette lançait vers Édouard le premier regard meurtrier de la soirée. L'apothéose de la soirée fut quand même et pour des raisons qui n'avaient pas toutes quelque chose à voir avec le music-hall, le tableau final, mélange de comédie, de chansons, de danse se terminant comme presque toutes les revues sur madame Petrie descendant le grand escalier (huit dangereuses marches de bois déguisées en marbre qui avaient jadis servi à figurer l'escalier du Château Frontenac dans une vieille production de *Rose Marie* au Monument National, sur la rue Saint-Laurent et qu'on avait séparées en deux moitiés pour pouvoir les manipuler plus facilement) dans une étonnante robe en lamé argent qu'elle avait dessinée et coupée elle-même et qui mettait en valeur ses belles épaules et, par une échancrure qui partait du bas et qui montait très haut, ses longues jambes dont elle était si fière et qu'elle montrait volontiers (et souvent). Au cours du spectacle, Édouard avait fini par dépister les subtils changements que Tit-homme Belhumeur avait apporté à ses éclairages d'habitude si simples et pendant le tour de chant de Mercedes (probablement par pure peur de se faire assassiner) il n'avait pas commis une seule erreur. Mais le public qui se montre parfois tout à fait sans-cœur avait été quelque peu déçu par ce numéro où tout allait bien après les éclairages farfelus qui avaient fait sa joie toute la soirée; le tour de chant de Mercedes n'avait pas eu le succès escompté. Pourtant la nouvelle chanson, *Ramona*, que tout le monde fredonnait depuis quelque temps, aurait dû normalement soulever la salle au lieu de quoi elle fut accueillie poliment, presque avec froideur. Mercedes Benza, ancienne guidoune et vedette montante qui rêvait déjà de voir son nom aux marquises et sa photo à la porte des plus grands music-halls du monde, habituée depuis peu aux triomphes, aux rappels qu'elle accordait avec bonne grâce, ressortit de scène enragée pour la deuxième fois de la soirée. En passant entre madame Petrie et la Poune qui se préparaient à se glisser à l'avant-scène déguisées en femmes de ménage pour un sketch bouche-trou (on appelait ainsi ces petites saynètes qu'on faisait à la sauvette, devant le rideau fermé, pour permettre un changement de décor) intitulé *Euphrémise et Zéline chez monsieur le maire*, elle avait laissé tomber cette phrase cruelle qui avait étonné tout le monde et humilié Édouard dont elle était pourtant l'amie : « Quand on laisse les liche-cul faire le travail des autres on a du travail de liche-cul ! » Bouleversé, Édouard aurait voulu se défendre mais déjà Juliette et Rose étaient en scène et il avait très peu de temps pour planter le décor de *Est-ce bien votre fille, madame ?* Édouard n'avait jamais suivi Tit-homme dans ses pérégrinations à l'arrière-scène, dans le noir presque total, alors que la Poune, madame Pétrie ou monsieur Desmarteaux faisaient patienter le public en se démenant comme des démons, aussi ignorait-il tout des précautions à prendre pour changer un décor. On lui avait demandé de pousser le grand escalier au milieu de la scène ; il le fit mais sans faire fonctionner les cales de métal qui devaient tenir les deux moitiés en place. De même pour les candélabres en papier mâché, les fontaines en carton-pâte et la silhouette de New York empruntée elle aussi à un autre théâtre, qu'il se contenta d'appuyer contre le rideau noir tendu devant le mur du fond de la scène. Ces erreurs auraient pu se révéler fatales mais, heureusement, par un jeu de hasards des plus étonnants, à cause, aussi, du grand métier des artistes du Théâtre National et surtout de sa directrice qui sut sauver la situation à la dernière minute, elles portèrent la soirée au comble de l'absurde

71

pour la fixer définitivement parmi ces événements dont tous ceux qui en ont été témoins se vantent toute leur vie d'avoir vécus, exagérant parfois les faits au point de leur faire prendre des proportions mythiques, et que ceux qui en ont juste entendu parler regrettent tellement qu'ils finissent par prétendre qu'ils y étaient, les racontant avec force détails, le sourire aux lèvres ou les larmes aux yeux. Ils furent quelques centaines à assister à ce mémorable moment mais quelques années plus tard, après la mort violente de Mercedes ou lorsque le Théâtre National se mit à péricliter, ils étaient au moins deux mille à prétendre qu'ils avaient été là et à tout raconter tout croche. Le rideau s'ouvrait sur Samarcette déguisé en petit messager avec un chapeau rond sur la tête et des gants blancs, devant le grand escalier qui faisait toujours son effet. Mais cela commença très mal parce qu'aussitôt que le public aperçut Samarcette des sifflets s'élevèrent de la salle, des « chous » sonores descendirent du balcon et l'inévitable Rose Ouimet s'écria : « Pas encore lui! On l'a vu, t'à l'heure, pis y s'est même pas trompé! » Samarcette l'entendit, se troubla au beau milieu d'une figure à peu près honorablement exécutée et rentra dans un candélabre en papier mâché qui fut propulsé en coulisse pour ensuite aller s'écraser aux pieds de Mercedes qui se préparait à revenir en danseuse gitane. Ce fut un triomphe. Un tantinet sonné, Samarcette reprit ses pirouettes mais un peu comme un homme ivre essaie de monter un escalier qu'il connaît pourtant bien mais qui lui paraît différent, soudain, étranger et même menaçant. Ses sauts périlleux le devinrent vraiment. Plus il s'accrochait, tombait, se relevait, incapable de surmonter sa nervosité, sa gêne, sa honte, plus le public s'amusait, évidemment. Son numéro devait se terminer sur quelque chose qui ressemblait vaguement de loin à un grand écart mais ce soir-là Samarcette se retrouva à plat ventre, au grand ravissement des spectateurs qui eurent la cruauté d'en redemander. En sortant de scène le pauvre danseur montra ses mains égratignées à Édouard. « C'est ça que ça prend pour faire un triomphe avec c'te gang de trous de cul-là ! » Mercedes était venue vérifier auprès d'Édouard s'il se rappelait bien comment redonner l'éclairage rouge du début de la soirée : « Si tu m'envoyes du bleu sur ma robe rouge, j'sais pas c'que j'te fais mais j'sais que j'vas te le faire avec plaisir ! » « Après c'que tu m'as dit tout à l'heure en sortant du stage, Mercedes, j'devrais pas t'éclairer pantoute pis te laisser niaiser dans le noir, mon trésor ! » « Mon Dieu, que c'est que j'ai tant dit... » « Tu m'as traité de liche-cul, c'est pas assez, peut-être ? » Mercedes avait ouvert de grands yeux étonnés. « J'm'en rappelle pas... Écoute, faut pas écouter c'que j'dis quand j'sors de scène... chus pus moé-même, tu comprends... » Édouard l'avait coupée en lui montrant la scène d'où s'élevait déjà les premières mesures de *Golden Earrings* : « C'que j'comprends surtout c'est que t'as peur de c'que j'pourrais faire à ton petit numéro pis que c'est pour ça que tu fais ton innocente ! Me prends-tu pour un épais ? » Mais elle était déjà partie. Mercedes était une grande interprète de la chanson ou, plutôt, elle était sur le point de le devenir, mais une bien piètre danseuse: elle devait apprendre sa chorégraphie par cœur, pas à pas, et l'exécuter sans penser à autre chose lorsqu'on lui demandait de danser (ce qui n'arrivait pas trop souvent, heureusement). Elle se jeta donc sur la scène avec l'énergie du désespoir mais comme elle était en retard d'une bonne dizaine de mesures et qu'elle n'eut pas la présence d'esprit d'accorder ses pas à ceux des danseurs, on vit se produire la plus étrange bousculade qui dura trois bonnes minutes de total ravissement pour les spectateurs mais d'horreur sans nom pour les danseurs obligés d'éviter Mercedes, de la contourner et même de la repousser franchement lorsqu'elle venait leur agiter ses castagnettes d'un peu trop près. Étonnamment, elle chantait juste, en mesure et aux bons endroits tout en dansant à contretemps. Au début de ce numéro sérieux qui s'était avéré être l'un des plus drôles de la soirée, madame Petrie, moulée dans sa robe de lamé, s'était glissée derrière le grand escalier duquel elle devait descendre en chantant *Est-ce bien votre fille, madame?* qu'elle avait tant de difficulté à se rappeler et s'était aperçu avec horreur qu'Édouard avait oublié d'installer le petit escabeau à main courante qui y donnait accès. Furieuse, elle avait remonté sa robe et, tenant sa traîne avec sa main, était revenue vers le pauvre apprenti régisseur qui regardait sur la scène avec des yeux en boules de billard. «Maudit tarlais, t'as oublié de mettre l'escalier!» «Voyons

74

donc, madame Petrie, y'est gros comme un éléphant, c't'escalier-là, jamais je croirai que vous le voyez pas!» «Pas celui-là, innocent, le p'tit, en arriére! Comment c'que tu veux que j'monte là-dessus, moi, chus pas un avion, j'ai pas un moteur dans le cul!» Édouard partit en courant mais ne trouva pas l'escabeau dont Tit-homme avait dû se servir quelque part dans le théâtre sans le ramener à sa place. Il se mit à courir à l'arrière-scène comme une poule avec la tête coupée, couvert de sueurs, plus rouge que jamais, au bord de l'apoplexie. Tout le monde étant parti à la recherche du maudit petit escabeau, le numéro de Mercedes se termina sans changement d'éclairage et, surtout, sans le noir dont les danseurs devaient profiter pour sortir de scène. Mercedes et ses compagnons d'infortune restèrent donc en carafe pendant de longues secondes après la fin des rares applaudissements avant de se décider, l'un après l'autre et dans un désordre total, à quitter le plateau, penauds et honteux. On décida, en catastrophe encore une fois, de hisser madame Petrie sur la plate-forme du grand escalier en la juchant sur les épaules de deux danseurs qui devaient aller la déposer en faisant semblant que ça faisait partie du spectacle. Ce qui ne se fit pas sans mal, non pas que la grande Juliette fût particulièrement pesante mais plutôt à cause des danseurs eux-mêmes qui partirent trop vite, perdirent quelque peu l'équilibre dans leur énervement et finirent par se débarrasser de leur fardeau d'une façon quelque peu cavalière: au lieu d'apparaître debout, resplendissante dans sa robe de lamé, souriante et belle à faire damner, madame Petrie fit son entrée à genoux au haut d'un escalier chambranlant qui bougeait de façon dangereuse à chacune de ses tentatives pour se relever, le mot panique écrit sur le front, la rage au cœur, un grand trou noir à la place de la mémoire. Le public prit le parti de rire mais mademoiselle Pinsonneault se leva à demi de son siège, une main sur le cœur. « Les autres peuvent faire toutes les folleries qu'y veulent, mais pas elle ! » Mademoiselle Pinsonneault attendait toujours avec beaucoup d'excitation le moment où madame Petrie entrait en scène, pendant la finale, droite et digne dans ses superbes créations, ne regardant plus personne, ne donnant plus la réplique à la Poune ni à monsieur Desmarteaux mais se dépensant pour elle-même, enfin, devenant pendant quelques courtes minutes le point d'attraction, l'épicentre du plateau qu'elle avait jusque-là laissé aux autres en assumant humblement son rôle de faire-valoir. Et voilà que son idole était déboulonnée, ridiculisée, maintenue dans la position la plus humiliante qui soit, normale dans une église ou dans l'isolement d'une chambre mais si dégradante en public, surtout devant des centaines de personnes réjouies et hilares. N'y tenant plus, mademoiselle Pinsonneault se glissa dans l'allée qu'elle remonta sans se retourner et sortit de la salle le cœur chaviré. Madame Petrie entonna donc sa chanson dans cette position peu flatteuse pendant que les autres membres de la troupe venaient chacun son tour faire ce qu'ils avaient à faire (pas grand-chose, à vrai dire, puisque

76

les finales du Théâtre National étaient surtout concentrées sur la chanteuse qui pour une fois n'avait rien pour se défendre). Après le deuxième couplet, au moment où elle devait commencer à descendre les huit marches, altière, prenant des pauses et esquissant de petits saluts si on l'applaudissait (ce qui ne manquait jamais d'arriver, d'habitude), elle se mit à gesticuler de façon bizarre et on se rendit compte que les deux moitiés de l'escalier avaient commencé à s'ouvrir sous elle et qu'elle risquait d'une seconde à l'autre de s'écraser sur la scène devant un public stupéfait qui comprendrait trop tard que la soirée n'avait pas du tout été drôle. Au début du troisième couplet que madame Petrie avait bien sûr complètement oublié et que Mercedes dut reprendre en faisant des pieds et des mains pour attirer l'attention sur elle pendant que la chanteuse essayait de se tirer de ce mauvais pas, deux danseurs se glissèrent de chaque côté de l'escalier qu'ils remirent en place en le calant bien, cette fois. Tout le monde soupira mais madame Petrie ne put se relever et finit le spectacle à genoux, tremblante et pâle. La Poune, voyant la catastrophe venir, s'était glissée discrètement hors de scène dès le début de la chanson et ne revint qu'au moment des saluts avec dans les mains une énorme banane qu'elle était allée chercher dans la loge de Mercedes qui se gardait toujours quelques fruits en réserve. Et sous un tonnerre d'applaudissements elle éplucha la banane, jeta la pelure sur le plancher de la scène, improvisant ce qui fut peut-être le numéro le plus drôle de sa longue carrière : elle

muddled performance marred > success

under pressure, modest talent, second-rate props.
but creative spirit present saves show

* *Contrast with Fête-Dieu.*

mima, chacun son tour et avec un souci du détail assez étonnant, tous les numéros manqués de la soirée, devenant tour à tour Samarcette se cognant contre les chandeliers, puis Mercedes en gitane, les danseurs affolés et enfin madame Petrie à genoux en haut de son escalier et chaque fois, d'une nouvelle façon et avec un punch inédit, elle glissait sur la pelure de banane, atterrissant sur les fesses, sur les genoux, sur le côté et même, parce qu'elle avait mal calculé son coup (mais personne ne le sut jamais) sur la tête au moment où elle réussit à résumer toute la soirée en se mimant elle-même se glissant hors de scène et revenant avec la banane. Triomphe est peut-être un mot faible; apothéose serait plus de mise. Ce soir-là, le Théâtre National connut son apothéose, en effet, et on acclama Rose Ouellette durant de longues minutes en riant, en pleurant, debout (même sur les sièges), reconnaissant, éperdu de joie et fier. Étonnée, la Poune envoyait des baisers à tout le monde sans sembler vraiment réaliser ce qu'elle venait d'accomplir, toute menue, soudain, dans son costume deux-pièces, sa blouse si sage et son caluron de feutre. En coulisse, Édouard pleurait à chaudes larmes à côté d'un Tithomme Belhumeur ahuri que les applaudissements venaient de réveiller et qui croyait qu'il rêvait encore. Sylvie Heppel fut la première à penser à monter les huit marches de l'escalier maudit pour aller aider madame Petrie à se relever.

Après chaque spectacle, que ce soit en matinée ou en soirée, une faune bigarrée et bruyante envahissait les coulisses du Théâtre National, sans façon, joyeusement, s'installant dans les corridors et même dans certaines loges avec un sans-gêne de propriétaire, interpellant les artistes, leur agitant sous le nez carnets d'autographes et petits cadeaux, riant fort et beaucoup, surtout aux reparties de la Poune qui se laissait faire de bonne grâce. La loge de la directrice était toujours remplie de cris, d'éclats de rire et souvent même de chansons (on entendait surtout la chanson de la Poune qu'on lui réclamait toujours et qu'elle fredonnait volontiers en signant des autographes). La seule loge qui restait silencieuse pendant quelques minutes après le spectacle était celle de madame Petrie qui avait eu l'intelligence de faire poser un verrou à sa porte et qui le tirait chaque soir pour se donner le temps de décompresser, de se laver, de se changer avant de se livrer en pâture à la horde d'hommes de tous âges qui la prendraient d'assaut aussitôt qu'elle crierait: «Vous pouvez entrer, messieurs!», phrase qui était devenue célèbre dans le milieu et qui prêtaient à de vilains sous-entendus dont madame Petrie, au-dessus de tout radotage et sûre d'elle-même, ne s'occupait d'ailleurs pas. Elle était très particulière pour sa loge qu'elle considérait un peu comme son fief et qu'elle redécorait complètement au début de chaque saison, confectionnant elle-même les abat-jour, les draperies, recouvrant ses chaises avec du tissu qu'elle choisissait soigneusement chez monsieur Jos, sur la rue Amherst ou chez Marshall's où on la connaissait bien et où on la servait avec déférence. Avec ses tapis, ses cadres, son éclairage tamisé, la loge de madame Petrie était devenue une sorte de cénacle où automatiquement les visiteurs se mettaient à chuchoter, évoluant plus lentement et plus précautionneusement, gardant leur trop-plein d'enthousiasme pour les coulisses ou les autres loges où la liesse était normale. Mais ce soir-là madame Petrie ne ferma pas la porte de sa loge; elle se mêla même à l'allégresse générale pour la première fois depuis longtemps. Sa rage et sa honte s'étaient dissoutes au triomphe qu'on avait fait à sa grande amie et elle n'avait pas étranglé Édouard comme elle en avait formulé l'intention pendant qu'elle se morfondait en haut de son escalier. De même, Mercedes et Samarcette, au lieu de couper Édouard en petits morceaux ou, au moins, de le défigurer pour le reste de ses jours, lui tombèrent dans les bras, émus eux-mêmes de leur soudaine générosité et s'y laissant couler avec une déconcertante facilité après tous leurs projets d'assassinat. «T'as faite c'que t'as pu, mon pauv' Édouard!» «C'tait ben correct, t'sais, au moins on a donné not'show!» «Si t'arais pas été là on arait été obligé de renvoyer tout le monde...» Malgré le triomphe fait à la Poune, à cause de lui, même, peut-être, Édouard n'avait pas été touché par la grâce de la clémence et se jugeait très mal. Un profond sentiment de détresse s'était emparé de lui pendant la longue ovation; il s'était redressé

80

dans le noir de la coulisse, comme frappé de
stupeur, il avait laissé le flot de larmes lui
brouiller la vue, essayant en vain de se déchar-
ger de son trop-plein de vertige, tremblant et se
sentant tellement seul qu'il dut s'appuyer contre
la console d'éclairage. Quelque part au fond de
lui quelque chose lui disait qu'il aurait dû être
fier, qu'il avait accompli une tâche difficile et in-
grate qui lui avait demandé à la fois beaucoup
d'humilité et une grande assurance mais une
douleur cuisante submergeait tout, une certitude d'avoir frôlé une vérité dont il était en fin
de compte indigne parce qu'elle lui avait résisté
et qu'il n'avait pas su la conquérir. Confus et
malheureux, il se laissait embrasser par ses amis
sans rien dire. « Des consolations. Tout c'que
j'mérite c'est des consolations... » Rose Ouimet
était bien sûr du party et on pouvait l'entendre
par-dessus tout le monde raconter sa version de
la soirée. Un grand monsieur très distingué
qu'on n'avait jamais vu se présenta à la loge de
madame Petrie qui venait de se retirer pour se
changer. On fut d'abord étonné de le voir frapper, discrètement, il est vrai; mais un homme
qui frappait à la porte de madame Petrie, même
discrètement, était un homme mort, aussi se
poussa-t-on du coude en pouffant. « J'ai comme
l'impression qu'y va se faire retourner, celui-
là... » Ne recevant pas de réponse il allait se
retirer lorsque madame Petrie parut, visiblement contrariée pour ne pas dire plus. « Qui
c'est qui cogne de même quand chus pas prête,
donc! » Le jeune monsieur distingué s'inclina,
prit doucement la main de la chanteuse qu'il

porta à ses lèvres. « Je voulais vous rendre hommage, madame. » L'accent était on ne peut plus français et fit son petit effet. Des sourcils se froncèrent, des regards étonnés furent échangés. Madame Petrie avait rosi. « Ah! C'est bien gentil de votre part, monsieur... » Son ton avait évidemment changé et deux petites lueurs s'étaient allumées au fond de ses yeux. « Vous avez quand même pas trouvé notre spectacle bon, j'espère! » Le jeune monsieur distingué s'était redressé en souriant. « Plus que vous ne pourriez l'imaginer, madame. » « Ben voyons donc, tout est allé tout croche! Une chance que Rose nous a sauvés du désastre... » « Justement, je voulais aussi saluer madame Oulette. » « Pas *Oulette*, Ouellette! Attendez un p'tit peu... Suivez-moi. » Madame Petrie affectait soudain un petit accent qu'on ne lui avait jamais connu et qui amusa. Le monsieur distingué la suivit dans un silence lourd. Maintenant qu'un Français était parmi eux, personne n'osait plus parler. Même les plus fanfarons comme Samarcette et Édouard qui normalement auraient ri de son accent et se seraient amusés à l'imiter en le ridiculisant, étaient impressionnés par sa haute carrure et le regard supérieur mi-amusé mi-critique qu'il jetait sur eux. Seule Mercedes osa murmurer une phrase, qui résumait d'ailleurs la pensée de tout le monde : « Y en faut rien qu'un pour toutes nous clouer le bec, hein? » Cependant, le party continuait dans la loge de la directrice. Rose Ouimet venait de faire signer son quatrième programme de la saison. « Allez-vous le refaire tou'es semaines, c'te numéro-là, m'ame

82

Ouellette?» La Poune haussa les épaules en enlevant son caluron pour s'essuyer le front. «Tu veux me faire mourir, mon p'tit chien!» Rose Ouimet se glorifiait du fait que son nom ressemblait tant à celui de Rose Ouellette et s'arrogeait au Théâtre National des libertés auxquelles elle n'avait aucun droit; cela avait commencé par amuser la patronne qui l'avait affectueusement baptisée «la Poune de la rue Fabre» mais au fur et à mesure que les licences que madame Ouimet se permettait prenaient de l'ampleur et une espèce de sans-gêne parfois embarrassant, la comédienne sentait monter en elle une aversion cuisante pour cette forte en bouche qui criaillait sans cesse non pas dans le seul but de faire rire les autres (ce qui aurait été excusable aux yeux de cette amuseuse-née pour qui le plus grand cadeau était un beau gros rire du public) mais dans celui d'attirer l'attention sur elle parce qu'elle ne connaissait pas d'autre moyen de se rendre intéressante. La Poune remettait toujours à plus tard les explications pénibles qui s'imposaient (elle voulait tout bonnement mettre Rose Ouimet à la porte des loges sinon du théâtre) mais rêvait de clouer le bec à cette exaltée envahissante qu'elle finirait, elle le sentait, par haïr franchement. Rose Ouimet s'était emparée du caluron et se l'était fourré sur la tête en se faisant des grimaces dans le miroir de la table à maquillage. La Poune ouvrait enfin la bouche pour dire quelque chose de désagréable lorsque madame Petrie fit irruption dans la loge avec cet air composé qu'elle affectait pour annoncer les grandes nouvelles,

83

catastrophes irréparables ou bonheurs inespérés, indifféremment. La Poune leva les yeux au plafond. « Non, Juliette, je r'commencerai pas demain! Y' est pas question que j'risque ma vie tou'es soirs en glissant sur une pelure de banane! En parlant de pelure de banane, as-tu vu Tit-homme Belhumeur? J'ai oublié d'y crever les deux yeux! » Madame Petrie la pinça au bras en lui faisant un geste désespéré. « Y a un monsieur qui veut te voir, Rose! » « Mon Dieu-Seigneur, Juliette, si tu me fais des airs de même chaque fois qu'y a un monsieur qui veut me voir, tu vas finir ta vie en faisant des grimaces! » Juliette Petrie se pencha sur son amie. « Quand j'dis un monsieur, Rose, j'veux dire un *monsieur*! » Elle s'effaça pour laisser passer le grand jeune homme distingué qui, aussitôt, salua profondément la Poune. « Madame, vous m'avez procuré un rare moment de bonheur. » La directrice du Théâtre National cacha son fou rire derrière sa main. « Si vous veniez nous voir plus souvent, vos moments de bonheur s'raient moins rares! » Le grand monsieur distingué sourit. La Poune renchérit avec un plaisir évident: « Aie, vous d'vez pas vous amuser tou'es jours, vous, raide de même! Vous vous décontractez pas, des fois? Mais peut-être que v'nez juste de débarquer! » « Non, pas du tout. Je suis professeur de français à Stanislas... » « À Saint-Stanislas? J'ai des neveux qui vont là! » « Pas *Saint*-Stanislas, *Stanislas*. À Outremont. » La Poune mima un sursaut qui fit hausser les épaules à madame Petrie. « Outremont! Mais tout s'explique! J'sais pourquoi vous êtes raide de même!

Le monde sont tellement constipés dans c'te coin-là qu'y ont même pas besoin de toilettes dans leu' maisons!» Le grand jeune monsieur distingué rit franchement, découvrant deux rangées de belles dents blanches. «Je tenais à vous saluer, madame, la chose est faite.» Il se retira discrètement (comme il avait tout fait, d'ailleurs) et la Poune se passa la tête dans la porte. «C'est quoi vot'nom, donc, vous, que j'mette ça dans mes trophées de chasse?» Il s'éloignait, très droit, distribuant ici et là de petits sourires aux artistes qu'il reconnaissait et qui s'effaçaient devant lui. «Valéry Giscard d'Estaing.» Il avait laissé tomber le nom comme on aurait autrefois déposé une carte de visite dans un plateau d'argent. La Poune fronça les sourcils et éleva la voix. «J'vous ai pas demandé le nom de votre fille, j'vous ai demandé vot'nom à vous!» Furieuse, elle rentra dans la loge. «Valérie! Y veut-tu rire de nous autres, lui?»

La rue Sainte-Catherine était méconnaissable. La tempête avait laissé deux bons pieds de neige qui recouvrait absolument tout, jetant sur la ville un étrange silence ouaté ou, plutôt, un oppressant manque de bruit qu'on ne comprenait pas, tout d'abord, mais qui se révélait par petites touches: pas de voitures, pas de tramways dont les réconfortants «clang clang» se faisaient toujours entendre devant le Théâtre

85

National, façon joyeuse que les conducteurs avaient trouvée pour saluer leur idole au passage (certains conducteurs de tramway criaient même en passant devant le National: «Chez la Poune, terminus, tout le monde descend!»); pas de cris, non plus, d'ivrognes qui s'injurient à la porte du Carabin; la rue Sainte-Catherine gisait morte, vide, pour la première fois depuis des années et ce grand calme blanc prenait à la gorge comme si l'air avait manqué. Même le public de chez la Poune, pourtant enthousiaste, survolté, transporté par ce qu'il venait de vivre, s'était calmé d'un coup en plongeant jusqu'aux genoux dans la neige crissante qui se teintait de jaune, de rouge, de vert, sous les annonces au néon elles aussi à moitié ensevelies. Les femmes du quartier, celles, si nombreuses et parmi les plus fidèles, qui venaient de la rue Saint-Alexandre, de la rue Beaudry ou de la rue Visitation, se contentèrent de hausser les épaules en sacrant et en boutonnant leurs manteaux de drap à petit col de fourrure, mais les autres, comme Marie-Ange Brouillette ou Laura Cadieux qui venaient du lointain Plateau Mont-Royal et qui devaient prendre le tramway pour rentrer chez elles, restaient comme figées dans l'entrée du théâtre, regardant dehors avec des yeux incrédules; abattues, indécises. «Que c'est qu'on va faire! On peut pas marcher tout ça!» «Quand chus rentrée, à quatre heures, après-midi, y neigeait pas tant que ça!» Elles s'éventaient avec leur foulard; il ne leur passait même pas par la tête d'enlever leur manteau qu'elles avaient enfilé en vitesse en remontant les allées. Les quelques hommes présents se taisaient, impuissants: la visite au Théâtre National étant considérée comme une grande sortie, ils avaient chaussé leurs claques ou leurs chaloupes et se demandaient comment ils arriveraient même à mettre un pied dehors. Pit Cadieux, le mari de Laura, que sa femme avait réussi à traîner là après des heures de supplication, avait faim et boudait dans le foyer, écrasé sur un banc de bois. Quelques femmes du coin rebroussèrent chemin, revinrent au théâtre offrir aux victimes de la tempête de venir coucher chez elles. La plupart des femmes du Plateau Mont-Royal refusèrent avec de grands gestes, déclarant qu'elles n'avaient jamais abandonné le domicile conjugal et qu'elles n'avaient pas l'intention de commencer aujourd'hui; les autres acceptèrent avec de petits airs vaincus, se jurant bien de téléphoner à la maison aussitôt installées dans le sofa du salon ou dans une chambre d'enfant ou même sur quatre chaises posées côte à côte, recouvertes d'un drap suspect et d'une vieille couverture qui sent encore le «mononcle». Celles qui restèrent dans le vestibule du théâtre, entre les deux séries de porte, là où se vendaient parfois les derniers billets au marché noir (un dollar au lieu de vingt-cinq sous, quatre fois le prix!), étaient vraiment déprimées. Elles regardaient autour d'elles, pâles et déconfites, essuyaient de la manche la buée que leur haleine formait sur la vitre. Lorsque le grand jeune homme français sortit au bras d'une très belle femme dont l'accent trahissait l'effort qu'elle faisait pour dissimuler ses origines du bas du fleuve, il haussa à peine les sourcils, se contentant de relever le col de son paletot bien coupé avant de tirer sa compagne dans le banc de neige qui s'était formé juste devant le théâtre. « Il est tombé un bon mètre de neige! Et nous sommes bien loin d'Outremont! » Ils disparurent tous deux à grandes enjambées vers la rue Papineau. Marie-Ange Brouillette perça le silence de sa voix rauque qui faisait si souvent rire mais qui, cette fois, n'eut aucun effet. « Y marcheront jamais jusque-là à pied! Pour moé, on entendra pus jamais parler d'eux autres! » De l'intérieur du théâtre parvinrent des rires et des éclats de voix. Les portes du foyer s'ouvrirent et madame Petrie parut dans son superbe manteau de vison, suivie d'Édouard et de Samarcette qui gambadaient autour d'elle comme deux chiots excités. « Non, écoutez, ça sert à rien d'insister, j'ai dit à mon mari que j'rentrais... J'viens d'y téléphoner, chus pas pour le rappeler, y va penser que chus folle! » Mais Édouard et Samarcette insistaient, chantonnant comme des enfants et sautillant presque sur place. « Madame Petrie, juste pour une fois... » « Vous sortez jamais avec nous autres... » Madame Petrie souriait en secouant la tête. « J'veux pas perdre ma réputation... » Les femmes du Plateau Mont-Royal s'étaient tournées dans leur direction; quelques-unes avaient esquissé un geste comme pour les saluer, d'autres s'étaient redressées en lissant leur manteau du plat de la main et en replaçant leur chapeau de feutre aux formes étonnantes; une ou deux parmi les plus braves s'étaient même avancées en tendant un programme ou un carnet d'autographes. Madame Petrie s'en emparait d'un geste bourru et signait sous sa photo presque sans regarder (mais juste assez pour ne pas beurrer son virage d'encre noir). Mercedes, la Poune et Tit-homme Belhumeur débouchèrent à leur tour dans le foyer, suivis de Rose Ouimet qui vint rejoindre son groupe en faisant l'importante. Le régisseur du Théâtre National s'était dépaqueté comme par miracle et avait fait à sa patronne une grande scène où se mêlaient regrets, larmes, excuses, culpabilité, remords et promesses, à laquelle la Poune n'avait pas cru un mot et qu'elle avait écoutée d'un air distrait, ce qui avait bien choqué Tit-homme que sa propre performance enthousiasmait et qui se laissait aller à des outrances dignes d'un vieux cabot. Rose Ouellette s'approcha de madame Petrie qui signait un dernier autographe avec un petit air détaché. « Y ont fini par me convaincre, Juliette... Ça me tente d'aller avec eux autres. » « T'aimes ça, sortir, toi! » « Tu devrais venir, toi aussi! On n'a pas été au Palace depuis des années. » Madame Petrie leva vers son amie ce regard pénétrant que Rose Ouellette ne lui avait pas vu depuis très longtemps et qui trahissait chez elle une émotion difficile à contrôler, près de la panique. « C'est justement, Rose, j'sais pas si ça me tente de me replonger là-d'dans! » La Poune la prit affectueusement par les épaules et tout se figea dans le foyer. Laura Cadieux, qui allait tendre son programme à la directrice, s'arrêta au milieu de son geste en baissant les yeux. « Laisse-toé donc un peu aller, Juliette. Ça ferait tellement plaisir à Édouard. Y nous a quand même sortis d'un ben mauvais trou, à soir!» Sylvie Heppel remontait lentement l'allée centrale au bras d'un danseur en chantant *Summertime*. Madame Petrie se détourna de la Poune, se dirigea vers une des portes du vestibule, frôlant au passage Marie-Ange Brouillette qui voyait un manteau de vison pour la première fois de sa vie et qui n'en revenait pas. «Clo-Clo Baillargeon se tient-tu toujours là?» Mercedes courut jusqu'à elle, la prit affectueusement par le bras, enfouit son front dans le col de fourrure. «Tout le monde serait tellement content, là-bas, madame Petrie! On parle tout le temps de vous! Pis Clo-Clo Baillargeon est jamais là, le lundi!» Madame Petrie savait que Mercedes mentait. Clo-Clo Baillargeon était au Palace tous les soirs. Depuis toujours. Et pour toujours. Elle sourit doucement. «J'vas rappeler Arthur. De toute façon, on pourra jamais aller jusque-là, y a trop de neige, dehors.» Quelques secondes plus tard un bien étrange cortège se déployait sur la rue Sainte-Catherine: la distribution complète de *Est-ce bien votre fille, madame?*, plus ceux du public qui avaient aussi à se rendre sur le Plateau Mont-Royal, se déblayaient un chemin vers la rue Papineau à grands coups de bottines et dans un désordre total mais joyeux, du moins au début. Au milieu des rires et des chansons, madame Petrie lançait: «C'est une vraie follerie!» ou bien: «Pourquoi à soir? On se rendra jamais!» à quoi Édouard ou Samarcette répondait: «On va se rendre, ayez pas peur!» ou encore: «La rue Papineau devrait être débloquée! On prendra des taxis!» Marie-Ange Brouillette, Laura Cadieux et Rose Ouimet avaient compté l'argent qu'elles avaient à elles trois. Rose Ouimet avait soupiré. «J'ai ben peur qu'on soye celles qui vont pousser les taxis!» L'enthousiasme fondit rapidement. Ils avançaient lentement, avec beaucoup de difficulté, courbés en deux et suant à grosses gouttes après un coin de rue. Le chemin à parcourir n'était pas long, quelques rues tout au plus, mais le trottoir était impraticable et on s'essoufflait vite à pousser la neige devant soi en raidissant les muscles des cuisses ou en essayant d'enfoncer les bancs de neige en pliant la jambe bien haut mais sans pouvoir vraiment calculer où on posait le pied. Madame Petrie tenait son vison contre elle. «On aurait dû rester au théâtre pis coucher là! Au moins, on était sûr de pas geler!» Samarcette partit d'un grand rire qui fit tourner quelques têtes. «On gèlera pas, certain, on travaille assez fort!» Évidemment, la rue Papineau était aussi bloquée que les autres. Pas de taxis. Pas une âme en vue. La même marée blanche avait tout enseveli. Le même silence pesait partout, inquiétant à cette intersection d'habitude si vivante et qui prenait un air tragique privée de ses soûlons sympathiques, de ses filles délurées et de ses chasseuses d'autographes qui allaient au Napoléon après le spectacle dans l'espoir de voir une de leurs idoles manger un steak avant d'aller se coucher. Dans l'entrée de ce même restaurant ils trouvèrent le jeune monsieur français et sa compagne qui se joignirent à eux en désespoir de cause. Ils étaient tous là, au milieu de la rue, silencieux, soudain, leur enthousiasme disparu, les pieds gelés, les oreilles rouges, le nez coulant. Les danseurs s'étaient regroupés et parlaient à voix basse de louer des chambres dans un Tourist Room des environs, haut lieu d'adultères de toutes sortes et d'amours camouflées que tout le monde connaissait mais dont on ne parlait toujours qu'avec circonspection comme si sa seule mention suffisait à entacher une réputation. Pit Cadieux, engoncé dans son paletot d'hiver trop petit, essoufflé déjà au point de produire des sons assez inquiétants, s'appuyait sur l'épaule de sa femme qui le réconfortait du mieux qu'elle pouvait. Le jeune monsieur français avait toujours l'air d'être sur le point de trouver une solution mais pas un mot ne sortait de sa bouche. Complètement gelée dans ses bottes de fourrure mal doublées, son amie commençait sérieusement à s'impatienter. Elle regardait autour d'elle comme affolée de se retrouver au milieu de ce rassemblement d'êtres vulgaires d'un milieu dont elle était probablement issue elle aussi, qu'elle avait rayés de sa vie à tout jamais et qu'elle reprochait à son cavalier de lui avoir imposés en les trouvant plutôt charmants alors qu'elle-même les méprisait tant. Sylvie Heppel chantonnait toujours *Summertime*, mais plus bas. Elle se pendait au bras d'Édouard, cette fois, qui essayait de la suivre avec sa petite voix blanche mais qui se perdait dans les notes hautes et toussotait de façon comique en se tenant la gorge. Rien ne se passait et madame Petrie était sur le point de se fâcher pour de bon lorsqu'un joyeux « clang clang » s'éleva dans la

92

rue Papineau, faisant sursauter tout le monde.
Un énorme tramway ramasse-neige montait du
boulevard Dorchester vers le nord, poussant
devant lui sa gigantesque gratte qui éventrait la
neige, la retournait, la refoulait pour dégager les
rails de métal et ouvrir le chemin aux autres
tramways immobilisés depuis quelques heures
dans les garages de la ville. La grosse machine
verte et jaune avançait par à-coups en crachant
ses étincelles, bateau lumineux qui traverse une
mer blanche immobile en la fendant en deux,
laissant derrière lui une longue blessure figée,
définitive, qui jamais ne se refermera. On lui
fit un triomphe pas très différent de celui
qu'avait connu la Poune quelques heures plus
tôt. Tout se remettait en marche, soudain ; le
temps ne semblait plus suspendu ; un mouvement se produisait, après cette immobilité épaisse dans laquelle tout avait sombré, qui remettait
en branle le moteur des choses et des événements. Ce fut la ruée. On fit de grands gestes
désespérés pour arrêter le tramway ; Samarcette
se planta même juste devant en levant à bout
de bras ses patins à roulettes, comme un trophée
de chasse. Le conducteur sortit la tête par la
petite fenêtre qui lui servait surtout à cracher
quand il était en colère contre un passager particulièrement bête ou qu'un feu rouge l'empêchait de prendre son élan: «Que c'est que vous
faites au milieu de la rue par un temps pareil!
La ville est quasiment toute paralysée!» La
Poune s'approcha du tramway en sautillant dans
la neige. Elle enleva son chapeau de fourrure et
sourit de toutes ses dents au conducteur. «Bon-

jour, mon p'tit chien! J'te dis que t'arrives juste à temps, toé!» Le conducteur blêmit, rosit, replaça sa cravate en se gourmant puis finit par retrouver la voix après un long moment de pure panique. « La Poune! La Poune qui est pognée en pleine rue Sainte-Catherine, au milieu d'une tempête!» Il ne comprenait visiblement pas ce qui se passait et se contentait d'ouvrir la bouche en regardant fixement Rose Ouellette qui commençait à s'impatienter à son tour. Madame Petrie s'approcha en balançant les épaules. « Allez-vous nous laisser geler de même longtemps?» Le conducteur s'assomma sur le bord de la fenêtre en se redressant. « Pis madame Petrie aussi!» Il fit actionner un levier; la porte mécanique s'ouvrit dans un bruit de ferraille mal huilée. « Montez, montez! Au moins, y fait chaud, ici-dedans!» Au fur et à mesure que les naufragés du Théâtre National grimpaient dans le tramway en toussant, en se mouchant, en sacrant, le conducteur leur souhaitait la bienvenue; il enlevait sa casquette devant les dames, surtout la Poune et madame Petrie qu'il alla cueillir lui-même dans le banc de neige, encourageait les hommes d'un ton rude mais amical, distribuant claques dans le dos et poignées de main avec un plaisir évident. Mercedes le trouva très beau avec sa fine moustache bien taillée qui le vieillissait à peine, ses yeux gris rieurs et surtout ses cheveux coupés courts d'un noir très rare, presque bleu et fins comme un duvet de bébé. Elle s'installa derrière lui pendant que montaient les derniers passagers. « J'vous ai déjà vu, vous. » « Moi aussi, mademoiselle.

94

Vous prenez souvent mon tramway. Pis vous descendez toujours au coin de Mont-Royal... avec l'espèce de drôle de gars avec des patins à roulettes... » «Vous avez remarqué?» Il tourna à peine la tête vers elle mais elle sentit au ton de sa voix qu'il était nerveux. «On remarque toujours une belle fille... » La Poune lui donna deux gros becs sur les joues pour le remercier de son accueil; madame Petrie se contenta de lui serrer chaleureusement la main. «Vous nous avez sauvé la vie! On savait pus quoi faire... » «Ousque vous allez, de même?» Mercedes lui ébouriffa les cheveux en riant. «À'même place que d'habitude!» Le tramway reprit son chemin en brinquebalant, avançant par secousses, bloquant parfois derrière un amoncellement de neige particulièrement important (au coin de De Montigny il faillit ne pas repartir du tout et des protestations s'élevèrent parmi les passagers qui commençaient à peine à dégeler), tressautant dans les endroits plus faciles comme s'il avait été fier de ses exploits. Entre la rue Sainte-Catherine et la rue Ontario, le conducteur dut descendre trois fois de sa machine pour aller replacer son trolley qui avait débarqué du fil électrique qui l'alimentait. Tout le monde s'était avachi sur les banquettes de rotin jaune usées par des générations de fessiers d'ouvriers endormis ou épuisés par le travail; l'engourdissement en surprenait quelques-uns au milieu d'une phrase et ils s'endormaient avec un petit air étonné; les autres riaient, criaient, chantaient, même madame Petrie qui accepta, entre De Montigny et Ontario, de fredonner sa version du *Fiacre* qu'elle faisait si bien mais rarement, la gardant pour les occasions très spéciales. La Poune se tenait près du conducteur pour l'encourager et ce dernier était aux anges, même quand tout allait mal et qu'il les croyait définitivement immobilisés. « Passer une nuit avec la Poune pis madame Petrie! Aie, j'en prendrais souvent des tempêtes de même, moé! » La côte Sherbrooke fut particulièrement difficile à monter; le silence revint peu à peu, les fronts se collèrent aux vitres. Le jeune monsieur français s'était approché du conducteur. « Croyez-vous pouvoir y arriver? » Le jeune homme avait haussé les épaules. « Si on n'y arrive pas, on fera un pitenique! » On sentait très bien forcer la machine; l'éclairage baissait régulièrement, le rythme saccadé du moteur se modulait pendant que tout le monde retenait son souffle. Au beau milieu de la côte Sherbrooke, le tramway fut plongé dans l'obscurité. De petits cris de protestations s'élevèrent aussitôt suivis de rires étouffés probablement provoqués par des histoires salées échangées entre les danseurs et les danseuses qui faisaient bande à part à l'arrière de la machine. Le conducteur descendit, longea le tramway en marmonnant de petits sacres exaspérés, remit le trolley en place comme il l'avait déjà fait une couple de fois; rien ne se produisit. Étonné, il regarda de chaque côté de la rue. Les lampadaires étaient encore allumés, ce n'était donc pas une panne. Il secoua le trolley, le débarqua de son fil, le réinstalla; rien. Il revint vers la porte, grimpa la marche de métal en sacrant à haute voix, cette fois; il commençait à annoncer la mauvaise nouvelle lorsque l'électricité revint d'un coup, surprenant quelques personnes dans des postures très peu équivoques. Du rouge envahit des joues sous le coup de l'émotion mais on fit comme si de rien n'était (madame Petrie, assise près de Samarcette et d'Édouard, leva les yeux au ciel en produisant avec sa bouche des « tut-tut-tut » éloquents) et la machine repartit à l'assaut des bancs de neige. La côte Sherbrooke enfin vaincue, on fit une ovation au conducteur qui enleva sa casquette pour s'essuyer le front. « Le restant va t'être facile à faire, c'est plat comme le creux de ma main ! » Le tramway tressautait allègrement. Il longea le parc Lafontaine qui scintillait faiblement sous le ciel noir. Édouard s'était agenouillé sur la banquette de rotin, les fesses sur les talons, les coudes appuyés contre le rebord de la fenêtre. Il regardait défiler ce vaste espace bleu et blanc que les arbres décharnés semblaient avoir défoncé tout récemment, levant vers les étoiles les paquets de neige qui s'étaient accrochés à leurs branches et qu'ils offraient dans une totale immobilité à des dieux inconnus. Édouard avait nettement la sensation que la neige n'était pas tombée sur le parc Lafontaine mais que les arbres avaient poussé d'un coup pour l'élever au-dessus de la ville afin de la protéger des pelles, des grattes, des pas des passants, des charrues et des souffleuses. Des larmes dont il ne comprenait pas le sens lui montaient aux yeux à la vue de cette neige parfaitement vierge qui bientôt, dans quelques heures à peine, au petit matin frileux, se couvrirait des tavelures brunes, souil-

97

lures de toutes sortes, crottes d'animaux, éclaboussures de voitures, inévitable malédiction des grandes villes où rien ne reste propre bien longtemps. Dehors, la nuit était soyeuse et si calme qu'elle donnait envie de s'allonger dans la neige, la tête tournée vers l'est, pour attendre le lever du soleil; à l'intérieur, des odeurs commençaient à se mêler au bruit, des relents de corps, de linge mouillé et de vieux caoutchouc; une buée grisâtre couvrait peu à peu les vitres qu'on essuyait avec la paume de la main, salissant encore plus la surface déjà grasse. Édouard quitta son siège, remonta l'allée centrale du tramway et vint s'installer près du chauffeur. Il regarda fixement la gratte refouler la neige, la rejeter par vagues successives qui se figeaient de chaque côté de la machine en deux monticules parallèles, l'un, celui de droite, important et sale sur lequel la souffleuse se concentrerait pour le faire disparaître dans d'énormes camions qui iraient ensuite déverser leur trop-plein dans le fleuve, l'autre, à gauche, formé par le peu de neige qui s'échappait du bout de la gratte diagonale, qu'on laisserait là, très vite transformé en cette sloche tant haïe, moitié neige, moitié eau, qui s'infiltrerait partout, même dans les bottes les plus hermétiques, à travers les gabardines les plus épaisses. Édouard se tourna vers l'arrière du tramway où Samarcette venait de s'endormir, la tête dodelinante, la bouche entrouverte. Une étrange émotion le secouait, comme si une image avait voulu se présenter à lui sans qu'il puisse la saisir, une image chargée de sens mais qu'il n'aurait peut-être pas voulu comprendre.

« On ouvre la voie, Samarcette! On ouvre la
voie!» Il ne savait pas pourquoi il avait dit ça,
c'était sorti tout seul. Il courut vers la banquette
arrière du tramway où des choses sur le point
de devenir inconvenantes se passaient à tâtons
furtifs; il sépara deux danseurs qui ne l'avaient
pas vu venir et qui se troublèrent au point de
blêmir. Il se colla le front contre la vitre. «Viens
voir, Samarcette!» Celui-ci dormait toujours, la
tête dans le coude. Quand Édouard se retourna,
seuls madame Petrie, la Poune et le jeune homme français le regardaient. «V'nez voir! V'nez
voir la marque qu'on laisse en arrière de nous
autres!» Madame Petrie sourit tristement.
«Y restera pus rien, demain matin, Édouard!»
«C'est pas une raison pour pas en profiter pendant que ça dure!» Édouard, excité, frémissant,
le cœur battant, comprenait enfin. Quelques secondes plus tard, quatre personnes debout à l'arrière du tramway qui passait devant l'église
Immaculée-Conception en faisant résonner ses
«clang clang» contemplaient la tranchée provi-
soire qu'ils laissaient derrière eux dans leur
montée vers le Plateau Mont-Royal.

La plupart d'entre eux descendirent au coin
de Mont-Royal; les femmes embrassèrent le conducteur, les hommes lui donnèrent une poignée
de main chaleureuse. Il dit à la Poune et à
madame Petrie à quel point il avait été honoré
de leur présence dans son tramway, qu'il allait

tout raconter ça à ses amis qui ne le croiraient probablement pas. La Poune lui donna un petit carton blanc sur lequel elle avait griffonné quelques mots. «Viens nous voir n'importe quand, mon p'tit chien, pis emmène ta femme avec toé!» Le conducteur lui sourit et elle se rendit compte pour la première fois à quel point il était beau. «J'ai pas de femme mais c'est pas les blondes qui manquent!» La rue Mont-Royal venait d'être déneigée aussi décidèrent-ils de marcher vers la rue Parthenais en suivant les rails luisants sous les annonces au néon plutôt que de s'aventurer sur les trottoirs encore encombrés. Édouard avait pris madame Petrie par le bras; Samarcette, plus timide, se contentait de marcher à côté de la Poune; le reste de la troupe suivait silencieusement, même Sylvie Heppel qui ne fredonnait plus, se contentant de regarder autour d'elle avec un petit sourire absent. Il faisait plus froid, soudain, plus humide, aussi. Le ciel était couvert; on sentait venir une neige mouillée, collante, que le vent charroierait en grands baquets cinglants et suffocants. Pliée en deux sous l'effort, madame Petrie était de plus en plus de mauvaise humeur: «Si y neige encore, c'est ben simple, j'reste enfermée chez nous jusqu'au mois de mai!» Mercedes rit. «Qui c'est qui va descendre le grand escalier? Édouard?» Madame Petrie tapota le bras du gros homme qui avait rougi. «Faites-vous-en pas, j'vas être là, demain soir, même si y a douze pieds de neige!» Rose Ouimet et ses amis étaient restés dans le tramway. Rose était venue s'appuyer contre le montant de cuivre et de bois qui isolait le conducteur, le protégeant du froid quand les passagers montaient ou descendaient de la machine. «Connaissez-vous ça, un dénommé Mastaï Jodoin, vous? Y travaille sur la ligne Saint-Denis...» «Si j'connais Mastaï! Tout le monde le connaît! Maudite tête dure, ça! Y est pas en punition sur la ligne Rachel, ces temps-citte?» Un peu piquée, Rose Ouimet resserra le collet de son manteau. «Non, y a fini la semaine passée! C'est mon beau-frère, vous savez! Le mari de ma sœur Gabrielle...» «Ouan? Ben j'la plains, vot'sœur! C't'une tête brûlée, c'te gars-là! Y va finir par se faire mettre à'porte, tout le monde le dit!» Rose, qui avait cru faire un bon coup en parlant de son beau-frère au conducteur, perdit quelque peu contenance et se détourna sans rien trouver à ajouter. «J'haïs ça faire une folle de moé de même, moé!» Le conducteur sourit. «Vous avez pas débarqué avec les autres?» «Non, moé pis mes amis on va débarquer à Gilford, si ça vous fait rien... C'est plus proche pour rentrer chez nous...» Elle alla se rasseoir avec un air bougon qui fit rire Marie-Ange Brouillette «Que c'est qui t'arrive, madame Ouimet? T'as pas pogné?» Le grand monsieur français avait pris la place de la jeune femme contre le montant de métal et de bois. «Jusqu'où allez-vous, ainsi?» Le conducteur plissa le front; le tramway venait de faire une embardée et il crut un moment qu'il aurait encore à descendre pour aller replacer le maudit trolley. Mais la neige se souleva sous la poussée de la gratte et le tramway se stabilisa. «Que c'est que vous faites dans le boute, donc, vous? C'est

101

rare qu'on voit un Français dans le tramway Papineau!» «J'étais moi aussi au Théâtre National...» «Un Français au Théâtre National! Ben, on aura tout vu! Avez-vous toute compris, au moins?» «Bien sûr! Vous parlez un français... rocailleux et... vieillot, c'est vrai, mais c'est quand même du français!» «Ouan? Ben c'est pas c'que tout l'monde disait de l'aut'bord! Quand on a débarqué, en Normandie, on était des sauveteurs ça fait qu'on était donc fins pis donc beaux mais ça c'était dans le nord pis le monde parlait un peu comme nous autres... Mais quand on a descendu à Paris, j'vous dis que c'tait pus pareil pantoute! On était toujours des sauveteurs pis on était traité comme des rois mais on faisait rire de nous autres, rare! Aussitôt qu'on ouvrait la bouche tout le monde se roulait à terre!» Le jeune Français avait un peu serré la bouche ce qui donnait une drôle d'allure à son sourire déjà figé. Le conducteur continuait en guettant ce qui se passait devant son tramway. «Savez-vous ça, vous, qu'on le savait pas qu'on avait un accent avant de se le faire dire bête de même! Moé, avant tout ça, j'tais sûr que c'tait vous autres qui aviez un accent!» La jeune femme qui accompagnait le Français avait quelque peu blêmi; elle tenait son col de fourrure près de son visage et fixait le vide, comme hypnotisée par la honte. Seul un petit tremblement de la jambe gauche trahissait sa nervosité. Son compagnon, cependant, semblait s'amuser. «Comment avez-vous trouvé Paris?» Il avait chantonné le mot Paris avec son accent du XVIe arrondissement, étirant le «a»

102

de curieuse façon et laissant tomber le « i » comme un petit soupir inutile. Le conducteur lança un « Ah! » sonore qui fit sursauter la jeune femme du bas du fleuve. « Paris? J'étais tellement paqueté que j'm'en rappelle même pus! » Le Français s'était un peu penché vers lui. « Paqueté? Qu'est-ce que c'est, paqueté? » Cette fois le conducteur le regarda. « Vous venez de me dire que j'parle français! Allez voir dans le dictionnaire! Ça doit s'écrire comme ça se prononce! » Rose Ouimet descendit au coin de Gilford sans remercier le conducteur qui dut se retenir pour ne pas le lui faire remarquer. « Maudite famille de fous, ça! Le beau-frère tête enflée, la belle-sœur stuck-up; j'voudrais pas voir le reste! » Laura et Pit Cadieux ainsi que Marie-Ange Brouillette, cependant, le remercièrent chaleureusement et même lui envoyèrent la main lorsque la machine repartit en brinquebalant. Le Français revint à la charge, mais plus poliment, cette fois, avec une certaine douceur dans la voix. « Jusqu'où m'avez-vous dit que vous alliez, déjà? » « J'vous l'ai pas dit mais je sens que si j'vous le dis pas vous allez me faire une crise... J'monte jusqu'à Rosemont. Y en a un autre qui est parti de là pis qui monte jusque dans le nord. Mais vous, oùsque vous allez? » « Mademoiselle et moi essayons de rentrer à Outremont... » « Ah! ben c'est pas compliqué: vous allez débarquer à Saint-Joseph, c'est justement icitte, pis vous allez marcher vers l'ouest. C'est loin, mais ça se fait. » « Croyez-vous que le boulevard Saint-Joseph soit déblayé? » « Tout est en train de se faire partout dans la ville, monsieur! On est greyé quand y neige, nous autres!» Au coin du boulevard Saint-Joseph, une souffleuse dévorait un banc de neige dans un vacarme infernal. Un puissant projecteur était installé sur le toit de la souffleuse pour éclairer le pointeur qui marchait à reculons devant la machine en dirigeant avec de grands gestes le conducteur qui ne voyait pas grand-chose, ni du côté des bancs de neige qui disparaissaient dans les mâchoires circulaires pour ensuite être broyés, soufflés, projetés en un puissant jet par un long tuyau recourbé dans la cuvette des camions, ni du côté de ces camions qui avançaient parallèlement et s'approchaient parfois un peu trop près, risquant de provoquer un dangereux frottement ou même un accident. Le grand jeune homme français descendit du tramway en aidant sa compagne avec des gestes composés et appuyés comme s'il les faisait par habitude plutôt que par conviction. «Je vous remercie infiniment, monsieur. Pourrais-je vous demander votre nom? J'aimerais écrire un mot à votre supérieur pour vanter vos mérites...» Le conducteur partit d'un grand rire qui étonna un peu le Français. «J'm'appelle Gérard Bleau, mais laissez donc faire pour le mot! J'avais pas le droit de vous embarquer! Pis de toute façon, si la Poune pis madame Petrie avaient pas été là, vous gèleriez encore au coin de Sainte-Catherine!» Ils restèrent tous les deux au beau milieu du boulevard Saint-Joseph. La jeune femme soupira et jeta de chaque côté d'elle un petit regard exaspéré. Son compagnon la prit par le bras. «Je me demande bien ce que nous

allons faire, maintenant, ma chère. » Elle se dégagea brusquement et se mit à marcher à petits
pas rapides. « En tout cas, vous ne m'aurez pas
pour faire un tour de souffleuse, certain ! »

Le Palace était fréquenté par toute la gueu-
serie du Plateau Mont-Royal ; on était toujours
sûr d'y trouver quelques voyageurs de commerce en jaquette, généreux à outrance, volubiles et
la plupart du temps paquetés comme des as ;
des friponnes maquillées au sourire facile que
ces mêmes voyageurs de commerce taquinaient,
lutinaient, traitaient comme des reines mais qui
devenaient sérieuses aussitôt qu'il était question
d'argent ; des jeunots encore exclus du Red
Light et de la Main qui faisaient là leurs premières frasques, parfois hésitantes, parfois étonnantes d'efficacité ; des ouvriers fatigués qui refu-
saient d'admettre qu'ils ne trouvaient ni dans la
bière bon marché ni dans les bras à peine plus
dispendieux des guidounes l'oubli qu'ils étaient
venus chercher ; des anciens de la petite pègre,
amis du patron, tous retirés sur le boulevard
Saint-Joseph, pétant et riant fort dans ce lieu si
peu dangereux où ils pouvaient encore se donner l'illusion du pouvoir parce qu'on les regardait avec déférence ; et, surtout, dans le fond
du bar qu'on appelait le poulailler, sous un palmier en jute cloué dans un coin dont les branches raidies par la poussière commençaient à se
décoller du plafond, des hommes aux manières

outrancières qui se tenaient par la taille pour brailler les chansons des Andrews Sisters, qui se lançaient à cœur de soirée des craques plus méchantes les unes que les autres et jamais, au grand jamais, inoffensives, et qui semblaient le plus s'amuser dans ce lieu de contacts physiques monnayés et tristes, justement parce qu'entre eux le cul était plus un sujet de conversation amusant qu'un fait accompli ou même un but à atteindre alors que dans le reste du club la chose n'était abordée qu'après la boisson, les regards, les sous-entendus et toujours sérieusement. Au poulailler, le cul était raillé; partout ailleurs, aux tables reculées comme dans le ring side, il était un aboutissement vers lequel tout, absolument tout, convergeait. Le poulailler était toujours bruyant, même les soirs creux, parce qu'il suffisait que deux ou trois de ses membres soient présents pour que la liesse pogne, que les cocktails (de préférence roses) coulent à flot et que quelque chanson américaine ou française explose, ponctuée de rires et d'applaudissements quand l'imitation était bonne (Ginger Rogers, May West, Jeannette MacDonald, Suzy Delair, Édith Piaf...) ou de sifflets quand elle était mauvaise. Ce soir-là, le poulailler était particulièrement déchaîné, la tempête ayant réuni ses plus beaux fleurons: la Vaillancourt n'était pas allée déchirer ses tickets au Cinéma de Paris et trônait au bout du bar, à la place d'Édouard qu'on disait déjà mort dans un banc de neige et dont on fêtait plus ou moins l'enterrement; la Saint-Germain, hystérique comme toujours, parlait sans arrêt même et surtout quand on ne l'écou-

106

tait pas; la Comeau (la commune, comme on l'appelait dans son dos) chantait à tue-tête, les yeux mi-clos, la coupe de pink champagne à bout de bras, l'épaule appuyée contre le tronc du palmier qui sentait la fumée de cigarette et quelques générations de sueur éthylique. Ils étaient une bonne vingtaine autour de ce trio, agglutinés entre les dernières tables et le bar, suant, trinquant, joyeux et tumultueux. Il commençait à se faire tard, on n'attendait plus le spectacle («Encore Samarcette c'te s'maine! Y va finir par nous user ses roues de patins dans' face!» «J'sais pas si Mercedes a eu le temps d'apprendre *There's no Business Like Show Business*, j'y avais demandée, la semaine passée...»), alors on se donnait en spectacle, comme on finissait toujours par le faire dans les moments creux. Même Adrien, le waiter, ancien choriste aux Variétés Lyriques, qui savait tout le répertoire des opérettes françaises par cœur, y était allé de son fameux *J'ai fait trois fois le tour du monde* qui faisait si souvent pleurer Édouard sans qu'on comprenne exactement pourquoi mais qui, cette fois, avait été salué plutôt froidement parce que son public aurait de beaucoup préféré entendre *Doin' what Comes Natur'ly!* ou *Someone to Watch Over Me* qui faisaient rage depuis quelque temps, depuis, en fait, que la Vaillancourt avait décidé que les chansons françaises étaient plates à mourir (sauf, bien entendu lorsqu'interprétées par Mercedes Benza qui leur donnait de l'élan, de l'allure) alors que le répertoire américain foisonnait de bijoux endiablés, tellement moins dépri-

107

mants et, surtout, tellement plus drôles à cari-
caturer. Deux écoles tout à fait différentes et
même presque ennemies étaient donc en train
de naître dans le coin le plus reculé du Palace :
la française, menée par Adrien et Édouard, le
premier au courant de tout, même des airs
coupés des *Cloches de Corneville* et des couplets
aujourd'hui incompréhensibles des plus obscu-
res opérettes d'Offenbach, le deuxième voulant
tout apprendre, tout comprendre et tout chanter (il disait souvent : « Si j'ai du talent juste
dans mon bain, j'veux que mon bain se pâme,
j'y dois ben ça ! ») ; et l'anglaise que la Vaillancourt, avec ses deux cent vingt livres, menait
d'une main ferme et tambour battant d'une voix
de falsetto assez impressionnante. Cela valait à
la racaille qui fréquentait l'établissement d'invraisemblables tournois où se côtoyaient, se col-
tinaient, les inepties de Betty Boop (qui n'avait
pas entendu la Vaillancourt susurrer son fameux
Boop boop, pee doo ! n'avait rien entendu) et les
larmoiements de Fréhel (deux Fréhel valant
mieux qu'une, Adrien chantait et Édouard
mimait !). Les partisans des deux camps étaient
évidemment hystériques ; cela se crêpait le chignon, s'injuriait, se griffait à cœur de soirée
mais, étonnamment, aucun des clans n'avait
jamais connu de victoire définitive. Pourtant,
un soir de novembre pluvieux et tellement triste
que même Édouard imitant la petite Marie-
France (« Je voudrais un mari, docile et sans re-
proche... ») n'avait pu dérider qui que ce soit,
on avait bien cru la palme irrémédiablement
plantée dans le jardin de l'école française quand

108

Édouard et Adrien, au milieu de la dépression générale (pour la première fois dans son histoire le poulailler était silencieux) avaient récité *La Marseillaise* après s'être couverts de nappes blanches sur lesquelles ils avaient déroulé le papier crêpé bleu, blanc, rouge qui servait habituellement à fabriquer des guirlandes dans le temps des fêtes. Personne d'autres qu'eux deux n'ayant lu les mémoires de la divine Sarah, la performance fut accueillie comme un coup de génie, surtout que dans des moments de dépression comme celui que traversait le Palace ce soir-là la poésie pompier fait facilement des victimes. Des larmes avaient coulé, des sanglots s'étaient échappés en petits couinements de chiots qui ont faim, des mouchoirs avaient été écrasés contre des nez soudainement transformés en fontaines. Seule la Vaillancourt avait résisté, cependant, bien droite sous le palmier de jute, les yeux secs et la moue dédaigneuse. Il ne fallait surtout pas laisser ces deux baleines larmoyantes l'emporter si facilement! Alors la Vaillancourt avait levé son verre dans lequel le pink champagne chaud était en train de perdre ses dernières bulles et avait récité d'une seule venue, sans ponctuation et presque sans intonation le *Ô Canada*, rimette ridicule s'il en fut mais profondément gravée dans la mémoire sinon dans le cœur de tous et chacun. Tout le monde s'était cru obligé de se lever dans un brouhaha de chaises déplacées et de verres posés sans ménagement sur les tables de marbre. Match nul, encore une fois. Mais Édouard avait quand même lancé à la Vaillancourt, la grande

109

défenderesse de l'école anglaise : «Ton *Ô Canada*, c't'en français, ma chérie!» ce à quoi la Vaillancourt n'avait rien trouvé de mieux à répondre que : «Le Canada est un pays anglais, mon amour!» Match nul, vraiment? Lorsque les rescapés du Théâtre National arrivèrent devant le Palace, Clo-Clo Baillargeon lui-même, propriétaire de l'endroit et animateur improvisé pour la circonstance (l'animateur maison, Rosario DelRose, le saint rosaire pour tout le monde, venait d'appeler pour dire qu'il avait la grippe intestinale) parlait au micro d'une voix contrite : il était vraiment trop tard pour qu'on puisse encore espérer la venue de Mercedes et de Samarcette, mais la direction du Palace ne reculant devant rien pour plaire à ses fidèles clients avait décidé d'organiser un grand concours de danse... Devant le peu d'enthousiasme que soulevait cette proposition (seuls quelques petits cris suraigus et moqueurs étaient partis du poulailler pendant qu'Adrien, derrière son comptoir, criait : «Mon tutu! Mon tutu! Y a-tu quelqu'un qui a vu mon tutu!» à quoi la Vaillancourt répondit entre deux hoquets : «Ton tutu est icitte, mon toutou...» ce qui, d'ailleurs ne fit rire personne), Clo-Clo Baillargeon eut un moment d'hésitation. Il allait offrir autre chose, un concours de chant ou un pot-pourri de son ancien répertoire (il avait suivi madame Petrie pendant des années, de bars en cabarets, de théâtres en clubs de nuit et de ville en ville, à l'époque des grandes tournées, en ânonnant d'une voix qui se voulait crémeuse mais qui n'arrivait qu'à être parfaitement ridicule, des tangos argentins dans un espagnol

110

d'une navrante pauvreté, mais si beau à l'époque, si élégant dans son smoking noir qu'on oubliait qu'il chantait mal), lorsque la porte s'ouvrit sur un Édouard rougeaud, suant, essoufflé, qui se précipita vers la scène sans saluer ses amis du poulailler qui ne s'en formalisèrent pas parce qu'ils croyaient qu'il courait vers les toilettes. La Vaillancourt se leva à demi de son tabouret. «Un besoin pressant, ma grosse? Fais-en donc un pour moé, j'te r'vaudrai ça, un jour...» Mais Édouard grimpait sur la scène, arrachait le micro des mains de Clo-Clo Baillargeon, se collait la bouche dessus: «M'entendez-vous, là?» Un affreux couinement sortit des haut-parleurs; des protestations s'élevèrent du public; les femmes mirent leurs mains sur leurs oreilles; une guidoune cria même: «Si tu sais pas te servir d'un micro, grosse torche, descends donc de là!» Édouard éloigna sa bouche du micro en riant niaisement. «Écoutez, j'ai quequ'chose de ben important à vous annoncer... Si vous regardez vers la porte d'entrée, j'vas compter jusqu'à trois pis vous allez avoir une grosse surprise!» Adrien se pencha au-dessus de son bar. «Dis-moé pas que tu t'es enfin décidé à nous présenter ton mari!» Le poulailler applaudit pendant qu'Édouard, haussant les épaules, se mit à compter. À trois, la porte s'ouvrit et la Poune, madame Petrie, Mercedes, Samarcette, Sylvie Heppel et le reste de la distribution de *Est-ce bien votre fille, madame?* firent leur entrée dans un silence consterné. Ce n'est qu'après que la Poune eut lancé: «Vous avez pas l'air contents de nous voir!» que les applaudissements, les cris, les sifflets remplirent le Palace; le poulailler se vida en cinq secondes; on entourait la Poune et madame Petrie, on les débarrassait de leurs manteaux, on leur offrait des places dans le ring side et des consommations; quelques guidounes avaient même délaissé leurs éventuels clients pour venir voir tout ça de près; après tout, c'est pas tous les jours qu'on peut approcher de vraies vedettes... Mercedes et Samarcette avaient disparu vers la loge (les toilettes) pour se préparer pour leur spectacle. Édouard restait sur la scène, savourant son triomphe: sa position au Palace s'en trouvait raffermie, sa suprématie, surtout, sur la Vaillancourt avec ses goûts barbares pour les chansons américaines, sur Adrien, son maître, qui commençait à vieillir et qu'il fallait commencer à penser à remplacer, sur la Saint-Germain et ses airs supérieurs qui cachaient mal son insondable ignorance, sur tous les autres membres du poulailler, enfin, troupeau bêlant qui suivait toujours le plus fort, était, grâce à ce coup d'éclat, maintenant définitive et désormais indiscutable. Clo-Clo Baillargeon boucha le micro de sa main: «C'est toé qui les as amenés icitte?» «Ben oui!» «Es-tu fou? Juliette va me tuer!» «Tant mieux!» Clo-Clo recula de quelques pas. Il n'osait regarder en direction de madame Petrie mais il sentait son regard peser sur lui, insolent, scrutateur, brûlant. Édouard parla dans le micro d'une voix douce. «Je demanderais à tout le monde de retourner à leurs places, s'il vous plaît... Laissez les stars se reposer, un peu. Sont à terre. Si vous voulez encore patienter quelques

112

minutes, le spectacle va commencer... » Il quitta dignement la scène et vint s'installer d'office entre la Poune qui s'amusait déjà beaucoup et madame Petrie qui fixait toujours son ancien complice. « Tu m'avais dit qu'y serait pas là, Édouard! » « J'ai pensé que ça serait une bonne occasion pour vous réconcilier... » Le regard de madame Petrie quitta quelques secondes Clo-Clo Baillargeon qui s'épongeait le visage, à demi dissimulé derrière le piano, pour se poser sur Édouard, rayonnant de satisfaction. « Fais-toé pas trop d'idées, Édouard, j'te vois venir... » Au moment où Clo-Clo Baillargeon se décidait à descendre de la scène pour aller saluer ses illustres invitées que tout autre propriétaire de cabaret aurait reçues royalement et à bras ouverts mais que lui aurait préféré éviter, quelqu'un d'autre fit son entrée au Palace sous l'œil à la fois goguenard et appréciateur du poulailler et au grand dam du patron qui resta quelques secondes figé dans les marches, ne sachant plus s'il fallait fuir dans son bureau ou continuer son mouvement vers madame Petrie dont il sentait toujours le regard pénétrant. Le nouvel arrivant avait dix-huit ou dix-neuf ans, était très grand, bien bâti, d'un blond tirant sur le roux assez étonnant dans ce quartier où on était franc brun ou franc blond depuis toujours; il promenait depuis quelque temps son insolente beauté d'un bout à l'autre du Plateau Mont-Royal en attendant (comme le prétendait Adrien, le barman, qui l'appelait dédaigneusement « la menthe frappée sans menthe ») de prendre le tramway Saint-Laurent qui le mènerait directement et

113

pour toujours soit dans le Red Light où sa viande pas trop faisandée serait appréciée à sa juste valeur, soit sur la Main en plein essor et déjà légendaire où le proxénétisme, la terreur ou le commerce des paradis artificiels en feraient un homme respecté et puissant: Maurice, avec son sourire hautain, déjà, sa dégaine de jeune fauve prêt à tout, même à donner, pour arriver à ses fins, sa stupéfiante adresse dans le mensonge et le faux-fuyant, son charme absolument irrésistible dont il se servait autant au poulailler où la tension artérielle des beugleurs de chansonnettes montait dangereusement quand il s'y frottait que dans le reste de l'établissement où les guidounes lui prodiguaient des bontés que tous les autres devaient payer mais que lui réglait d'une tape sur les fesses ou d'un baiser bien placé. Il était parfaitement détestable et tous l'adoraient (sauf, comme on l'a déjà dit, Adrien qui prétendant se réveiller la nuit pour le haïr et peut-être Édouard, assez intelligent pour se rendre compte qu'un tel morceau de choix n'était pas pour lui et qui en avait développé une aversion pour le jeune homme, mêlée d'un vague désir qu'il arrivait quand même assez facilement à maîtriser). Clo-Clo Baillargeon l'idolâtrait. Et Maurice en profitait honteusement. Le nouvel arrivant se dirigea tout droit vers son protecteur en distribuant sourires et salutations au milieu d'un silence qu'il ne remarqua pas. Il arriva à la table des invitées en même temps que Clo-Clo qui se vit dans l'obligation de faire les présentations. Maurice fit une moue étonnée et réjouie aux noms de la Poune et de

114

Juliette Petrie en tendant une main molle qui fit se regarder les deux amies. Le silence pesant retomba. Ce fut la Poune, en fin de compte, qui le rompit en demandant candidement à Maurice : « Es-tu en âge de rentrer icitte, toé, mon p'tit chien ? » Maurice répondit avec une telle insolence que le regard de madame Petrie quitta le visage de Clo-Clo pendant quelques secondes pour se poser sur lui. « Chus t'en âge de faire c'que j'veux ! Avec qui j'veux ! Pis quand j'veux ! Ça vous dérange ? » La Poune, dont la grande spécialité était justement les répliques à l'emporte-pièce et qui n'allait quand même pas se laisser faire par un petit morveux qui puait l'ambition de fond de culotte, répondit sur le même ton : « Moé, ça me dérange pas mais toé, ça a l'air de te déranger rare ! J'aimerais ça, être ta mère, mon p'tit gars, t'arais le caquet un peu plus bas pis moins de cernes en dessous des yeux ! » Maurice vira les talons et se dandina quelques secondes avant de partir vers le bar où Adrien l'attendait avec une moue non équivoque. Clo-Clo Baillargeon s'inclina devant madame Petrie, lui baisa la main. « Ça fait longtemps... » Madame Petrie retira sa main doucement mais fermement. « Pas assez. » Clo-Clo refit le même manège pour la Poune qui pouffa. « Deux fois dans'même soirée ! J'espère que tu t'appelles pas Valérie toi aussi ! » Édouard se leva pour céder sa place au patron et se dirigea à son tour vers le poulailler où il fut reçu comme un dieu par son clan mais avec des railleries par la bande de la Vaillancourt qui venait de prendre une définitive et mortelle débarque. Clo-Clo s'assit sur le

115

bord de sa chaise comme quelqu'un qui doit quitter incessamment et qui veut le laisser comprendre. Madame Petrie remonta son vison sur ses épaules à moitié nues sur le décolleté plongeant dont elle avait fait sa spécialité. « Quand t'as disparu quequ'part entre Amos et Val-Dor, au milieu d'un hiver épouvantable pis d'une tournée pire encore, j'savais que t'avais viré ton capot de bord, Clo-Clo, mais j'savais pas que t'étais tombé dans les Boy Scouts of America! Quel âge qu'y a, ton Maurice? Pis quel âge qu'y va avoir quand tu vas sortir de prison? Si jamais t'en ressors!» Clo-Clo écoutait, les épaules rondes, l'air piteux. Il n'avait pas encore levé les yeux vers madame Petrie. «Tu pourrais au moins me regarder! Tout d'un coup que j'arais vieilli! Ça te ferait tellement plaisir! En tout cas, laisse-moé te dire, mon p'tit gars, que toé, t'as vieilli! C'est-tu ton p'tit serin qui t'épuise ou ben donc si y t'épuise pas assez, justement!» La Poune se pencha au-dessus de Clo-Clo et posa sa main sur celle de son amie. Madame Petrie se brassa les épaules. «Rose, laisse-moé faire mes colères quand j'en ai envie! Ça m'arrive tellement rarement! J'te laisse faire les tiennes, moé!» Clo-Clo allait se lever pour se retirer dans son bureau (un réduit sans fenêtre qui avait jadis servi d'armoire à balais) lorsque l'orchestre attaqua une rumba que madame Petrie avait beaucoup aimée, jadis, à l'époque où Clo-Clo Baillargeon et elle sillonnaient le Québec au milieu d'éclats de rire sans fin, de valises à moitié bouclées et d'un hiver si froid que les cloches de certaines églises fendaient en rendant leur

116

dernier soupir et leur premier son creux au dire des conteux de province, menteurs comme il n'est pas permis mais tellement sympathiques. Madame Petrie haussa les épaules. « Tu m'auras pas par les sentiments, Clo-Clo Baillargeon ! » Le patron du Palace la regarda pour la première fois et la chanteuse frissonna. Que de désespoir dans ces yeux jadis si beaux, si joyeux et qui avaient tant fait damner une génération entière de provinciales frustrées venues y lire des passions qui leur étaient défendues; que de souffrance, aussi, ouvertement lisible, étalée, même, comme un défi porté fièrement. Clo-Clo s'était raidi en la regardant avec quelque chose dans le geste qui ressemblait à de la dignité. « Viens pas me faire une scène chez nous, Juliette Petrie ! J't'ai pas demandé de venir ! J'veux ben te traiter comme de la visite, calvaire, mais conduis-toé comme de la visite ! » Bouleversée par ce qu'elle lisait sur son visage, elle fit un mouvement vers lui mais il se leva brusquement et s'éloigna à son tour vers le bar où Maurice ne l'attendait pas du tout. Madame Petrie hésita avant de le suivre, déchiffrant dans la voussure de ses épaules qu'elle avait connues si carrées d'autres humiliations, celles qu'il ne reconnaîtrait jamais tant elles étaient cuisantes et qu'il s'était probablement arrangé pour oublier, de toute façon. La Poune lui faisait de petits airs de complicité en pointant du menton vers Clo-Clo Baillargeon qui venait d'avaler son premier scotch d'un seul trait. Madame Petrie se releva donc en retenant son vison, vint s'accouder à côté de son ancien comparse. Adrien était tellement énervé qu'il en

117

renversa le Pink Lady que venait de lui commander la Saint-Germain, plus saoule que jamais. Madame Petrie prit son temps avant de
parler ; elle choisit ses mots, en chercha, plutôt,
de ceux qui ne mentent pas, qui viennent droit
du cœur et qui portent mais la courbure du dos
de son ami d'autrefois, la blancheur soudaine
de ses traits tirés la découragèrent et elle décida
d'aller au plus simple, à l'essentiel, sans fiori-
tures. « Ça a pas de bon sens, Clo-Clo, on se chicane comme un vieux couple... » « C'est toé qui
a commencé ! » Madame Petrie soupira. « On est
juste des vieux amis, pourtant. Y a jamais rien
eu d'autre entre nous autres que des rires pis
des folleries de tournée ! Mais sais-tu une chose,
Clo-Clo Baillargeon ? Tromper une amitié comme tu l'as faite en partant un bon soir avec
la caisse, c'est aussi pire que de tromper une
liaison ! » Ils furent dans les bras l'un de l'autre
avant même d'y avoir pensé. « Tromper la confiance que quelqu'un a mis en nous autres, Clo-
Clo ! J'ai tellement espéré que tu meures de
honte ! » Clo-Clo sanglotait sur l'épaule fraîche
de madame Petrie. « Pourquoi tu m'as jamais
rappelé, Juliette ? » La chanteuse ne put s'empêcher de sourire tristement. « C'est ben vous
autres, ça, les hommes ! Vous nous sacrez là
sans vous inquiéter de ce qui peut nous arriver
pis y faudrait qu'on vous rappelle ! » Elle se vit
soudain au milieu de ces hommes à la tristesse
joviale qui se rassemblaient là pour camoufler
leur différence dans un coin enfumé bien à eux
où personne ne penserait à aller les déranger,
ses adulateurs, pour la plupart, qui savaient

crier bravo quand elle descendait le grand escalier et qui se levaient pour lui faire un triomphe
quand elle venait saluer, pathétiques d'admiration aveugle, touchants dans leurs outrances
qu'ils lui empruntaient mais qu'elle n'arrivait à
comprendre, et elle ferma les yeux. Elle pensa
au chemin parcouru par Clo-Clo Baillargeon depuis les jours fous des tournées que son mari
savait si bien organiser et essaya de chasser d'un
geste impatient de la main la migraine qui commençait à lui serrer la tête. « J'aurais pas dû
venir, aussi! C'tait tellement plus facile de
l'haïr!» Assis près de la Comeau qui venait de
s'écrouler sur un tabouret, Édouard jubilait.
Maurice était venu s'asseoir à côté de lui, un
verre de gin tonic à la main. Il tenait les jambes bien écartées (il appelait ça montrer la mar-
chandise) en jetant autour de lui des regards
effrontés et entendus qui provoquaient des réactions diverses dans le poulailler surexcité (la
Vaillancourt bavochait, louchait, pathétique
marionnette désarticulée par l'alcool, consumée
par des désirs inassouvis qu'elle essayait en vain
d'éteindre en les arrosant; Adrien persiflait de
mépris des choses qu'on ne comprenait pas mais
dont on devinait aisément le sens). Édouard,
pour sa part, essuyait la table, là où la Comeau
avait laissé son verre de pink champagne se
briser en répandant sur le marbre ses bulles
tièdes. Il jeta un rapide coup d'œil sur Maurice
qui finissait son drink d'une seule gorgée
comme s'il se fût agi d'un vulgaire coke. « T'es
trop jeune pour boire de même, Maurice. Si la
police arrivait... » Maurice ne haïssait rien autant

119

que de se faire dire qu'il était trop jeune pour boire. Il posa son verre avec un geste d'impatience. «Ça vous va ben de jouer aux waitresses, ma tante Édouard... Vous pourriez avoir de l'avenir, là-dedans...» Édouard fut aussitôt debout devant lui, les poings sur les hanches, la voix si haut perchée que Pierrette Alarie elle-même, qui venait de rentrer chez elle après une représentation particulièrement quelconque du *Roméo et Juliette* de Gounod dans une mise en scène confondante de niaiserie et sous la direction d'un batteur de mesure sans talent qui aboutirait quelques années plus tard à la télévision pour y pourrir dans le confort béat du fonctionnarisme, en eût été jalouse. «Aie, wow, là, hein! Ça va faire, le serin! T'es pas mon neveu, pis c'est pas parce que t'essayes de pogner le cul de toutes les p'tites filles de la rue Fabre pis d'en particulier de ma nièce Thérèse pour essayer de te prouver que t'es straight que t'as le droit de m'appeler ma tante! Si tu trouves que chus t'intéressante comme waitress, moé j'trouve que tu fais pas mal dur comme guidoune! Va louer ton cul ailleurs, tu me donnes mal au cœur! Pis c'est pas non plus parce que tu vire-voltes autour de Clo-Clo Baillargeon comme un chien de deux mois qui vient de découvrir qu'y'est cute que tu me fais peur!» Des têtes s'étaient retournées. La Vaillancourt tendait même franchement l'oreille. Adrien frottait son comptoir en s'approchant petit à petit du point chaud où il espérait qu'un drame sanglant sinon mortel venait d'éclater. Perdus dans leurs retrouvailles mouillées, madame Petrie et Clo-Clo

Baillargeon n'entendaient rien. Maurice s'était levé avec des lenteurs de félin qui se réveille, s'étirant et bâillant ostensiblement devant un Édouard confondu de rage dont le visage violacé semblait au bord de l'éclatement. Avant de lui tourner le dos, Maurice lui chatouilla le bout du nez avec son index. «Quand on est juste une duchesse manquée, on devrait être content que quelqu'un nous appelle ma tante!» Édouard allait le frapper, tout le monde le sentait. Maurice se mit en position de boxeur, les poings à hauteur d'épaule, les jambes bien écartées. «Toé, ma tante Édouard, c'est la gifle des femmelettes; moé, c'est les poings du vrai gars. Choisis!» Ils se regardèrent longuement. Tout le monde retenait son souffle, sauf la Comeau qui ronflettait dans un désagréable gargouillis. Clo-Clo et madame Petrie avaient enfin tourné la tête dans leur direction. La gifle partit tellement vite que Maurice ne put rien faire pour l'éviter. Le coup de poing fut plus rapide encore. Du sang coula immédiatement sur la lèvre d'Édouard qui ne fit rien pour l'arrêter. Maurice était blême, mais souriant. «Moé, j't'appellerai jamais la duchesse, ma tante Édouard! T'es ben que trop vulgaire! Comment tu disais ça, l'aut'jour, avec ton accent français que tu prends dans les vues françaises, au Dominion ou ben donc au Passe-Temps? Ah! Oui...» Maurice se déhancha, plia un bras en posant une main sur son épaule. Son imitation d'Édouard fut d'autant plus insultante qu'elle était malhabile, sans imagination. «Quand on est venu au monde dans la roture, y faut tout faire pour s'en sortir!» La Vaillan-

121

court rit et reçut le torchon d'Adrien en plein visage. Maurice s'était un peu rapproché d'Édouard dont le nez enflait de seconde en seconde. « J'sais pas c'que c'est, la roture, ma tante Édouard, mais j'trouve que ça sent la graisse à patates frites ! » Une main venait de se poser sur l'épaule du jeune homme. Clo-Clo Baillargeon dont la poigne solide était célèbre dans tout le Plateau Mont-Royal poussait Maurice vers la porte. « T'as assez fait un fou de toé pour à soir, Maurice... Tu reviendras demain... J'ai d'la visite, pis on peut pas dire que t'es ben ben montrable... » Avant de sortir, Maurice partit d'un grand rire qui n'était pas sans rappeler celui de Thérèse lorsqu'elle venait de dire une énormité à sa mère, Albertine, la sœur d'Édouard. « La duchesse va toujours sentir la roture ! » Sur le trottoir, il resta figé, les bras croisés sur sa chemise à carreaux qu'il gardait ouverte sur sa gracile poitrine même au plus profond de l'hiver. « Pis j'espère que la roture c'est vraiment d'la graisse à patates frites ! » Édouard était revenu s'asseoir près de la Poune qui venait de payer une tournée à ses employés du Théâtre National. « Mets-toé une compresse d'eau frette, fais quelqu'chose, mon p'tit chien, t'as l'air d'un roast beef ! » Édouard reniflait, la tête renversée par en arrière. « J'y revaudrai ben ça... Y reste à côté de chez nous... J'sais des affaires sus lui que ses parents s'raient pas trop contents d'apprendre... » La Poune lui colla une grosse clef de métal sur la nuque (elle en avait un énorme trousseau qu'elle transportait toujours avec elle parce qu'il y avait des coins du

Théâtre National que même Tit-homme Belhumeur n'avait pas le droit d'explorer). Édouard
frissonna. « C'est frette! » « Ça va arrêter le
sang... » Clo-Clo Baillargeon et madame Petrie
reprirent leur place; le spectacle allait commencer. La Poune tapota la joue d'Édouard. « Vends
jamais personne, Édouard. Ça vaut pas la
peine... »

Mercedes chantait *Plaisir d'amour* avec plein
de trémolos dans la voix, les mains collées
aux cuisses, la tête renversée. Pour une fois,
tout le monde écoutait dans le Palace. Aucun
quolibet familièrement injurieux ne fusait du
poulailler, aucune voix éraillée par l'alcool ne
s'élevait, plus fort que celle de la chanteuse,
pour l'enterrer ou, comme le disait si souvent
Adrien qui pouvait rarement s'empêcher pendant le tour de chant de Mercedes de miauler
des sons inarticulés, « pour l'accompagner ». Ce
silence inaccoutumé était peut-être dû à la présence des deux grandes stars du Théâtre National qu'on regardait avec adoration et dont on
attendait les réactions avant d'applaudir. Pour
sa part, la Poune était sidérée. Chez elle, dans
ce théâtre où elle se démenait sans arrêt, où elle
se dépensait sans compter, omniprésente et
même parfois un peu dictatrice, elle ne s'était
jamais vraiment arrêtée à écouter Mercedes.
Elle savait qu'elle était bonne (madame Petrie
était arrivée un jour en disant: « Y paraît que

Fine Dumas a découvert une nouvelle chanteuse qui ferait notre affaire. On devrait l'essayer. »); elle lui donnait même de plus en plus d'importance dans ses spectacles parce que le public l'adorait mais elle ne s'était jamais donné la peine, entre deux représentations ou deux répétitions, de s'arrêter dix minutes pour se laisser séduire par cette voix chaude, charnelle, au vibrato impressionnant; aussi, ce qu'elle entendait maintenant la bouleversait au plus haut point. C'était pourtant là des chansons toutes simples qu'elle connaissait pour la plupart par cœur mais Mercedes les transformait, les transfigurait, en faisait des paysages d'émotion qu'on pouvait lire, qu'on pouvait ressentir et dont il était très difficile de s'échapper. Et la Poune laissait couler ses larmes, généreusement, sans honte, le cœur au bord des lèvres. Madame Petrie, à côté d'elle, hochait lentement la tête en pensant à leur conversation avant le spectacle du Théâtre National. « Prends ton temps, Mercedes; va pas trop vite! Tu vas te consumer pis on va te rejeter comme on l'a faite pour tant d'autres! » C'était peut-être la première fois, aussi, que le poulailler écoutait attentivement cette chanteuse qui jusque-là n'avait servi que de musique de fond aux délires verbaux de la Vaillancourt, aux méchancetés acides d'Édouard, aux farces graveleuses de la Comeau ou aux trilles énervantes d'Adrien. La consternation était totale. Et Clo-Clo Baillargeon, en mauvais commerçant qu'il était, était inquiet: les waitresses ne circulaient plus; les guidounes non plus; même Adrien, toujours si occupé, était inactif,

124

les bras croisés sur son éternel torchon, bouche bée. Plutôt que de penser à la possibilité d'exploiter le talent de Mercedes pour se bâtir une nouvelle clientèle, une réputation, le pauvre Clo-Clo s'inquiétait de cette minute privilégiée parce que l'argent et la bière ne circulaient pas. Samarcette, dans son costume rose qu'il n'avait pas eu le courage de quitter, était venu s'asseoir près d'Édouard. Son numéro avait passé inaperçu, comme d'habitude, et il se sentait las. Il aurait voulu parler avec Édouard mais celui-ci se balançait doucement sur son énorme fessier, les yeux mi-clos, la tête ailleurs. D'habitude, Samarcette était le seul du poulailler à écouter le tour de chant de Mercedes ; il s'assoyait dans le ring side avec une bière bien froide et la regardait travailler, exalté par son intelligence, sa précision, son grand amour pour ce qu'elle faisait. Il l'encourageait d'un geste lorsque le Palace était particulièrement déchaîné ou lui faisait un clin d'œil comique qui la faisait sourire quand elle avait envie de tuer tout le monde. Mais après cette éprouvante soirée où il avait pensé pour la première fois à accrocher ses ridicules patins, il n'avait pas envie d'entendre *Ramona* ou ce *Plaisir d'amour* qu'il aimait pourtant presque avec violence. Il aurait voulu se retrouver seul avec Édouard, provoquer enfin cette grande explication qu'il refusait à son ami depuis si longtemps ; s'arracher la peau du cœur, crier, pleurer, tout régler une fois pour toutes pour ensuite dormir comme une roche dans l'espoir de se réveiller transformé le lendemain matin. Au moment où il allait poser la

main sur l'épaule d'Édouard pour lui dire qu'il
voulait lui parler ce dernier se pencha sur madame Petrie, tout d'un coup, comme si une idée
venait de le frapper. «Madame Petrie, j'voudrais
vous parler, après le show...» Samarcette s'appuya contre le dossier de sa chaise, soupira. Sur
la scène, la grande flamme de satin vert achevait
de se consumer.

«Y a rien qu'à vous que j'peux demander
ça... La Poune, elle, a' m'écouterait pas...»
«Que c'est qui te fait dire qu'a' t'écouterait
pas?» Madame Petrie jouait avec une petite
boîte d'allumettes Eddy que quelqu'un avait
laissée traîner sur la table. La plupart des
autres dansaient sur l'estrade; la Poune, au bras
de Clo-Clo Baillargeon, valsait lentement, souriante, entourée de sa troupe, Mercedes avait
convaincu Samarcette de la suivre mais le petit
acrobate vêtu de rose dansait mal, inattentif, la
tête tournée vers la table de marbre et les deux
têtes qui s'étaient rapprochées dans la confiden-
ce. Édouard hésitait, cherchait ses mots, reprenait des phrases mal commencées, s'embrouillait,
bafouillait. «J'veux dire... écoutez... Vous...
Elle, a' m'écouterait pas parce que j'ai rien à y
montrer, j'ai rien de prête, mais vous, au
moins... Vous, vous pouvez vous imaginer c'que
ça donnerait...» «Édouard, tu sais très bien que
c'est difficile de dire à quelqu'un qu'on l'en-
gage quand y a rien à nous montrer!» «J'vous

126

demande pas de me dire que vous m'enga-
gez... » « De toute façon, c'pas moé qui enga-
ge... » « J'voudrais juste... Dites-moé que vous
m'encouragez, c'est toute! C'est de t'ça que j'ai
de besoin! Que quelqu'un m'encourage! » « Mais
à quoi, Seigneur Dieu! Dis-lé! » D'un geste sec,
madame Petrie avait rejeté la boîte d'allumettes
qui avait glissé sur le marbre et était tombée sur
le plancher. Édouard fit le geste de la ramasser.
« Édouard! On n'est pas là pour ramasser des
boîtes d'allumettes Eddy! Arrête de tourner autour du pot de même! » Quelques couples
étaient revenus à la table mais avaient décidé
de retourner danser tant la conversation entre
madame Petrie et Édouard semblait importante
et intense. Ce dernier prit une grande respiration. « Des fois, quand j'vas chez Samarcette...
J'ai pris l'habitude de faire des imitations. Icitte,
aussi, au poulailler... J'imite toutes sortes de
monde... Mae West, Tallulah Bankhead, Bette
Davis, Suzy Delair, Danielle Darrieux... »
« Rien que des femmes? » « Oui... J'me mets
n'importe quoi su'l'dos, pis envoyez donc!
j'pense que chus pas mal drôle... » Madame Petrie laissa son vison glisser de ses épaules, l'installa bien droit sur le dossier de sa chaise. « Pis
que c'est que tu veux faire, au juste? V'nir faire
ça au National? Y penses-tu? Un homme habillé
en femme, au National! Mais mon pauvre Édouard, tu vas te faire tuer! » Édouard lui prit le
poignet, soudain, et se jeta à l'eau. « Peut-être
que le monde aimerait ça, au National, parce
que... vers la fin, j'pourrais... Madame Petrie,
J'vous imite, vous aussi, pis c'est mon meilleur

127

numéro!» Madame Petrie resta figée quelques secondes. Elle se lissa les cheveux de la nuque du plat de la main, joua un peu avec son rang de perles. «J'aurais dû me douter que c'est là que tu voulais en venir... Hé! que chus niaiseuse, des fois!» Elle sentait une colère, inexplicable et très violente, lui monter le long de l'échine; elle arrivait à la contrôler en prenant de lentes respirations mais elle savait qu'elle ne résisterait pas très longtemps et elle avait peur de ses réactions quand, toutes vannes ouvertes, elle se laisserait aller. Édouard avait retiré sa main du poignet de la chanteuse et baissé la tête. «Vous avez l'air en maudit.» Et cela sortit si rapidement que madame Petrie en fut elle-même étonnée: «Y a de quoi, non! Tu penses que j'vas te laisser v'nir rire de moé de même, à ma face, sans rien dire!» «J'veux pas rire de vous, madame Petrie...» «Que c'est que tu veux, d'abord! Comment c'que t'appelles ça! Me rendre hommage? T'es trois fois gros comme moé, de quoi tu vas avoir l'air dans des robes en lamé pis en taffetas, veux-tu ben me le dire! Pis moé, là-dedans? J'vas me tenir deboute en arrière de toé pour que le monde vérifie? Es-tu après v'nir fou?» Des têtes commençaient à se tourner dans leur direction. La Poune et Clo-Clo s'étaient figés dans une figure de valse, la Poune la jambe repliée d'une façon comique et son compagnon penché par en avant. Édouard aussi s'énervait, haussait le ton. «Mais si j'vous promets que ça va être faite avec goût...» «Avec goût!» Madame Petrie avait donné un coup de poing sur la table qui avait résonné dans le Palace comme un coup de fusil. «Y a quequ'chose que t'as pas l'air de comprendre, Édouard! Y a une maudite différence entre être drôle dans la vie pis être drôle sur une scène! Icitte avec tes amis, quand vous êtes paquetés pis que vous comprenez pus la moitié de ce que vous dites, vous vous trouvez ben drôles, mais le monde qui viennent nous voir, au National, y sont pas paquetés pis y veulent de la qualité! De la qualité, Édouard, pas n'importe quoi faite n'importe comment juste pour le fun! Penses-tu qu'y suffit de te mettre une robe su'l'dos pis de faire n'importe quelle niaiserie qui te passe par la tête pour te donner du talent!» Au mot talent Édouard avait bondi. «Justement, vous le savez pas si j'en ai ou non du talent! Pis vous le saurez pas tant que vous m'aurez pas vu faire! Tout c'que j'vous demande c'est une chance de vous montrer c'que chus capable de faire!» Dans son emportement Édouard s'était levé. Madame Petrie regarda autour d'elle, soupira, fit signe à Édouard de se rasseoir. «On n'a jamais vu ça un travesti, au Théâtre National, excepté de temps en temps dans des sketches... Pis le monde le prenait parce que c'était Paul Desmarteaux ou ben donc un autre membre d'la troupe... Mais tout un numéro de rien que ça...» «Ça se fait partout dans le monde...» «On n'est pas partout dans le monde, on est à Montréal!» «Mais si y'est bon, mon numéro, si y'est ben faite!» Madame Petrie regarda Édouard droit dans les yeux. Sa colère s'apaisait; elle avait envie de consoler ce gros garçon sans allure, soudain. Entêté, Édouard continuait. «J'ai déjà

129

commencé à les préparer, un peu... j'fais des imitations pendant l'entracte au Théâtre National, pis le monde aime ben ça... Chus pas habillé en femme, ni rien, mais y reconnaissent tu-suite qui je fais pis ça les fait rire...» Elle parla doucement, posément, détachant chaque mot pour bien se faire comprendre: «Écoute... Si j'te disais que c'est moé qui est bloquée, ça t'aiderait-tu à comprendre? Haïs-moé tant que tu veux si ça peut te faire du bien... J'ai pas le goût, Édouard, de voir quelqu'un comme toé venir parler pis chanter pis danser comme moé, sur la même scène, dans le même show! Es-tu capable de comprendre ça? Chus une star; j'arrive à la fin du show dans une belle robe, j'chante une belle chanson, j'fais quequ'p'tits pas de danse... Pis j'fais tout ça sérieusement, *professionnellement* pis j'veux pas qu'on en rie!» Édouard était au bord des larmes. «Pis si j'vous fais pas, vous? Si j'fais juste les autres? Si j'fais la Poune! Chus capable de faire la Poune, vous savez!» Madame Petrie posa délicatement la main sur l'épaule d'Édouard. «Laisse faire tout ça, Édouard. Crois-moé, c'est mieux de même. Continue à faire rire tes amis tant que tu voudras mais fais-toé pas d'illusion. T'as quarante ans passé, c'est ben tard pour monter su'a'scène...» «C'est le rêve de ma vie, madame Petrie!» Un peu de morve commençait à couler du nez du gros homme. Il l'essuya du revers de la main. «Pourquoi tu l'as pas faite avant?» «Chus un vendeur de chaussures, madame Petrie! Avant de connaître Samarcette, j'connaissais rien ni parsonne de vot'milieu! Pis ma mère... Ma mère... » Un silence gênant tomba soudain entre eux. Ils ne se regardaient plus, tout à coup, comme si quelqu'un avait coupé un fil ténu qui les avait jusque-là liés l'un à l'autre. Peut-être avaient-ils compris au même moment que leurs arguments étaient irréconciliables et qu'ils ne pourraient plus que se répéter. Madame Petrie commença à remettre son manteau. Les autres étaient revenus à la table et se préparaient aussi à partir, silencieux et gênés. Des briquets et des paquets de cigarettes étaient ramassés à la hâte; des verres de bière tiède étaient bus d'une traite suivis d'une grimace de vague dégoût. La Poune ne regardait ni Édouard ni sa grande amie. Comme tout le monde, elle avait entendu une partie de la discussion et refusait de se mêler au litige parce qu'elle aurait eu tendance à se ranger du côté d'Édouard, tout en comprenant les réserves de madame Petrie, et que cela aurait beaucoup trop compliqué les choses. Édouard finit par rompre lui-même le silence d'une voix douce, flûtée, un peu Odette Joyeux. « J'vous comprends. J'pense. » Mais alors que la troupe au complet se dirigeait vers la sortie il éleva la voix dans une sorte de supplication déchirante qui fit frémir le Palace entier, même la Vaillancourt, son ennemie d'office. « Mais allez pas croire que j'ai toute faite ça, à soir, avec c't'idée-là derrière la tête! J'ai voulu vous aider, tout le monde, juste parce que j'vous aime! » La Poune revint vers lui presque en courant, lui plaqua un baiser dans le cou, laissant une marque de gras rouge que le gros homme n'essuya pas.

La rue Mont-Royal ressemblait à une vieille carte de Noël représentant un paysage rural auquel on aurait voulu ajouter des touches vaguement urbaines ; les trottoirs disparaissaient complètement sous les bancs de neige, les enseignes au néon et les lampadaires étaient éteints (probablement une panne d'électricité) ; tout baignait dans ces teintes de bleu, très lumineuses, camaïeu de marine, d'azur, de turquoise engendré par le blanc des nuits d'hiver. Les rails de tramway luisaient très faiblement, à peine découverts. Par endroits, devant chez Larivière et Leblanc, au coin de Papineau, par exemple, ils étaient encore enfouis sous une mince couche de sloche, mélange de neige et de sable, que le premier tramway allait transformer en bouillie brunâtre et mouillante dans quelques heures. Édouard suivait ces rails ou, du moins, il essayait, titubant, la tête en feu. Il avait beaucoup bu, plus que d'habitude, plus, même, que lorsqu'il décidait de « fêter » parce que tout allait mal et qu'il voulait sombrer dans l'oubli. Le poulailler l'avait laissé seul dans son coin après le départ de la troupe du Théâtre National ; Samarcette était venu lui dire un petit bonsoir gêné, pourtant, avant de partir mais il n'avait pas répondu, penché sur sa table, les yeux clos. Il avait bu d'abord très lentement, savourant son alcool en même temps que sa peine avec de petits claquements de langue qui ressemblaient à de la satisfaction, puis de plus en plus vite au fur et à mesure que la rage montait en lui comme une sève empoisonnée, lui dévastant chaque vaisseau sanguin, chaque fibre de chair et d'os et jusqu'à son esprit qu'il avait senti lui échapper dans un vertige au goût de bile. À la fermeture, Clo-Clo était venu le reconduire sur le trottoir ou, plutôt, au milieu du banc de neige qui trônait devant la porte. Pour la première fois depuis des années Édouard n'avait pas entendu les dernières idioties du poulailler et, surtout, n'y avait pas participé. La voix d'Adrien chantant l'air des larmes, de *Werther*, avait passé à travers lui sans soulever d'écho. C'était pourtant là un message que lui envoyait le barman, un code entre eux qu'ils employaient quand l'un ou l'autre allait très mal. Édouard avait chanté *Va, laisse couler mes larmes* à Adrien quand celui-ci avait perdu son beau Roby Robitaille, son compagnon de toujours, son complice aux Variétés Lyriques comme au poulailler qui avait été emporté en quelques semaines par un cancer. L'air sec de la nuit avait ravivé son ivresse et il avait vomi, copieusement, sur la crête d'une congère; cela goûtait le métal et sentait le bébé malade (il avait pensé, pendant un court instant, à l'enfant de la grosse femme qui avait été si faible les premiers mois de sa vie et qui avait senti le vomi jusqu'à l'âge de un an parce qu'il ne digérait presque rien). Au coin de De Lorimier, sans raison, peut-être tout simplement parce qu'il suivait les rails, il s'était mis à faire le tramway, produisant de drôles de « clang-clang » ponctués de coups de

133

pied dans la sloche, inventoriant le répertoire des conducteurs de tramway et le hurlant avec des voix d'actrices qu'il aurait été le seul à reconnaître s'il avait eu un public: «Avancez en arrière!»; «Ticket, s'i'ou plaît!»; «Vot'transfer est pus bon!»; «Papineau, tout le monde a chaud!»; «Sanguinet, tout le monde a frette!»; «Chambord, tout le monde est mort!». À «Chez la Poune, tout le monde descend!», un sanglot lui brisa la voix et il s'arrêta au milieu de la rue. Il était presque arrivé à la rue Fabre. Dans la vitrine de Grover's, il le savait parce qu'il s'arrêtait souvent pour s'y mirer quand il se trouvait beau ou s'y faire des grimaces les jours où il était déprimé, un grand miroir qui partait du plancher et qui montait jusqu'au plafond avait été fixé sur l'une des colonnes de soutien. Édouard enjamba le banc de neige, pataugea un peu dans une couche de sloche molle qui lui mouilla les pieds d'un coup et vint se planter devant le miroir. Il se regarda en plissant les yeux parce qu'il voyait mal. Enfin, il était hors de lui, en dehors de lui-même, face à son reflet qu'il pouvait prendre pour lui et qu'il voulait abreuver d'injures, ce qu'il fit, généreusement, avec un gros plaisir sadique, ne s'épargnant aucune humiliation, guettant les réactions de cet autre lui-même qui le regardait dans les yeux comme pour le braver: «Maudite grosse plogue! Grosse tout-trempe! Une duchesse, ça! Grosse sans allure! Vulgaire comme douze pis ignorante comme vingt! Maudite grosse vendeuse de chaussures, reste donc aux pieds du monde, c'est là qu'est ta place! Liche-leu' les bottes pis

134

dis-leu' marci! Pis, surtout, essaye donc pas de
t'en sortir! T'es venue au monde dans' marde,
dans' plèbe, dans' roture...» Au mot roture
qu'il ne connaissait pas depuis très longtemps et
qui avait transformé sa vie, l'image de Maurice
et de sa graisse de patates frites lui traversa l'esprit et il s'appuya contre la vitrine. Le froid du
verre sur son front lui fit un peu de bien. «La
senteur d'la graisse de patates frites, ça s'en va
pas de même, juste parce que tu le veux!» Il
se regarda à nouveau dans le miroir. Il parla
plus doucement, cherchant peut-être une lueur
de pitié ou de commisération dans le regard de
cet autre lui qui semblait si triste, si vulnérable,
soudain. «Un roturier. Pas une duchesse.»
Il s'éloigna de la vitrine, tourna le coin de la rue
Fabre. Elle était là, devant lui, si calme, si belle
sous sa couche de neige vierge que personne
n'avait encore souillée. Pas de traces de voitures. Pas de traces de pas. Un paysage complètement scellé dans l'innocence. Ou la bêtise.
Édouard se planta bien au centre de la rue et
commença à pousser ses pieds devant lui, sans
les lever, pour bien laisser sa trace au cœur de
l'artère. «Fini, les incursions dans le monde
extérieur! Moman, chus r'venu! Pour de bon!»

Il y avait des traces de pas dans l'escalier.
Quelqu'un, plusieurs personnes pour autant
qu'il pouvait en juger, avait monté l'escalier,
puis l'avait redescendu. Étonné, Édouard grim-

pa les marches le plus vite qu'il put. Toutes
les lumières de la maison étaient allumées. Il
n'eut pas le temps de sortir sa clef qu'Albertine,
sa sœur, se jeta littéralement sur lui en san-
glotant. « Espèce de sans-cœur ! C'est rien qu'à
c't'heure-là que t'arrives ! La nuitte oùsque not'
mère est morte, tu courais encore la galipote ! »
Sidéré, il n'arrivait pas à bouger. L'effet de l'alcool se dissipait trop vite, il avait le vertige.
Albertine le poussa dans la maison, lui détacha son paletot, le lui enleva. « Reste pas planté
là ! Viens la voir, pas de cœur ! » Elle s'arrêta,
soudain. Ses yeux s'agrandirent. Elle fixait le cou
de son frère comme si elle y avait vu une blessure. « J'espère que t'auras pas le front d'aller
visiter ta mère morte avec du rouge à lèvres
dans le cou ! T'étais chez les guidounes pendant
que not' pauv' mère se mourait ! » Le corridor
s'était rempli de monde ; la grosse femme, son
mari et leurs trois enfants étaient sortis du salon
où ils allaient veiller toute la nuit, suivis de Thérèse qui mâchait ostensiblement une gomme
balloune. Tous le regardaient avec un air de re-
proche et il eut envie de les insulter. Il se jeta
dans la chambre de sa mère. Marcel était assis
sur le lit de la morte. En voyant son oncle
entrer, il sourit. « T'arais dû voir ça, mon oncle !
C'tait assez beau ! » Le cri de bête qui s'échappa
de la poitrine du gros homme fit s'enfuir le petit
garçon.

Intercalaire I

Août 1946

> *« Un gros homme c'est ridicule ; une grosse femme c'est ragoûtant. »*

Les dits de Victoire

Un beau soir d'août de l'année précédente, alors que la grosse femme léchait consciencieusement un énorme cornet de crème glacée à l'essence d'érable, sa favorite, bien calée dans sa chaise berçante, sur le balcon qu'on venait juste de repeindre parce que le propriétaire avait manqué d'argent, en mai, et qui sentait encore la peinture cuite par le soleil, Édouard était sorti de la maison, tout émoustillé, portant dans ses bras une chaise droite qu'il déposa près de celle de sa belle-sœur. Entre deux bouchées la grosse femme avait passé le coin de son tablier sur sa bouche salie de crème. « Mon Dieu, Édouard, t'as ben l'air énarvé, à soir ! » Édouard avait beaucoup de difficulté à tenir en place ; il se balançait d'une jambe sur l'autre, suivait le pli de son pantalon avec le bout de l'index, comme un petit garçon gêné, se tapotait la bedaine,

139

lançait des soupirs de vieux chien qui rêve. La grosse femme s'était reconcentrée sur la boule de crème glacée qui disparaissait trop vite à son goût mais qu'elle ne pouvait pas s'empêcher de dévorer. « Ça fond tellement vite... Si j'la mange trop tranquillement, ça va me couler sur les mains pis j'haïs ben ça... » À sa gauche, par-dessus les arbres immobiles de la rue Fabre, un invraisemblable coucher de soleil remuait ses derniers tisons. Une étrange bande verte barrait le ciel là où le bleu de la nuit naissante et l'orangé de la fin du jour se fusionnaient dans une bataille silencieuse mais irrémédiable. Le bleu gagnait. La grosse femme croqua la première bouchée de son cornet gaufré après avoir poussé avec la langue ce qui restait de crème glacée. « Dire que tout ça achève... » Édouard sembla sortir d'une profonde rêverie. « Vous avez rien qu'à vous en acheter un autre... » La grosse femme rit en agitant ses épaules grasses. « C'est pas de t'ça que j'parlais... c'est de l'été. » « Voyons donc, on est rien qu'au milieu d'août ! » « Ah, ça va vite à partir du mois d'août ! T'as pas le temps de te retourner que t'as une veste su'l'dos pis qu'y'est trop tard pour t'assire dehors... Ta mère le dit assez souvent : 'Après juillette, c'est le frette !' » La grosse femme suçota le bout de son doigt. « Je l'savais, j'vas toute être collée, encore ! » Quelque part dans un parterre ou peut-être dans un arbre, tout près, des criquets en goguette tricotaient leurs trilles. Édouard se leva et s'appuya sur la balustrade du balcon. « Y m'énarvent, c't'année, eux autres ! » Sa belle-sœur achevait son cornet, la bouche pleine,

140

satisfaite et souriante. « Assis-toé donc, Édouard, pis parle! Ta mère dit n'importe quoi, les criquets t'énarvent, que c'est qu'y a, là! » Édouard se retourna, cala ses deux volumineuses fesses sur l'appui de bois qui plia un peu. « J'ai rencontré quelqu'un... » La grosse femme arrêta de se bercer et regarda en direction du coucher de soleil qu'elle pouvait à peine deviner à travers les arbres. Les peupliers en face du restaurant de Marie-Sylvia montaient beaucoup plus haut que les toits des maisons et la grosse femme s'en plaignait souvent parce qu'ils lui cachaient en grande partie les orangés et les rouges des couchers de soleil pour ne lui laisser que les verts et les bleus du début de la nuit qu'elle trouvait beaucoup moins excitants. Édouard avait croisé ses bras sur son ventre et regardait lui aussi vers l'ouest. « Si vous voulez pas que j'en parle... » Sa belle-sœur s'était remise à se bercer, poussant énergiquement sur ses pieds chaque fois que la chaise revenait vers l'avant. « On n'a jamais reparlé... de ça... depuis la fois... Mais j'y ai ben repensé, Édouard, pis ça me rentre pas dans'tête... J'veux dire... J'comprends que ça existe mais... j'arrive pas à trouver comment vous faites ça... » Édouard revint s'asseoir sur sa chaise droite, les genoux bien collés, les mains posées à plat sur les genoux. Et il parla, à voix basse, osant à peine de temps en temps lever les yeux vers le profil de sa belle-sœur; il parla de Samarcette qu'il avait rencontré au magasin de chaussures où il travaillait (« Y voulait changer les bottines de ses patins à roulettes mais garder les roulettes parce qu'y'étaient

141

encore bonnes mais moé j'savais pas trop comment ça marchait, ces affaires-là... »), de l'effet
que tout cela lui avait fait, de la gentillesse de
l'acrobate et, aussi, de ses hésitations devant la
gêne de son nouvel ami qui avait honte de
son état et avait une peur bleue que « ça » se
sache : « Tout le monde le sait oùsqu'y travaille mais parsonne en parle jamais ! Le public, lui, y crie des bêtises en le traitant de
tou'es noms possibles imaginables parce qu'y
porte un costume rose mais quand vient le
temps d'en parler vraiment... y se sauve pis j'me
r'trouve devant rien ! » ; il parla beaucoup du
Théâtre National où il avait maintenant ses entrées, de l'atmosphère de la coulisse qui était
devenue sa vie, de la bonté de madame Petrie,
de la drôlerie et de la générosité de la Poune ;
il parla aussi de Mercedes qui allait devenir
une seconde Alys Robi et même plus ; il se laissait emporter par son enthousiasme, élevait la
voix, faisait de grands gestes comiques. La
grosse femme ne se berçait plus, l'écoutant un
peu comme un confesseur, la tête penchée, une
main sur le front. Lorsqu'il eut terminé son récit
pourtant tout simple mais tellement plein de
frustrations de toutes sortes et de tristesse, un
silence s'installa entre eux que seules les mêmes
stridulations des criquets perçaient en ondula-
tions aiguës et énervantes. La grosse femme leva
la tête vers le ciel de l'ouest, encore une fois,
ce refuge qui si souvent avait apaisé son âme,
lavé ses inquiétudes, éteint ces douleurs qu'elle
devait garder pour elle seule et qui trouvaient
dans l'orgie de la fin du jour l'agressive confi-

142

dente dont elle avait besoin. Mais la nuit était
venue, entre-temps, et l'ouest n'était plus qu'une
lueur grisâtre tavelée çà et là de rose qui allait
pâlissant et dont elle vit mourir une petite tache
dans un faible scintillement. « Tu m'as toujours
pas dit comment vous faites ça, Édouard. » Lorsqu'il le lui dit, expliquant le moindre détail mais
ménageant quand même ses mots pour ne pas
l'affoler, elle porta la main à son cœur et appuya la tête contre le dossier de sa chaise berçante. Quand il eut fini, il se pencha sur elle.
« Vous vous sentez pas bien ? » « Non, non, c'est
correct... C'est juste... que ça me surprend... »
« Pensez-vous que c'est mal, vous aussi ? » La
grosse femme tourna la tête vers lui. Ses yeux,
si grands d'habitude, si clairs, avaient changé ;
leur couleur s'était quelque peu altérée et quelque chose qui ressemblait à du doute pouvait s'y
lire. « J'ai été élevée comme tout le monde à
prendre ça pour un ben grand péché, Édouard,
peut-être même le plus grand. À l'école, dans
nos livres, tu t'en rappelles, y appelaient ça une
abomination sans même expliquer pourquoi,
sans expliquer c'que c'était, surtout... Moé, j'ai
beaucoup lu... Des fois, dans les romans français pis dans les romans anglais, y en parlent,
mais à mots couverts... Y faut que tu te creuses
un peu la tête pour comprendre, pis même, des
fois, t'es pas trop sûr... Parsonne m'en avait
jamais parlé comme tu viens de le faire... J'sais
pas quoi te dire, Édouard, faut que j'y pense...
faut que j'm'habitue... La darnière fois que tu
m'en avais parlé, ça fait des années pis tu
m'avais presque rien dit parce que t'étais trop

143

gêné... » La grosse femme soupira et une légère odeur d'érable chatouilla les narines d'Édouard. «Vous sentez bonne.» Il appuya sa tête sur la main de la grosse femme. Elle la retira douce- ment. «Attention, Édouard, y fait pas tout à fait noir. Les voisins pourraient nous voir. Pis t'es juste mon beau-frère.» Ils rirent tous deux de bon cœur à l'idée que les voisins pourraient présumer de leur relation et cela leur fit du bien. Il faisait maintenant nuit noire. La lune, comme chaque mois d'août, se faisait attendre. Un tout petit souffle de vent s'était levé. La grosse femme prit la veste de laine bleu pâle qu'elle avait pliée sur l'un des appuis de sa chaise berçante. «Je l'savais qu'y finirait par faire frisquette...» Édouard l'aida à l'enfiler avec des gestes précautionneux. Lorsqu'ils eurent repris chacun sa place, Édouard bien droit sur sa chaise et sa belle-sœur mollement éten- due sur la sienne, ils continuèrent leur conversa- tion à voix très basse; c'était l'heure où Victoire, la mère d'Édouard, se retirait dans sa chambre qui donnait sur le bout du balcon. «Ta mére... a' sait-tu toute ça?» «Êtes-vous folle, vous? A' me tuerait! Ou ben donc a' ferait semblant de pas comprendre, comme d'habitude! Même quand a' me surprenait avec ses robes, quand j'étais petit, a' voulait rien comprendre pis a' disait à tout le monde que j'me déguisais en roi mage ou ben donc en Ali Baba!» Il lui raconta tous les déguisements qu'il s'était faits depuis son enfance; ces pans de journées passés à enfi- ler les robes de sa mère en se prenant pour des reines, des princesses captives que leurs cheva-

144

E's love of impersonation
– in part because
he would like to be
loved by these men –

liers tardaient à délivrer des méchants Maures, des actrices du muet avec leurs grands yeux, des actrices du théâtre avec leurs grands gestes. « Encore à c't'heure, des fois, quand chus sûr que parsonne va me voir... Naturellement, c'est pus des robes que j'peux porter, dans' maison, on est trop de monde pis de toute façon les seules qui me feraient c'est les vôtres... pis j'oserais jamais les porter. Mais quand vous me voyez traverser la maison enveloppé dans mes draps en faisant le fou pis en chantant l'opéra, dites-vous ben que c'est pas rien que pour vous faire rire que j'fais ça... Des fois... » Il baissa la tête. Ses mains tremblaient un peu. Il les passait sur son ventre, sur ses cuisses, sur ses bras, très délicatement. « Des fois, chus sérieux. J'vous dis que j'ai oublié mes canneçons dans la salle de bains ou ben donc que ma robe de chambre est sale mais c'est pas vrai. Chus Theda Bara dans *Salomé* ou ben donc Bette Davis dans *The Little Foxes* ou ben donc Germaine Giroux dans *Madame Sans-Gêne*! J'ai entendu Germaine Giroux dans *Madame Sans-Gêne*, à la radio, au Théâtre Ford, vous vous en rappelez, vous étiez avec moé; pis j'ai failli mourir de jalousie parce que j'aurais voulu, moé aussi, que Napoléon essaye de m'embrasser l'épaule! » La grosse femme s'était remise à se bercer. Les berceaux de sa chaise craquaient doucement. Les criquets s'étaient tus. « Dis-moé pas qu'y va mouiller c'te nuitte! » Elle attacha consciencieusement les cinq boutons de sa veste puis reposa les mains sur les appuis. « C'est toujours des femmes que t'essayes d'imiter, hein,

145

Édouard?» Édouard sursauta comme si elle
l'avait giflé. «Pour qui voulez-vous que j'me
prenne? M'avez-vous ben regardé? J'peux
quand même pas rêver d'être Gary Cooper ou
ben donc John Wayne! Me voyez-vous habillé
en cow-boy avec un chapeau rond pis des guns
autour de la taille? Connaissez-vous une cein-
ture de cow-boy assez longue pour faire le
tour de ma taille? Non! Me voyez-vous en robe
longue à paillettes avec un fume-cigarette pis
un rang de perles autour du cou? Oui! J'vends
des suyers pis des bottines toute la journée, en
anglais par-dessus le marché, ça fait que quand
arrive le soir j'ai besoin de rêver! Pis quand
j'me r'garde dans le miroir j'vois ben que j'peux
pas être un gros mâle américain mâcheur de
gomme pis trousseur de jupons! De toute façon,
les hommes sont trop plates!» «Tu les aime,
pourtant.» «J'en ai besoin! C'est pas pareil!»
Il avait élevé la voix. La grosse femme posa une
main sur son bras. «Moins fort, Édouard! Ta
mére...» Mais Édouard avait beaucoup de difficulté à contrôler son émotion. Des phrases
fortes, ponctuées de petits sons rageurs ou désespérés suivaient des mots chuchotés que sa
belle-sœur n'entendait qu'à grand-peine. «Un
prince, ça se tient raide pis ça l'a l'air constipé
même quand c'est beau! Une princesse, ça peut
faire c'que ça veut pis, au moins, ça peut s'é-
venter avec des plumes d'autruche quand y
fait trop chaud! Pis ça peut rire fort en se pliant
par en arrière! Je l'sais que tout ça c'est rien
que dans les vues pis dans les pièces de théâtre
pis dans les romans mais c'est là que j'veux

146

vivre! Vous m'avez passé *L'histoire des Treize*,
de Balzac, y a quequ'mois, pis je l'ai dévoré
en deux soirs! Ça m'a tellement pâmé que j'en
ai pas dormi pendant des jours! Surtout *La duchesse de Langeais* que j'ai lu trois fois parce que
j'me disais que tant qu'à être fou, j'voudrais être
fou de même! Pensez-vous que j'aimerais pas
ça, moé aussi, être une Carmélite Déchaussée
pognée sus mon île avec mon amant qui brave
toutes les intempéries, qui court tous les périls
pour venir m'enlever, pis qui arrive juste à
temps pour me voir exposée dans ma chambre
mortuaire? Ça c'est un destin! Pis c'est ça que
j'veux être! Pas un vendeur de suyers!» Il se
pencha sur elle si brusquement qu'elle ne put
retenir un mouvement de recul. «Vous aussi,
vous rêvez! J'le sais! J'vous surprends, des fois,
la tête dans les nuages, un livre à la main! Vous
passez une partie de votre vie dans' lune, vous
aussi, avouez-lé donc!» Il lui avait parlé sur un
ton tellement suppliant qu'elle sentit sa gorge
se nouer. Sa réponse sortit toute croche, voilée
par le désarroi: «C'est vrai. T'as raison. J'rêve
de partir. Mais j'peux pas.» Cela la frappa si
fort qu'elle s'accrocha à la main de son beau-
frère. «Toé, peut-être que tu peux... Réalise-
les, tes rêves! Vas-y! Essaye pour nous deux!
Sers-toé de ton imagination, moé, j'ai pas le
droit!» Ils pleuraient doucement sur le balcon
noyé dans la nuit d'août. La lune rousse se levait lentement dans une orgie incandescente.
Édouard se leva cérémonieusement, lissa son
pantalon du plat de la main, se redressa,
s'appuya contre le montant du balcon. Il prit la

147

voix chevrotante d'Edwige Feuillère mourante:
«Je suis Antoinette de Navarreins, duchesse
de Langeais!» Il se plia par en arrière. «Carmélite Déchaussée!» La grosse femme battit
doucement des mains. «C'est ça! C'est ça! C'est
ça!»

Deuxième partie

Février 1947

*« C'est-tu moé qui es folle ou ben
donc si c'est le reste du monde ? »*

Les dits de Victoire

Le dernier enfant de la grosse femme était
un petit garçon délicat et sérieux qui suivait
sa mère partout, accroché à son tablier lorsqu'elle travaillait ou pelotonné contre ses seins
(qu'il appelait ses deux oreillers mous) lorsqu'elle
se berçait devant l'appareil de radio en pleurant
sur les malheurs d'Yvette Brind'Amour, de Sita
Riddez ou de Yanina Gascon, lesquelles traînaient leurs sanglots et leurs lamentations d'un
bout à l'autre de l'année entre onze heures du
matin et une heure de l'après-midi, à CBF ou à
CKAC. C'était un petit garçon très silencieux,
aussi. Il avait appris à parler très tôt mais se servait peu de son vocabulaire pourtant assez étendu pour un enfant de son âge. Il aimait mieux
écouter. Il avait d'ailleurs la mauvaise habitude
d'écouter tout ce qui se disait dans la maison et
ses deux frères l'avaient baptisé « l'espion », ce

151

qui le choquait beaucoup même s'il ne comprenait pas ce que ça voulait dire. Le mot espion faisait donc partie de son vocabulaire mais, comme
pour d'autres mots dont il aimait la consonnance
(par exemple consomption qu'on employait beaucoup dans la famille et dont il savourait le *tion*
final qui semblait mettre un terme définitif à
quelque chose de très laid) mais dont il ignorait
totalement la signification, il devait se contenter
de se le répéter pendant des heures en s'imagi-
nant toutes sortes de choses plus affreuses les
unes que les autres, qu'il ruminait le soir,
dans son lit, et qui l'empêchaient de dormir.
Lorsque Richard qui, à seize ans, grandissait
tout en longueur et tout en os et qu'on appelait
«l'esquelette» ou Philippe, «bouboule» pour
les intimes, déjà obèse à treize ans et agaçant
comme un singe, s'approchait trop près de lui
en faisant mine de le chatouiller, une grimace
aux lèvres et les doigts repliés comme les serres
d'un oiseau de proie, il se mettait à hurler beaucoup plus parce qu'il ne voulait pas se faire traiter d'espion («C'est quoi, donc, un espion?
C'est-tu une araignée? Une grosse araignée
noire avec des pattes crochues pis du poil partout?») que parce qu'il avait peur. Sa mère
venait à son secours ou il allait se réfugier dans
ses jupes en tremblant de colère. Et toujours elle
le défendait. «Richard! Philippe! Franchement,
à votre âge! Vous êtes pus des bebés! Laissez-
lé donc tranquille, vot' p'tit frère, y vous a rien
faite!» Effectivement, il ne leur faisait jamais
rien mais c'était toujours lui, le petit dernier, le
préféré, qui était servi en premier, à table, qui

152

recevait les plus belles portions de dessert sans
jamais avoir à dire merci; c'était toujours lui
que leur mère caressait affectueusement, lui
mordant parfois même les joues au sang tant elle
les trouvait ragoûtantes, et qu'elle trimbalait
toute la journée sans se plaindre, le laissant
faire tout ce qu'il voulait alors que la moindre
petite incartade de ses frères était sévèrement
punie. Richard s'était un jour plaint de cette injustice à sa mère, les oreilles rouges, les yeux
baissés, la voix rauque d'émotion. La grosse
femme était longtemps restée sans lui répondre puis elle l'avait serré contre elle comme elle
le faisait si souvent avec le plus jeune. «J'sais
pas quoi te dire, mon Richard. Je l'aime pas
plus que vous autres, t'sais. Mais y' est fragile
pis y a besoin de protection. Vous autres, vous
êtes presque des hommes, à c't'heure... Te vois-
tu, à ton âge, accroché après moé comme lui?»
«C'est pas ça que j'veux dire, moman...» Elle
ne l'écoutait pas, l'embrassait dans le cou et lui
jouait dans les cheveux. «Pis dis-toé ben que
c'est probablement pas plus drôle d'être trop caressé que pas assez!» Il était très difficile de
parler raisonnablement de cet enfant tranquille
avec la grosse femme parce que tout ce qui le
concernait lui enlevait le peu d'objectivité
qu'elle avait jamais eue devant ses enfants: elle
se sentait trahie si on le chicanait, abandonnée
si on le tripotait trop, attaquée dans son dévoue-
ment et la pertinence de son éducation si on essayait de lui expliquer qu'elle ne s'y prenait
peut-être pas de la meilleure façon pour l'élever.
Il était devenu le centre de sa vie; tout le reste

était accessoire. Elle restait tendre avec Gabriel et ses deux fils aînés, amicale avec Édouard qui était devenu son lien avec le monde extérieur, maternelle avec Albertine qu'elle considérait un peu comme sa jeune sœur pas trop fine, mais aussitôt que son plus jeune enfant entrait dans son champ de vision quelque chose s'altérait en elle et son attention glissait inexorablement vers les yeux si attentifs du petit garçon qui l'épiait où qu'elle aille et quoi qu'elle fasse. Gabriel avait d'ailleurs déjà dit à Albertine, avec un sourire en coin, un soir où sa femme s'était endormie avec l'enfant dans ses bras: «Ça sert à rien d'essayer d'y parler avant neuf heures du soir depuis que le p'tit est arrivé...» Il lui avait même dit, à elle, une nuit où ils venaient de faire l'amour doucettement, en retenant un peu leurs ébats à cause de l'enfant qui dormait à quelques pieds d'eux dans son petit lit de fer: «Tu penses pas que tu l'aimes trop?» ce à quoi elle avait répondu, en riant: «On n'aime jamais trop quelqu'un, voyons donc!». Puis elle était redevenue sérieuse, avait regardé en direction du lit de l'enfant. «Penses-tu vraiment que j'm'en occupe trop?» Il avait enfoui sa tête dans les vastes seins de sa femme. «Oui.» «Mais on l'a tellement voulu, c't'enfant-là, Gabriel!» «Laisses-y un peu de lousse... Y en a de besoin...» «Peut-être pas! C'est peut-être là que tu te trompes! Y vient autant à moé que moé j'vas à lui, t'sais!» L'enfant entendait les murmures de ses parents mais sans saisir les paroles et cela le frustrait. Plus tôt, il avait assisté, muet et immobile comme à

154

l'accoutumée, à leurs épanchements qu'il ne pouvait voir parce qu'il faisait trop noir dans la chambre mais qu'il entendait parfaitement bien et dont le mystérieux rituel ne cessait de l'étonner depuis qu'il avait commencé à en être conscient. Chaque soir, à peu près à la même heure, il était réveillé par sa mère qui entrait dans la chambre en essayant de ne pas faire de bruit mais dont le poids faisait craquer les planches de bois sous le linoléum. Elle venait se pencher sur lui, replaçait sa couverture; il faisait semblant de dormir, montrant un visage calme et ouvert où pas un muscle ne bougeait. Rassurée, elle éteignait tout de suite. Alors commençaient des gestes précis, toujours les mêmes, que le petit garçon n'avait jamais vus mais dont il savait d'avance le résultat: dans une minute ou deux quelque chose de pesant, d'odorant, même, parfois, quand il avait fait chaud, allait tomber sur le prélart en faisant un bruit presque fluide de tissu relâché. Le corset de sa mère. La grosse femme portait toujours, été comme hiver et le dimanche comme la semaine, cette armature baleinée qu'elle faisait confectionner sur mesure chez Angélina Giroux, une corsetière de la rue Mont-Royal qui se spécialisait dans les « grands formats » comme le disait si bien une pancarte dans la vitrine, ce carcan qui la gênait, la faisait souffrir toute la journée et laissait dans ses chairs laiteuses des marques rouges qui prenaient parfois des heures à disparaître. À sa belle-sœur Albertine qui lui avait un jour demandé pourquoi elle portait toujours son corset, elle avait répondu en redressant la tête: «Chus

155

trop molle! Quand j'ai pas mon corset, j'pends de partout pis j'aime pas ça! Tu t'en rappelles, quand j'attendais le p'tit... Pis avec mon corset, j'ai l'impression d'avoir l'air plus propre... plus soignée!» Les yeux grand ouverts dans le noir de la chambre, l'enfant entendait donc chaque soir les lacets se desserrer puis la longue bande de tissu soyeux et de métal souple se dérouler d'autour de la taille de sa mère et glisser mollement sur le sol. La grosse femme soupirait d'aise, enfilait une de ces jaquettes de jersey qu'elle affectionnait et se mettait au lit après avoir tapoté son oreiller et bien tendu le drap de coton blanc, toujours le même, qu'elle lavait chaque semaine et qu'elle arrosait, après l'avoir bien fait sécher, d'un parfum bon marché qui sentait vaguement le muguet. Puis Gabriel entrait à son tour, doucement, lui aussi, pour ne pas réveiller l'enfant. Si sa femme répondait à ses questions anodines sur son emploi du temps ou le comportement des enfants, il savait qu'il pouvait s'approcher d'elle et la caresser en longs gestes précis auxquels elle répondrait immédiatement; si elle restait muette, les yeux clos, un petit ronflettement aux lèvres, il devait garder son côté du lit sans insister. L'enfant devinait tout ça dans le noir mais le reste... Les petits cris retenus ou étouffés, les gémissements de son père, les mots inarticulés qui sortaient de la bouche de sa mère, les odeurs, aussi, fortes et dérangeantes qui se dégageaient de tout ça restaient pour lui une énigme insondable qui le laissait souvent pantelant, au bord de quelque chose qui le troublait beaucoup mais qu'il ne

156

pouvait absolument pas s'expliquer. Les premières fois qu'il avait eu conscience de tout ça, il
avait eu envie de pleurer, de se réfugier dans les
bras de sa mère en éloignant son père avec ses
pieds, ses bras, sa tête mais il avait eu peur et
s'était tu. Puis il avait compris que, chaque fois,
sa mère était de très bonne humeur quand le
calme était revenu ; il avait donc pensé que tout
ça avait du bon et il le subissait sans trop en
vouloir à son père même si c'était toujours lui
qui déclenchait les choses. Et quand il entendait
son père ronfler, sa mère respirer profondément,
calmement, il se laissait glisser dans le sommeil.
De belles choses l'attendaient là, plus précises et
très émouvantes, mais il ne s'en rappelait jamais. En ce samedi matin 8 février 1947, toute
la maisonnée était réunie autour de la table de la
salle à manger : il y avait là la grosse femme et
Gabriel qui se couvaient gentiment du regard
(la grosse femme s'était installée devant une
pile de toast en lançant un retentissant *Very
good, last night !* qui avait fait rougir Albertine
d'embarras), leurs trois enfants, Richard, Philippe et le p'tit dernier dans sa chaise haute malgré
ses cinq ans bien sonnés ; à l'autre bout de la
table, Albertine était flanquée de Thérèse, gaie
comme un pinson et qui fredonnait *In the Mood*
en se brassant les épaules et de Marcel qui mangeait silencieusement sa soupane. La place de
Victoire était restée libre depuis un mois ; on
n'avait pas encore osé la condamner définitivement pour faire plus de place aux autres. Il arrivait même à Albertine de dresser son couvert.
Quand elle s'en rendait compte, elle se signait

rapidement parce qu'elle avait peur des morts.
Elle frissonnait chaque fois qu'elle avait à entrer
dans la chambre de sa mère, qui était devenue
celle de Marcel, pour aller épousseter ou changer les draps de son fils qui depuis quelques semaines s'était remis à mouiller son lit. Édouard,
lui, n'était pas là et on ne s'en formalisait plus.
On le voyait de moins en moins depuis la mort
de sa mère. Il paraissait parfois au milieu du
souper dans un accoutrement pour le moins ori-
ginal mais qu'il portait toujours avec désinvolture, hurlant des chansons françaises d'une
façon comique, distribuant à chacun des petits
cadeaux qui faisaient rire les enfants, rougir
Albertine et pouffer Gabriel et la grosse femme.
Il était même arrivé à Albertine de rejeter
l'objet en question sur la table avec un air de dégoût. « Édouard, franchement, oùsque tu
prends ça, ces affaires-là ! » Édouard s'assoyait à
la place de sa mère, se servait de rôti de porc,
de roast beef ou de poulet en claquant la langue. « Ça sent bon sans bon sens ! » Suivaient
petits pois et patates pilées avec beaucoup de
gravy. « Laissez faire d'où ça vient, mes trésors
chéris ! Si ça continue de même, vous allez me
demander le prix ! » Il couchait de moins en
moins souvent à la maison et à Albertine qui
lui avait demandé si elle pouvait donner sa
chambre à Thérèse qui avait maintenant presque
seize ans, il avait répondu : « Jamais ! J'paye ma
part, j'veux ma chambre ! De toute façon, Thérèse aime trop ça fricoter dans le sofa du salon
avec Philippe, a' s'ennuierait tu-seule ! Ou ben
donc a' va sauter sur notre collégien, le pauvre

Richard, qui s'en remettra jamais!» Albertine était très maussade, ce matin-là. Elle avait placé devant son couvert deux petits rectangles de carton qu'elle contemplait tout en mâchant ses toasts. «Pour une fois qu'on avait quequ'chose d'intéressant à faire!» La deuxième grosse tempête de neige en quelques semaines s'était abattue sur Montréal pendant la nuit et, une fois de plus, la ville était paralysée. À la radio, Roger Baulu venait de dire à la population de ne pas sortir pour quelques heures encore, le déblaiement des rues se faisant plus difficilement que prévu. La grosse femme se leva de table pour aller chercher la cafetière sur le poêle de la cuisine. «Y ont le temps de toute arranger ça avant à soir, Albertine!» Thérèse s'arrêta au milieu de la ligne mélodique de *In the Mood* et regarda sa mère. «Jamais j'croirai que tu vas faire une dépression pour Tino Rossi, moman! Y chante comme une vieille femme su'l'bord de rendre l'âme!» Albertine porta sa main à son cœur. «Commence pas avec ça, toé! Tout ce qui t'intéresse c'est tes maudits joueurs de trompette qui nous cassent les oreilles avec des affaires pas écoutables!» La grosse femme faisait le tour de la table en versant le café qui avait un peu bouilli et qui sentait le brûlé. Thérèse riait en tapant sur la table avec ses deux mains dans un vague rythme de jazz. «Pis en plus, j'ai vu son portrait dans *La Presse*... Y'est pas regardable! On dirait qu'y'est grimé pour aller se coucher dans sa tombe!» Richard, Philippe et Marcel éclatèrent de rire. L'enfant de la grosse femme, qui regardait sa mère faire le tour de la table, reporta son attention sur eux en fronçant les sourcils. « Pourquoi y rient, moman ? » La grosse femme se rassoyait à sa place. Elle lui ébouriffa les cheveux. « Si t'écoutais, un peu, au lieu de toujours être dans' lune, tu le saurais quand c'est drôle pis quand ça l'est pas... » Richard redevint sérieux d'un coup. « Aie pas peur, moman, y le sait quand c'est drôle pis quand ça l'est pas ! Y sait toute, l'espion ! Y veut juste attirer l'attention sur lui ! » L'enfant fit une grimace à Richard qui la lui rendit. La grosse femme faillit gronder son aîné lorsqu'il la devança. « Pis demande-moé pas d'être raisonnable à matin, j'ai pas le goût ! Demandes-y, à lui, d'être raisonnable, c'est son tour ! » Albertine avait pris les deux billets dans sa main. « Pis en plus, Édouard nous avait dit que c'était les deux meilleurs billets, maudite marde ! » Édouard avait fait irruption un soir de la semaine précédente dans un déguisement qui avait quelque peu étonné la maisonnée : il portait un trench coat qui aurait normalement dû lui donner une allure d'Humphrey Bogart obèse mais qui lui donnait plutôt l'air d'une Ingrid Bergman qui se serait négligée, peut-être à cause des bourrures aux épaules et du grand feutre de femme qu'il avait coquettement posé très bas sur ses yeux. Il avait vu *Casablanca* la semaine précédente et courait les rues de Montréal en fredonnant *A Kiss is Just a Kiss*, grave concession à ses goûts qui le portaient plutôt vers les chansons françaises. Après s'être débarrassé de son trench coat et de son feutre il était allé embrasser la grosse femme, puis

160

Albertine qui lui avait dit: «Mon Dieu, que tu sens fort!» Il s'était éloigné d'elle en se dandinant. «Toé aussi, ma chérie! Mais c'est pas le parfum que tu sens!» Il s'était installé avec désinvolture dans la chaise berçante, devant la radio. «Chus venu écouter le Théâtre Ford, avec vous autres. Y a Jeannine Fluet dans *La danseuse rouge*, à soir. Y paraît que ça va être ben bon! A' fait une méchante Russe communisse qui vole les secrets de chais pus trop qui... C'est plate qu'on voye pas comment c'qu'a' va être habillée...» Et, l'air de rien, il avait sorti deux billets de sa poche. «J'ai un p'tit quequ'chose pour vous autres, mes trésors chéris...» Sans rien ajouter il avait posé les billets sur la table de la salle à manger. Albertine avait cru mourir en les regardant de plus près et la grosse femme avait fait un clin d'œil à son beau-frère. «Deux billets pour Tino Rossi! J'vas le voir en parsonne!» Albertine s'était appuyée contre la table. «Ça va-tu être en couleur?» Elle avait porté sa main à sa tête. «Eh, que chus folle!» Du rouge lui était monté au visage et elle était obligée de s'éventer. Elle n'avait pas dit merci; elle en était incapable, mais Édouard savait à quel point il la rendait heureuse. Sa belle-sœur lui avait demandé: «Pourquoi tu fais ça pour nous autres?» Un petit sourire sardonique était apparu aux lèvres du gros homme. «Ayez pas peur. J'fais pas tout ça pour rien. J'ai mes plans...» Thérèse prit les billets des mains de sa mère. «Pis en plus, c'est pas loin d'icitte, le Plateau!» Albertine les lui reprit brusquement. «Touche pas à ça, toé! Tu serais capable de

161

mettre d'la confeture dessus!» «Pis? Y seraient
bons pareils!» «J'veux pas que le déchireur de
billets me prenne pour une cochonne!» Albertine se leva de table, se dirigea vers la fenêtre
par où une éclatante lumière blanche entrait à
flot. Elle poussa le rideau de dentelle de coton
et se colla le nez contre la vitre. «Y a ben dû
en tomber deux ou trois pieds, encore! Ça finira donc jamais!» Elle posa sa main en visière
au-dessus de ses yeux. «Même si y faut louer un
traîneau avec des chevaux, j'vas là, moé, à soir!
Y nous ont promis Tino Rossi, sont mieux de
nous le donner!»

Betty Bird consacrait ses samedis matin aux
joies du farniente. Confortablement installée
dans son lit capitonné de satin rouge, une boîte
de chocolats aux cerises posée à côté d'elle, les
journaux du samedi répandus sur le couvre-
pieds, tous ouverts aux *comics* qu'elle affectionnait particulièrement (Tarzan la faisait toujours
frémir après toutes ces années avec ses cheveux
noir-bleu et son costume de bain en léopard qui
laissait deviner des trésors d'énergie; Henri avec
sa bonne bouille trop grosse pour son corps,
son absence de menton et ses airs ahuris l'en-
chantait encore et Philomène qui marchait
toujours les bras raides devant elle et les mains
repliées vers le haut la faisait hurler de joie avec
ses reparties si justes et sa logique d'enfant gâ-
tée), la reine du Red Light se reposait de sa nuit

du vendredi, houleuse mais très payante, et reprenait des forces pour celle du samedi, la plus occupée de la semaine, la plus rude, aussi, parce que les clients étaient plus paquetés donc moins polis et plus exigeants. Souvent elle pensait à sa tante, la célèbre Ti-lou, qu'on avait retrouvée quelques années plus tôt dans un état de décomposition avancée dans son appartement du boulevard Saint-Joseph et elle frémissait un peu. Ti-lou avait tant gobé de ces chocolats fondants en lui disant avec cet accent anglais qu'elle avait toujours affecté : « Quand y aura pus d'hommes, Betty, y te restera toujours le chocolat ! » Toute sa vie Ti-lou avait été une solitaire et elle était morte en solitaire, ô combien : on avait prétendu qu'elle s'était levée de son lit pour appeler au secours mais que son unique jambe avait flanché et qu'elle s'était assommée sur le bord de la fenêtre, mourant probablement dans des convulsions terribles (ça, évidemment, c'était la version des journaux pour qui la mort d'une ancienne guidoune était une denrée précieuse, et Betty l'avait crue, dévastée par la peur de sa propre fin et aussi par le remords de ne pas avoir été là pour aider sa tante à passer dans l'autre monde). Betty essayait d'éloigner cette vision mais l'image de sa tante appelant au secours puis se tordant sur le plancher de sa chambre restait collée dans sa mémoire et la jeune femme ne pouvait s'empêcher de verser une larme. « Si j'avais su, j's'rais restée avec elle, c'te maudit samedi-là ! Pauvre vieille, tu-seule dans sa grande maison déprimante... Mais y a pas de danger que ça m'arrive, ça, moé... J'ai trop

163

d'amis, chus trop entourée... pis j'ai mes deux jambes! Pis chus belle! Pis chus jeune!» Elle se levait brusquement et venait se planter bien droite devant sa coiffeuse où traînait une panoplie de flacons, de boîtiers, de pinceaux et de pots de verre. Betty Bird, la petite Béatrice qui autrefois vendait du tissu à la verge et des boutons de culotte dans un magasin de la rue Mont-Royal, était devenue en peu de temps l'une des plus splendides créatures du Red Light montréalais. Ronde comme les hommes aimaient leurs guidounes, mais pas trop, «juste aux bons endroits», s'amusait-elle à dire à qui voulait l'entendre, les épaules généreuses et la croupe invitante, les yeux d'une grande intelligence au milieu d'un visage sensuel qu'elle savait rehausser de tout ce qu'il fallait pour rendre les hommes fous, Betty Bird, qui vendait ses charmes pour un gros vingt dollars, ni plus ni moins, pouvait se promener la tête haute au milieu de ses consœurs dont elle était devenue l'exemple à suivre, l'idole, l'égérie. La touche de rouge qu'elle ajoutait à sa chevelure auburn mettait en valeur sa peau déjà si blanche qu'on lui enviait d'un bout à l'autre du Montréal nocturne dont elle était devenue, à vingt-deux ans, la reine incontestée. Fine Dumas, sa patronne, l'appelait affectueusement son feu d'artifice ou sa belle grande torche, ce qui faisait rire les esprits mal tournés mais touchait Betty qui devinait au fond des yeux de la propriétaire du Camélia une lueur de franche admiration et même une pointe d'envie. Fine Dumas lui disait quelquefois: «J'ai pas connu ta tante, j'en ai juste entendu parler mais chus sûre qu'ètait pas aussi gorgeous que toé!». Après avoir bien vérifié son profil, la courbe de son dos, la dureté de son ventre, Betty revenait se coucher en vitesse, s'abriait jusqu'au cou et essayait de somnoler avant l'arrivée d'Édouard qui s'annonçait par trois longs coups de sonnette et quelque imitation de Mae West ou de Suzy Delair qui la faisait immanquablement éclater de rire. Édouard entrait en coup de vent, un bouquet de fleurs à la main (il les achetait en solde au coin de Saint-Urbain et Avenue des Pins mais le geste touchait Betty qui faisait semblant de ne pas voir les taches brunes sur les roses ou les pétales mous des marguerites) et une copie du *Samedi* sous le bras. Il venait faire ce qu'il appelait «un brin de lecture à un beau brin de fille», Betty étant très friande des nouvelles romantiques et insipides qu'on trouvait dans les pages du *Samedi* mais trop paresseuse pour les lire elle-même. Après un petit quart d'heure de commérages et de rires pendant lequel Édouard racontait les dernières frasques du poulailler et du Théâtre National avec force gestes et Betty les incidents parfois malencontreux ou même tout à fait regrettables mais toujours comiques du Camélia si bien fréquenté mais où se croisaient assez souvent des personnalités publiques qui auraient préféré ne pas se voir, surtout pas là (on prétendait que Fine Dumas faisait exprès de confronter dans un de ses salons des messieurs fripés par une nuit mouvementée qui blêmissaient en s'apercevant et qui *devaient* oublier qu'ils s'étaient croisés aussitôt la porte du Camé-

lia franchie, mais on n'en avait jamais pu faire
la preuve et la patronne de l'établissement continuait à promener son air innocent et son petit
sourire figé quoi qu'il arrive), Édouard dépliait
le *Samedi* et lisait à haute voix les méchants
petits récits signés André Carpentier ou Maxime
Villeneuve. Il mimait les dialogues en imitant la
voix des personnages, dessinait les narrations
avec des gestes exagérés, pleurait, riait, fulminait, condamnait, tuait, mourait, guérissait mi-
raculeusement ou tombait malade subitement,
héritait d'une vieille tante riche ou se laissait
ruiner par un amant aventurier au grand ravissement de Betty qui restait suspendu à ses lèvres, frémissant de peur lorsque le héros jaloux
entrait subrepticement dans la chambre de sa
femme pour l'étrangler (Édouard avait lu une
nouvelle intitulée *Othello 46* qui avait bouleversé
la jeune femme) ou éclatant de rire quand un
enfant trop intelligent faisait à ses parents un
discours tellement plein de sagesse et de drôlerie qu'ils en tombaient à genoux en lui demandant pardon de l'avoir fait souffrir. Édouard
avait bien essayé de lire autre chose à Betty (il
avait apporté des livres que la grosse femme em-
pruntait à la bibliothèque municipale) mais,
chaque fois, elle avait repoussé l'idée d'avoir à
écouter une histoire qui durerait plus que
quinze ou vingt minutes, prétextant que le
temps qu'elle avait à consacrer à la lecture était
très court et qu'elle n'avait pas le goût de s'embarquer dans des récits compliqués dont elle ou-
blierait les péripéties d'une semaine à l'autre. Il
avait même essayé de lui lire *Les mystères de*

166

Paris d'Eugène Sue qu'il venait de découvrir, qu'il avait dévoré en quelques jours et dont il avait beaucoup discuté avec la grosse femme qui ne voulait pas croire qu'un personnage comme la Chouette Verte puisse exister, mais au bout de quelques pages à peine, Betty s'était dressée dans son lit. «Édouard, j't'ai demandé de me faire la lecture, le samedi matin, pour passer le temps, pour me détendre parce que chus sur le gros nerf toute la semaine, ça fait que j'espère que tu peux comprendre que les histoires de guidounes m'intéressent pas! J'veux pas savoir si les filles qui font la gaffe à Paris sont plus malheureuses que moé, j'veux savoir c'est quoi la couleur du ciel, en Italie, au printemps, pis que c'est que les femmes riches qui vivent dans des îles tropicales font pour séduire les étrangers qui viennent en vacances dans leu' boute!» Il était donc revenu au *Samedi*, à ses nouvelles policières invraisemblables et à ses histoires à l'eau de rose qui laissaient un petit goût sucré vaguement écœurant quand on les avait finies. Ce samedi matin-là, Betty Bird entendit Suzy Delair monter lourdement l'escalier en chantant *Avec mon p'tit tra-la-la* et elle sourit, soulagée. «Y' est en forme, à matin, on va avoir du fun... » Édouard fit irruption dans la chambre avec une perruque blonde sur la tête, un rouge à lèvres grenat mal étendu sur ses lèvres minces et deux plaques de rouge à peu près rondes sur les joues. Betty éclata de rire et Édouard porta la main à son cœur. «Quand Suzy Delair fait son apparition, on rit pas! On se sauve, de peur qu'a' se mette à chanter!» Betty ramena ses bras sous son oreiller. « T'es pas venu icitte avec c'te perruque-là su'a' tête, j'espère! » Édouard tira sur la perruque et la laissa flotter au bout de son bras. « Es-tu folle, toé? J'avais pas envie de me faire tuer... ou de me faire violer... Tu sais comment sont les laitiers... » « Les laitiers passent pas le samedi... » « C'est justement, y courent après les gros hommes habillés en femmes! » « Tu dis n'importe quoi, Édouard! » « Tu ris, c'est le principal! » Il s'approcha de la coiffeuse de Betty, s'empara d'un flacon de démaquillant Pond's. « J'ai toute faite ça dans le portique, en bas. J'avais l'air d'une hystérique... tu comprends ben que les vitres de portique sont pas comme un bon vieux miroir... » Il se releva et jeta en vrac sur le lit un petit bouquet de roses gelées et l'exemplaire du *Samedi* du 25 janvier 1947 sur la couverture duquel Yvette Brind'Amour souriait gentiment, les yeux dans le vague, les cheveux tirés en arrière dans un chignon qui ressemblait à une boucle de taffetas. Betty se fourra le nez dans les fleurs tout en scrutant la couverture du magazine. « A'l' a l'air fine, hein? » Édouard s'installa dans le fauteuil près du lit en s'éventant avec un mouchoir de dentelle qu'il avait trouvé sur la coiffeuse. « Pour une fois qu'a' sourit, faut en profiter! A' braille tellement, à' radio, que j'pensais qu'a'l' avait la bouche moulée par en bas! » Betty feuilletait la revue à la recherche de la nouvelle qu'elle demanderait à Édouard de lui lire. Elle s'attarda à la page trente-deux où figurait depuis quelques semaines l'annonce du tonique « Myrriam Dubreuil » qui promettait aux femmes trop

maigres d'engraisser, aux nerveuses de se détendre et aux déprimées de retrouver goût à la vie.
« J'ai pas encore reçu de réponse d'elle. J'y ai
envoyé mon 5 cents pour recevoir mon échantil-
lon, pis a' m'a pas encore répond! » Édouard se
pencha sur la revue. « Attends que ça sonne à
ta porte, un bon matin, pis que quelqu'un t'ap-
prenne que ton 5 cents c'tait juste pour payer
le timbre pis qu'y te donne une facture à te faire
dresser les cheveux su'a' tête, tu vas trouver ça
moins drôle! Pis première chose que tu vas savoir, y vont t'avoir plumée pour une p'tite bouteille d'huile de foie de morue! » Betty tendit la
revue à Édouard. « Page 10, le smatte! *Le secret
bien gardé*, de Edmondo de Amicis. Avec un
nom pareil, ça doit se passer loin d'icitte... »

Ils disparaissaient tous les deux sous leur
mackinaw de gabardine, leur capuchon bien serré autour de la tête par un lacet, leur gros foulard
de laine qui couvrait le front avant de s'enrouler autour de leur cou, leurs mitaines de cuir qui
se mouillaient au bout de cinq minutes et leurs
bottines de caoutchouc d'où dépassaient deux
ou trois paires de bas de laine du pays. Ils
avaient de la misère à bouger, marchaient tout
écartillés, lourds et engoncés, et devaient
pencher la tête par en arrière pour se parler à
cause du foulard qui leur tombait sur les yeux,
les empêchant de voir à qui ils s'adressaient.
L'enfant de la grosse femme avait formulé le

169

désir de fabriquer un bonhomme de neige et Marcel s'exécutait de mauvaise grâce, bougonnant et même sacrant comme son cousin Philippe avait commencé à le lui montrer : « La dernière fois qu'on n'a faite un, tu t'es mis à brailler comme un tabarname de gnochon parce que t'en avais peur ! » L'autre garçonnet tapotait doucement le ventre du bonhomme avant d'y enfoncer le morceau de charbon qui figurerait le nombril. « J'avais pas peur du bonhomme de neige, j'avais peur du chat ! » Marcel essuya la morve qui commençait à lui couler du nez avec le revers de sa manche. « Tu peux pas en avoir peur, du chat, tu le vois même pas... » L'enfant de la grosse femme se détourna, marcha lourdement vers les autres morceaux de charbon qu'il avait posés sur une marche de l'escalier, se pencha avec beaucoup de difficulté, en étirant les bras et en marquant ses efforts avec des *han* sonores. « C'est justement parce que j'le voyais pas que j'avais peur ! » Il revint vers Marcel, lui tendit un autre morceau de charbon. « Tu veux-tu y faire les yeux avec les deux morceaux, d'abord ? » Marcel lui donna une tape sur la main. Le morceau de charbon revola dans les airs. « On n'a même pas encore roulé la boule pour la tête, maudit niaiseux ! » « Dis pas maudit, c'est pas beau ! » « Maudit ! Maudit ! Maudit ! » Autour d'eux, tout était blanc. Les bancs de neige que la tempête avait accumulés étaient si hauts que les clôtures qui enserraient les parterres disparaissaient presque complètement. La neige montait jusqu'à mi-hauteur du tronc des arbres et, pour la première

170

fois, Marcel avait pu aller toucher les branches si fragiles de son érable préféré. Il lui avait parlé en caressant doucement sa jeune écorce brune. «J'te dis que c'est tout un hiver qu'on a là, hein? Si tu passes à travers de t'ça, t'es correct pour le reste de tes jours! Pis moé aussi!» L'enfant de la grosse femme avait assisté à la scène de loin, sérieux et renfrogné. Il était habitué à voir Marcel parler aux objets, en attendre une réponse, leur répliquer ensuite des choses sans queue ni tête qu'il semblait trouver drôles, sans s'occuper de ce que pourrait penser son cousin. Parfois, l'enfant de la grosse femme disait: «Tu parles encore tu-seul, Marcel.» Et ce dernier répondait en haussant les épaules: «Toé aussi, tu parles tu-seul; j't'écoute pas!» Ils étaient dehors depuis une grosse heure; leurs joues s'étaient teintées d'un beau rouge vif que leurs mères auraient dit «de santé». Albertine leur avait crié du fond de la salle de bains pendant que la grosse femme les habillait: «Pis arrangez-vous pas pour vous estropier sur les piquets de clôture, là! C'est la paix, qu'on veut, c'est pas du sang!» Marcel et son cousin se tenaient donc éloignés des piquets de métal peints en vert ou en marron qui dépassaient à peine de quelques pouces de la neige, dessinant de longs rectangles que les enfants du voisinage appelaient des «pays» ou des «terres» lorsqu'ils jouaient à la guerre et qu'ils devaient envahir le fief de leurs adversaires pour marquer des points. Ils disaient: «Le parterre des Jodoin, c'est mon pays; celui des Amyot, c'est le tien!» Et parce qu'ils avaient peur des piquets, les guerres se

171

faisaient toutes en dehors des «pays» et des «terres»; ils rendaient les armes ou triomphaient sans jamais jouir des territoires conquis ou se sentir frustrés de ceux qu'ils perdaient parce qu'ils ne s'en approchaient jamais. L'enfant de la grosse femme ramassa les deux morceaux de charbon et les serra contre lui après avoir soufflé dessus pour les débarrasser de la neige qui s'y était collée. «T'as-tu apporté la carotte pour faire le nez?» Marcel creusait maintenant un trou dans l'énorme boule de neige qu'ils avaient roulée juste devant l'escalier extérieur de leur maison, pour suggérer le creux du bras où ils enfonceraient un vieux balai ou un parapluie cassé. «Chus pas un sans-dessein comme toé, moé, j'pense à toute!» Il sortit une carotte de sa poche de mackinaw et en croqua le bout en riant. Dans la rue qui n'avait pas encore été déblayée et où les voitures ne pouvaient plus circuler depuis quelques jours, un joli tintement de clochette s'éleva tout à coup et les deux enfants grimpèrent sur le banc de neige à toute vitesse, se poussant et lançant des cris de joie. Le vendeur de glace approchait dans sa charrette rouge tirée par un misérable cheval essoufflé que les enfants du quartier appelaient «la vieille picouille» et qu'ils s'amusaient à maltraiter, de temps en temps, en lui piquant les jambes de derrière ou en lui donnant des claques sur les fesses. L'enfant de la grosse femme s'appuya contre l'épaule de son cousin pour ne pas tomber. «Monsieur Provost s'en vient, Marcel, oublie pas c'que moman nous a dit...» Monsieur Provost approchait en criant à pleins poumons:

172

« Glace en haut, glace en bas! D'la glace, madame Ouimet? D'la glace, madame L'Heureux?» Marcel fit de grands gestes maladroits et la charrette s'arrêta devant eux. Marcel tira un peu sur son foulard pour parler. Il avait un goût de laine dans la bouche. «Un gros cinquante livres pour le 4690, s'il vous plaît!» Monsieur Provost souleva la bâche qui couvrait l'énorme bloc de glace qu'il vendait en morceaux de vingt-cinq ou cinquante livres, été comme hiver, à ses clients qui ne possédaient pas de frigidaire et qui utilisaient encore de vieilles glacières héritées de leurs parents, ces gros monstres de métal vert ou rouge qui sentaient si facilement mauvais quand on n'en prenait pas bien soin. «T'es sûr que c't'un cinquante livres qu'a' veut, ta mére, là? Fais-moé pas forcer pour rien!» Marcel avait relevé son foulard sur sa bouche. «Si vous me croyez pas, montez-en juste vingt-cinq livres pis vous allez être obligé de faire deux voyages, c'est toute!» Pendant que le vendeur de glace montait l'escalier en soufflant, son bloc sur l'épaule, les enfants s'approchèrent de la charrette. L'enfant de la grosse femme cria très fort pour se faire entendre. «On peut-tu s'en prendre un tit-boute?» Monsieur Provost prit sa grosse voix qui faisait si peur aux enfants du quartier depuis plus de trente ans: «Si vous prenez un morceau de glace, mes p'tits tabarnacs, vous allez avoir affaire à moé! Pis vous allez avoir des vers!» Marcel, qui était déjà monté sur le marche-pied de la charrette, s'empara aussitôt d'un tout petit morceau de glace qu'il montra triomphalement à son cousin. Ce

173

dernier s'éloigna de quelques pas en faisant la grimace. «Marcel, tu vas avoir des vers!» Marcel se fourra le morceau de glace dans la bouche. «J'en ai déjà!» Il allait pousser son cousin qui essayait de se hisser sur le marche-pied lorsque son attention se porta en direction du bonhomme de neige inachevé. Ses yeux se plissèrent comme lorsqu'il souriait et l'enfant de la grosse femme fronça les sourcils. «Bon... ça recommence!» Marcel leva la main, l'agita joyeusement. «Salut, Duplessis! Viens-tu juste de sortir?» Marcel enjamba le banc de neige en poussant de grands cris, courut vers les morceaux de charbon qui étaient restés par terre et fit le geste de ramasser quelque chose. Son cousin s'approcha lentement de lui, retenant sa respiration. «Ça te prend encore, Marcel?» Marcel avait replié les bras sur ce même quelque chose qui semblait pesant mais que l'enfant de la grosse femme ne pouvait voir. «Donne un bec à Duplessis...» «J't'ai dit, tout à l'heure, que j'avais peur quand tu faisais des affaires de même, Marcel...» «Donne un bec à Duplessis, ou ben donc m'as t'en donner un, moé, un bec, pis tu l'oublieras pas de sitôt!» Le petit garçon se pencha maladroitement sur les bras vides de son cousin et fit un bruit de baiser avec les lèvres. «Y'est beau, hein, mon chat?» L'enfant de la grosse femme haussa les épaules avec un petit air impuissant. «Oui... Y'est pas pire.» Marcel s'éloignait vers la maison d'à côté avec un petit rire satisfait. «Bon, ben, essaye de continuer le bonhomme de neige tu-seul, là... Si ma mére demande oùsque chus, tu diras que chus parti avec Jean-Paul Jodoin ou ben donc Daniel Dassylva... » L'enfant de la grosse femme s'assit dans les premières marches de l'escalier et regarda Marcel se glisser dans la maison après avoir lorgné autour de lui, prudemment. Chaque fois qu'un incident comme celui-là se produisait (c'était toujours la même chose: Marcel apercevait Duplessis, laissait tout tomber pour le suivre, même les jeux qu'il aimait le plus comme le trône, en hiver, ou la cachette, en été), le dernier fils de Gabriel et de la grosse femme se sentait malheureux, exclu; une grosse peine d'enfant lui montait à la gorge mais il n'arrivait pas à pleurer parce qu'il ne comprenait pas de quoi il était frustré. Quelque chose d'important lui manquait, soudain; il pouvait très bien sentir le creux dans son ventre, comme une faim, mais il ne trouvait pas ce que c'était. Alors il pouvait passer des heures assis dans l'escalier à attendre le retour de Marcel qui revenait toujours les yeux brillants de ses visites dans la maison vide, une chanson aux lèvres, la démarche sautillante. Il avait souvent demandé à Marcel de l'emmener avec lui mais le refus avait toujours été brusque et sans appel. Marcel répondait des choses bizarres comme: « Y te trouvent cute, mais y paraît qu'y peuvent rien pour toé... » ou bien: « Mêle-toé donc de tes affaires! C'est mon secret, pas le tien! » Le petit garçon appuya sa tête contre une marche. Un beau gros nuage blanc passait devant le soleil. Il cligna des yeux. « J'aimerais ça avoir un chat de même, moé aussi! »

Très à l'aise dans un deux-pièces bleu paon qui lui faisait les épaules carrées, des bas de soie foncée à la couture bien droite, un chapeau de feutre rond qu'elle avait coquettement posé sur l'oreille, des pardessus à talons si hauts qu'on se demandait comment elle faisait pour marcher dans la neige avec et son manteau de chat sauvage négligemment ouvert, Mercedes Benza vint rendre visite à sa grande amie Betty Bird vers les onze heures et demie. Édouard avait terminé la lecture de la nouvelle du *Samedi* et racontait à la guidoune le spectacle de Florès et de Cordoba auquel il avait assisté la veille, au Samovar. Il était bien sûr beaucoup plus à l'aise pour parler de Florès que de Cordoba, aussi s'attardait-il aux mimiques, aux pas, au port de tête et aux castagnettes de la danseuse qui l'avait beaucoup impressionné parce qu'elle avait réussi à chanter *La cumparsita* au grand complet avec une rose dans la bouche. Au milieu de son récit il s'était levé, emporté par son enthousiasme, avait enveloppé sa large taille dans le couvre-pieds et s'était mis à claquer des doigts et à taper du pied comme un forcené. Il rejetait régulière-ment la traîne que le couvre-pieds lui faisait avec un geste très précis de la jambe que plu-sieurs actrices lui auraient envié. Betty avait commencé par beaucoup rire des contorsions de son ami puis, fascinée par ce gros homme si adroit qui changeait de face à volonté et pouvait vous restituer en quelques secondes une sil-houette qui n'avait rien à voir avec la sienne, exagérant tous les défauts de la personne qu'il imitait mais toujours avec une pointe d'humour bon enfant qui révélait une grande tendresse pour ses victimes, elle s'était laissé prendre par l'espèce de lyrisme débridé du numéro d'Édouard et s'était enfoncée dans ses oreillers, la boîte de chocolats posée sur les genoux, un sourire de bien-être aux lèvres. Elle suivait avec un intérêt soutenu et un amusement attendri les évolutions du gros homme qui beuglait sa version personnelle d'une chanson du folklore espagnol en la ponctuant de sonores « Olé » et de vibrants « Mi coraçon » qui la faisaient rire mais d'un rire à mi-chemin entre le plaisir et la douleur. Quelque part au fond d'elle-même elle savait qu'Édouard était ridicule mais elle le trouvait beau dans ses extravagances et souvent, quand il lui racontait un film en lui décrivant tout, personnages, actions, décors et costumes, ou au milieu d'une chanson qu'il venait lui hurler par la tête pour lui demander si elle l'aimait ou, surtout, lorsqu'il faisait une imitation particulièrement réussie, elle avait envie de se jeter sur lui, de le serrer très fort, de l'embrasser sur les deux joues en lui disant toutes sortes de belles choses mais elle avait peur qu'il interprète mal cet élan d'affection et se retenait, se contentant de lui dire, après, qu'il avait été merveilleux. Pourtant elle savait que personne d'autre que Samarcette n'approchait jamais Édouard et qu'il avait grand besoin d'être touché, dorloté, tâté, caressé, comme tout le monde. Édouard, lui, ne semblait pas s'apercevoir de tout ça et continuait, semaine après semaine, à faire ses pitreries qu'il trouvait

177

d'ailleurs de plus en plus accomplies et dont il rêvait de faire un spectacle. Son imitation de Florès achevait; Édouard était en nage. Il allait pousser son dernier «Olé» en se cabrant par en arrière, les imaginaires castagnettes bien placées au-dessus de sa tête, lorsque la porte de la chambre s'ouvrit sur la resplendissante Mercedes qui ne sourit pas, ne broncha pas, se contentant de lever les yeux au ciel. «J'arais dû deviner que c'tait toé, duchesse! J'pensais que Betty faisait des heures supplémentaires avec un spécialiste du yodle!» Elle se pencha sur le lit, posa un baiser sur le front de Betty. «J't'ai déjà dit que le chocolat finirait par nuire à ta carrière, Betty! C'est ça qui a tué celle de Fine Dumas!» Betty tendit un chocolat à son amie en souriant. Celle-ci le prit avec un air gourmand. «Pis moé j't'ai déjà répond, Mercedes, que j'aimais mieux mourir comme une grosse tenancière de bordel que comme une vieille putain sèche qui pogne pus...» Elles rirent. Mercedes s'installa dans le lit à côté de son amie, ôta son chapeau qu'elle lança sur un fauteuil près de la fenêtre. Édouard se gourma de la façon la plus dramatique qu'il put, puis prit l'accent de Milly Mathis. «Si je dérange ces dames, je peux me retirer...» Mercedes déboutonnait la veste de son deux-pièces. «Tu nous déranges pas, maudite grosse vache! Viens donc t'effouerer avec nous autres!» Elles se retrouvèrent toutes les trois dans le grand lit, la fausse duchesse qui ne prit pas la peine d'enlever son demi-costume et qui s'en servit même pour s'enrouler dramatiquement dans un drapé des moins confortables mais très efficace pour dissimuler certaines rondeurs gênantes, la chanteuse, gracieuse et distinguée dans ses vêtements bien coupés et la guidoune qu'une bonne nuit de sommeil et une matinée passée à se gaver de chocolat, à rire et à rêvasser avait détendue. Édouard retrouva sa perruque dans le fouillis du lit et se mit à jouer avec, la balançant à bout de bras, la lançant en l'air, la rattrapant avec l'index. Mercedes s'alluma une cigarette qu'elle tendit ensuite à Betty qui la refusa. Édouard posa sa perruque sur les pieds de la chanteuse. « On est ben entre nous, hein, les filles ? »

« Allez-vous me redonner ma grand-mère comme vous m'avez redonné mon chat ? » Il mangeait un de ces fameux biscuits à la mélasse dont il raffolait tant du temps de sa grand-mère mais dont sa mère et sa tante semblaient avoir perdu la recette. Un verre de lait était posé à côté de lui sur la table de la cuisine. Duplessis dormait sur la porte du poêle, enroulé sur lui-même, le museau sous la queue. Les mains posées à plat sur les genoux, Florence se berçait près de la porte en contemplant tout ce blanc qui entrait par la fenêtre et qu'elle semblait respirer à grandes goulées lentes. Marcel prit une gorgée de lait pour mouiller son biscuit dans sa bouche et mastiqua longuement en attendant une réponse qui ne vint pas. Il fixait Florence en mâchant, son biscuit dans une main, le ver-

179

re de lait dans l'autre. Lorsqu'il eut avalé il reposa son verre sur la table. « Ma mére va encore m'accuser d'avoir mangé des bonbons parce que j'aurai pas faim pour le dîner. » Florence sourit. « C'est toi qui voulais manger. » « J'veux toujours manger. J'ai toujours faim quand c'est du dessert. » Il descendit de sa chaise, marcha jusqu'au poêle, s'essuya la bouche avec une serviette propre qui pendait à un crochet de métal. « Vous avez pas répond. » « Répond*u*, Marcel, pas répond. » Marcel remit la serviette sur le crochet. « Ça change rien à ma question. » Florence se leva comme pour se donner une contenance, s'approcha à son tour du poêle, souleva un des ronds de fonte à l'aide d'une grosse clef, y jeta une bûchette qui pétilla un brin avant de s'enfoncer dans les cendres chaudes. Elle donna deux ou trois bons coups de tisonnier puis referma le rond sans oublier d'enlever la clef de métal qui autrement serait devenue brûlante au bout de quelques minutes. « Tu me poses c'te question-là tous les jours depuis quequ'temps, Marcel, pis j'te réponds toujours la même chose : tu la reverras pus, ta grand-mère. Est... est pas ici... » « Pourquoi ? Vous m'avez ben remis Duplessis ! » Florence se pencha sur le vieux chat qui commença par émettre un petit cri de surprise avant de s'abandonner de bonne grâce à ses caresses savantes, précises. « Duplessis, c'tait pas pareil. Y'était juste... malade. Ta grand-mère est partie pour de bon. » « Mais j'm'ennuie de ma grand-mère ! J'avais du fun avec elle ! On s'entendait ben, tou'es deux, on riait... » La voix de Marcel se brisa. Il se tut.

180

Pendant les dernières années de la vie de Victoire, une grande amitié s'était développée entre elle et ce petit-fils qu'elle avait jusque-là négligé parce qu'elle le trouvait trop bizarre avec son imagination débridée, ses yeux un peu fous, ses jeux inquiétants qui ne ressemblaient pas tout à fait à ceux d'un enfant. Mais après cette mémorable soirée de la Fête-Dieu où pour la première fois de son existence elle s'était laissée aller à accepter ce côté d'elle-même qu'elle avait toujours refusé, cette faim de chimères, d'affabulations, de rêveries, de beaux mensonges et d'utopies qu'elle retenait prisonnière de peur de s'y perdre, ce besoin d'amour qu'elle avait dompté dans les bras d'un homme bon mais qu'elle n'avait jamais aimé vraiment, cette envie de rire comme la grosse femme, à gorge déployée, généreusement, sans crainte du ridicule et complètement abandonnée dans la seule joie du plaisir qui jaillit spontanément; après cette procession ridicule pendant laquelle elle s'était blottie dans les bras de son frère bien-aimé, Josaphat-le-Violon, sur le balcon de Florence et de ses trois filles, Rose, Violette et Mauve, dont elle acceptait enfin de reconnaître l'existence, un grand changement s'était produit en elle, une transformation radicale qui laissait sa fille Albertine pantoise, convaincue que sa mère était devenue folle, mais réjouissait la grosse femme qui lui avait dit, un jour: «Vous avez ben raison; le rêve, y a rien que ça pour vous remettre su'l'piton!» Au grand dam d'Albertine, Victoire était entrée du jour au lendemain de plain-pied dans le délire de Marcel, partageant ses jeux avec un chat imaginaire, parlant de personnes qui n'existaient pas, riant comme une folle à des histoires insensées et même, oui, oui, oui, allant jusqu'à prétendre comme lui que tout cela était vrai, et beau, et tellement plus intéressant que tout le reste. Quand Richard, l'aîné de la grosse femme et de Gabriel, avait demandé à être transféré de la chambre de sa grand-mère, trop bruyante à son goût, à la salle à manger où dormait Marcel depuis toujours et où une relative tranquillité régnait après neuf heures du soir, lui permettant d'étudier à son aise sur la grande table de bois foncé, la joie de la vieille femme et du petit garçon avait été évidente : ils allaient se retrouver dans la même pièce, partageant leurs semblables rêveries avec une plus grande intensité encore, discutant pendant des heures de choses qu'ils étaient seuls à comprendre, chantant d'extravagantes chansons et récitant avec force gestes de mystérieuses poésies où flottait souvent un canot d'écorce dans un grand ciel vide. Albertine avait bien essayé de prendre Marcel dans son lit de veuve de guerre qu'elle avait réappris à apprécier parce qu'elle savait que son mari tant haï, enterré quelque part sur les côtes de Normandie, ne reviendrait jamais la harceler, l'humilier, la soumettre, mais la grosse femme l'avait convaincue qu'un garçon de son âge ne doit en aucun cas coucher dans le même lit que sa mère. Albertine avait rougi, blêmi, puis s'était franchement fâchée. «Comme si un enfant de c't'âge-là pouvait penser à mal ! Vous avez donc l'esprit mal tourné, vous, des fois !» Mais elle avait laissé Marcel

182

prendre la place de son cousin dans le lit pliant qui désormais resta ouvert entre la chambre de Victoire et celle d'Édouard qu'on voyait de moins en moins, et les rires qui fusèrent de cette chambre, les cris de joie et les airs si beaux auxquels elle voulait absolument résister l'enrageaient et elle avait eu chaque jour davantage l'impression de perdre son fils. Florence était revenue s'asseoir dans sa chaise berçante. « Y te reste ton oncle Josaphat. Tu t'entends ben, avec ton oncle Josaphat... » Marcel continuait à fourrager dans le poil tigré de Duplessis couché sur le dos, les pattes pliées, les yeux plissés, la tête étirée. « On le voit pus depuis que grand-moman est morte, mon oncle Josaphat... Y paraît qu'y s'est enfarmé chez eux pis qu'y veut pus sortir... Sa fille, ma tante Laura, a' dit qu'a' sait pus quoi faire avec lui... » Il se releva soudain et vint s'accouder sur un des bras de la chaise de Florence. « Si ça continue comme ça, moé non plus j'voudrai pus sortir, ben vite... » Duplessis avait tourné la tête vers lui au milieu d'une ébauche de toilette qu'il avait esquissée aussitôt le petit garçon parti. Il se léchait la patte pour se la passer sur le museau lorsque la voix de Marcel, différente, comme voilée, l'avait troublé. Marcel avait haussé le ton, chose qui ne lui arrivait jamais dans cette maison où, au contraire, il était habituellement calme, posé, appliqué, attentif, ravi de ce qu'on lui apprenait, heureux de le répéter quand on le lui demandait ; jamais, au grand jamais, agressif. Florence aussi paraissait étonnée. On avait même entendu un froissement de robes dans la salle à manger où Rose,

Violette et Mauve tricotaient. «Moé aussi j'vas
finir par m'enfarmer chez nous! De toute façon,
tout c'que j'apprends icitte j'peux pas m'en servir parce que vous me le défendez! Chus tanné
d'apprendre des belles affaires qui me rendent
heureux pis de pas avoir le droit de les sortir
dehors!» Florence voulut poser sa main sur la
tête du garçon mais Marcel échappa à sa caresse
avec un mouvement brusque. «Chaque fois que
j'apprends quequ'chose de nouveau, vous me
dites après qu'y faut que j'garde ça pour moé!
Avant, vous me disiez que j'avais le droit d'en
parler juste à grand-moman pis à mon oncle
Josaphat mais depuis que grand-moman est partie pis que mon oncle Josaphat vient pus nous
voir, vous arrêtez pas de me dire de rien sortir
d'icitte, d'attendre, de toujours attendre! J'aime
ça c'que j'fais icitte pis j'voudrais le montrer à
tout le monde! J'veux pus passer pour un niaiseux, à l'école! J'haïs ça, l'école, pis j'aime
mieux venir icitte, c'est vrai, mais c'que j'apprends icitte me sert pas!» Il courut vers la salle
à manger où les trois tricoteuses s'étaient levées
pour s'approcher de la porte. Il traversa la pièce,
Duplessis sur les talons, en se dirigeant vers le
salon où trônait l'énorme piano droit. Il se jeta
sur le banc de bois noir, souleva le couvercle
et se mit à piocher sur les notes d'ébène et de
nacre. «À quoi ça sert d'apprendre tout ça si y
faut que je l'oublie quand j'passe la porte!» Il
piochait de plus en plus violemment. Une main
se posa sur son épaule. C'était à la fois doux et
froid, comme une eau qui aurait coulé dans son
dos en détendant les nerfs de son cou. Il se cal-

184

ma. Il fit une moue où pouvait se lire un grand désarroi. « Je le sais que vous pouvez me calmer comme vous voulez quand chus t'icitte... Mais quand j'sors... » Il s'empara de Duplessis qui était monté à côté de lui sur le banc, cacha sa tête dans la fourrure chaude qui sentait un peu la poudre contre les puces. « Y a rien que toé que j'peux sortir d'icitte, Duplessis. Mais parsonne peut te voir... » Duplessis passait sa langue râpeuse sur le lobe de l'oreille de Marcel qui pleurait maintenant à chaudes larmes. Puis il lui parla comme il savait si bien le faire dans son langage de chat amoureux. « Un jour, tu vas pouvoir te servir de tout ça, mon amour, mon sauveur. Y faut de la patience, ben de la patience... T'es pas encore prêt... » Marcel re-dressa la tête. De grosses larmes mouillaient ses joues. Ses yeux étaient gonflés. « Pas prêt! Tu vas me dire ça encore combien de temps! Tu m'as montré le mot patience, parce que j'en avais pas; tu m'as montré le mot discrétion parce que j'en manquais; tu m'as montré le mot mystère que j'comprends toujours pas... Con-nais-tu un mot pour quequ'chose que t'es tu-seul à savoir pis que les autres veulent pas croire? » Florence s'était assise à côté de lui sur le grand banc carré qui cachait sous son couver-cle toutes les consolations, tout ce qui pouvait rendre Marcel heureux, ces cahiers jaunis par le temps, aux coins écornés, poussiéreux et à l'encre pâlie, partitions d'un autre âge qu'il ap-prenait peu à peu à décrypter et qui avaient le pouvoir d'effacer [le temps d'une leçon bien sui-vie ou d'une exécution réussie] la laideur du

185

monde et la solitude pesante dans laquelle sa secrète éducation le confinait. «Joue, Marcel, Joue. C'est tout c'que j'peux te dire pour à c't'heure... » Marcel serra Duplessis plus fort sur son cœur, lui donna un baiser sur le museau et le déposa à côté de lui. Devant lui le cahier était ouvert sur la beauté du monde. Il posa ses doigts sur les notes. Mais ne joua pas. Il parla très calmement, à mi-voix et Florence dut se pencher pour saisir ses paroles. «J'pourrai pas tenir ben ben longtemps. J'm'ennuie trop, tu-seul. Si vous me redonnez pas grand-moman comme vous m'avez redonné Duplessis, j'vas tout dire. À ma mére. À ma tante. À mon cousin qui demande pas mieux que de me croire... Toute. J'vas toute leur dire. Pis c'est vous autres qui allez vous retrouver tu-seules. »

«Bon, ben, c'est ben beau tout ça, pis on a ben du fun, mais j'ai une matinée, moé, aujourd'hui!» Pendant que Mercedes remettait ses souliers, Betty et Édouard prirent un dernier chocolat. La boîte gisait éventrée sur le lit, les petits papiers cirés ayant contenu les sucreries éparpillés un peu partout sur les couvertures et jusque dans les draps comme le constaterait le lendemain matin la guidoune après une nuit éreintante. Après cette petite heure passée à parler de n'importe quoi, à médire de tout le monde, surtout de leurs meilleurs amis, à commenter les nouvelles toilettes de madame Petrie

et les dernières conquêtes de Fine Dumas, la
patronne de Betty, qui avait des amours orageu-
ses et multiples et dont on disait dans les mi-
lieux spécialisés de Montréal qu'elle était «à
voile et à vapeur», ils se sentaient tous trois
comme étourdis de rires et de paroles inutiles
qui font tant de bien. Ils auraient voulu prolon-
ger ce moment de grâce, l'étirer le plus possible
en oubliant tout le reste mais une grosse journée
les attendait, Betty au Camélia où elle aurait
à crouler sur demande sous les sempiternelles
mêmes exigences de ses clients sans imagination, Mercedes au National où l'attendaient les
madames pomponnées du samedi après-midi
qui chantaient en chœur plus fort qu'elle et
éclataient de rire au milieu des chansons les
plus dramatiques, et Édouard qui frôlerait des
célébrités en faisant des mines gourmandes mais
en fin de compte impuissantes. Penchée devant
le miroir, Mercedes se recoiffait avec ses doigts.
Elle remit ses peignes d'écailles de tortue qui
retenaient ses cheveux au-dessus de ses oreilles,
s'étira quelques frisettes un peu serrées. «Mais
j'ai ben peur qu'y aye pas grand monde, après-
midi, avec c'te maudite tempête-là...» Étendu
sur le dos, les yeux fixés sur le plafonnier qu'il
trouvait bien laid sans oser l'avouer à Betty dont
il faisait l'orgueil, Édouard mastiquait son chocolat avec grand sérieux. Betty avait sorti son
compact de son sac à main et se poudrait le nez
en faisant des moues d'enfant. «Les tempêtes
ont jamais empêché les Montréalais de sortir...
Quand y veulent s'amuser, les Montréalais, y a
rien pour les empêcher!» Étonnée par cette dé-

187

claration qui lui ressemblait si peu, Betty leva les yeux de son compact. «Mon Dieu, j'commencerais-tu à parler comme dans les nouvelles du *Samedi* que tu me lis, Édouard?» Le gros homme avala sa pâte de cerise et de chocolat en produisant un drôle de bruit. «J'ai ben peur que non, ma pauvre Betty! Y faudrait que tu travailles ton accent! Une femme du monde, ça prend l'accent des femmes du monde, ça fait pas juste employer des mots de femme du monde!» Il reçut un oreiller dans la figure et éclata de rire. «Ça, ça te ressemble un peu plus...» Mercedes avait déjà remis ses pardessus doublés qui lui faisaient le pied gros et était sur le point de décrocher son manteau de chat sauvage qu'elle avait pendu à un crochet derrière la porte. «T'en viens-tu avec moé, Édouard? Y va juste me rester le temps de me préparer pour l'ouverture... Pour faire changement chus déguisée en gipsy!» Édouard serrait son oreiller contre sa poitrine. «J'vas pas au National, après-midi, j'sors...» Mercedes et Betty se regardèrent en fronçant les sourcils. «Tu sors!» «Un samedi après-midi!» Édouard s'étira comme un gros chat, tapocha un peu des paupières, prit une pause languissante. «J'vous dis que ça va être une journée occupée! J'sors deux fois avec le poulailler, aujourd'hui! Après-midi, on va voir *Mademoiselle*, à l'Arcade, avec Germaine Giroux pis le beau Denis Drouin... Pis à soir on s'en va se pâmer sur les sérénades de Tino Rossi lui-même en parsonne, au Plateau! Une journée culturelle au grand complet!» Mercedes leva les yeux au ciel. La duchesse con-

188

tinuait: « Pour après-midi, j'vous dis qu'on avait le choix! On hésitait entre *Les cloches de Corneville*, avec Dolores Drolet, Lionel Daunais pis Jean-Pierre Masson, mais je l'ai vu cent fois pis j'dérange tout le monde quand j'y retourne parce que j'sais toutes les jokes d'avance... pis John Gielgud, un grand acteur anglais, dans *The Importance of Being j'sais pus trop qui* de George Bernard Shaw, mais la plupart des gars du poulailler parlent pas anglais pis y avaient peur de rien comprendre... Ça fait qu'on a voté pour notre Germaine Giroux nationale. Elle aussi on la connaît par cœur mais on l'aime tellement! » La chanteuse fouillait dans son sac à la recherche d'un billet de tramway. « J'pense que j'aime mieux faire mes deux représentations... » Betty bâilla ostensiblement. « J'pense que j'aime mieux faire mes clients! » Édouard donna un coup de poing dans son oreiller. « V'nez pas me dire que vous aimeriez pas ça v'nir voir Tino Rossi à soir! Aie, wow, hein! Dites que vous êtes pognées ailleurs pis que vous pouvez pas vous déprendre mais crachez pas dessus de même! » Mercedes ouvrit la porte de la chambre, envoya un baiser mouillé à ses deux amis. Avant de sortir, elle fit une grimace à Édouard. « Tino Rossi, là, j'aime rien que ses records! J'ai vu des portraits de lui dans les journaux, pis c'est pas mon genre, tu sauras! » La porte claqua, des pas s'éloignèrent dans le corridor. Édouard se leva d'un bond, courut vers la porte, l'ouvrit. « Non, toé, ton genre, c'est Fernandel! » Nu-pieds dans le corridor, il sautilla vers la balustrade sur laquelle il se pen-

cha en riant. « Tu marcherais trois milles à genoux dans la gravelle juste pour aller entendre
Fernandel chanter *Anaïs*, j'te connais ! » Mercedes, qui détestait Fernandel au point de sortir
du National pour aller faire une promenade
quand un de ses films passait avant le spectacle,
fit une courte pause avant d'ouvrir la porte de la
maison. « Y a rien qu'une personne pour qui
j'f'rais deux milles à genoux dans la gravelle
pour aller l'entendre chanter, Édouard, pis c'est
toé ! » Édouard se redressa sous le coup. La
chanteuse connaissait depuis longtemps ses
secrètes envies, elle l'avait même presque per-
suadé, un jour, de monter un spectacle sans le
dire à personne mais depuis sa conversation au
Palace avec madame Petrie, quelques semaines
plus tôt, Édouard ne parlait plus de monter sur
les planches et Mercedes le prenait mal, le
traitant souvent de pissou, de sans-cœur et de
chie-en-lit parce qu'elle était sûre qu'il avait du
talent et qu'il pourrait faire courir les foules s'il
s'en donnait la peine. Elle le trouvait paresseux
et ne ratait aucune occasion de le lui dire.
Édouard revint vers la chambre de Betty en sacrant. La guidoune de luxe commençait lentement sa toilette qui lui prendrait une grande
partie de la journée. « Tu changes d'humeur
vite, toé ! Tu sors d'icitte en gambadant comme
une gazelle pis tu reviens avec un air de beu ! »
Le gros homme se jeta sur le dos, dans le lit,
les mains croisées sur la nuque. « Y veulent savoir de quoi chus capable ? Y vont le savoir, de
quoi chus capable ! »

190

«Si j'monte, pis que j'cogne à' porte, le
temps que moman vienne me chercher pis qu'a'
me déshabille, y va t'être trop tard!» L'enfant
de la grosse femme était revenu s'asseoir dans
les marches de l'escalier extérieur après avoir
tant bien que mal achevé le bonhomme de neige
tout seul. Il se tenait bien droit, les genoux
serrés; un petit air de panique se lisait sur son
visage. «J'ai trop attendu, encore, pis j'vas me
faire chicaner...» Il serrait les fesses du mieux
qu'il pouvait mais cela n'avait pour effet que
d'augmenter ce mal de ventre qu'il avait pourtant
senti venir mais qu'il avait laissé se développer
parce qu'il aimait se retenir le plus longtemps
possible avant de se précipiter au petit coin
qu'il avait longtemps appelé «le p'tit toin» au
grand amusement de la grosse femme et d'Albertine. Habituellement, quand cela le prenait
dans la maison, il avait le temps de courir jusqu'à la salle de bains et de se soulager avec
délice, battant des jambes sur le trône et soupirant d'aise mais depuis quelque temps, depuis le
début de l'hiver, en fait, et ses vêtements su-
perposés qui étaient si longs à enlever, cela lui
arrivait de plus en plus souvent alors qu'il était
en train de jouer avec Marcel ou quelqu'autre
de ses amis de la rue Fabre, Carmen Brassard,
par exemple, qui traversait la rue pour venir le
voir malgré la défense formelle de sa mère, ou
Claude Lemieux qui avait des problèmes d'élo-
cution et dont on ne comprenait pas un mot de

ce qu'il disait, ou encore Linda Lauzon, petit paquet de nerfs de cinq ans qui n'avait pas encore compris la différence entre parler et hurler, et cela le terrorisait. Il croisa ses bras sur son ventre. « Peut-être que j'arais encore le temps... » Il voulut se lever mais son mal de ventre redoubla et le plia en deux. « Eh, que chus nono, que chus donc nono! » Il avait commencé très tôt à se retenir ainsi. Il ne détestait pas cette petite douleur au ventre qui annonçait un si agréable soulagement et il lui arrivait, pendant les radio-romans que sa mère et sa tante écoutaient religieusement tous les jours, de se promener de long en large dans le corridor, les jambes serrées, la démarche hésitante, les yeux fixes, suivant à sa façon les romans-fleuves, comprenant tout autre chose que ce qui se disait, évidemment, transposant les événements mélodramatiques dont ils étaient truffés à son niveau d'enfant de cinq ans trop rêveur, aidé, peut-être, par cette situation hasardeuse dans laquelle il se mettait lui-même en ne se rendant pas aux toilettes à la première alarme comme le lui avaient montré les autres habitants de la maison et excité par cette chose qui voulait sortir de lui, qu'il aurait éventuellement à évacuer mais qu'il aimait retenir aussi longtemps que possible, jusqu'aux limites de l'endurance et du danger. Et lorsque la grosse femme et Albertine le voyaient traverser la salle à manger en courant elles se regardaient avec un petit sourire entendu. Il avait posé ses deux mains de chaque côté de lui dans la neige qui recouvrait les marches de l'escalier. La panique finale qu'il

192

connaissait bien glissait le long de son dos, le faisant frissonner. Cela allait arriver d'un moment à l'autre. Et quand cela se produisit, sans bruit mais avec une étonnante violence, il pleura doucement, réfugiant sa tête dans son foulard. Au soulagement habituel qui lui faisait battre le cœur se mêlait le remords cuisant et humiliant d'avoir souillé ses vêtements. Il voyait sa mère le déshabiller en détournant la tête parce que cela ne sentait pas bon, le réprimander avec raison parce qu'il savait qu'il aurait dû monter plus tôt, et l'essuyer, ce qui était pire, encore, en pinçant les lèvres pour ne pas pleurer. «Je le savais que ça arriverait, pourtant! Pourquoi j'ai fait ça!» Il se mit à se dandiner d'une fesse sur l'autre en geignant doucement, se disant qu'il était un mauvais petit garçon, que personne ne l'aimait et qu'il méritait un châtiment pire que toutes les punitions qu'on ne lui infligerait pas parce qu'on l'aimait trop. Quand Thérèse, Pierrette et Simone descendirent l'escalier en riant et en se poussant pour aller à la séance de cinéma de la salle Saint-Stanislas, elles le trouvèrent immobile, les yeux fermés, le pot aux lèvres. Thérèse le souleva avec un air de dégoût. «Y a encore chié dans ses culottes, le p'tit maudit!»

Mercedes prenait toujours le tramway. Le peu d'argent qu'elle faisait au Théâtre National et au Palace passait presque totalement à ses vêtements qu'elle voulait flamboyants et bien coupés et qu'une de ses amies diplômée de l'école des métiers commerciaux copiait plutôt bien que mal sur ceux que portaient les grandes stars internationales françaises ou américaines. Elles allaient toutes les deux voir un film d'Annie Ducaux, de Madeleine Robinson, de Bette Davis ou de Joan Crawford et Mercedes disait : «R'garde, c'te robe-là, penses-tu que tu s'rais capable de m'la copier?» Son amie répondait la plupart du temps : «Rien de plus facile... J'ai justement un petit morceau de crêpe qui ferait l'affaire...» Deux jours plus tard, Mercedes avait un premier essayage, habituellement étonnant de justesse, et la semaine suivante elle entrait en scène habillée en Annie Ducaux dans *Dernier refuge* ou en Barbara Stanwyck dans *Double Indemnity*, sous les regards admirateurs des spectateurs du Théâtre National qui trouvaient qu'elle avait donc l'air distingué! Mercedes était toujours fière de ce qu'elle portait, aussi attendit-elle le tramway Sainte-Catherine en direction de l'est avec grande impatience ; elle avait hâte de grimper dans la grosse machine bruyante, de détacher négligemment son manteau de chat sauvage qui lui avait coûté quelques mois de salaire et de s'asseoir non-chalamment sur une banquette de paille en pliant les jambes pour bien montrer son deux-pièces bleu paon qui ferait hurler tout le monde, les femmes parce qu'elles l'envieraient, les hommes parce qu'ils en baveraient. Mais le tramway tardait et Mercedes frappait ses pardessus l'un contre l'autre pour se réchauffer les pieds. La rue Sainte-Catherine venait d'être dégagée de sa couche de neige rapidement transformée en boue et commençait à se remplir de sa faune habituelle du samedi après-midi. Dans les grands magasins, comme Dupuis Frères, Valiquette ou Woodhouse, on disait: «Le samedi, ça liche, mais ça l'achète pas!» Effectivement, chaque samedi après-midi, les femmes de l'est de Montréal, leur progéniture accrochée à leur manteau et portant leur petit dernier dans leurs bras, envahissaient la Catherine sans un sou en poche mais les yeux grands et le bras tâteux. Elles touchaient à tout, surtout quand elles faisaient bande avec des amies rencontrées par hasard ou non, parlaient fort et franc, riant d'un gros rire libérateur quand elles tombaient sur quelque chose qu'elles trouvaient laid ou qu'elles ne comprenaient pas. Elles faisaient les quinze cennes, les dry goods et les grands magasins d'un même pas assuré, toujours penchées sur quelque comptoir d'escomptes ou le nez collé à quelque vitrine de gâteaux de première communion, de Noël, de fête des Mères, de Pâques ou de la Saint-Valentin, selon l'époque de l'année où l'on était. Elles achetaient un hochet à dix cennes ou un sac de chips après avoir viré un magasin à l'envers et sortaient en souriant quand elles étaient seules et en riant bruyamment quand elles étaient en bandes. Elles s'interpelaient de bord en bord de la rue, traversaient cent fois pour aller vérifier une vente ou saluer une connaissance; elles maudissaient leurs enfants tout le temps qu'elles étaient seules avec eux puis se mettaient à les vanter exagérément aussitôt qu'elles rencontraient quelqu'une de leurs amies; elles s'exclamaient devant des vitrines d'une laideur consommée et comptaient leurs sous au fond de leurs sacs en passant devant un comptoir de hot-dogs ou un vendeur de crème glacée; elles étaient chez elles et prenaient leurs aises. Et toutes, en ce bel après-midi de février ensoleillé et froid, elles dévisageaient Mercedes, ricanant et se la montrant du doigt. La chanteuse commença par penser qu'on la reconnaissait et releva la tête, agitant ses bouclettes et retenant le col de son manteau avec sa main droite comme le faisaient si bien Michèle Morgan et Ingrid Bergman qui incarnaient pour elle l'élégance et la beauté. Mais lorsqu'elle surprit quelques remarques désobligeantes («On le sait oùsqu'a' doit prendre l'argent pour se payer un coat pareil, celle-là, hein?» ou «La peau qu'y a en dessours doit coûter encore plus cher que celle qui est par-dessus!») ou franchement hostiles («V'là rendu qu'y font les arrêts de tramways, à c't'heure, les maudites guidounes!»), elle comprit pour qui on la prenait et eut envie d'arrêter tout le monde, dans la rue, et de crier: «Écoutez, chus pus une guidoune, chus t'une chanteuse, à c't'heure! C'est pas pareil! J'vous jure que c'est pas pareil! Vous me reconnaissez pas? Vous êtes peut-être venus me voir, au Théâtre National, chez la Poune, c'est là que j'travaille! C'est moé qui faisais la gipsy pis vous avez tellement aimé ça, c'que j'chantais, que vous criiez «Horray!» après chaque chanson!» Elle se contenta de s'appuyer contre le mur de la Banque de Montréal, ce qui ne lui

196

donna que plus l'air de ce qu'elle voulait éviter.
Elle entendit un petit rire ironique et une femme passa devant elle en haussant les épaules,
traînant derrière elle une affreuse fillette qui se
décrottait le nez vaillamment. Elle se cacha le
visage dans sa main. Un taxi s'arrêta à sa hauteur; la porte de devant s'ouvrit, une voix joyeuse monta par-dessus les bruits de la rue. «Que
c'est que tu manges pour être belle de même?»
Mercedes ouvrit son sac pour y chercher un
mouchoir. La voix se fit plus joyeuse. «Mercedes! T'es r'venue? J'pensais que tu chantais, à
c't'heure?» Ernest Lauzon. Un ancien client
de la rue Fabre qui avait quitté son métier de
maçon pour se lancer dans le taxi, le pauvre, et
qui s'en mordait les doigts. «Veux-tu un lift ou
ben donc si tu vas rester parquée là jusqu'à
ce qu'un gars te montre un beau gros cinq ben
juteux?» Mercedes s'approcha du taxi, se
pencha, s'appuya contre la porte à demi ouverte.
«T'as jamais vu ça, une femme qui attend un
p'tit char, maudit innocent?» Ernest sourit. «Pas
une femme habillée comme toé. Les femmes
habillées comme toé, on sait oùsqu'y prennent
leur argent pis on sait qu'y prennent pas le
p'tit char!» Deux policiers à pied s'approchaient
d'eux, un petit sourire entendu aux lèvres.
«Vous vous pensez donc irrésistibles, hein?
Aussitôt que vous voyez une femme tu-seule,
vous pensez tu-suite qu'est à votre service!»
Mercedes s'engouffra dans le taxi et claqua la
porte. «J't'avertis, Ernest Lauzon, que j'ai pas
une cenne pour te payer! J'm'en vas au Théâtre National! Chanter! Pour des pinottes! Pis

197

pour me payer d'autre linge pour que le monde continue à me prendre pour une guidoune!» Ernest Lauzon appuya sur l'accélérateur. «Pompe-toé pas de même, Mercedes! J't'ai connue plus willing que ça! T'es ben rendue stuck up! Une fille habillée comme tu l'es, au coin d'une rue, de même, que c'est que tu veux...» Elle le coupa en lui offrant une cigarette qu'il s'empressa d'accepter. Elle finit par sourire. Mais amèrement. «Pis en plus, j'me sus t'assise en avant, avec toé! On sait c'que ça veut dire! Tes chums d'la police vont t'être contents pour toé!» Ernest rit de bon cœur. «Que c'est que tu veux, on se tient entre nous autres! Comme vous autres! T'es pognée avec c'que t'as l'air, Mercedes, mais c'est pas grave...» Mercedes renvoyait sa fumée de cigarette par les narines. «C'est justement, j'trouve qu'on se tient pas assez entre nous autres! On est toujours en compétition pour *vous* plaire pis c'est pas juste! Mais un bon jour, là, j'vas être tellement connue, là, tellement bonne pis tellement élégante que j'vas pouvoir envoyer chier tout le monde! Vous autres les premiers!» Ernest klaxonna; une grosse femme qui traversait la rue en mangeant un cornet de crème glacée aux cerises sursauta puis sacra. Mercedes secoua la tête. «D'la crème à glace! En plein hiver! Que c'est qu'a' doit manger l'été!» Ernest en profita pour la regarder. «Y a toujours quelqu'un pour aller déterrer tes morts, Mercedes... Même si tu deviens la femme la plus respectée du monde, y aura toujours quelqu'un pour aller fouiller oùsque t'as pas envie que le monde fouille.» Mercedes se mou-

198

chait dans un grand carré de soie turquoise.
« Mais doit venir un moment donné oùsque t'en
n'as pus, de morts, jamais je croirai ! » Devant le
Théâtre National, une longue file bruissante se
formait déjà. Des chapeaux de feutre s'agitaient, des rires fusaient, des mains gantées de
laine se faisaient des signaux joyeux. Lorsqu'elle
sortit du taxi, on fit une ovation à Mercedes qui
se réconcilia un peu avec la vie.

« Si ça revire comme la semaine passée, moé,
j'y retourne pus jamais ! » Simone portait un
vieux manteau de sa mère, dont elle avait un
peu honte mais comme le lui avait si bien dit
Charlotte, en octobre, elle n'avait pas le choix,
c'était ça ou rien : « J'le sais qu'y est laitte mais
que c'est que tu veux, si j'ai été capable de l'endurer pendant des années sans me plaindre, t'es
capable de l'endurer au moins jusqu'à Pâques,
jamais j'croirai ! On vient d'acheter un coat neu'
pour Maurice, ça s'ra ton tour l'année prochaine. » Thérèse et Pierrette n'avaient pas ri, le
premier matin, en la voyant descendre l'escalier
dans cette horreur ; Thérèse s'était contentée de
dire : « Ta mére le remplissait trop pis toé tu le
remplis pas assez ! » et Pierrette s'était tue pour
ne pas trahir son fou rire. D'ailleurs, Pierrette
trouvait tous les vêtements de Simone épouvantables. Elle devenait coquette en vieillissant,
plus que Thérèse, même, peut-être parce qu'elle
était moins belle, moins frappante, plutôt, et

qu'elle devait user de plus d'artifices et de plus
d'imagination pour attirer l'attention des garçons. Thérèse n'avait qu'à paraître, n'importe
quand et n'importe comment pour qu'un silence
étonné et appréciateur se fasse. La grosse femme
disait souvent d'elle: «M'as dire comme y disent
dans les vues françaises: «Un rien lui va!» C'est
vrai! Toute y fait, à c't'enfant-là!», ce à quoi
Albertine répondait immanquablement: «L'enfer va ben y faire, aussi!» Elles marchaient
toutes les trois d'un bon pas, contournant les
bancs de neige sans jamais en escalader un seul
parce qu'elles avaient quinze ans et qu'à cet
âge-là on ne grimpe plus sur des vieux tas de
neige durcie en criant comme des perdus, en
se chatouillant comme des enfants et en essayant
de détrôner tout le monde; c'étaient là des jeux
dits «de bebés» qu'elles traitaient maintenant
avec mépris, surtout Thérèse qui voulait à tout
prix oublier son enfance et faisait tout pour
avoir l'air d'une adulte. Pour se rendre à la
salle paroissiale Saint-Stanislas où se donnaient
chaque samedi après-midi deux séances de cinéma, une pour les garçons, à une heure, et l'autre
pour les filles, à trois heures, elles faisaient exactement le même chemin qu'elles avaient em-
prunté pendant des années pour se rendre à
l'école des Saints-Anges avant d'être transférées,
après leur neuvième année, à l'école Marie-
Immaculée, sur la rue Marie-Anne. Elles passaient devant l'entrée de la cour où se promenaient parfois quelques religieuses qu'elles
avaient connues, les saluaient timidement de la
main en sentant leur cœur se serrer au souve-

nir des années passées à danser à la corde, par temps chaud, ou à grimper sur les bancs de neige, en hiver, et montaient jusqu'à la rue Laurier qu'elles empruntaient ensuite vers l'ouest. La salle paroissiale était située sur le côté nord de la rue Laurier; c'était un bâtiment de brique jaune assez quelconque qui servait de salle de réunion pour les différentes associations pieuses de la paroisse, de salle de spectacle quand quelqu'un se donnait la peine d'en monter un, ce qui était plutôt rare, les artistes étant plutôt raillés et suspectés dans l'entourage du curé, de salle de banquet pour certaines noces ou fiançailles à petit budget et, surtout, tous les samedis après-midi, de salle de cinéma où s'entassaient quelques centaines d'enfants turbulents qui ne comprenaient rien aux films anglais qu'on leur projetait mais hurlaient quand même de joie à la seule vue d'un cow-boy monté sur son cheval ou d'une voiture ancienne conduite par Oliver Hardy. Thérèse, Pierrette et Simone tournèrent le coin de Laurier en pressant le pas; elles avaient hâte de voir l'importance de la file qui attendait impatiemment devant la salle paroissiale parce que Thérèse avait prétendu, un peu plus tôt, qu'il n'y aurait presque personne, ce jour-là, à cause de la tempête qui venait juste de s'achever et que Simone lui avait tenu tête en disant que tous les enfants de la paroisse voulaient absolument voir la suite du *Scorpion*, la nouvelle série américaine commencée quelques semaines plus tôt et qui déjà bouleversait tous les jeux. (On rencontrait en pleine rue des garçons qui boitaient exagérément en se cachant la figu-

201

re derrière leur manche de manteau d'hiver et en criant à tout le monde qu'ils croisaient: «I yam de Scorpionne!» avant d'éclater en un rire démoniaque — style «Gniak, gniak, gniak, gniak, gniak!» — et de disparaître dans une rue transversale ou une ruelle bloquée par la neige.) Il y avait un peu moins — mais très peu — de monde que d'habitude devant la salle paroissiale. Thérèse prit un petit air supérieur. «J'te l'avais dit, hein?» Simone se contenta de hausser les épaules. «On sait ben, toé, d'abord que Bernard Morrier est là, comme la semaine passée!» Thérèse fut aussitôt sur elle, toutes griffes dehors. «Laisse Bernard Morrier tranquille, toé!» «Aie pas peur, j'y toucherais pas pour tout l'or au monde! De toute façon, tu me l'as assez dit qu'y'est trop beau pour moé que je commence à le savoir! C'est vrai que t'es tellement délicate que tu manquerais pas une occasion de me le répéter!» Elle prit un peu d'avance sur ses compagnes comme chaque fois qu'elle se fâchait avec elles. Thérèse et Pierrette la laissèrent filer sans essayer de la rattraper. Thérèse remit ses mains gantées dans ses poches de manteau. «Est de plus en plus pointilleuse, not' Simone...» Pierrette regardait le bout de ses souliers. «Faut dire, aussi, que t'es de plus en plus plate avec elle!» Simone les attendit au coin de la rue de Lanaudière; elle avait peur d'affronter toute seule les garçons en liesse qui déjà les avaient repérées et avaient commencé à s'exciter. Lorsqu'elles passèrent, bien droites et l'air absent, devant la file de garçons de tous âges qui attendaient qu'on ouvre les portes pour

se garrocher comme des fous furieux dans la
salle surchauffée, elles se firent siffler, apostro-
pher («Allô gâteau, quand est-ce qu'on se
crème!»); on les flirtait, bien sûr, mais on les
menaçait aussi de toutes sortes de châtiments
bizarres: le chatouillage intégral, l'empalement,
l'ablation des seins et autres délicatesses beaucoup plus vagues et encore moins délicieuses.
Mais Thérèse et Pierrette étaient venues pour ça
et le subirent volontiers tout en faisant semblant
de penser à autre chose. Thérèse secouait ses
bouclettes qui dépassaient de son béret, Pierrette s'humectait les lèvres parce qu'on lui avait
déjà dit que ça lui faisait une belle bouche rose
et Simone était morte de peur. Était-ce à cause
de son frère, Maurice, qui lutinait toutes les
jeunes filles de l'école Marie-Immaculée qu'il
rencontrait et particulièrement Thérèse et
Pierrette, ses amies d'enfance, et qui même,
parfois, quand elle était seule dans sa chambre
ou dans la salle de bains qui ne barrait pas, venait lui glisser à l'oreille des horreurs sur sa vie,
à lui, sur ce qu'il en faisait actuellement et sur
ce qu'il avait l'intention d'accomplir, un jour,
dans le Red Light dont il planifiait de devenir
le chef incontesté; était-ce à cause de ce qui se
produisait depuis quelques années entre son
père et sa mère, si heureux, autrefois, malgré
leur grande pauvreté, mais que l'indigence sans
rémission avait fini par miner et qu'elle entendait se chicaner à tout propos, la nuit, et même
se battre parce qu'Ulric Côté osait lever la main
sur sa femme qui refusait de se laisser faire et
répondait gifle pour gifle et coup pour coup;

203

toujours est-il que Simone avait de plus en plus
peur des garçons de son âge, de leur trop grande nervosité quand ils l'approchaient, de ce
qu'elle croyait lire dans leurs yeux, des inten-
tions qu'elle prêtait à chacun de leurs gestes et,
parfois, de leur trop évidente beauté qui la troublait et qu'elle aurait préféré pouvoir ignorer.
La grande tendresse qu'elle avait toujours trouvée chez Thérèse et Pierrette lui suffisait am-
plement mais elle sentait ses deux amies lui
échapper depuis qu'elles avaient commencé à
se préoccuper des garçons avec des fous rires
nerveux et énervants et des messes basses interminables qui la laissaient jalouse et furieuse.
Elle ne pouvait pas se joindre aux effervescences
et aux émois de ses amies, passer des heures,
comme elles, à se pâmer sur l'arcade sourcilière
d'un grand de douxième année, ou sur les cheveux bouclés d'un autre niaiseux qui lui
donnaient, semblait-il, un petit d'air d'angelot
mais qui lui donnait à elle, envie de le mordre,
parce qu'elle trouvait tout ce que Thérèse et
Pierrette disaient à leur sujet stupide et humiliant pour elles. Elle avait toujours considéré
ses deux compagnes comme étant plus intelli-
gentes qu'elle et de les voir ainsi retomber en
enfance, zézayer de désarroi et rougir à tout
propos pour des épais qui doublaient crânement
leurs classes en ne pensant qu'à la petite cigarette fumée en cachette et au petit baiser mal
exécuté entre deux portes, la mettait hors
d'elle. Simone restait là, cependant, les regardant faire, exaspérée mais incapable de s'en
éloigner. Elle aimait à penser que c'était pour

les empêcher de tomber trop bas mais au fond elle savait très bien que c'était parce qu'elle ne pouvait pas se passer d'elles. Simone s'appuya contre le mur de brique alors que ses compagnes se tenaient bien droites au milieu du trottoir, sérieuses comme des papesses au dehors mais visiblement excitées en dedans. Depuis quelque temps, depuis ce samedi du mois de décembre, en fait, où Albertine avait voulu emmener sa fille chez Dupuis Frères, en fin d'après-midi, assister à ce qu'on appelait une «démonstration de trousseau», et où Thérèse avait découvert, parce qu'elle ne voulait pas manquer un film de Tarzan qu'on disait particulièrement déshabillé, que les filles pouvaient maintenant assister à la séance des garçons, à une heure, à condition de présenter à l'entrée un billet de leur mère, le trio «Thérèse pis Pierrette» n'allait plus du tout à la séance des filles, Thérèse composant elle-même des billets farfelus où il était question de maladies graves, de commissions pressantes pour la fin de l'après-midi et du souper qu'elle devait préparer *avec ses deux sœurs*. Simone disait: «On va finir par se faire prendre! On n'a pas l'air de trois sœurs pantoute! Pis y vont finir par trouver ça louche que notre mère soit malade comme par hasard tou'es samedis après-midi!» Thérèse répondait: «En attendant, on a du fun!» Les filles qui assistaient à la séance des garçons devaient monter au jubé, derrière la salle paroissiale, minuscule balcon inconfortable mais commodément sombre dont Thérèse et Bernard Morrier tiraient parti, dissimulés au dernier rang, derrière leurs deux chaperons qui ne disaient mot de tout le spectacle et se tenaient raides, le rouge aux oreilles et le cœur battant. Bernard Morrier profitait du noir qui précédait le début du cartoon pour se glisser dans l'escalier du jubé au haut duquel l'attendait Thérèse, tremblante et déjà consentante. Et les deux heures que durait la séance passaient rapidement dans les attouchements de plus en plus précis et les baisers de moins en moins discrets. Le dimanche après-midi, ils se retrouvaient tous les deux au Passe-Temps ou au Dominion où ils pouvaient désormais entrer, mais la plupart du temps en présence de leurs parents qui venaient avec eux rire des grimaces de Fernandel ou des reparties si drôles de Jean Tissier (madame Morrier adorait rire) ou pleurer sur les malheurs d'Edwige Feuillère ou de Suzy Prim que faisaient encore souffrir un quelconque Pierre-Richard Wilm ou tout autre cruel Pierre Fresnay (on devine qu'Albertine préférait les larmes...). Ils se saluaient poliment, échangeaient quelques mots en cachant du mieux qu'ils pouvaient leur envie de rire et attendaient anxieusement le samedi suivant pour poursuivre leurs troublants ébats. Un brouhaha monta, loin devant elles, en tête de file; des «Horrays» fusèrent, des sifflets, des cris: on venait d'ouvrir la porte. Quelqu'un cria: «Y'est temps, j'tais après me geler les schnolles!» On ne faisait jamais entrer les enfants par la porte principale de la salle paroissiale qu'on réservait pour les grandes occasions (et tout le monde sait que les grandes occasions appartiennent aux adultes); on leur faisait plutôt grimper un escalier de sauvetage, au fond d'un long couloir sombre entre deux bâtisses, une de ces structures de métal qui vibrent au moindre mouvement et résonnent au plus petit choc, terreur des petites filles qui n'aiment pas sentir le vide sous leurs pieds et des petits garçons qui font les braves mais qui sentent des papillons leur voleter dans l'estomac. La file d'attente commençait au bas de cet escalier abhorré de tous (les premiers enfants arrivaient vers onze heures et demie, certains avec leur lunch, pour avoir les meilleures places), suivait le couloir mal éclairé où le vent s'engouffrait l'hiver, et où l'humidité était insoutenable le reste du temps, tournait dans la rue, longeait la façade de la salle paroissiale et, pour les films attendus depuis longtemps, allait parfois jusqu'à la rue suivante. Thérèse, Pierrette et Simone étaient à la hauteur de la porte principale où une affiche du film du jour était collée: Johnny Westmuller, à peine couvert de son pagne de guenille, swinguait au bout d'une corde en hurlant, une girlie à moitié pâmée dans les bras. Thérèse se pourléchait d'une façon comique pour faire rire ses compagnes. «On va voir ben d'la peau!» Pierrette et Simone se regardaient en faisant les gros yeux. «Est folle! Faut l'enfarmer, est folle!» Thérèse leur donna des tapes amicales. «Si vous m'enfarmez, enfarmez-moé avec lui!» Pierrette riait, maintenant; Simone était de plus en plus renfrognée. Elles avançaient très rapidement, les garçons étant anxieux d'aller mener le diable dans la chaleur sèche du cinéma. À l'entrée, qui se trouvait en

207

fait être la sortie de secours de la salle, les enfants jetaient leur dix cennes et se lançaient
dans les allées en hurlant et en se piétinant pour
atteindre les meilleures places. On entendait
les sièges de bois se déplier dans un bruit sec,
les dossiers gémir sous les coups de pied des
enfants du rang suivant («Arrête de cogner de
même, maudit gnochon, tu me donnes mal dans
le dos!» «Va donc chier, toé!» «Viens donc me
dire ça icitte!» «Ben certain que j'vas y aller!»
«Ouan? Ben t'es t'aussi ben de te commander
des dentiers tu-suite!» «Des dents, ça se rem-
place, mais pas des oreilles!») et les pattes de
métal mal vissées au plancher de bois franc
gémir et couiner sous les assauts répétés des im-
pétueux petits monstres. Le trio «Thérèse pis
Pierrette» grimpa l'escalier de sauvetage dignement, sans se presser et en essayant d'oublier
le vide qui s'ouvrait entre les mailles de métal,
comme le faisaient toujours les filles sous l'œil
vigilant de sœur Sainte-Philomène qui venait
guetter chaque samedi l'entrée de la séance de
trois heures. Un frère des écoles chrétiennes, le
frère Armand, doux et gentil, que les garçons
de Saint-Stanislas aimaient bien, avait aussi été
nommé pour surveiller la séance d'une heure
mais il ne venait presque jamais, prétextant qu'il
fallait montrer aux garçons qu'on avait confiance en eux... (La dernière fois qu'il était venu, il
avait été horrifié par ce qu'il avait vu et entendu,
s'était sauvé au milieu de la séance, rouge de
confusion, et s'était réfugié dans sa chambre
pour aller prier.) Thérèse tendit négligemment
son billet plié en quatre à Monkey Face, le tré-

sorier-organisateur-maître de cérémonie des festivités du samedi après-midi, qui ne le déplia même pas. Il se contenta de faire un petit sourire ironique. « Vot' mére écrit-tu toujours des billets comme une tite-fille de quinze ans, les jumelles ? » Le cœur dans la gorge, les trois fillettes déposèrent leur dix cennes sur la table sans lever les yeux et s'engagèrent dans l'allée de droite sans entendre les sarcasmes des garçons qui s'étaient remis à les siffler et à les insulter en voulant faire leur éloge. En montant l'escalier du jubé où flottait une vague odeur de pipi de chat (mais ce n'étaient pas des chats qui venaient pisser là pour faire leurs comiques), Simone tira sur le manteau de Thérèse. « Tu joues avec le feu, Thérèse ! » Celle-ci se dégagea d'un geste brusque. « Tu joues avec mes nerfs, Bec-de-Lièvre ! »

Il détestait par-dessus tout ces siestes que sa mère lui imposait lorsqu'elle s'imaginait qu'il était malade ou qu'il couvait quelque chose qu'elle voulait enrayer tout de suite ; ces heures interminables à ne rien faire d'autre qu'attendre parce qu'il n'arrivait jamais à dormir l'après-midi. Il y avait bien quelques moments de rêverie pendant lesquels son imagination si vive le lançait dans des aventures abracadabrantes (comme celles d'Yvan l'Intrépide, par exemple, qu'il écoutait avec ses frères tous les après-midi,

à cinq heures et demie, auxquelles il ne comprenait presque rien mais qui, peut-être à cause du
ton que prenaient les acteurs, cette grandilo-
quence chargée de trémolos et de pathos étran-
gère à tout ce qu'il entendait dans la maison,
lui faisaient grande impression) ou dans des
situations toutes simples mais tellement récon-
fortantes qu'il puisait dans les contes que lui
répétait souvent sa mère ou son père en essayant
d'imiter la faconde de l'oncle Josaphat sans toutefois y parvenir tout à fait; mais ces moments
étaient sporadiques, courts et difficiles à déclen-
cher parce qu'il n'en avait pas choisi les prémis-
ses. C'étaient des moments de rêverie imposés
par une situation désagréable donc difficilement
contrôlables. Et il aimait contrôler ses rêveries.
Par exemple, avant de sombrer dans le sommeil,
le soir, quand ses parents s'étaient apaisés, il
lui était très facile d'utiliser tout ce qu'il avait
entendu dans la journée pour le transformer en
grand voyage aux couleurs vives, aux sons
clairs, aux odeurs précises; le matin aussi, pendant que sa mère et sa tante Albertine écoutaient *La fiancée du Commando* ou *Grande sœur*
en poussant des exclamations d'indignité quand
on faisait trop souffrir les héroïnes, il avait une
grande facilité à s'échapper de la maison, de la
rue Fabre, du Plateau Mont-Royal, pour se
réfugier dans quelque pays de son invention
où les enfants ne faisaient pas de sieste et où
les tranches de pain n'avaient pas de croûte. Il
tourna dans son lit de fer où il se sentait pri-
sonnier parce que sa mère avait relevé le dernier côté pour l'empêcher de se lever. Il avait

chaud. Quelques gouttes de sueur glissaient sur son front. Il toussota, soupira, sortit un pied de sous les couvertures, compta ses orteils très lentement en les agitant. Sa mère ne l'avait pas chicané quand il était rentré, confus et la tête basse, pour lui avouer qu'il avait fait caca dans sa culotte. Elle l'avait déshabillé calmement avec cet air déçu qu'elle prenait toujours en pareille occasion et qui était pour lui une pire punition que tous les châtiments corporels qu'elle aurait pu lui faire subir. Décevoir sa mère était pour lui la dernière des humiliations. « J'ai pas faite exiprès, moman... » Il avait mis les bras autour du cou de sa mère. Elle sentait tellement bon! « Tu sens bonne... » « Pas toé! » Elle l'avait couché sur le dos, lavé, poudré comme un bébé en le lui faisant remarquer mais presque gentiment parce qu'elle ne voulait pas le brusquer. Il avait un peu pleuré, pour la forme, gardant pour la solitude de son lit le gros de la crise qu'il voulait exorciser sans témoin. Quand il commença à avoir un peu froid au pied, il le rentra sous les couvertures et sortit l'autre. Cinq orteils, encore. Marcel avait bien essayé de lui apprendre à compter ses doigts et ses orteils jusqu'à dix mais l'enfant de la grosse femme bloquait à cinq en se disant que c'était bien suffisant puisqu'il allait avoir bientôt cinq ans. Marcel lui avait dit: « Si t'apprends rien qu'un chiffre par année, tu iras pas loin dans' vie! » Sur le pied de son lit, entre les barreaux, au milieu d'une plaque de métal un peu plus foncé, son père avait collé le portrait d'un petit garçon qui tenait dans ses bras un chiot souriant. Cette image avait un étonnant pouvoir d'apaisement sur l'enfant de la grosse femme; il lui suffisait de la regarder quand il devenait trop impatient pour que ce sourire de chien innocent et cette tendresse pour l'animal sans défense qu'il croyait lire dans les yeux du petit garçon le calment et même lui amènent une ombre de sourire aux lèvres. Mais ce jour-là, pour la première fois, le chiot et son maître n'avaient aucun effet sur sa nervosité grandissante. Il toussa encore une fois puis une bouffée de chaleur lui monta d'un coup du creux du ventre au visage; il ouvrit la bouche pour mieux respirer mais sa gorge faisait un drôle de bruit. Il eut peur, sortit ses deux pieds en même temps, les colla sur l'image qui avait pris la fraîcheur du métal. Le choc du froid sur la plante de ses pieds lui fit un peu de bien. Il passa la main sur son front moite. Une drôle d'odeur, piquante et désagréable, montait de ses aisselles. Il s'y fourra le nez plusieurs fois en faisant la grimace. Il toussa encore. Il aurait voulu appeler sa mère mais n'osait pas. Il ne voulait pas qu'elle le voie dans cet état. Un vertige le prit et le cauchemar commença. Il entendit des bruits de chaînes, comme dans les contes de la chasse-galerie de Josaphat-le-Violon quand le diable lui-même en personne préparait son entrée. Des cris, aussi, s'élevèrent, probablement de damnés («Mais c'est quoi, des damnés?») en route pour le grand trou rouge où les attendaient le feu et les fourches pointues. «Le yable! Le yable! Le yable s'en vient!» Et il le vit, en effet, qui flottait au plafond dans un

212

grand canot d'écorce; il se tenait très droit sur le devant de l'embarcation, le bras levé vers la lune qui trônait au-dessus de la commode de bois sombre. Des nuages passaient rapidement de chaque côté du canot et l'enfant de la grosse femme devinait sans vraiment les voir les six rameurs qui chantaient, mais comme à contre-cœur, une chanson où il était question de caribou qui brûle les entrailles et qui fait faire des folies à ceux qui y touchent. L'enfant trouvait que cette chanson ressemblait beaucoup plus à une plainte qu'à un joyeux cri du cœur et il entendit, oui, il en était sûr, il entendit les six hommes pleurer. Le canot volant contourna la lune, passa derrière et quand il reparut il était devenu d'un rouge flamboyant et il fonçait vers lui. L'enfant de la grosse femme remonta les couvertures jusqu'à son nez, les yeux grand ouverts, fixés sur le diable qui pointait maintenant dans sa direction. « Y viennent faire le tour de mon lit! Y vont m'embarquer! J'veux pas aller à Saint-Jérôme! » Les contes de Josaphat-le-Violon finissaient toujours à Saint-Jérôme et l'enfant de la grosse femme avait fini par identifier cette ville à l'enfer dont parlaient abondamment les autres enfants de la maison en multipliant les détails grotesques pour lui faire peur. Il réussit à articuler des mots sans suite parmi lesquels revenaient souvent « caca » « peur » « punition » et, bien sûr, « moman », prononcé sur un ton suppliant. Quand le canot fut sur lui et que les griffes du diable l'atteignirent, il poussa un grand cri qui fit accourir sa mère et sa tante qui lavaient la vaisselle en écoutant la radio.

213

Comme tous les samedis après-midi, Monkey Face monta sur la scène au milieu de la liesse générale. Les huées se mêlaient aux cris de joie, des sacs de chips gonflés éclataient un peu partout en réponse à d'autres sacs de chips qu'on éventrait depuis vingt bonnes minutes ; les enfants des derniers rangs s'égosillaient pour faire asseoir ceux qui étaient devant eux ; les plus jeunes (cinq ou six ans) vagissaient déjà de peur (Monkey Face lui-même, avec ses oreilles décollées, ses dents irrégulières, son front fuyant et sa mâchoire trop développée n'était pas étranger à leurs cris incontrôlés) ; quelques grands de neuvième se montraient fièrement la quéquette sous les yeux affolés des petits dont le pénis n'avait pas commencé à prendre cette importance ; les souffre-douleur glapissaient déjà comme des chiens torturés sous les assauts de leurs tortionnaires à la main leste et au geste précis. Une odeur de petit garçon négligé commençait déjà à s'élever en vaguelettes successives. La sueur faisait place aux pieds sales, puis reprenait le dessus pour ensuite s'effacer devant le pet sonore produit avec l'assurance des beans mangées la veille, jour maigre. Monkey Face se planta derrière son micro, jambes écartées, mains sur les hanches, regard dur, haineux, même, parce qu'il était assez évident qu'il n'adorait pas ces garçons qui l'insultaient à l'année longue mais qu'il les endurait quand même par-

214

ce qu'ils lui rapportaient chaque semaine une jolie somme (avec les filles, il était à peine différent; peut-être un peu plus doux parce qu'elles étaient infiniment moins turbulentes, mais pas vraiment gentil). Comme toujours, il lança un puissant «Silence!» qui fit couiner le micro et s'écrouler la salle. Les grands de neuvième imitèrent même le micro en poussant de petits cris aigus qui durèrent une bonne minute pendant laquelle Monkey Face ne broncha pas. Puis le calme revint peu à peu. On savait que l'animateur ne recommencerait à parler que lorsqu'un semblant de silence se serait installé dans l'auditorium. Cela prit un peu plus de temps que d'habitude, un garçon pas très populaire s'entêtait à faire le fou pour attirer l'attention et se faire une réputation de chahuteur. Au balcon, Pierrette [bayait aux corneilles, Simone se jouait après les couettes et Thérèse trépignait d'impatience. Seules deux autres fillettes étaient arrivées, un peu après elles, se tenant par la main et visiblement perdues au milieu de tous ces garçons. Elles s'étaient installées au premier rang et avaient collé leur tête aux barreaux de fer forgé qui leur obstruaient la vue. Thérèse avait soupiré. «Si y se prennent la tête entre les barreaux, moé j'fais rien pour les aider, certain!» Simone n'avait même pas tourné la tête pour lui répondre. «Si y se prennent la tête entre les barreaux, tu t'en rendras même pas compte, tu vas être ben que trop occupée en dessous du banc!» Lorsque tout le monde fut assis, calme, ou à peu près, Monkey Face daigna parler. Sa voix allait très bien avec son physi-

215

que. « Bienvenue à cette première matinée de la journée pour les garçons... » Une grosse voix s'éleva quelque part, vers la gauche. « Bienvenue, toé too! » Le semblant de douceur que Monkey Face avait essayé de mettre dans sa voix la quitta aussitôt. « Allez-vous vous taire, gang de p'tits verrats! J'ai pas rien que ça à faire, moé, attendre après vous autres! » Il continua son annonce sur le même ton gueulard. « Aujourd'hui, comme vous le savez, c'est une vue de Tarzan en anglais qu'on va vous montrer! » Hurlements, cris, sifflets. « Pis la suite du Scorpion! » Délire. Des « Gniak, gniak, gniak » fusèrent pendant quelques secondes. Monkey Face attendit que le silence revienne. « Pis la semaine prochaine... la vue va être... en français! » Totale frénésie. Cela n'arrivait que deux ou trois fois par année. Le réseau auquel la salle paroissiale appartenait étant anglophone, les quelques films français qu'on arrivait à avoir étaient habituellement très ennuyeux mais les enfants étaient tellement étonnés de comprendre ce qui se passait qu'ils en restaient muets pendant toute la séance. « Mais j'vous dirai pas c'que ça va être, ça va être une surprise! » En fait, Monkey Face ignorait le titre du film de la semaine suivante; il n'était même pas tout à fait sûr que ce serait un film en français... Il voulait juste avoir la paix et commencer la projection. Puis, au lieu de descendre tout de suite dans la salle en faisant signe au technicien d'éteindre les lumières comme il le faisait toujours, son annonce terminée, il fronça les sourcils, regarda en direction du jubé et pointa l'index en aboyant : « Quelqu'un

216

vient de me dire qu'y se passe des affaires pas catholiques depuis quequ'semaines, dans le jubé des filles, ça fait que j'ai décidé de passer tout le temps de la projection assis dans les marches de l'escalier! Pis si y a un seul p'tit morveux qui essaye de monter, j'y arrache la tête!» Thérèse se leva à demi de son siège. «Qui c'est qui m'a vendue?» Toutes les têtes étaient maintenant tournées vers le balcon. On riait, on applaudissait, on hurlait des farces cochonnes. Thérèse était rouge, mais pas de honte, de colère. L'éclairage baissa lentement et l'attention générale se reporta sur l'écran où déjà le lion de la Metro Goldwyn Mayer rugissait en se tordant le cou. Thérèse sortit du rang presque en courant. «J'reste pas icitte pour c'te vue plate-là, moé!» Pierrette la suivit. «Tu voulais voir Tarzan tout nu, Thérèse!» «Je r'garderai les dessins dans' *Presse*!» Elle descendit l'escalier à toute vitesse et tomba face à face avec Monkey Face qui souriait ironiquement. «Tu restes pas? Ta mére est pus malade? Tu vas revenir à trois heures, ma belle?» Figée de peur devant cette tête qu'elle n'avait jamais vue de si près et qui était vraiment très laide, Thérèse ne pouvait plus bouger. Pierrette était revenue s'asseoir à côté de Simone qui lui demanda: «Restes-tu, toé?» «Certain! C'est pas tous les jours qu'on peut voir un homme tout nu!» Derrière Monkey Face qui la contemplait toujours d'un air méchant, Thérèse aperçut la figure joviale de son cousin Philippe. Elle comprit aussitôt et voulut se jeter sur lui mais Monkey Face la retint en glissant ses mains un peu trop

217

haut autour de sa taille. « C'est toé qui m'as vendue, mon maudit, hein ? » Philippe continua de sourire en lui répondant. « J'voulais pas que tu donnes à quelqu'un d'autre c'que chus t'habitué que tu me donnes, à moé ! » Assis à côté de Philippe, la tête tournée vers l'écran, Bernard Morrier faisait semblant d'être absorbé par ce qui s'y passait. Thérèse sentait monter en elle cette rage qui sourdait toujours quand elle s'engueulait avec quelqu'un et qui devenait vite incontrôlable. Sans presque s'en rendre compte, elle gifla Monkey Face avant de lui crier : « Pis vous, vous êtes pas ben ben bright ! Vous auriez pu attendre de vous cacher dans le noir pour pogner celui qui vient me peloter tou'es semaines ! Ben non, y fallait que vous alliez dire ça su'a scène, comme un gnochon ! Ça fait que j'suppose que j'vas payer pour deux, encore ! »

Albertine avait dit : « J'irai certainement pas là, moé, à soir, avec mes vieux pardessus toutes troués ! Si tout le monde chic de Montréal est là, j'veux ben qu'y se rende compte que chus pauvre, ça, j'peux pas le cacher ; mais j'veux pas qu'y me prenne pour une cochonne, par exemple ! » Elle avait enlevé son tablier, l'avait suspendu à un crochet près de la glacière, avec les linges à vaisselle et les torchons propres. La grosse femme étant encore dans sa chambre au chevet de son fils qui avait quelque difficulté à se rendormir, elle dut élever la voix. « V'nez-

vous avec moé, chez Giroux et Deslauriers?
Peut-être que vot' tante Teena pourrait me faire
un prix?» La grosse femme était ressortie de sa
chambre sur la pointe des pieds, refermant la
porte avec mille précautions. «Non, vas-y, toé.
J'vas garder les p'tits.» Marcel, écrasé dans le
sofa de la salle à manger qui lui avait longtemps
servi de lit, était songeur depuis qu'il était
rentré, un peu après son cousin, mais en enten-
dant parler sa mère et sa tante il s'était redressé.
«Si tu vas sur la rue Mont-Royal, moman, j'y
vas aussi!» Albertine l'avait menacé de l'index
en souriant à demi. «T'as besoin de pas faire
ton tannant comme la darniére fois, par exemple! Si j'te dis pas de bebelles, c'est pas de bebelles!» «Moman, j'ai neuf ans, ça fait longtemps que les bebelles m'intéressent pus!»
Devant tant de mauvaise foi sa tante avait écla-
té de rire. «Celles du p'tit t'intéressent en yable,
pourtant! Je l'entends hurler, des fois, parce
que tu y'ôtes!» Piqué au vif, Marcel avait quitté
son sofa et était venu tenir tête à sa tante, les
mains sur les hanches et le menton relevé.
«C'est pour y montrer comment jouer avec,
vous saurez! Vous me demandez toujours de
l'amuser, ben je l'amuse! Pis avec *ses* jouets parce qu'y'en a plus que moé!» Sa mère l'avait
attrapé par une oreille. «Parle pas à ta tante
de même, toé! Si tu veux venir avec moé, t'as
besoin de filer doux!» La grosse femme avait
passé la main dans les cheveux du petit garçon.
«C'est vrai que t'es fin avec lui pis que tu t'en
occupes. Ma tante va donner de l'argent à ta
mére pour qu'a' t'achète un p'tit quequ'chose…

pour te récompenser. » Albertine avait d'abord refusé l'argent (« Faut pas trop le gâter, première chose qu'on va savoir, y va nous demander la lune! ») puis l'avait pris à contrecœur, l'avait plié en quatre et glissé dans la poche de sa robe de maison. « Je r'garderai si y a des suyers pour lui... » Marcel avait levé les yeux au plafond. « Tu parles d'un cadeau... » Sa mère lui avait donné une légère tape derrière la tête. « Va t'habiller... pis mets pas tes bottines à l'envers comme ça t'arrive, des fois, quand t'es dans la lune... même si t'as neuf ans! Pis emmène pas ton maudit chat imaginaire parce que je l'étrangle même si j'le vois pas! » Ils se retrouvèrent donc tous les deux main dans la main sur la rue Mont-Royal enneigée mais quand même bourdonnante d'activité. Ils croisèrent Gabrielle Jodoin et ses deux enfants, Jean-Paul et Marcelle, qui revenaient, les bras pleins de paquets, d'une vente chez Woolworth qu'on annonçait depuis des semaines et dont ils avaient largement profité. Jean-Paul avait quatre ans et demi, le même âge que l'enfant de la grosse femme et Marcelle trois ans. Ils étaient tous deux gras et rougeauds comme leur mère et toujours de bonne humeur. Ils titubaient sous le poids des paquets sans se plaindre. Gabrielle paraissait essoufflée mais heureuse. « J'ai toute habillé ma famille pour trente-cinq piasses, imaginez-vous donc! J'en reviens pas! Toute est à moitié prix! C'est des affaires de l'année passée mais c'est pas grave, les enfants voyent pas ça pis Mastaï s'en sacre... Allez-y, vous le regretterez pas! » Albertine le prit de haut. « J'cherche pas une vente!

J'vas voir Tino Rossi, à soir, au Plateau, pis j'ai juste besoin d'une belle paire de pardessus lacés avec d'la belle fourrure qui fait le tour...» Gabrielle Jodoin la regarda s'éloigner avec un haussement d'épaules. «Pauvre toé! C'est pas des pardessus neufs qui vont changer ton air de beu!» Dans la vitrine de Giroux et Deslauriers, au coin de Fabre et Mont-Royal, trônait la paire de pardessus que convoitait Albertine depuis des mois. Ils étaient noirs comme la plupart de ceux qu'elle avait portés dans sa vie mais ils avaient une particularité qui l'avait d'abord fait sursauter mais qu'elle avait fini par trouver tellement belle qu'il lui arrivait souvent de traverser la rue Mont-Royal juste pour venir coller son nez à la vitrine toujours propre du vieux magasin : au lieu d'être noire, la fourrure qui les bordait était d'un beau gris luisant qui leur donnait, à son avis, un petit air chic dont elle n'était pas sûre d'être digne mais qui l'excitait grandement. Elle en avait parlé à sa belle-sœur qui lui avait répondu : « Si y sont dans une vitrine au coin de Fabre pis Mont-Royal, sont pas trop chic pour toé!» Une fois de plus Albertine se retrouvait devant la vitrine mais aujourd'hui elle avait suffisamment d'argent dans son sac à main pour se payer les pardessus. Elle avait sorti de la tasse ébréchée, au fond de l'armoire, ces quelques dollars qu'elle avait économisés de peine et de misère en se privant, en commettant de petites injustices et de petites tricheries qu'elle était seule à connaître, dont elle avait un peu honte mais qu'elle espérait oublier aussitôt la paire de pardessus achetée. «Sont beaux,

221

hein?» Marcel était dans la lune, la tête tournée vers la rue Garnier. «Quoi, donc?» Albertine soupira. «Aie, j'espère que tu commenceras pas à me dire que ton maudit chat est là, là!» «Ben non, Duplessis est pas là! Y'aime pas ça, sortir, l'hiver...» «J'te parle des pardessus... Ceux avec d'la fourrure grise...» Marcel les regarda, leva les yeux vers sa mère. «Tu vas être swell rare, là-dedans!»

«Lucas remercia sa mère et gagna son lit; il y était à peine qu'il s'endormit; le lendemain, tout le monde avait déjeuné, la génisse était retrouvée, Gaspard travaillait à l'école, que Lucas dormait encore.» La grosse femme releva les yeux de son livre. Son fils la regardait attentivement; il buvait chaque mot qu'elle lisait à voix haute, posée et égale, plissait un peu le front quand il ne comprenait pas une expression (par exemple, qu'est-ce que ça voulait dire «gagner» son lit... est-ce que les Français tiraient leurs lits au sort?) ou une phrase entière, mais arrivait quand même à suivre assez facilement l'histoire de *La fortune de Gaspard* que sa mère avait entrepris de lui lire pour l'endormir. «C'est quoi, une génisse, moman?» La grosse femme déposa son livre sur ses genoux. «Franchement, t'arais pu me le demander avant, y en parlent depuis le commencement du livre!» «J'voulais pas te déranger dans ta lecture...» «C'est pas ma lecture, à moé, c'est ta lecture, à toé... J'lis ça pour toé... Quand y a des mots que tu comprends pas, demande-moé-lé tu-suite, sinon tu vas oublier...» «C'est toé qui oublies, là; c'est quoi, une génisse?» La grosse femme sourit. «T'es trop intelligent pour que ça soye pas dangereux, toé... Une génisse, c'est une p'tite vache, j'pense...» «T'es pas sûre?» «Ben oui, chus sûre! C'est une vache qui est pas mariée, ça fait qu'al' a pas eu d'enfants, encore...» «Les vaches se marisent?» «Aie, comment ça se fait que tu dors pas encore, toé?» L'enfant se tourna sur le côté droit, plia les jambes, enfonça sa tête dans son oreiller. «Ton histoire de génisse m'a complètement réveillé. Continue, j'aime ça.» La grosse femme referma le livre après avoir plié un coin de la page. «Chus fatiquée, là. Chus pas habituée à lire à voix haute si longtemps...» «Tu vas-tu m'en lire un autre boute avant que j'm'endorme, à soir? J'veux savoir c'qui va arriver à Lucas. Pis à Gaspard.» «Moman est supposée de sortir, à soir, mais si t'es encore malade...» Elle se pencha, étira la main vers le lit, la passa entre les barreaux de métal. «Tu fais pus de fièvre... Te sens-tu mieux, là?» L'enfant s'empara de la main de sa mère, la retint longtemps. «J'ai eu tellement peur, moman. C'tait encore le canot d'écorce avec le yable, en avant...» Tout récemment, elle ne savait pas pourquoi et en voulait au conteur qu'elle avait pourtant toujours écouté avec grand intérêt, avec passion, même, Josaphat-le-Violon avait ajouté le personnage du diable aux récits de la chasse-galerie qu'il racontait à Marcel et à son petit cousin

223

quand il venait leur rendre visite. Cela avait commencé tout de suite après la mort de Victoire, sa sœur, qu'il avait toujours aimée avec une exaltation qui ne s'était jamais démentie, bouleversé par chacun de ses gestes, enivré par chacune de ses paroles, veillant sur elle comme sur un trésor, la couvant de cadeaux, vers la fin, pour adoucir sa mort qu'il avait pressentie et qui le jetait dans un désespoir sans expédient. Lorsqu'on lui avait téléphoné pour lui apprendre la mort de sa sœur, il s'était contenté de répondre «J'le savais...»; il était arrivé une demi-heure plus tard, raide et pâle dans son habit du dimanche, les yeux secs, la voix ferme. Marcel s'était jeté dans ses bras en pleurant. Josaphat-le-Violon l'avait serré longuement, le berçant et lui murmurant à l'oreille des paroles apaisantes. Ils s'étaient tous deux agenouillés au pied du lit de la morte, le petit garçon toujours en larmes, le vieillard droit et blême. Josaphat avait caressé le pied de Victoire à travers la grosse couverture de laine. Il avait parlé longtemps, tout bas; des mots que seul Marcel avait entendus, qui chaviraient l'âme, qui remuaient le cœur et donnaient envie de mourir. Au salon mortuaire Duclos, Bonnier et Duclos, sur la rue Papineau, en face du parc Lafontaine, il était resté à côté de la tombe pendant les trois jours qu'avait duré la veille, serrant des mains, embrassant des visages mouillés, tapotant des dos agités de sanglots sans même sembler s'en rendre compte. Et les quelques fois qu'on l'avait revu, depuis, changé, plus maigre qu'il ne l'avait jamais été, vieilli d'un coup, courbé et même, parfois, tremblant, il avait placé le diable à l'avant du canot de la chasse-galerie au grand plaisir de Marcel mais à la consternation de l'enfant de la grosse femme trop jeune encore pour saisir la différence entre un conte et une histoire vécue, surtout que Josaphat-le-Violon se mettait toujours lui-même dans ses récits, tantôt voguant allégrement dans le canot au milieu d'une mer d'étoiles, tantôt essayant par tous les moyens de faire descendre l'embarcation qui passait dans le ciel comme une comète, en route pour Saint-Jérôme ou Papineauville où toutes sortes de plaisirs défendus attendaient les rameurs du diable. De poétiques et inoffensives qu'elles avaient toujours été, ses histoires étaient devenues inquiétantes, morbides, troubles. La grosse femme approcha sa chaise un peu plus près du lit de son fils, descendit les barreaux de métal. « Viens-tu t'assire sur moman ? » L'enfant enjamba aussitôt la barrière et se réfugia dans les bras de sa mère. Il enfouit sa tête entre ses deux gros seins rassurants, comme il le faisait toujours. « Tu sais ben que c'est juste des histoires. Moman t'a déjà toute expliqué ça... C'que mon oncle Josaphat conte, c'est pas vrai... c'est juste de l'imagination, comme les histoires que moman te lit. » L'enfant releva la tête, inquiet, sérieux. « Comme le chat de Marcel ? » La grosse femme lui sourit pour ne pas l'affoler, pour ne pas lui montrer que sa question la mettait mal à l'aise. « Y t'a-tu encore parlé de son chat ? » « Oui, pis y'est encore allé dans la maison d'à côté. » Sa mère l'attira contre sa poitrine. « C'est-tu ça qui te fait peur ? » « Non. J'ai-

225

merais ça que ça soye vrai, moman. J'aimerais
ça jouer avec le chat, moé aussi. Mais tu dis
toujours que c'est des menteries... » Elle passait
doucement la main sur la nuque de son enfant.
«Mais toé... tu les vois pas, ces affaires-là,
hein? Le chat, pis les quatre madames... » Il
soupira. Elle sentit une grande déception dans
sa réponse. «Non. J'les vois pas. » «Jamais?»
«Jamais. Moman... c'est-tu vrai qu'y'est fou,
Marcel?» Elle regarda par la fenêtre. Tout était
blanc, propre, lumineux et d'une grande pure-
té. Si elle avait eu le courage de s'habiller, elle
serait allée prendre une grande marche sur le
boulevard Saint-Joseph qu'elle trouvait si beau
avec ses arbres et ses maisons de riche. «Qui
c'est qui t'a mis ça dans' tête? Philippe? Richard? Thérèse?» L'enfant se dégagea de son
étreinte, descendit sur le prélart froid, grimpa
dans le lit de ses parents. «Non. C'est sa mère!»

Il a les yeux fixés sur l'écran mais il ne voit
pas Tarzan qui se balance depuis plus d'une
demi-heure au bout de sa liane, franchissant
avec désinvolture des gouffres ou règnent des
serpents de toutes sortes, sautant des rivières
infestées de crocodiles et d'hippopotames et des
ravins touffus, refuges de quelques bêtes im-
mondes et probablement préhistoriques. Il n'a
même pas remarqué Jane lorsqu'elle a dialogué
comiquement avec le singe Cheeta, son personnage favori, qu'il s'amuse souvent à contre-

(more on interp. of a mother's att + lang toward a child)

Philippe (plays monkey) – shown for betrayal
Bernard Morrier

laugh during mass

faire, à la maison, au grand dam de sa mère qui finit toujours par lui dire: «Quand tu fais le singe, de même, tu me traites de guenon, savais-tu ça?» ce à quoi il répond, placide: «Quand tu me traites de p'tit chien à sa moman, pour quoi tu penses que tu te prends?» À côté de lui, Bernard Morrier éclate de rire à tout bout de champ; il a une façon bien particulière de rire en avalant l'air bruyamment et par petits coups au lieu de le rejeter comme tout le monde, un peu comme un âne brait, ce qui le rend très populaire auprès de ses camarades de classe qui font tout, où qu'ils soient et quoi qu'ils fassent, pour le faire s'esclaffer, le pire se produisant évidemment à la messe, le dimanche, où tout le monde a le fou rire facile. Mais Bernard Morrier est beau, intelligent et enjôleur; il bénéficie donc d'une presque totale impunité parce que les frères enseignants, comme chacun le sait, sont très sensibles à la beauté, à l'intelligence et à l'enjôlement des jeunes garçons. Il rit d'eux à leur face en leur servant ce qu'ils veulent. Après une séquence particulièrement drôle où Cheeta se tapait le front chaque fois que Tarzan ouvrait la bouche pour parler, Bernard Morrier se penche vers son voisin vraiment trop coi à son goût. «Dors-tu, Philippe, ou ben donc si tu penses à ton dernier péché?» Philippe pensait justement à son dernier péché qui le rend fou de honte. Chez lui, la délation, et il la pratique volontiers pour se faire des alliés de ses professeurs parce qu'il n'est pas bon en classe et que c'est la seule façon qu'il a trouvée pour s'attirer des faveurs, est presque

dénonciation (tattles + betrays)

227

toujours suivie d'une honte maladive qui tombe
sur son âme comme une pluie torrentielle, le
noyant de remords, de culpabilité, d'humiliation, un peu comme la masturbation qu'il pratique de plus en plus activement et dont les sé-
quelles immédiates lui sont aussi odieuses. Il est
devenu un stool par manque d'attention et il
voudrait mourir là, en pleine salle paroissiale,
au beau milieu du film de Tarzan dont il rêvait depuis une semaine, plutôt que d'avoir à
affronter Thérèse à la sortie du cinéma. Elle va
l'attendre, c'est sûr, et rien que d'y penser le
rend malade. Il a vendu sa cousine par pure jalousie et le regret qu'il en a lui est intolérable.
Thérèse et lui couchent dans le même sofa,
celui du salon, depuis leur enfance, au milieu
des cris, des rires, des confidences provoquées
et livrées à voix basse, des moqueries où poin-
tent souvent des désirs mal compris, des baisers
de moins en moins chastes et des séances de
chatouillage de plus en plus précises. Philippe
en est encore au début de sa puberté et décou-
vre le monde des sensations confuses et interdi-
tes ; Thérèse en sait beaucoup pour son âge et
joue les moniteurs avec une grande dextérité et
une bonne volonté exemplaire. Mais cela ne dé-
borde jamais leur sofa; ils n'en parlent pas, gênés aussitôt qu'ils ont posé le pied sur le prélart
du salon ou que la lumière est revenue, tuant
l'obscurité complice et commode qu'ils peuvent
accuser à leur aise (« Quand y fait noir on sait
jamais oùsqu'on met les mains! ») d'être respon-
sable de toutes leurs fautes. Quand Philippe a
appris, la semaine précédente, que Thérèse et

Bernard Morrier se permettaient des familiarités sans équivoque au fond du balcon de la salle paroissiale (Pierrette qui le trouve bien cute même s'il est plus jeune qu'elle n'a pas pu s'empêcher de parler, chez Marie-Sylvia, alors qu'elle s'achetait un sac de chips et lui des bâtons de réglisse rouge) il est entré dans une rage froide et s'est juré de se venger. Et maintenant que la chose est faite il se meurt de honte. Et de peur. Les colères de sa cousine sont épouvantables; sa propre mère les craint, Marcel, son frère, se cache aussitôt qu'elle élève la voix, même s'il l'adore et l'enfant de la grosse femme se met à hurler d'effroi quand elle sort sa petite voix haut perchée et saccadée, prélude à une crise particulièrement terrible. Mais Philippe est jaloux, il a décidé de braver sa cousine (il a même réussi à lui sourire lorsqu'elle est descendue du balcon comme un ouragan) et de lui tenir tête, pour une fois. Les choses qu'elle lui permet, la nuit, celles qu'elle lui prodigue, ne lui appartiennent qu'à lui; il faut qu'elle le sache bien clairement, qu'elle l'accepte et qu'elle mette fin à ces incartades du samedi après-midi qui l'humilient. Bernard Morrier s'est penché; il va parler. Philippe tourne la tête dans sa direction. « Toé, farme ta yeule! Maudit voleur de cousine!» Bernard Morrier rit. « A' m'intéresse pas plus qu'une autre, ta cousine! Est juste plus commode! J'en trouverai ben une autre, fais-toé-z'en pas pour ça! L'école Marie-Immaculée est pleine de filles qui demandent pas mieux que de me rendre heureux au fond des jubés... » Mais Bernard Morrier crâne, Philippe le sait. C'est vrai que les filles sont folles de lui mais Thérèse est la plus délurée, donc difficilement remplaçable. «Ta grande amie Pierrette, par exemple, chus sûr que j'arais juste à monter au jubé pour qu'a' se fasse un plaisir...» Le coup de poing vient tellement vite qu'il ne s'en rend compte que lorsque sa joue commence à enfler.

«Marcel, franchement! Ma tante t'a donné juste deux piasses! Les affaires qui sont dans c'te magasin-là sont toutes ben plus chères que ça!» Ils étaient devant le magasin de musique Turcot, sur le côté nord de la rue Mont-Royal, entre Fabre et Garnier. Albertine serrait contre sa poitrine le sac qui contenait ses pardessus neufs. Marcel l'avait entraînée là en lui disant qu'il voulait lui montrer quelque chose. Elle ne s'était jamais arrêtée devant ce magasin sombre rempli de choses auxquelles elle ne comprenait rien. Deux énormes pianos droits trônaient dans la vitrine de gauche, la plus grande; dans celle de droite, des instruments qu'Albertine n'avait jamais vus étaient en montre dans un fouillis inimaginable: des choses en métal brillant, compliquées, tortillées, pleines de boutons et de trous, des torsades de cuivre rutilant qu'on pouvait étirer, d'autres qu'on pouvait détacher en petits morceaux et, tout au fond, une série de tambours de toutes les grosseurs dont la seule vue la fit frissonner, elle qui pleurait à chaudes larmes, de peur et d'émotion, quand la grosse

caisse passait devant elle, dans une parade.
« C'est pas pour acheter, c'est juste pour regarder, moman. » Marcel courut entre les deux vitrines, poussa la porte. Albertine fit un geste
pour le retenir mais il était trop tard. Elle le
suivit. Une odeur de bois huilé flottait dans le
magasin calme. Quatre religieuses et deux prêtres parlaient avec un commis qui leur montrait
des partitions avec des gestes de déférence, de
soumission, plutôt, puisqu'il était plié en deux
derrière son comptoir. On se serait cru dans
une église n'eût été la petite musique douce et
sautillante qui sortait d'un vieux gramophone et
qu'Albertine reconnut tout de suite parce qu'elle
l'entendait souvent à la radio mais dont elle
ignorait le titre. Une grande dame sèche à lunet-
tes très épaisses s'approcha aussitôt d'eux à pas
feutrés. Albertine serra son sac un peu plus.
« Mon Dieu, faut-tu marcher sur la pointe des
pieds, ici-dedans ? » La dame leur sourit froidement. « Vous désirez quelque chose ? » Intimi-
dée, rouge, le cœur battant, Albertine ne put
prononcer un mot. Marcel sourit à la dame.
« Non. On vient juste regarder. Les pianos. »
Albertine esquissa un pas vers la porte mais
déjà Marcel suivait la vendeuse vers le fond du
magasin. Elle regarda quelques secondes autour
d'elle avant de leur emboîter le pas. Au mur,
dans de vieux cadres de bois foncé, Beetho-
ven fronçait les sourcils, Mozart montrait son
éternel profil d'adolescent attardé, Brahms fu-
mait son cigare. Albertine lut les trois noms
puis se détourna, impressionnée. « C'est pas
pour nous autres, ces affaires-là... » Elle courut

231

presque sur le plancher de bois franc qui cra-
quait, passa près des religieuses et des prêtres
en baissant la tête (elle avait cru reconnaître
l'abbé de Castelnau qui lui avait conseillé, le
mois précédent, de se brosser les dents quand
elle reviendrait se confesser à lui) et s'arrêta net
devant le gigantesque piano à queue que Marcel
flattait doucement, sans presque le toucher.
Albertine n'avait jamais vu de piano à queue
ailleurs que dans le journal; elle en fut épou-
vantée. La dame chic se tourna vers elle. « Votre
petit garçon s'intéresse à la musique ? » Elle avait
un accent très prononcé de femme éduquée, un
peu comme celui de Marcelle Barthe, à la radio,
qui donnait toujours des conseils à tout le
monde, comme si elle avait tout connu et qu'Albertine détestait depuis la première fois qu'elle
l'avait entendue. Rougissante et confuse mais
furieuse contre elle-même, Albertine resta encore muette. Après quelques secondes de ce pénible silence, atroce pour Albertine mais que la
vendeuse sembla goûter, cette dernière se
pencha un peu, mais d'une façon composée et
raide, sur Marcel. « Les mamans des grands
artistes sont souvent timides. Toi, mon petit
bonhomme, tu n'es pas gêné, n'est-ce pas ? »
Marcel souleva le couvercle du piano, grimpa
sur le banc carré. « Non. Pantoute. » Il toucha
deux ou trois notes. « Tu aimerais ça, apprendre
à jouer, c'est ça ? » « J'le sais déjà... » Albertine
sursauta, s'agrippant encore plus à son sac de
chez Giroux et Deslauriers. Elle réussit à articuler quelques mots : « Voyons donc, Marcel...
dis pas des affaires de même ! » La dame s'assit

232

à côté du petit garçon qui faisait maintenant
voler ses deux mains sur le clavier. Elle posa la
main sur le lutrin où la partition d'une sonate
de Mozart était ouverte. « Avec qui as-tu étu-
dié? » Marcel tourna brusquement la tête vers
elle avec un air de défi. « Mademoiselle Mauve,
ça vous dit-tu quequ'chose? » La dame porta la
main à son rang de perles, sembla réfléchir. Décidément, elle n'aimait pas les yeux de cet enfant. Ni son ton. « Non. Je ne crois pas la connaître. » Marcel sourit. Un sourire moqueur,
insultant qui fit frémir la vendeuse. « Non?
Ben écoutez ben ça. C'est elle qui me l'a montré! » Il leva les yeux vers sa mère toujours immobile, toujours silencieuse. « Assis-toé, moman; tu vas en avoir de besoin. » Albertine
fit signe que non. Elle avait cru deviner que la
dame était une grande musicienne et que son
fils allait faire un fou de lui en pianotant *En
roulant ma boule* avec un doigt ou en assas-
sinant *Frère Jacques* pour ensuite se sauver
en courant. Et elle voulait être debout quand
viendrait le moment de courir. La dame commençait visiblement à perdre patience. Elle
allait dire quelque chose (en fait, elle allait demander à Marcel s'il voulait rire d'elle) lorsque
le petit garçon parla, posément mais fermement.
« Restez pas assis là, s'il vous plaît, vous allez
me gêner dans mes mouvements. » La dame se
leva, insultée, et se tourna vers Albertine qui
avait fermé les yeux sous le choc. Elle allait
injurier cette femme tremblante et ignorante qui
ne savait pas élever ses enfants lorsqu'un tor-
rent de musique s'éleva dans le magasin, une

233

vague de notes claires et brillantes soutenues par
un fond de basses grondantes ; une mélodie exal-
tante se forma, puis se déforma, une autre, plus
triste et plus insistante, la pénétra, prit sa place
puis s'effaça dans un souffle léger ; cela bondissait, dansait, virevoltait ; cela donnait envie de
rire et de pleurer en même temps ; des lignes
mélodiques sans fin étaient traversées de mille
variations qui les ponctuaient, les commentaient,
semblaient s'en moquer puis se laisser attendrir ;
des rythmes inattendus et complexes succédaient à des harmonies d'une simplicité dérou-
tante ; la naïveté cédait la place à l'affectation,
la prétention à la drôlerie, la recherche de la dis-
sonance au dépouillement du son parfait. Les
religieuses, les prêtres et le vendeur s'étaient
rapprochés, émerveillés. La dame chic roulait
des yeux blancs et torturait son rang de perles.
Quant à Albertine... Un monde en avait remplacé un autre. Deux minutes plus tôt, elle était
une mère un peu découragée de ses deux enfants, pauvre mais fière et propre comme on le
lui avait enseigné, ignorante, oui, et même
presque illettrée, intellectuellement paresseuse
parce qu'on n'avait jamais provoqué quoi que ce
soit chez elle, ni sa pensée, ni sa sensibilité, ni
son âme, surtout, gavée depuis toujours de
croyances obtuses, de pratiques bêtes, de cultes
bornés, aliments qui bourrent mais ne nourris-
sent pas, qui bouchent plutôt qu'ils n'inspirent ;
et voilà que tout d'un coup son plus jeune enfant, le plus difficile, celui qu'on avait mis dans
une classe auxiliaire parce qu'il ne voulait rien
apprendre, celui qui voyait des choses qu'il était

le seul à voir, le petit malade si doux mais tellement désespérant, la submergeait de sons d'une insoutenable beauté et dont elle refusait catégoriquement d'accepter l'existence. Elle fermait les yeux sur ce monde trop beau et se serait bouché les oreilles si elle avait vraiment cru pouvoir tuer ces lames d'exaltation qui l'assaillaient. Quand la musique fut terminée après un crescendo qui lui serra le cœur, elle rouvrit les yeux. Marcel était encore penché sur le clavier, frémissant et essoufflé. Les religieuses, les prêtres, les deux vendeurs applaudissaient en pinçant les lèvres. (Un autre petit génie né de la crotte qu'il faudrait encourager malgré tout, encore!) Albertine fit quelques pas en direction du piano, s'arrêta, presque défaillante. «Descends de là!» Marcel ne bougea pas. «T'as pas aimé ça, moman?» Marcel referma doucement le piano, passa ses mains sur le bois verni, descendit du banc carré et vint poser sa tête sur la hanche de sa mère qui le prit par la main. Ils traversèrent lentement le magasin, elle raide comme une somnambule, lui plus fragile, plus petit que jamais. Aussitôt la porte franchie, Albertine éclata comme quand Thérèse venait de faire un mauvais coup ou que Marcel avait cassé quelque chose. Et quelque chose était bel et bien cassé. «Me faire honte de même devant le monde! Es-tu fou? C'te musique-là, c'est pas pour nous autres, Marcel! Es-tu capable de comprendre ça? As-tu senti c'que ça sentait, là-dedans? Ça sentait le monde riche, pis nous autres on est pauvres! On est pauvres, Marcel, y commence à être temps que tu t'en aperçoi-

235

ves! Que c'est que l'abbé de Castelnau va penser de nous autres, tu penses? Ben y va penser qu'on pète plus haut que notre trou pis y va avoir raison! Ça fait que mets-toé ben dans' tête que tu vas arrêter ça, ces folies-là! Ah! oui... Si y faut que j't'attache dans' maison, j'vas t'attacher dans' maison, mais tu vas redevenir un p'tit gars comme les autres pis tu me f'ras pus jamais honte! Y faut que tu te contentes de c'qu'on a, comme moé j'me sus contentée de c'que j'avais, pis j'vas tout faire pour que tu y arrives!» Les reproches, les plaintes, les cris montèrent longtemps entre les discrets pianos droits et les cuivres étincelants. Marcel avait tourné la tête vers la rue enneigée. Au bout de l'entrée du magasin, Duplessis se nettoyait le museau. Mais Marcel regardait ailleurs; les vitrines de Messier, la borne-fontaine qu'un homme de la voirie était en train de libérer à grands coups de pelle, des femmes qui passaient, pressées, d'autres qui s'arrêtaient une seconde devant les instruments de musique, puis haussaient les épaules. Il avait hâte de quitter cette entrée de magasin. Pour toujours.

Le poulailler occupait un rang complet du parterre du Théâtre Arcade. Ils étaient tous là: la Vaillancourt, bien sûr, qui était de toutes les sorties mais qui prétendait ce jour-là s'ennuyer avant même que la pièce commence parce qu'elle aurait préféré aller voir John Gielgud, au His

Majesty's («Pour une fois que j'ai congé, vous m'emmenez voir une affaire plate en français quand y a des si belles affaires en anglais qui jousent un peu partout à Montréal! J'suppose que les décors vont encore tomber à terre quand le rideau va s'ouvrir! Les murs vont branler chaque fois que quelqu'un va ouvrir une porte! La porte-fenêtre va rester djammée pis le voleur va t'être obligé de faire le tour par les coulisses pour venir voler des bijoux que quelqu'un va avoir oublié de mettre dans le tiroir! Le coucher de soleil va s'éteindre tout d'un coup pis l'héroïne aveugle va se retrouver dans le noir au beau milieu du monologue oùsqu'est après nous expliquer qu'on est donc chanceux de voir quequ'chose...» Adrien, le barman du Palace, lui avait répondu: «T'as donc ben de l'imagination, toé, le samedi après-midi! J'ai connu certaines nuits oùsque t'en arais ben eu de besoin! De toute façon, au His Majesty's, y auront peut-être pas de décors pantoute! Sont en tournée! Pis y vont jouer dans les rideaux noirs comme la fois oùsque tu nous as emmenées voir *Hamlet* avec j'sais pus trop qui, pis que ça durait quatre heures, pis que tout c'qu'on voyait c'tait des yeux blancs dans du velours noir!»); Adrien lui-même, qui s'était enroulé un foulard de laine noir autour du cou, à la française: un bout sur le devant, l'autre dans le dos, comme Jean Tissier qu'il adorait imiter (il avait évidemment gardé son foulard après avoir laissé son paletot au vestiaire et s'était promené dans le hall en affectant un accent français des plus malhabiles, ce qui lui avait valu des moqueries du genre:

237

« A' se prend pour une Française mais a' sonne comme une trou de cul de poule d'Outre-mont ! », « A' pense que le monde vont y demander des orthographes mais y vont juste y demander de se taire ! », « Ben non, les filles, a' cache ses rides ! ») ; la Rollande Saint-Germain (Rolland Germain de la rue Gilford), ses deux cent vingt livres engoncées dans son siège, rouge d'excitation, déjà passablement paquetée à deux heures de l'après-midi, poussant de petits cris aigus chaque fois que le rideau de scène bougeait un peu (« Ça commence ! Ça y est ! On va voir Germaine ! ») ; la Comeau (qu'on n'appelait plus la commune depuis qu'elle avait hérité de son père les trois superbes maisons du boulevard Saint-Joseph qui faisaient sa fierté et sa fortune et lui avaient attiré deux nouveaux surnoms : « l'héritière » quand on voulait lui emprunter de l'argent et « la boulevardière » quand elle lâchait son fou), bien mise et très sérieuse dans un complet gris souris des plus discrets, des souliers de cuir verni (« ou presque » avait-elle déclaré en les montrant à tout le monde), une chemise de soie et une cravate finement rayée qui avaient fait hurler Édouard (« Un croque-mort ! Notre commune est devenue un croque-mort ! ») ; Rosario DelRose (Rosaire Larose, bien sûr, de la rue Papineau, bien sûr), le maître de cérémonie du Palace, à peine réveillé et très poqué après une nuit démente passée en compagnie d'un acrobate de passage à Montréal qu'il avait connu dans sa prime jeunesse, avec qui il avait batifolé quelque temps et qu'il avait retrouvé la veille aussi noueux, aussi musclé, aussi souple qu'autrefois alors que lui-même n'avait gardé de son ancien gabarit que le sourire dont il usait d'ailleurs avec excès (l'athlète lui avait dit: «Avant, tu te pliais en quatre pour faire toutes mes volontés; à c't'heu-re, t'es même pas capable de te plier en deux pour me faire un blow job qui a du bon sens!»); quelques autres membres de moindre impor-tance, ceux qu'on appelait les figurants parce qu'ils se contentaient toujours de se tenir autour du bar, hilares ou dépressifs selon l'humeur du poulailler mais ne décidant jamais rien par eux-mêmes, dépendants, pourvoyeurs en drinks quand le cash manquait aux autres, méprisés et moqués parce qu'ils n'avaient ni verve ni goût mais toujours là, endormis aux concerts, à peine réveillés au théâtre, tout yeux et tout oreilles au National ou dans les cabarets de la Main; et Édouard, le seul et unique, resplendissant dans son chandail jaune serin qu'il avait em-prunté à Betty et qui pétait aux coutures, droit et figé dans son siège, sérieux comme il l'était toujours au théâtre, les genoux serrés, les yeux fixés sur la scène, attendant que l'enchantement commence, que son cœur arrête de battre, que son âme chavire. Devant eux, trois dames d'Outremont, madame Beaugrand, madame Mo-rin et madame Parizeau, agitaient des chapeaux de feutre garnis d'oiseaux et de voilettes au milieu des effluves de leurs parfums chers. Lors-qu'elles s'étaient assises en parlant fort et en roulant leurs r comme seules les dames d'Outre-mont savaient le faire, la Comeau avait fait les yeux ronds: «Aie, eux autres, là, c'qu'y ont en

239

arrière des oreilles doit valoir plus cher que c'qu'y portent!» ce à quoi la Vaillancourt avait répliqué: «Ouan, pis c'qu'y portent su'a'tête est plus élaboré que c'qu'on va voir su'a' scène!» Les trois dames s'étaient retournées, avaient haussé les épaules, en remontant leurs visons qu'elles avaient gardés avec elles pour les montrer aux pauvres. Ces dames fréquentaient l'Arcade pour les sœurs Giroux, les stars incontestées du théâtre à Montréal, tout en déplorant le fait que la salle fût située dans l'est de la ville. Elles en avaient d'ailleurs parlé à Germaine Giroux un soir où elles avaient eu le courage d'aller la voir dans sa loge. Germaine leur avait répondu: «Dans l'est, on a cinq cents personnes par représentation; dans l'ouest, vous seriez trois!» Effectivement, l'Arcade ne désemplissait pas, quatorze fois par semaine, neuf mois par année: on venait de partout voir les sœurs Giroux jouer le répertoire français dans des décors qui avaient toujours la même plantation (une entrée à droite, une autre au fond, un canapé, quelques chaises, un lit à baldaquin pour les Feydeau...) et dont on se contentait de repeindre les murs chaque semaine ou de les recouvrir d'un papier-tenture neuf et, surtout, on venait regarder évoluer les deux stars dans des toilettes qu'elles fournissaient elles-mêmes (tous les acteurs du Théâtre Arcade fournissaient d'ailleurs leurs costumes lorsqu'ils n'étaient pas d'époque — ce qui était plutôt rare) et qui avaient fait la réputation du théâtre autant que ce qui s'y jouait. Les sœurs Giroux préférant les pièces où elles pouvaient porter un tailleur au

240

premier acte, un déshabillé au deuxième et une robe longue au troisième, elles s'étaient constitué au cours des années une invraisemblable garde-robe dans laquelle il leur arrivait de puiser mais qu'elles avaient à rafraîchir sans cesse parce que leur public n'aurait jamais accepté de les revoir dans un costume qu'elles n'auraient pas retouché. Ce public était en grande partie constitué de personnes qui normalement auraient fréquenté l'opéra s'il y en avait eu un à Montréal et qui se rabattaient sur les sœurs Giroux parce qu'elles étaient ce qui se rapprochait le plus des grandes divas, excessives dans leur jeu et excentriques dans la vie (surtout Germaine dont les frasques étaient célèbres). Leurs adorateurs les plus maniaques prenaient deux abonnements par année et venaient s'installer dans *leur* siège deux fois par semaine, importants et supérieurs, parfois même arrogants avec les autres spectateurs qu'ils jugeaient indignes; ils réagissaient avant tout le monde, partaient des claques à tout propos, interrompaient les représentations avec des exclamations exagérées qui finissaient par déranger les acteurs mais, comme le disait si volontiers Germaine: «Y seraient pas là qu'on trouverait les salles plates!». Il faut dire que si Antoinette était considérée comme la grande actrice de la famille, celle qui servait le mieux Bernstein ou Anouilh et même Deval qu'elle jouait sans avoir l'air d'y toucher parce qu'il écrivait des comédies et non les sombres drames qu'elle affectionnait, Germaine était celle des deux sœurs dont les partisans étaient les plus fidèles, les plus enthousias-

241

tes, les plus fous, aussi. Germaine n'avait jamais eu à engager une claque quoi qu'en aient dit ses ennemis (elle en avait) qui prétendaient qu'elle disait faux et qu'elle jouait tout avec un accent québécois à faire frémir alors que sa sœur, qui avait été la première boursière du Québec à aller se perfectionner à Paris et qui était revenue avec le *bon* accent pour donner des ordres à ses valets, tromper ses maris dans les bras de jeunes premiers transis ou mourir, pâle et défaite, en murmurant des « Armand! Armand! » déchirants, pouvait passer n'importe quand pour une vraie Française qui n'aurait même jamais entendu parler de ses cousins du Canada. Mais chaque fois que Germaine mettait le pied en scène, la salle éclatait spontanément en applaudissements chaleureux et nourris tout simplement parce qu'on l'aimait; et ses saluts étaient toujours longs et mouvementés (ses admirateurs se levaient, criaient, lui lançaient des fleurs parfois un peu passées quand ils n'étaient pas riches mais souvent superbes et toujours en bouquets fournis, généreux comme elle). Le public d'Antoinette était plutôt réservé et fréquentait l'Arcade le soir, en robe longue et habit; les séides de Germaine venaient n'importe quand, faisaient la queue sans rechigner pour avoir des places les soirs de première, étaient bruyants, fanatiques, achalants mais ils l'aimaient sans condition, comme elle était et n'auraient jamais accepté qu'elle change pour se *perfectionner* ou plaire aux disciples de sa sœur. Adrien, le barman du Palace, était de ceux-là: il suivait la carrière de Germaine depuis des années, avait vu la plupart des pièces qu'elle avait jouées à Montréal et en récitait même des grands bouts quand il était pompette (surtout les grandes déclarations d'amour pour lesquelles il avait une prédilection); il avait fêté lorsqu'elle avait triomphé à Broadway dans *The Spider Woman*, dans les années trente; il avait lu tous les journaux américains quand les sœurs Giroux étaient allées donner une saison complète de pièces françaises à New York, dans un théâtre qu'elles avaient loué; il avait tout découpé, collé, monté ce qui concernait Germaine dans des scraps-books achetés chez Larivière et Leblanc qu'il enjolivait d'enluminures au crayon Prismacolor ou de dentelle de papier arrachée aux images saintes qui avaient si longtemps servi de signets au missel de son enfance. Quand il y avait un creux, au Palace, en début de soirée ou les lundis, jour sans spectacle, il sortait ses scraps-books qu'Édouard appelait «le petit Adrien illustré», les étalait sur le bar après avoir passé un linge propre sur le bois verni et parlait de sa Germaine, tournant chaque page avec mille précautions, caressant du bout des doigts les articles ou les photos qu'il préférait, lisant à voix haute les lignes de caractères qu'il avait soulignées en rouge, ému, heureux, comblé comme si c'était la première fois, les larmes aux yeux quand on la portait aux nues, un sourire de fierté aux lèvres quand on vantait ses appas comme dans cet article du *New York Times* où on conseillait au public de Broadway d'aller admirer la plus belle poitrine qui fût. Comme il travaillait le soir, il ne fréquentait l'Arcade que

243

l'après-midi, avec les tricoteuses, ces femmes du quartier qui venaient au théâtre pour passer le temps, apportant avec elles leur tricot, leur broderie et leur reprisage, bruyantes et bavardes, et dont l'incessant babillage appuyé du cliquetis des broches à tricoter rendait les acteurs fous. Un jour, au milieu d'une scène finale particulièrement difficile où elle mourait des suites d'une fausse couche dans les bras de sa vieille mère jouée à grands renforts de sanglots par une Jeanne Demons déjà assez difficile à couvrir, Germaine, exaspérée, avait tourné la tête vers la salle et avait dit, toujours avec sa voix de moribonde : « Mesdames, s'il vous plaît, je ne m'entends plus mourir ! » Avant le spectacle, Adrien fulminait intérieurement contre ces jacasseuses qui ne respectaient rien, mais dès que le rideau se levait sur l'antichambre d'une quelconque comtesse ou le boudoir d'une maison bourgeoise de Neuilly, il n'entendait plus rien de ce qui se passait dans la salle : quand c'était la semaine d'Antoinette (les sœurs Giroux ne jouaient jamais ensemble, elles alternaient, laissant ainsi l'une d'elles répéter pendant que l'autre incarnait quatorze fois en sept jours l'héroïne de la semaine), il se laissait aller au plaisir d'entendre une actrice à la diction parfaite dire un texte qu'il n'écoutait pas vraiment mais qui le berçait en le conduisant au bord d'une bienheureuse léthargie ; mais quand Germaine entrait en scène de son pas décidé, déjà frémissante et la voix cassée, son sang ne faisait qu'un tour, son cœur bondissait, il s'agrippait à son siège et s'identifiait instantanément à tout ce qui arrivait à son

idole, souffrant comme elle les pires humiliations ou riant d'un rire de gorge de ses maris
poussés au bord du suicide, se cachant avec
elle derrière des tentures ou poursuivant les
hommes avec des couteaux, des pistolets ou une
paire de ciseaux trouvée sur une coiffeuse en désordre, portant la culotte dans les ménages dont
le mari n'était qu'une nouille molle comme elle
s'amusait à le lui répéter pendant trois longs
actes ou sautillant d'un fauteuil à l'autre dans
des boulevards bavards où rien n'arrivait qu'en
paroles; pendant près de trois heures il s'oubliait complètement, réagissait à voix haute, se
tortillait sur son siège et ne reprenait ses esprits
que lorsque le rideau retombait sur Germaine à
nouveau heureuse après des déboires sans fin,
ou morte au bout d'un acte complet passé à
râler, ou bannie de son pays, en partance pour
les inquiétantes Amériques. Aussi, lorsque les
lumières de la salle commencèrent à baisser, à
deux heures trente précises, Édouard tourna-t-
il la tête vers son ami qu'il sentait nerveux et
tendu. « Ça commence, Adrien, tu vas la voir,
ta Germaine... » Édouard enviait au barman
cette facilité à s'identifier complètement à une
héroïne de théâtre, à vivre les mêmes choses
qu'elle sans jamais rien vouloir changer, accep-
tant les fins de pièces avec une inébranlable
fatalité quand il lui fallait mourir ou un bonheur sans mélange quand il se mariait ou retrouvait l'homme de sa vie. Il lui demandait d'ailleurs souvent: « Ça te tenterait pas de changer la
fin, des fois? De punir les méchants, de partir
avec l'argent, d'enlever le mari de ta rivale ou

ben donc de guérir tout d'un coup?» Adrien pa-
rassait toujours choqué. «Ces affaires-là c'est
écrit par du monde ben plus intelligents que
nous autres, Édouard! Y savent c'qu'y font!»
Édouard haussait les épaules. «C'est pas vrai,
ça, qu'y sont plus intelligents que nous autres!
Sont juste allés à l'école un peu plus longtemps,
c'est toute! Donne-moé deux ou trois ans de
scolarité de plus, moé, pis m'as t'en pondre, des
pièces de théâtre! Pis pas des p'tites affaires de
maris qui trompent leu' femmes pis de femmes
qui cachent des hommes dans leu' garde-robes!
Des affaires, là... comme on n'a jamais vu!»
La grande imagination d'Édouard le portait à
tout transposer, livres, pièces, films, émissions
de radio, au fur et à mesure que l'action se déroulait; il lui suffisait d'une réplique, d'une des-
cription, d'un mot, parfois, pour partir, pour
décoller, accélérant dans sa tête des situations
qui piétinaient, modifiant à son goût des scènes
qui ne lui plaisaient pas, s'emparant à bras-le-
corps de chapitres entiers qu'il menait là où il
voulait sans respecter l'auteur et même en le
méprisant un peu de ne pas avoir pensé à sa
version à lui, s'identifiant à tous les personnages
en même temps, multiple et omniprésent, in-
ventant douze ou quinze conclusions différentes
dans lesquelles il puiserait quand viendraient les
moments de dépression au magasin de chaussures où il travaillait, ou les pénibles insomnies
qui le frappaient quand il avait trop bu. Au
Théâtre National, il rêvait de descendre des es-
caliers dix fois plus gros que celui de madame
Petrie dans des costumes dix fois plus somp-

tueux en chantant dix fois plus fort des chansons dix fois plus belles; au Théâtre Arcade, ses
rêves n'avaient plus de limites: une semaine, il
était une espionne allemande qui versait des
poudres meurtrières dans les flûtes à champagne
de tout le monde et il était chacune de ses victimes, aussi, hommes ou femmes; la semaine
suivante il devenait une soubrette écourtichée
que tous les hommes tassaient dans les coins
et qui ne résistait à aucun ou une comtesse
ruinée dont le mari écervelé accumulait les det-
tes de jeu et qui se rendait aux conditions in-
famantes d'un maître chanteur qui la désirait
depuis toujours, et chaque fois il vivait tout,
du début à la fin, avec une épuisante intensité,
ajoutant au passage ses propres variations, les
essayant, les goûtant, les critiquant, ne retenant que celles qui le rendaient heureux les
jours où il avait envie que tout finisse bien, ce
qui était plutôt rare depuis quelque temps, ou
celles qui le trempaient dans la plus sombre des
dépressions quand il voulait gratter le fond de la
détresse et de la misère. Les jours où il avait
envie de hurler tant son métier de vendeur de
chaussures l'écœurait, il basculait dans ce
monde hétéroclite et infini qu'il contrôlait tant
bien que mal et dont il s'amusait à multiplier les
possibilités pour oublier l'unique chemin de la
médiocrité qu'avait emprunté sa vie. Le rêve
était devenu une seconde nature, chez lui. Cela
le prenait pendant l'heure du lunch, assis droit
sur sa banquette de restaurant, un sandwich
aux tomates à la main et même parfois accroupi
aux pieds d'un client, un soulier 12C au bout du

bras et le boniment obligatoire sur les lèvres:
«If that doesn't fit, sir, we can try something
else...»; il s'immobilisait au milieu d'un geste,
une absence se lisait dans son visage puis il reprenait ce qu'il avait commencé, la moitié de
sandwich qu'il mastiquerait longtemps ou l'essayage de loafer sur un pied à la propreté dou-
teuse. Du temps que Victoire vivait encore, il
arrivait souvent à la vieille femme de se lever
au milieu de la nuit et de venir le réveiller en
lui brassant l'épaule: «Édouard! Édouard! Tu
dis encore des affaires qui ont pas de bon sens!
Ton imagination va finir par te tuer, certain!»
Maintenant qu'elle était partie et qu'il passait la
plupart de ses nuits dans le triste lit de Samarcette qui dormait comme une bûche, personne
ne venait plus le tirer de ses beaux mensonges
qui prenaient de plus en plus de place dans sa
vie. Le rideau s'ouvrit donc sur un intérieur pa-
risien bourgeois (tous les décors de l'Arcade
étaient signés Marcel Salette et se ressemblaient
avec leurs poignées de porte typiquement nord-
américaines, leurs fenêtres à guillotines comme les Français n'en ont jamais eu et leurs papiers peints achetés en vente sur la rue Saint-
Laurent) dont les propriétaires, personnages
hauts en couleur, mondains, chichiteux et têtes
folles étaient interprétés par Jeanne Demons et
Paul Guévremont. La scène d'exposition était un
peu longue mais le public semblait s'amuser
modérément, riait des boutades et des mimiques
de monsieur Guévremont et applaudissait les répliques directes et les faux airs de grande dame
de Jeanne Demons. Mais le poulailler ne

bronchait pas. On attendait l'entrée de Germaine dans un silence glacé qui faisait comme une coupure en plein milieu de l'orchestre : devant Édouard et ses amis, les dames d'Outremont et leurs semblables qui avaient les moyens de se payer les meilleures places souriaient poliment, se laissant même parfois aller à émettre de petits cris discrets mi-amusés mi-choqués quand les propos des personnages allaient un peu trop loin à leur goût (un rien les choquait; elles s'en faisaient un point d'honneur); derrière eux les tricoteuses hurlaient de joie, se donnaient des coups de coude, rétorquaient à voix haute aux attaques de monsieur Guévremont, applaudissaient madame Demons quand elle répondait bien à son mari. Elles ne comprenaient pas toute la portée sociale de la pièce, ne connaissaient rien aux problèmes d'horaires des trains français qui avaient une grande importance dans la scène et étaient à cent lieues d'avoir jamais eu des ennuis de gouvernantes mais elles étaient venues là pour s'amuser et elles s'amusaient, réagissant surtout aux conflits de personnalités évidents entre les deux protagonistes (au bout de cinq minutes, une femme avait chuchoté : « On dirait mon beau-père pis ma belle-mère qui se fendent la yeule pour parler comme l'aut' bord ! ») et aux observations sur la vie courante dont le texte était truffé. La Rollande Saint-Germain se pencha vers son voisin, la Vaillancourt, après une longue réplique emberlificotée de Jeanne Demons qu'il détestait depuis toujours (et qu'il appelait d'ailleurs Jeanne Demonstre) et lui dit à l'oreille mais assez fort pour que

249

tout le poulailler l'entende: «Si les Français parlaient vraiment comme ça, ça voudrait dire qu'y seraient toutes venus au monde à Pointe-Saint-Charles!» La Vaillancourt semblait se réveiller d'un profond sommeil et parla d'une voix enrouée et mal contrôlée. «Jeanne Demons est-tu venue au monde à Pointe-Saint-Charles?» «Maudite grosse niaiseuse, tu comprends jamais rien! C't'une comparaison!» Une des trois dames assises devant eux se tourna et leur fit un «Tut, tut, tut!» qui dérangea toute la salle. La Comeau bayait aux corneilles, Adrien frémissait d'impatience; quant à Édouard, il était déjà sur la scène en train de s'engueuler lui-même, prenant parfois la personnalité de Jeanne Demons, ses tics, sa voix chevrotante, sa démarche, parfois ceux de Paul Guévremont qu'il trouvait cabotin et qu'il avait envie d'étrangler lorsqu'il ratait une bonne réplique parce qu'il était trop occupé à faire des mimiques. Au bout de quelques minutes, les deux personnages commencèrent à parler de *mademoiselle* et une certaine détente se fit dans le poulailler. *Elle* allait venir, *elle* serait là dans quelques secondes, peut-être, rayonnante d'énergie avec son port de reine, sa voix de stentor et son indiscutable magnétisme! Les mains se relâchaient sur les genoux, les bras se décroisaient; il fallait préparer la claque qu'on réservait à l'idole chaque fois qu'elle mettait le pied sur une scène. Puis vint le moment où Valentin, le maître d'hôtel véreux interprété par le beau Denis Drouin que les spectateurs commençaient à trouver sérieusement antipathique dans son rôle d'évident méchant corrompu, annonça l'arrivée de *mademoi-selle*. Le silence se fit dans la salle. La porte si peu française s'ouvrit. Adrien se pencha par en avant, s'appuya contre le siège d'une des dames d'Outremont, porta sa main à sa gorge. Et vint Germaine. La stupeur fut totale. Germaine Giroux avait habitué son public à des toilettes invraisemblables, parfois incompatibles avec les personnages qu'elle jouait mais qu'elle portait avec un tel aplomb et une telle désinvolture qu'elle finissait par les imposer malgré leurs outrances et leur manque de pertinence. Elle avait aussi adopté depuis des années les souliers à plates-formes qui la grandissaient mais lui faisaient une démarche un peu tanguante (la Vaillancourt disait d'elle qu'elle marchait comme un chameau dans un désert, ce à quoi Adrien répondait toujours: «Peut-être; mais c'est un maudit beau chameau!» conscient de la faiblesse de sa réplique mais incapable d'en trouver une meilleure). Cette fois, cependant, le petit bout de femme qui parut, courte et délicate, tassée dans l'encoignure de la porte, la tête basse et les mains serrées sur un sac à main des plus quelconques, n'avait rien à voir avec ce qu'on connaissait de la grande actrice sûre d'elle et brasseuse d'air qu'on était venu voir et Adrien crut que quelqu'un, une nouvelle reçue des cours du conservatoire Lasalle ou une actrice française fraîchement débarquée dont on avait oublié d'annoncer la visite, avait remplacé sa Germaine pour la matinée. Mais lorsque le petit être tremblant et humble releva la tête et s'avança dans le salon, des exclamations d'étonnement s'élevè-

251

rent dans la salle. C'était bien elle, Germaine, reconnaissable maintenant à ses beaux yeux mauves qui avaient fait damner tant d'hommes et à sa bouche généreuse recouverte d'une épaisse couche de rouge à lèvres grenat, mais tellement transformée dans son petit tailleur deux-pièces noir, ses souliers plats (des souliers plats, *elle*!) et ses gants de fil sans élégance qu'on aurait dit Juliette Béliveau avec un masque de Germaine Giroux. La claque fut donc retardée de plusieurs secondes mais Germaine attendit, droite et immobile. Pendant les répétitions qui se faisaient la plupart du temps la nuit, à l'Arcade, après le spectacle, seul moment où les comédiens étaient libres, elle avait prévenu ses camarades de l'effet qu'elle escomptait produire sur son public : « Qu'y arrive n'importe quoi, attendez. Enchaînez pas. Attendez d'être sûrs qu'y m'ont reconnue pis vous allez voir c'que vous allez voir ! » Elle resta donc plantée au milieu de la scène, la tête haute, son chapeau de feutre noir posé sur l'oreille droite (seule coquetterie dans ce costume exagérément simple), les yeux fixés quelque part au fond de la salle, une douleur profonde dans le regard, la main sur le cœur. Le poulailler fut le premier à comprendre la longue vie de souffrance qu'avait vécue ce personnage qui n'était pas Germaine mais que Germaine allait être, somptueusement, à grands coups d'éclats brusques aussitôt retenus et de bouleversante dignité, aussi la claque vint-elle de ce rang de doux rêveurs qui étaient venus acclamer une reine pour oublier leur existence si peu gratifiante et qui se retrouvaient devant

252

une domestique qui les avait bouleversés avant
même d'ouvrir la bouche. Édouard hurlait: «Ça,
c'est du théâtre!» et Adrien: «Ça, c'est ma Germaine!»

«Y paraît que c'est ben bon.» «Oui, j'sais.
J'ai lu ben des articles là-dessus.» Elle retournait le livre dans ses mains comme si elle
n'avait pas su quoi en faire. Gabriel s'assit sur la
grosse table de bois verni qui trônait au milieu
de la pièce. «T'as l'air désappointée...» «Chus
pas désappointée... Tu sais comment j'aime ça,
les surprises! C'est juste que chus pas habituée
à lire des livres comme celui-là...» Elle se berçait à petits coups rapides devant la radio
d'où sortait la Séguedille, du Carmen de Bizet,
que Rïse Stevens chantait dans un français in-
compréhensible mais avec une assurance déconcertante. La grosse femme sourit en posant le
livre sur ses genoux. «J'sais pas si a' comprend
c'qu'a' chante mais au moins a'l' a l'air convaincue! J'ai essayé de comprendre c'qu'a' chantait,
t'à l'heure... J'ai assez ri! Même dans les boutes
que tout le monde connaît par cœur on comprenait rien! On dirait qu'a'l' a une patate
chaude dans' bouche!» Elle se mit à fredonner
en balançant la tête. «Quand dje vous aimeray,
ma foua dje ne say pas... pout-aître djamais,
pout-aître demaigne, mais pas oujourd'houi, çay
certaigne!» Elle partit de son bon rire qui faisait
la joie de tout le monde, s'essuya les yeux avec

253

son mouchoir et soupira. « J'ai tellement ri que chus fatiquée ! J'essayais d'expliquer au p'tit qu'a' chantait en français mais y me croyait pas ! J'chantais en même temps qu'elle pis y disait que j'inventais des mots au fur et à mesure... » « Où c'est qu'y' est, là ? » « Y a fini par s'endormir pendant l'intermission. Mais j'vas le réveiller avant pas longtemps... Faut pas qu'y dorme trop, l'après-midi, y veut pus se coucher, après. » Gabriel se pencha sur elle, reprit le livre qu'il venait de lui donner en cadeau. « T'essayes de détourner la conversation, encore... » Elle rougit d'un coup. « Oui. Tu me connais trop, toé... » Il feuilletait le livre, s'arrêtait de temps en temps pour lire une ligne ou deux. « Tu veux pas le lire ? » Elle se leva après avoir donné un bon élan à sa chaise berçante, replaça son tablier, tira sur sa robe. « Tu sais pourquoi j'lis, Gabriel. J'pense que c'te livre-là... m'aiderait pas. J'ai jamais voulu lire des livres qui se passent icitte parce que j'veux pas retrouver là-dedans des problèmes que j'ai déjà pis que j'veux oublier parce que j'les comprends trop pis que j'ai pas besoin de parsonne pour me les expliquer ! » « Même si tout le monde dit que c't'un chef-d'œuvre ? » La grosse femme regarda le livre, tendit la main, le prit, l'ouvrit. « C'est niaiseux, hein ? Mais de savoir que ça se passe à Saint-Henri, que les personnages nous ressemblent pis que leurs problèmes sont comme les nôtres, ça m'empêche d'avoir envie de le lire... Chus t'habituée à être dépaysée quand j'lis, Gabriel. Chus t'habituée à m'évader un peu partout dans le monde, surtout en France ! J'ai l'impres-

254

sion de connaître Paris par cœur, c'est pas mê-
lant! Mais... retrouver Montréal, la pauvreté pis
la guerre qui vient quasiment de finir...»
Gabriel lui avait pris sa place dans la chaise
berçante. Il s'alluma une cigarette. «Le monde
qui vivent à Paris, y lisent pas rien que des
livres qui se passent ailleurs, t'sais! Celui-là,
c'est le premier qu'y lisent qui se passe à Montréal! C'est la première fois qu'on les intéresse
depuis Maria Chapdelaine! Les Français lisent
des livres français; pourquoi tu lirais pas des livres d'icitte?» La grosse femme contemplait la
couverture une fois de plus. «J'avais jamais
pensé à ça... C'tu fou, hein? Mais que c'est qu'y
font, les Français, quand y veulent s'évader?»
Gabriel se leva, s'approcha de sa femme, la prit
dans ses bras. «Es-tu si malheureuse que ça?»
Elle avait posé la tête sur son épaule. «Chus pas
malheureuse, Gabriel. C'est juste que des fois
j'étouffe parce que toute est trop petit! J'ai
besoin... d'espace. Peut-être parce que j'ai un
gros corps, j'le sais pas... Mais j'en ai pas, d'espace, icitte, pis j'en trouve dans les livres!»
Gabriel lui embrassait tendrement le dessus de
la tête. Elle était beaucoup plus petite que lui et
il devait se pencher pour la caresser... Elle donna un coup de tête comme elle le faisait lorsqu'elle décidait quelque chose très vite, sans réfléchir. «M'as le lire! On verra ben! Pis si j'aime
pas ça, m'as y'écrire, à elle! Pis m'as y dire, fie-
toé sus moé!» Elle déposa le livre sur l'appareil
de radio, à côté de *La fortune de Gaspar*. «M'as
le commencer quand m'as avoir faite du café.
En veux-tu?» Gabriel avait levé le son de la

255

radio; le toréador faisait son entrée. «J'vas aller charcher le p'tit! J'vas y montrer mes talents de chanteur d'opéra!» «Fais-y pas peur, là! Y dort!» Pendant que Gabriel commençait à hurler «Votre toast, je peux vous le re-endre...» la grosse femme se pencha une dernière fois sur ce livre dont elle allait parler tout le reste de sa vie avec passion, qu'elle ferait lire à tout le monde autour d'elle, même à Albertine qui n'avait jamais lu et à Thérèse jusque-là incapable de se concentrer sur une page de caractère mais qui le dévorerait en deux jours, souffrant avec les personnages, vivant avec eux et maudissant, à la fin, le sort qui les condamnait sans rémission; et, beaucoup plus tard, dix ans exactement, juste avant de partir en vacances en Gaspésie pour la première fois de sa vie, elle le donnerait à son plus jeune fils en lui disant: «Ça a été le livre le plus important de mon existence. Lis-lé. Attentivement. T'as la chance de le connaître à quinze ans. Moé, je l'ai connu à quarante-cinq. ». Elle s'éloigna vers la cuisine en chantonnant avec Robert Merrill et son mari qui se défonçait dans la chambre, au grand amusement du petit. «D'abord que j'en aurai pour ma piasse et demie!»

Françoise essuyait le long comptoir de marbre avec des gestes précis, le corps plié en deux, une mèche de cheveux lui tombant sur le front, un air de beu sur son visage d'ordinaire si jovial.

Les affaires n'avaient pas été très bonnes et la journée achevait. «Maudite neige à' marde! J'arais dû appeler pour dire que j'tais malade, aussi!» Au début de la matinée, elle s'était amusée à regarder évoluer les premières femmes qui s'étaient aventurées sur la rue Mont-Royal que sillonnaient encore de nombreuses charrues et trois énormes souffleuses dont le vacarme faisait trembler les vitrines du Larivière et Leblanc puis, voyant peu de clientes entrer dans le magasin, elle avait compris qu'elle ne ferait pas d'argent et avait dit à Claudette, la waitress qui devait quitter le jour même pour aller travailler dans l'ouest, qu'elle pouvait rentrer chez elle. Elle n'avait servi que quelques cafés à des femmes que les bancs de neige, la sloche et le bruit avaient rendues irascibles, aucun repas sauf aux employés de l'établissement peu généreux dans leurs pourboires et tout cela l'avait profondément déprimée. «C't'hiver-là finira jamais, j'le sens!» Au bout du comptoir, deux adolescents mangeaient en silence leur banana split, sa seule grosse vente de la journée. Le garçon lui fit un signe timide de la main et Françoise se redressa en maugréant. «Y veulent un autre beau grand verre d'eau, j'suppose! j'm'en vas leur s'en faire, un verre d'eau, moé!» Le garçon s'essuya bien la bouche avant de parler. «Est-ce qu'on pourrait avoir un autre verre d'eau, s'il vous plaît?» Françoise s'appuya sur le comptoir, les mains bien à plat sur le marbre. «Chacun un ou juste un pour les deux?» Les deux jeunes gens rougirent sans oser se regarder. Le jeune homme essaya de prendre un ton offusqué mais sa voix sortit toute petite et enrouée. «Chacun un, bien sûr!» «Vous les avez bus vite, ceux que j'vous ai donnés tout à l'heure! Vous le saviez, pourtant, que la crème à' glace ça donne soif! Pourquoi vous vous en êtes pas gardé un peu?» Cette fois il la regarda bien droit dans les yeux. «Voulez-vous des excuses? Parce que si c'est ça que vous voulez, vous en aurez pas!» Françoise se redressa, posa ses mains sur ses hanches. «Chus là pour te servir, malheureusement, tit-gars! Sinon, j'te frotterais les deux spotlights que t'as de chaque côté de la tête!» Elle s'éloigna d'un pas décidé vers l'évier, ouvrit le robinet d'eau chaude. «M'as leur faire fondre ça, c'te p'tite crème à' glace-là, moé!» Lucienne Boileau se pencha sur Richard. «T'as bien faite de lui parler comme ça! Sont assez malpolies!» Ils avaient décidé de ne pas aller au Dominion comme ils l'avaient d'abord planifié mais de se promener tranquillement sur la rue Mont-Royal méconnaissable sous sa couche de neige et tellement romantique. Les charrues et les souffleuses avaient toutefois quelque peu gâté leur promenade et ils s'étaient réfugiés chez Larivière et Leblanc pour manger quelque chose. Richard voulait d'abord prendre un hot-dog mais Lucienne l'avait convaincu qu'il fallait combattre le froid avec le froid et ils avaient opté pour un banana split. Richard avait dit en plaisantant: «J'suppose que tu manges d'la soupe brûlante en plein mois d'août» et Lucienne avait répondu tout à fait sérieusement: «Bien oui!» Ils sortaient ensemble depuis quelques mois, confus, rougissants,

258

parlant peu, des idées troubles plein la tête lorsque leurs doigts se touchaient (au cinéma, en se
passant le pop corn), n'osant pas encore se tenir
par la main (l'hiver, avec les gants ou les mitaines, c'est bien difficile et un peu ridicule) et encore moins s'embrasser. Richard était devenu
un grand garçon sérieux de seize ans aux sourcils constamment froncés sur des problèmes
qu'il ne partageait avec personne et auxquels il
ne semblait jamais trouver de solution. La grosse femme disait souvent: « Not' Coco a beau
vouloir devenir un grand intellectuel, ses oreilles sont toujours aussi attendrissantes! » En effet, les oreilles décollées de Richard, transparentes et d'un rose tendre des plus touchants, dé-
truisaient au fur et à mesure chez lui cet
air réfléchi et grave qu'il voulait se donner; il
en était d'ailleurs conscient parce que tout le
monde le lui disait et en avait développé un
complexe maladif qui n'avait pour résultat que
de lui empourprer encore plus les oreilles aussitôt que quelqu'un lui adressait la parole. Il appelait cela son cercle vicieux et rêvait souvent
qu'il se coupait les deux oreilles (il avait lu les
notes biographiques de Vincent Van Gogh dans
un dictionnaire de la peinture) et qu'il les mangeait en les mastiquant longtemps mais sans jamais les avaler. Lucienne Boileau, pour sa part,
s'était transformée radicalement depuis qu'elle
fréquentait l'École Ménagère d'Outremont. Elle
s'était raidie en quelques mois, avait redressé le
dos, tendu le cou, pris des poses et un ton de
voix nouveau, elle choisissait chacun de ses
mots et le prononçait en articulant bien, ce qui

lui donnait un parler caricatural de parvenue
fraîchement débarquée au pays des nantis. Elle
devenait une vraie jeune fille selon les sœurs du
Saint-Nom de Jésus et de Marie, hautaine et
même méprisante avec ses parents qui suaient
sang et eau pour lui payer ses études, et de plus
en plus honteuse de ce logement de cinq pièces
dans lequel on les élevait, elle et ses trois sœurs
cadettes, Denise, Monique et Nicole et où elle
n'osait pas amener ses compagnes de classe,
pour la plupart filles de professionnels, qui
n'avaient jamais mis le pied à l'est d'Avenue du
Parc. Sa mère leur avait d'ailleurs avoué la
veille qu'elle attendait un autre enfant et Lucienne avait été atterrée d'apprendre que ses parents faisaient encore « ça » à leur âge. Elle avait
très mal dormi et avait passé la journée dans une
sorte de stupeur qui lui donnait l'impression
d'être somnambule. C'était ce qui l'avait d'ailleurs décidée à ne pas aller au cinéma : elle avait
peur de s'endormir, même au milieu des légen-
daires engueulades entre Katherine Hepburn et
Spencer Tracy. En fait, elle acceptait de sortir avec Richard parce qu'il correspondait au
portrait que les religieuses traçaient du mari parfait : discret, bien élevé, poli et, surtout, peu en-
treprenant. En plus, il rêvait de devenir avocat
et les religieuses raffolaient des professionnels.
Elle ne le trouvait pas beau, non plus, mais on
lui avait appris que la beauté était parfois dangereuse et qu'elle devait s'en méfier. Elle se
méfiait donc du beau Robert Patrick, étudiant
en médecine, anglophone et très hardi, qui lui
faisait les yeux doux depuis les vacances de Noël

qu'elle avait passées dans la famille d'une compagne, à Sainte-Geneviève. Elle revoyait de loin
en loin le trio « Thérèse pis Pierrette » dont elle
avait tant voulu faire partie, jadis, et trouvait
maintenant ces trois bruyantes et indisciplinées
adolescentes bien vulgaires, bien *rue*, comme on
disait, à l'École Ménagère d'Outremont. Elle-
même, on l'avait trouvée très *rue*, au début,
avec ses tresses grasses, ses jumpers élimés,
ses « moé », ses « toé », ses « icitte » et ses
formulations inexactes comme « Tu viens-tu
jouer déhors ? » ; on le lui avait fait sentir en
riant presque systématiquement chaque fois
qu'elle ouvrait la bouche pour parler. Aussi,
dans son éternel besoin de plaire à tout le monde, de faire partie d'un groupe, d'être acceptée
à tout prix ne serait-ce que pour servir les autres,
Lucienne avait-elle très rapidement appris à dire
fronçais et *lindi* et *dellar* et, surtout, *qu'est-ce
que* (la première fois qu'elle avait sorti un *de que
c'est que* la classe s'était écroulée et la religieuse
avait rougi de honte pour elle) ; elle avait fini
par prendre tout ça au sérieux et reprenait
ses parents et ses sœurs, à la maison, les engueulant, même, lorsqu'elle entendait quelque
chose qui choquait particulièrement son oreille
nouvellement initiée aux beautés du bon parler
français, comme *litte* ou *frette*, les deux expressions les plus honnies de l'École Ménagère d'Outremont (avec les sacres, bien sûr, mais des sacres on ne faisait même pas mention tant ils
étaient laids). Il était donc normal que Richard
fût la seule personne de son ancien monde que
Lucienne acceptât de fréquenter ; après tout, il

261

allait au collège Saint-Marie, se destinait à la vie
professionnelle et commençait lui aussi à renier
ses origines! Françoise leur apportait leurs deux
verres d'eau fumante avec un sourire d'anticipation aux lèvres lorsqu'un grand cri, parti de
quelque part derrière eux, vers le comptoir des
cosmétiques, les fit sursauter. «Ah! ben maudit, un fantôme!» Thérèse, une bouteille de
«Tulipe Noire», de Chenard à la main, leur faisait de grands gestes joyeux. «Lucienne Boileau
elle-même en parsonne en compagnie de mon
cousin l'esquelette, l'intellectuel de la famille!
Mais on aura tout vu!» Elle déposa la bouteille
de parfum sur le petit miroir des «essences à
essayer» autour duquel flottaient toujours des
odeurs mêlées qui prenaient à la gorge, et vint
vers eux en sautillant comme une petite fille de
huit ans. Devinant ce qui allait se passer, Richard était déjà rouge comme une belle tomate
mûre. Lucienne avait pris son air composé des
grandes circonstances, un sourire non compro-
mettant aux lèvres et les mains figées sur son sac
à main qu'elle avait posé sur ses genoux serrés.
Thérèse vint s'asseoir à côté de son ancien
souffre-douleur. «C'est-tu vrai qu'y a une plume
d'autruche qui est après te pousser dans le cul,
'coudonc! Pis que c'est rendu que tu parles tellement bien que ta propre famille te comprend
pus!» Françoise trouva immédiatement Thérèse
très sympathique et éclata de rire. Lucienne
s'était détournée, pâle de honte. Thérèse lui
tapota gentiment l'épaule. «T'as ben raison de
pas me regarder, Lucienne. Chus probablement
pus digne de ton regard! Mais dis-toé ben que

262

quand tu seras religieuse enseignante, à l'école des Saints-Anges, j'me f'rai pendre avant de laisser mes enfants entre tes mains!» Elle se pencha un peu pour voir son cousin. «Pis toé, les oreilles rose bonbon, fais-moé pas chier après-midi! J'ai eu assez de ton frére qui m'a vendue à Monkey Face! J'ai pus le droit de r'mettre les pieds à' salle paroissiale à cause de lui! Vous êtes une belle gang, hein? Mais m'as finir par toutes vous avoir!» Richard parla tout bas, calmement, sûr de son effet. «T'as encore volé une bière à mon père dans la glacière, hein?» Thérèse se leva et vint se planter derrière lui. Elle ne le regardait pas directement mais fixait son image dans le grand miroir qui faisait tout le mur en face du comptoir. «Arrête de faire des rimettes, le poète! Pis tu diras à ton père que j'vas y payer, sa bière!» Elle regarda soudain Françoise avec une telle intensité et une telle détresse que la waitress en fut bouleversée. «J'ai vu vot' annonce, dans la vitrine. Vous charchez une waitress? Me v'là!» Elle posa les mains sur les épaules de Lucienne et de son cousin. «Quand j'serai waitress, icitte, là, commandez jamais de l'eau bouillante parce que j'vous en donnerai pas! Vous irez être malades ailleurs!»

Albertine était revenue de son magasinage enragée noir. Elle avait enfermé Marcel dans sa chambre en lui disant qu'elle ne voulait pas le

263

voir tant qu'elle ne l'appellerait pas, avait jeté ses pardessus neufs dans le fond de la garde-robe, s'était déshabillée en sacrant, avait enfilé une robe de maison et le tablier blanc à fleurs bleues qui ne la quittait jamais; elle avait traversé la salle à manger sans regarder la grosse femme, Gabriel et le petit qui écoutaient toujours Carmen, et était entrée dans la cuisine où elle avait mis de l'eau à chauffer pour se faire un thé fort, seule chose ayant le pouvoir de la calmer quand elle sentait venir une de ces colères incontrôlables qui la prenaient de plus en plus souvent et dont elle sortait épuisée et incapable de se rappeler ce qu'elle avait dit ou fait. Elle avait attendu que l'eau bout à gros bouillons puis l'avait versée dans la théière qu'elle avait reçue de ses enfants, aux fêtes (en fait, Gabriel avait fourni l'argent à Thérèse qui n'avait pas pensé à ramasser un seul sou pour sa mère avec qui elle s'entendit de moins en moins). Elle s'était servie une tasse de thé très fort puis était revenue dans la salle à manger en buvant à petites gorgées. Albertine disait souvent: «Du thé, c'est bon quand la boucane te sort de la bouche!» L'enfant de la grosse femme était toujours fasciné de voir sa tante se brûler la bouche, saper, faire la grimace et finir par dire que c'était bien bon. Il avait essayé, un jour, de tremper ses lèvres dans la tasse fraîchement versée de sa tante mais s'était brûlé la bouche et la langue au point de ne pouvoir goûter quoi que ce soit au repas suivant; aussi l'avait-il regardée avec de grands yeux quand elle était revenue dans la pièce en buvant sans souffler dans sa tasse. «C't'enfant-là va me rendre folle! Si je le suis pas déjà!» Elle avait donné un petit coup de tête en direction de l'appareil de radio. «Farmeriez-vous ça, s'il vous plaît, ces cris-là me donnent mal à' tête!» La grosse femme avait mis la sourdine à Micaëla qui jurait ses grands dieux que rien ne l'épouvantait mais qu'elle avait bien peur. Albertine s'était installée à la grande table. Et elle leur avait tout raconté par le menu détail, sa gêne, puis sa honte et enfin sa colère; le retour à la maison avec Marcel sur ses talons, qui sanglotait. «Me faire honte de même devant tout le monde! Y pensez-vous! Vous comprenez, ça va se savoir, c't'affaire-là! Pis c'est encore moé qui vas passer pour la maudite folle parce que j'veux pas qu'y joue du piano!» La grosse femme avait appuyé sa tête contre le dossier de la chaise berçante. «C'tait-tu beau, c'qu'y jouait?» Albertine avait déposé rudement sa tasse dans la soucoupe et s'était tournée vers sa belle-sœur. «Pensez-vous que j'me sus arrê-tée à ça? Quand vot' enfant est après faire un fou de lui pis une folle de vous devant tout le mon-de, pensez-vous que vous avez le temps de vous arrêter à penser si c'est beau c'qu'y fait!» «Y a peut-être un talent naturel...» «Ça, pour avoir un talent naturel, y en a un, talent naturel! Pour rire de moé! Y rit de moé depuis qu'y'est au monde, c't'enfant-là!» «Voyons donc, Albertine, j'l'ai jamais vu rire de toé...» «On sait ben, vous êtes trop bonne, vous! Tout le monde ambition-ne sus vous pis vous le voyez même pas! Si j'vous dis qu'y rit de moé c'est parce que je le sais, okay! Savez-vous c'que j'ai faite, t'à l'heure,

265

avant de monter icitte, hein, savez-vous c'que j'ai
faite? Ben j'ai été sonner à' porte à côté pour voir
si y avait quelqu'un; j'ai cogné dans' porte, pis
j'ai appelé! C'est-tu assez fort pour vous? Lui,
y'était là qu'y me regardait, les yeux pleins d'eau
pis y flattait son maudit chat imaginaire! Pensez-
vous que j'avais pas l'air folle, à frapper comme
une pardue pis à appeler «Madame, madame,
êtes-vous là?» Venez pas me dire que c'est pas
rire de sa mère que d'y faire faire des affaires
de même! Savez-vous oùsqu'y va finir, c't'enfant-
là...» Un sanglot lui monta à la gorge; elle essaya de le dissimuler dans sa tasse fumante. Gabriel avait approché sa chaise de celle de sa
sœur. «Peut-être que ça vaudrait la peine d'essayer d'y faire prendre des cours de piano...»
La tasse partit si brusquement que l'enfant de la
grosse femme, qui avait l'oreille collée contre la
radio, sursauta en poussant un petit cri. La tasse
s'écrasa contre le mur, juste sous la photo de
Victoire qui souriait tristement avec un bébé
dans les bras. «Jamais! Si y veut jouer à l'ar-
tiste, y ira ailleurs! Y ira rester en bas, quiens,
dans la grande maison vide, on verra ben qui
c'est qui va le nourrir! On n'a jamais eu d'artis-
te dans' famille, on commencera pas aujour-
d'hui! Même mon oncle Josaphat qui était artis-
te dans son genre a appris un métier pour gagner sa vie! J'ai pas envie de m'échiner pendant
le reste de mon existence pour un petit paresseux qui va se contenter de promener ses mains
un peu partout sur un clavier en prenant des
airs pâmés! Y va apprendre un métier comme
tout le monde pis quand j's'rai vieille pis toute

266

cassée y me remettra tout c'que j'ai faite pour lui
comme un fils normal! C'est mon bâton de vieil-
lesse pis j'veux pas le pardre! Pis traitez-moé
pas de sans-cœur! Chus tannée qu'on me prenne pour une sans-cœur ici-dedans quand c'est
les autres qui en ont pas, de cœur!» Gabriel
avait essayé de passer ses bras autour des épaules d'Albertine mais elle s'était raidie et l'avait
repoussé. «Vous avez toujours été pour lui
contre moé! J'en peux pus de jouer son jeu,
de faire semblant que j'crois à son maudit chat
pis à son histoire de maison pleine de belles madames! A'l' a toujours été vide, c'te maison-là
pis a' le s'ra toujours! Pis j'veux y dire une fois
pour toutes qu'y a rien de tout ça qui est vrai,
que c'est juste dans sa tête! Écoutez ben ça:
j'vas le faire enfermer, lui, avant qu'on m'enfar-
me, moé!» Elle s'était relevée, avait traversé la
salle à manger et avait claqué la porte de sa
chambre derrière elle. On l'avait entendue crier
pendant quelque temps encore. «J'en ai, du
cœur, pis je l'aime c't'enfant-là mais mon endurance a des limites! Tout c'que j'ai dans le monde c'est deux enfants pis y sont en train de me
faire damner!» Le petit avait grimpé sur les genoux de sa mère, avait appuyé la tête contre sa
poitrine. «J'le crois, moé, que c'est qu'y conte,
moman.» La grosse femme avait passé la
main dans le cou de son enfant. «Moé aussi.
Des fois.»

«Ton amour pour moé va t'empêcher de faire des folies; mon amour pour toé va te retenir. » Marcel s'était enroulé dans son lit, Duplessis au creux de son ventre. Ils ne parlaient pas à voix haute, ils chuchotaient tous les deux dans la chaleur sèche de la chambre de Victoire, comme quand Marcel convainquait Duplessis de rester toute la nuit avec lui et qu'ils passaient des heures à s'échanger des secrets. Duplessis avait léché une à une les larmes qui avaient coulé des yeux du petit garçon; celui-ci avait un peu grimacé sous les petits coups répétés de la langue rugueuse du chat mais s'était laissé faire en hoquetant et en poussant de faibles plaintes d'animal blessé. Son visage était sec, maintenant, et il sentait comme un léger picotement à ses joues. «Ton amour pour moé me coûte celui de ma mére, Duplessis! T'as vu comment c'qu'a' vient de me traiter... » «On t'avait dit de pas faire des choses comme ça, aussi... T'es pas prêt! » «Ben arrêtez de toute me défendre pis laissez-moé me défendre tu-seul, un peu! Chus peut-être plus prêt que vous pensez! Vous m'avez appris tout c'que je sais mais y a rien que vous autres qui le sait pis qui trouve ça beau! Pourquoi j'peux pas m'en servir, j'en ai besoin, là... » «Y'est trop tôt» «Arrête de me dire des affaires de même, tu me tannes! Depuis après-midi que tu me répètes les mêmes affaires... » «Depuis après-midi que tu me poses les mêmes questions... » «Y'est pas trop tôt, Duplessis, y'est quasiment trop tard! Ma mére est su'l'bord de me placer!» «Parle pas trop fort, y vont t'entendre... » «Ben y m'entendront,

268

c'est toute! Ça changera pas grand-chose!» Les
yeux du chat fixaient le visage de son ami sans
jamais cligner; ses pupilles étaient complètement dilatées et Marcel pouvait y voir son image
déformée. «Es-tu après essayer de me faire comprendre que tu veux pus de moé, Marcel?»
Marcel passa aussitôt les doigts autour du cou
du chat qui se mit à ronronner en fermant enfin
les yeux. «J'ai pas dit ça... J'mourrais, sans toé...
Mais j'sais que j'peux mourir d'ennui, aussi,
sans ma grand-mére... C'tait la seule qui me
comprenait, dans' maison. Tu-seul, c'est trop
dur! J'ai pas c'te force-là! Je l'ai pas! J'sais trop
d'affaires, ma tête est fatiquée! J'arrive pus toujours à faire la différence entre chez vous oùsque vous me permettez à peu près toute pis
icitte ou à l'école oùsque le monde pensent que
chus fou...» «Un bon jour, y vont ben se
rendre compte que...» «C'est toujours ça que
vous me dites pis ça arrive jamais!» Marcel approcha son visage encore plus près de la tête
du chat. «Des fois, là... Dis-lé pas aux autres,
j'leur en ai pas encore parlé... mais des fois, là,
j'vois des affaires que vous m'avez pas encore
montrées... pis j'les comprends encore moins...
pis y me font encore plus peur...» Le museau de
Duplessis effleura les lèvres de Marcel. «T'auras
pas toujours besoin de nous autres, Marcel, tu
commences à voir par toé-même...» Marcel se
redressa dans son lit. «Vous allez vous en aller!»
«Non, non, tu vas continuer à nous voir,
comme ton oncle Josaphat, mais t'auras pus besoin de nous autres pour fonctionner.» Marcel
descendit brusquement du lit et vint appuyer

269

son front sur la vitre givrée de la fenêtre comme la nuit où sa grand-mère était morte. « Si
ça continue comme ça, Duplessis, dans pas
longtemps j'fonctionnerai pus pantoute ! » Le silence qui suivit fut très long. Marcel avait fait
fondre un peu de givre avec son haleine et regardait dehors. La nuit tombait déjà. Duplessis
contemplait cet enfant qu'il aimait tant et qui
semblait lui échapper. Et soudain il eut envie de
retrouver le petit Marcel zozotant d'autrefois,
le petit garçon qui sentait le pipi et qui lui faisait mal à force de caresses malhabiles et de ma-
nipulations incontrôlées, cet enfant si beau qui
l'étranglait quand il voulait l'embrasser et lui
pétrissait les côtes quand il voulait le faire rire.
Il eut une soudaine nostalgie d'avant qui l'étonna
lui-même. Il eut envie d'être ignorant, à nouveau, et en eut un peu honte. « Que c'est que ça
veut dire, ça, que dans pas longtemps tu fonc-
tionneras pus pantoute, ça fait deux fois que tu
dis ça, aujourd'hui... » Marcel pinça les lèvres
avant de parler. « Ça veut dire que j'pourrais
choisir d'aller rejoindre ma grand-mère... »
Consterné, Duplessis sauta du lit au calorifère
et colla son museau dans le cou de Marcel.
« Pense pas à des choses comme ça, Marcel, j'te
le défends ! » Il était prêt à trahir, soudain, à
perdre Marcel sur le champ, à disparaître d'un
seul coup aux yeux de l'enfant plutôt que de le
laisser glisser sur la pente du désespoir. « Si tu
veux, Marcel, tu peux décider de nous oublier.
Serais-tu capable de vivre sans elles comme...
avant ? » Marcel ne répondit pas. Il suivait une
auto qui se frayait tant bien que mal un chemin

dans la neige à demi fondue. Duplessis réfléchit
longtemps avant de poser sa dernière question,
sachant qu'il risquait tout. « Serais-tu capable de
vivre sans moé ? » Le visage de Marcel se chif-
fonna d'un coup et un sanglot lui noua la gorge.
« Non ! » Il prit le chat dans ses bras et le serra
à l'étouffer. Un peu comme autrefois. Duplessis
en eut un coup au cœur et ferma les yeux sous
la jouissance qui le ramollissait. Marcel hurlait maintenant sa détresse. « Pis j'le sais que
c'est comme ça que vous me tenez ! »

L'ovation fut longue, nourrie, presque fré-
nétique; Germaine avait vite quitté son personnage de vieille fille généreuse qui adoptait à la
fin de la pièce l'enfant de sa protégée pour se
lancer dans celui de Germaine Giroux saluant la
foule en délire. Elle ne fut pas du premier rideau, le laissant à ses camarades qui vinrent
chacun son tour se tailler un petit succès personnel en saluant dans son personnage (Jeanne
Demons sautillait et envoyait des becs à tout le
monde, Paul Guévremont faisait des mimiques
drôles, Denis Drouin fronçait les sourcils et se
cassait en deux en jouissant autant des « chous »
que des « bravos » qu'on lui criait, Jean-Paul
Dugas et Lise Roy se bécotaient fraternellement)
mais rafla le deuxième en entrant en scène en
trombe par la porte du fond, figeant sous les cris
comme s'ils la prenaient de court, hésitant quelques secondes comme si elle n'avait pas su que

faire, posant enfin la main sur son cœur et plongeant dans une révérence qui la plia jusqu'à terre. Évidemment, les autres saluts ne furent que pour elle. Elle restait debout au milieu de la scène, les bras en croix, et le rideau s'ouvrait et se fermait sans presque s'arrêter. Au bout de trois ou quatre minutes, quand elle sentit les bravos faiblir et les applaudissements se clairsemer, elle franchit d'un coup les quelques pieds qui la séparaient de l'avant-scène et replongea vers le sol. Les applaudissements reprirent, les bravos fusèrent, la salle se leva d'un bond. Mais il manquait quelque chose à ce triomphe qui empêchait Germaine d'être totalement heureuse. Soudain, au moment où le rideau se refermait pour l'avant-dernière fois (il lui restait encore à mimer la grande actrice qui coupe son cœur en petits morceaux et les envoie à son public adoré), elle se rappela la tempête de neige, les rues encombrées, certains magasins fermés. « Maudite tempête! Y aura pas de fleurs dans ma loge à soir! » La coulisse du Théâtre Arcade était bourdonnante d'activité. Les acteurs, excités par le succès, n'avaient pas encore regagné leurs loges. Jeanne Demons, appuyée contre une porte, s'éventait avec un mouchoir en lançant de petits cris de joie. « Ça a été tellement mieux qu'hier soir! » Elle se jeta sur Germaine qui quittait enfin la scène après un dernier baiser envoyé du bout des lèvres. « Tu as été divine! Divine! » Germaine se dégagea de son étreinte en soupirant d'impatience. « Oui. Pas pire... » Les autres acteurs l'applaudirent, l'embrassèrent, la serrèrent sur leur cœur. À cause de la tempête

272

qui faisait rage, la veille, ils avaient joué devant une salle presque vide et Germaine, humiliée qu'une bordée de neige vienne aussi facilement à bout d'elle, n'avait pas vraiment interprété son personnage, se contentant de donner la réplique à ses camarades et gardant son énergie pour sa première salle pleine. Elle haussait les épaules, repoussait les mains et les têtes. «On a une première toutes les semaines, r'venez-en!» Lise Roy pleurait d'énervement. «Pas comme celle-là, mademoiselle Giroux! Vous devriez toujours jouer des rôles comme celui-là!» Germaine la dévisagea. «Donne-moi deux autres rôles comme celui-là, ma p'tite fille, pis le théâtre se vide! J'les ai surpris, aujourd'hui, mais la semaine prochaine y vont réclamer les robes en crêpe pis les souliers plates-formes!» Denis Drouin, un des jeunes premiers les plus courus de Montréal, rit de bon cœur et Germaine se tourna dans sa direction. «Denis, t'es trop beau pour rire comme ça! Un gars beau comme toi, ça se contente de sourire quand ça vient de séduire, pas plus! Viens dans ma loge, j'vas toute t'expliquer ça...» Des protestations qui s'élevèrent soudain derrière eux dissipèrent les sourires de connivence et les airs complices qui commençaient à circuler dans la coulisse. Quelqu'un criait: «J'veux la voir, bon; j'veux la voir pis j'vas la voir!» Désiré Desmarteaux, le technicien du théâtre qui faisait aussi office de portier des loges (on l'appelait à son grand déplaisir «l'ange gardien des vertueuses Giroux»), répondait calmement: «Attendez, un peu! Est après se changer! Vous

273

pouvez pas la voir comme ça tu-suite...» Une autre voix, flûtée et hachurée, ponctuait le tout de «Germaine! Germaine! Germaine!» du plus haut comique. Germaine ouvrit la porte de sa loge et donna une petite tape sur le nez de Denis Drouin. «Va te changer. J't'expliquerai tout ça plus tard... Mon fan club du Plateau Mont-Royal m'attend!» La porte qui menait directement de la coulisse au hall d'entrée s'ouvrit et la tête de Désiré Desmarteaux parut. «Mademoiselle Giroux, du monde pour vous!» Le poulailler au grand complet envahit la coulisse, guidé par un Édouard exalté qui se tenait raide comme un paon qui fait la roue mais tremblant aussi de nervosité. Lorsqu'ils eurent tous défilé devant la loge de madame Demons sans se retourner on entendit la comédienne dire à haute et intelligible voix: «La basse-cour de Germaine s'est parfumée, aujourd'hui!» Quelqu'un d'autre cria: «Avez-vous vu ça, le gros poussin qui les conduit? J'voudrais pas voir ça quand y va se changer en poulet, moi!» Ils se postèrent tous devant la porte de Germaine, silencieux, soudain, et visiblement morts de trac. Ils venaient toujours lui rendre hommage, ainsi, après le spectacle, surtout Adrien et Édouard qui la suivaient partout depuis si longtemps, mais jamais en délégation aussi compacte. Elle les connaissait presque tous, savait qu'ils faisaient partie du même groupe parce qu'ils avaient tous la même voix et les mêmes manières mais elle ne les avait jamais vus ensemble, aussi fut-elle un peu étonnée lorsqu'elle ouvrit sa porte de se retrouver devant une bonne douzaine d'hommes d'âge mûr habillés comme des adolescents qui lui criaient des compliments avec des voix d'enfants. Ils la congratulaient, lui tendaient des mains moites, des carnets d'autographes vieux et décatis qu'elle connaissait déjà parce qu'elle les avait signés des dizaines de fois; ils lui parlaient tous en même temps de son interprétation magistrale, de son costume génial de simplicité, de son chapeau sublime et de ses étonnants souliers plats. Au bout d'une bonne minute de cette insolite cacophonie, Germaine leva les bras, cria: « Messieurs, merci beaucoup et à la prochaine!» et leur referma la porte sur le nez. Édouard se tourna instantanément vers ses compagnons. «Dehors, tout le monde, on a eu c'qu'on voulait... » La petite troupe se retira en silence, jetant de petits coups d'œil dans les autres loges sans oser s'y arrêter. Denis Drouin, en sous-vêtements, se faisait la barbe en chantonnant. Adrien sentit ses jambes se dérober sous lui. «C'est trop! C'est trop!» Dans le hall, le babillage reprit, plus débridé que jamais. «Est-tu belle!» «C'est-tu ses vrais cheveux, 'coudon!» «Y pourraient repeinturer leurs murs, franchement!» «J'sais pas si y a faite exiprès pour laisser sa porte entrouverte, hein?» Édouard était étonnamment silencieux. Un trac abominable venait de le prendre et il avait envie de vomir. «Mon Dieu! Avec tout ça j'avais oublié que c'est à soir que je fais le grand pas!» La nuit était tombée. Il faisait froid. La rue Sainte-Catherine, vide à cette heure, était triste à mourir. La troupe se dispersa. Quelques rendez-vous furent pris pour le soir. Quelqu'un de-

275

manda: «Y en a-tu qui veulent un lift?» Quelqu'un d'autre répondit: «À pied ou en tramway?» Deux ou trois rires honorèrent cette vieille farce si souvent entendue. Édouard et Adrien marchaient côte à côte vers l'ouest. Adrien semblait voleter quelques pas au-dessus du trottoir enfin déblayé. «On va-tu manger dans le Chinatown?» Édouard prit son temps avant de lui répondre. «Ben non. Tu sais ben qu'on n'a pas le temps.» Adrien sourit. «C'est pourtant vrai, on n'a pas le temps! On va même arriver juste!» Édouard le poussa du coude. «Exagère pas! On a encore trois ou quatre bonnes heures devant nous autres!»

La grosse femme était assise au pied du lit de Marcel. L'obscurité avait envahi la chambre au fur et à mesure que l'enfant se confiait à sa tante avec une voix brisée. Elle avait vu le papier peint se brouiller, perdre ses couleurs puis disparaître complètement sans laisser de traces. Les meubles massifs qui avaient appartenu à Victoire étaient restés très présents malgré la noirceur; elle les distinguait mal mais sentait leurs formes sévères, ombres plus épaisses que l'ombre, autour du lit, un peu tassés dans cette petite pièce étouffante où ils prenaient trop de place. L'odeur de bois verni était très forte, presque oppressante et des souvenirs de Victoire montaient à la mémoire de la grosse femme; sa voix brusque qui avait gardé des traces des pays

d'en haut, sa silhouette cassée quand elle boitil-
lait dans le corridor, les heures qu'elles passaient chaque jour, Victoire, la grosse femme et
Albertine, devant l'appareil de radio, à pleurer
et à rire avec CBF, CKAC, CHLP, sautant d'un
poste à l'autre avec des gestes nerveux pour ne
pas perdre le début de l'émission suivante et se
chicanant quand deux bons programmes étaient
cédulés à la même heure (Victoire était morte en
même temps que *La fiancée du commando* avait
disparu des ondes et Albertine avait dit, très
sérieusement: « Deux gros morceaux qui s'en
vont... »); l'étrange amitié aussi, qui avait semblé naître, ces dernières années, entre la grand-
mère et son petit-fils que personne ne comprenait et qui jusque-là avait toujours eu peur
d'elle. La grosse femme se rendit compte soudain que personne n'avait parlé depuis un bon
moment, même pas son plus jeune fils qui
l'avait suivie en se faisant le plus discret possible
et qui, pourtant, avait très peur dans le noir.
Elle était entrée dans la chambre de Marcel
après la crise d'Albertine, persuadée de trouver
le petit garçon en larmes parce que sa mère
avait crié longtemps et fort, mais à sa grande
surprise Marcel était assis dans son lit, se parlant
à lui-même, apparemment calme et même souriant. En entrant, elle l'avait entendu murmurer: « A' pourra pus dire que c'est pas vrai, à
c't'heure... » puis il avait levé les yeux sur elle et
s'était tu. Elle était venue s'asseoir à côté de lui
et lui avait demandé, très simplement mais avec
une pointe de sévérité dans la voix, de lui raconter sa version de l'histoire. Et il lui avait tout

277

dit, depuis le début, depuis ce jour de printemps
où Duplessis avait failli mourir; il avait parlé
longtemps, facilement, multipliant les détails et
s'emportant dans les moments qui lui tenaient
particulièrement à cœur; il l'avait émerveillée
avec son vocabulaire étonnement étendu pour un
garçon de son âge et son grand talent de
conteur; il l'avait émue avec le récit de ses retrouvailles avec Duplessis et, alors qu'il contait
ce qui était arrivé ce même après-midi au magasin de musique, à un geste de la main qu'il
eut pour replacer son toupet qui lui tombait sur
le front, elle avait vu Édouard, l'été précédent,
penché sur la balustrade du balcon, se transformant en femme pendant qu'elle l'encourageait. «Des rêveurs. Toute la gang. On est toutes pareils.» Elle se leva lentement, alluma la
lampe de chevet qui ne jeta qu'une faible lumière jaune, très laide, se rassit dans le lit mais
plus près de Marcel, cette fois. «C'est beau, toutes ces histoires-là, Marcel.» «C'est pas des histoires, c'est vrai.» Elle sourit tristement. «On a
toutes besoin d'affaires de même, dans' vie, Marcel... J'sais pas comment te dire ça... On a toutes besoin d'une petite fenêtre ouverte sur
quequ'chose de différent, sinon ça serait pas
endurable...» Marcel déplia son bras qui jusque-
là avait couvert son visage et la regarda en plissant les yeux. «L'important c'est d'y croire rien
que jusqu'à un certain point. Tout c'que tu
m'as conté, Marcel, c'est merveilleux pis t'es
chanceux de le connaître, de le vivre, mais...
Écoute... Si t'avoues que c'est pas vrai, que
t'as toute inventé ça parce que t'as besoin de

278

t'échapper, de t'évader, ça s'appelle de l'imagination pis c'est beau; mais si t'avoues pas que c'est pas vrai, si tu continues à prétendre que tout ça existe vraiment, ça s'appelle un mensonge, pis ça c'est grave! L'imagination c'est la plus belle chose du monde pis le mensonge une des plus laides, Marcel. C'est à toé de choisir entre être un rêveur ou un menteur. » Marcel s'assit dans son lit. Son visage était très près de celui de sa tante. «Que vous m'aidez donc pas! Si vous saviez!» Elle réalisa soudain à quel point Marcel était fragile. Un pincement au cœur, comme un léger vertige, l'empêchait de réfléchir aussi rapidement qu'elle l'aurait souhaité. «Y faut que je continue, y faut que j'me rende jusqu'au boute, mais prudemment...» Elle regarda partout dans la chambre en parlant très bas pour ne pas affoler l'enfant. «Marcel... le chat que t'avais quand t'étais petit pis dont tu parlais si souvent... Duplessis... Y'est-tu icitte?» Marcel fit un geste vers la fenêtre. «Ben oui, y'est étendu sur le calorifère, comme d'habitude. Y dort toujours là, l'hiver.» Duplessis, qui n'avait pas perdu un mot de la conversation, se redressa aussitôt. «Marcel! Sois prudent!» Marcel fronça les sourcils. «Prudent? Pourquoi, prudent?» La grosse femme se pencha sur lui. «À qui tu parles?» Pendant que Marcel s'éloignait de sa tante, Duplessis sauta sur le lit. «Tu sais qu'y faut pas que tu me parles quand y a quelqu'un avec nous autres...» Les yeux de Marcel passaient du chat à sa tante; il ne savait plus à qui répondre. L'enfant de la grosse femme s'était approché du lit et ouvrait grand les yeux et les oreilles. Marcel prit Duplessis dans ses bras et le serra contre lui. «J'le sais, moé, que chus pas un menteur parce que c'est moé qui tiens le chat contre mon cœur, pas vous!» La grosse femme tendit la main et fit le geste de caresser le chat. «J'le flatte-tu, là?» La tête de Marcel était agitée d'un léger tremblement. «Oui. Y ronronne.» «J'peux-tu le prendre?» Marcel déposa Duplessis sur les genoux de sa tante. Elle continua ses caresses tout en surveillant son neveu du coin de l'œil. «Tu vois... moé aussi j'peux *imaginer* que ton chat existe...» Des larmes montèrent aux yeux du petit garçon. «Pis vous le voyez pas?» «Non.» «Vous êtes sûre?» «Oui.» Marcel reprit son chat, le tint à bout de bras. Un tel désespoir perçait dans le ton de sa voix que la grosse femme et son enfant en furent troublés. «C'est-tu vrai que t'existes pas, Duplessis?» Duplessis détestait qu'on le tienne dans les airs et se mit à se débattre. «Non, c'est pas vrai. J'existe, tu le sais ben!» Soulagé, Marcel le déposa sur le calorifère. «Duplessis, y dit qu'y'existe. Pis j'le crois. C'est peut-être vous qui existez pas!» Il tourna le dos à sa tante et se réfugia dans son oreiller. La grosse femme sentit qu'elle avait perdu la bataille. Peut-être pour toujours. Une grande détresse la secouait; elle se sentait épuisée, vieille, vaincue. Elle devinait ce que pourrait être l'avenir de cet enfant qui repoussait la réalité et que sa mère commençait à repousser lui-même et en tremblait d'inquiétude. Elle eut un geste vers lui mais il se recroquevilla un peu plus dans son lit. «Tu veux pus me parler?» «J'veux

pus vous parler. J'veux pus vous voir. J'veux
dormir, un peu, avant le souper. » Résignée, elle
sortit de la chambre sur la pointe des pieds sans
rien ajouter. L'enfant de la grosse femme s'approcha du calorifère. « Y a rien, sus c'te calori-
fère-là ? » Marcel se retourna dans son lit, lui
sourit avec un air moqueur. « Ben non. Y a
rien. »

Intercalaire II

Décembre 1946

«*Les signes du ciel viennent rarement d'en haut.*»

Les dits de Victoire

L'arbre de Noël occupait tout un coin de la
salle à manger, celui garni d'une grande fenêtre
qui donnait sur la galerie et dont on se servait
d'habitude comme coin de lecture (la grosse
femme et Richard y passaient des heures, affalés
dans un fauteuil informe mais des plus confortables, complètement coupés du va-et-vient
incessant dont le cœur se trouvait pourtant
dans cette pièce bien éclairée, la plus grande,
la plus accueillante de la maison) ou comme terrain privilégié pour les jeux des plus jeunes (l'enfant de la grosse femme y transportait presque
chaque jour ses bébelles et les partageait, souvent en silence, avec Marcel qui leur montrait
d'abord un intérêt mitigé mais se laissait vite
gagner par un enthousiasme difficile à contrôler, pris entre le besoin de faire parler les camions et les chevaux autant que les petits personnages de plomb et celui de montrer à son

285

cousin une indifférence dédaigneuse pour ces jouets qu'il jugeait trop jeunes pour lui). C'était un bel arbre, bien droit, très fourni, aux branches longues et dressées vers le haut; on avait même dû en couper un bout pour l'empêcher d'atteindre le plafond (deux bons pieds de rameaux flexibles et délicats qui se terminaient en étoile aux aiguilles fines et que la grosse femme avait installée dans sa chambre, au-dessus de sa porte, avec une belle boule rouge comme tout ornement) et son odeur piquante se répandait partout, allégeant les cœurs, aérant les esprits, gratifiant les bouches les plus tristes de la maisonnée d'un sourire involontaire mais apaisant comme si une trêve avait été signée entre les membres de cette famille emberlificotée pour qui la chicane sinon franchement le drame était au menu quotidien. On avait même vu Albertine s'arrêter devant l'enchevêtrement de branches, de glaçons de plomb, de lumières, de guirlandes, de boules, d'oiseaux de paradis à la queue un peu raide mais si jolis, de pères Noël en essuie-pipe et de fausses chandelles, et entonner un petit cantique en frottant avec un air absent son tablier bleu et blanc. La décoration de cet arbre avait pris une journée complète, du matin au soir, et s'était faite sous la direction de la grosse femme pour qui c'était là un des plus beaux moments de l'année et qui jouait pour la circonstance les surveillantes avec grand sérieux et un sens étonnant de l'organisation. Presque toute la maison avait été mobilisée: son dernier fils et Marcel étaient préposés au démêlage des jeux de lumières (ils auraient préféré

286

passer un linge propre sur les boules de couleurs mais on leur avait vite dit qu'ils n'étaient pas assez précautionneux, ce qui avait déclenché une crise de larmes chez l'enfant de la grosse femme qui pensait qu'on n'avait pas confiance en lui); Albertine présidait à la distribution des boîtes de décorations qu'elle ouvrait à demi en hurlant: «Ça, c'est des boules!» ou bien: «J'ai trouvé les lumières!» ou encore: «Verrat, y reste pus grand oiseaux!»; Victoire s'occupait de l'époussetage de cet amoncellement hétéroclite de bébelles de toutes sortes ramassées depuis aussi loin que son propre mariage — toutes les décorations de cartons, les beaux anges découpés dans des magazines puis recollés soigneusement, les personnages de la bible achetés de seconde main et rafistolés tant bien que mal, les animaux aux mines réjouies et les pères Noël grimaçants, provenaient de son premier arbre de Noël, rue Craig, alors qu'elle était encore jeune mariée; Thérèse, Richard et Gabriel s'étaient vu confier la lourde tâche d'accrocher tout ça d'une façon à peu près logique, d'abord les lumières, ensuite les boules, les babioles et les guirlandes puis, enfin, les glaçons qu'il fallait poser un à un en les lissant pour qu'ils prennent bien la lumière, travail d'infinie patience mais qui en valait la peine (selon ceux qui regardaient faire pas ceux qui travaillaient). La grosse femme dirigeait tout son monde en gestes et en paroles, conseillant les démêleurs de lumières autant que les poseurs de boules, redressant d'une main précise des oiseaux de paradis mal accrochés, déplaçant boules et décorations pour mieux agencer les

287

couleurs, reculant cent fois pour juger de l'effet, fronçant les sourcils quand elle doutait et souriant de soulagement quand tout allait enfin à son goût. Quant à Édouard, sa mère avait réglé son cas d'une de ces phrases lapidaires qu'elle concoctait volontiers à son sujet: «Y doit être accroché après quequ'boules qu'y aurait honte de nous présenter, encore!» Albertine avait blêmi, la grosse femme s'était détournée pour rire, Gabriel s'était caché le visage dans une branche et Thérèse avait donné de grandes claques sur la table en hurlant. Les oreilles de Richard avaient témoigné de sa gêne. Quant aux deux enfants, ils s'étaient imaginé l'oncle Édouard pendu à une branche d'arbre de Noël et avaient souri d'émerveillement. Quand la décoration de l'arbre avait été terminée, la famille s'était réunie devant pour se féliciter, s'embrasser (chose assez rare dans cette maison) et la grosse femme avait dit d'une voix forte: «Après le souper, c'est la crèche!» Ils étaient les seuls dans la rue Fabre à posséder une aussi importante crèche, fierté de la famille depuis des années et qu'on venait admirer d'un peu partout dans le quartier en en vantant à la fois la beauté et l'ingéniosité. Son installation se faisait toujours de la même façon. On commençait par placer sous l'arbre de Noël des boîtes de différentes formes — boîtes de chaussures, cartons à chapeaux, emballages de toutes sortes qu'on avait accumulés dans le hangar durant l'année — sur lesquelles on déposait un drap propre que la grosse femme avait au préalable traité au bleu à laver pour qu'il prenne bien la lumière. Quand le drap avait épousé la forme des boîtes, on le tassait, on l'étirait, on le froissait pour lui donner des airs de bancs de neige, de rues et de montagnes. Quant tout était au goût de la grosse femme qui savait où elle allait et devenait de plus en plus exigeante au fur et à mesure que la soirée avançait, on sortait les maisons de carton-pâte, les personnages de plâtres, les moutons de bois recouverts d'ouate et les petits sapins en bâtons d'allumettes et papier crêpé. Albertine courait à la cuisine, jetait un bon pouce de farine dans le fond d'un sac brun et revenait à la salle à manger. Marcel et son petit cousin emplissaient le sac de moutons et brassaient énergiquement pour les blanchir. La grosse femme se mettait alors à genoux devant l'arbre et le grand cérémonial commençait : on lui donnait un jeu de lumières qu'elle distribuait avec application sur les différentes buttes que formaient les boîtes, sous le drap. Sur le plus gros monticule, près du mur de la cuisine qui faisait un creux vers la fenêtre, elle déposait les deux seules ampoules blanches. Ensuite, on lui donnait les maisons de carton munies d'un petit trou dans le plancher dans lequel elle introduisait une ampoule qui leur donnait un éclairage diffus et doux. Puis venait le tour des personnages, beaucoup plus gros que les maisons, en fait, mais, comme le disait si bien Albertine : « Peu importe, c'est le coup d'œil qui compte ! » La grosse femme les installait consciencieusement par ordre d'importance : les bergers, leurs moutons, les gens du peuple derrière ; les rois mages, leurs suites (chameaux, chiens, esclaves) devant, bien en vue, tout près des deux lumières blanches. Enfin, quand tout était en place, la grosse femme se tournait et disait sur un ton qui se voulait important: « Allez me charcher la crèche ! » Gabriel prenait une chaise et allait fouiller dans le haut de la garde-robe de leur chambre à coucher. Il en revenait avec une grosse boîte rectangulaire qu'il déposait avec précaution sur la table de la salle à manger. Sa femme l'ouvrait alors très doucement, avec une évidente émotion. La crèche elle-même était quelque chose entre la grange trop ajourée et l'étalage de magasin trop modeste; elle était faite de bois mou peint en gris sur lequel on avait collé de la poussière de verre qui la faisait scintiller de mille feux à la lumière des ampoules de l'arbre de Noël. Elle était beaucoup plus grosse que les maisons du village, à l'échelle des personnages qu'elle mettait en valeur avec ses millions de diamants de toutes les couleurs. La grosse femme lui réservait évidemment la place d'honneur, sur la plus haute butte, bien en vue sous la première branche de l'arbre, corrigeant ainsi l'échelle faussée des maisons et des personnages et redonnant au tout une nouvelle perspective, presque juste, comme si le village avait été au fond d'une vallée et la grange sur une montagne que les visiteurs devaient escalader pour venir rendre hommage à l'Enfant Jésus. La grange installée, la grosse femme sortait de sa boîte une belle étoile de soie blanche dans laquelle elle glissait l'une des deux ampoules qu'elle avait réservées pour la crèche. Elle accrochait l'autre au toit de la grange, juste au-dessus de l'endroit où elle allait installer le petit Jésus de plâtre. Quand venait le moment de déposer la Sainte Famille dans la crèche, un silence respectueux se faisait dans la salle à manger. On apportait la dernière boîte, très légère malgré son volume parce qu'elle ne contenait que trois personnages noyés dans le papier de soie. Les deux petits garçons s'approchaient pendant que la grosse femme déballait chaque figurine dans un froissement de papier qui donnait des frissons dans le dos. C'était de très beaux personnages de plâtre colorié que Victoire avait hérités de sa mère et qu'elle appelait ses « chansons de Provence » sans qu'on n'ait jamais su pourquoi. Avec leurs bonnes bouilles presque rougeaudes ils tranchaient sur le reste de cette crèche très nord-américaine où dominait le blanc de la neige. (À Josaphat-le-Violon qui avait essayé un jour de lui faire comprendre que le Christ n'avait probablement jamais vu de neige de sa vie, la grosse femme avait répliqué sur un ton froissé: «J'le sais! Mais j'fais une crèche pour icitte, j'fais pas une crèche pour là-bas! Noël, c't'en hiver pis l'hiver, y a d'la neige!») À un signal de sa mère qu'il attendait déjà depuis de longues minutes, l'enfant de la grosse femme se jetait ensuite sur de petites boîtes rectangulaires qui ressemblaient à des empaquetages de Cracker Jacks et qui contenaient une poussière blanche que Marcel et lui avaient la permission de garrocher un peu partout sur les premières branches du sapin et sur la crèche; ils en jetaient à pleines poignées en riant, criant: «V'là la tempête du siècle!» ou bien: «Y pourront pas aller à' messe de minuit, certain,

291

à soir, eux autres! Y pourront pus sortir de chez eux!» La grosse femme disait: «Un peu plus sur la crèche, là... Ben non, Marcel, pas toute la boîte, on verra pus rien!» Elle se penchait, déblayait des maisons, déterrait des figurines (les moutons avaient tendance à disparaître sous la fausse neige), traçait des chemins avec son index, relevait de petits sapins renversés. Tout ça commençait à avoir fière allure; du rose de contentement lui montait au visage. La touche finale était réservée depuis toujours à Gabriel. C'était un geste pourtant des plus simples que la grosse femme lui avait demandé de faire la première fois qu'ils avaient installé un sapin et une crèche, pour avoir un coup d'œil général et juger tout de suite des lacunes ou des fautes de goût. Et chaque année, sans qu'elle ne le lui demande plus, il le refaisait discrètement, la prenant toujours par surprise et heureux d'entendre les cris, les applaudissements, la joie que ce simple geste provoquait dans la maison: il se glissait dans la cuisine et introduisait la fiche des jeux de lumières dans la prise de courant. Albertine portait sa main à son cœur, la grosse femme s'essuyait les yeux, les enfants hurlaient, même les plus vieux qui avaient pourtant décidé de ne pas se laisser avoir, cette fois, et Victoire hochait la tête en souriant. L'arbre de Noël de cette année-là avait donc particulièrement fière allure et avant de partir pour la messe de minuit ceux qui étaient en âge d'y assister, c'est-à-dire tout le monde sauf Victoire et les deux petits (Marcel aurait pu se forcer un peu, s'habiller et suivre les autres mais les cérémonies reli-

gieuses le rebutaient et il était très tannant, alors
sa mère préférait le laisser à la maison et le
traiter d'athée) s'étaient regroupés dans la salle
à manger, emmitouflés, méconnaissables dans
leurs habits d'hiver, pour chanter un cantique.
En fait, ils avaient chanté *Jingle Bells* en français : « Pére Nowel, pére Nowel, emporte des
bebelles... » soi-disant pour appeler ce bon
gros vieux boute-en-train que l'enfant de la
grosse femme attendait avec une impatience fébrile qui l'empêchait de dormir. Gabriel avait
inventé à la dernière minute cette petite cérémonie de la famille réunie autour du sapin et
qui appelle le père Noël avant de partir pour la
messe de minuit, pour que son fils aille enfin
se coucher ; il était onze heures et demie du soir
et le petit garçon cherchait encore le père Noël
partout dans la maison en l'appelant comme un
petit chien, regardant sous le lit de sa grand-
mère par où son frère Philippe lui avait dit qu'il
arriverait pour rire de lui, tournant autour du
poêle parce que Victoire lui avait raconté que le
père Noël arrivait toujours par la cheminée et
que c'était là ce qui se rapprochait le plus, dans
la maison, d'une cheminée. Mais après le *Jingle
Bells* il était reparti de plus belle dans son ex-
ploration des pièces de la maison. En catastrophe, la grosse femme avait sorti une tarte aux
pommes de la glacière, en avait coupé une bonne moitié, l'avait placée bien en vue sur le coin
de la table de la salle à manger. Elle était allée
chercher le petit qui fouillait dans la garde-robe
de sa tante Albertine et l'avait ramené dans la
pièce centrale. « Quand tu vas te réveiller, de-

main matin, tes bebelles vont toutes être là, à côté de la crèche, pis la pointe de tarte va t'être disparue... Tu comprends, le pére Nowel y travaille fort, pis y va avoir faim quand y va arriver icitte... » Cela avait paru convaincre tout à fait l'enfant qui était parti vers son lit sans dire bonsoir à personne, y avait grimpé à toute vitesse et s'était endormi sur le coup, épuisé par cette journée éprouvante qui avait vu un arbre pousser dans la maison et s'habiller de lumière et de couleurs sur le terrain même de ses jeux. Il avait sombré dans un sommeil lourd comme une eau sans fond, vide et noir, plus exténuant, peut-être, que cette journée mouvementée qui s'achevait enfin sur une promesse de réveil plein de surprises. Il fut réveillé par des éclats de voix; sa grand-mère criait des bêtises à quelqu'un. Au début, il n'entendit que des mots: « niaiseux », « pas d'allure », « réfléchis donc... »; il crut que c'était le matin et que Victoire grondait Marcel mais des bribes de phrases puis des phrases complètes traversèrent la porte fermée et il se rendit compte qu'il n'avait pas dormi très longtemps. Victoire, qui avait pourtant paru si émue devant l'arbre de Noël, avait sa voix des mauvais jours: « Quand tu l'as vu, su'l'coin d'la table, t'as ben dû te rendre compte que c'tait pas pour toé! » Le lit de ses parents était vide. Ils n'étaient donc pas encore revenus de ce qu'ils appelaient « messe de minuit » et dont ils avaient tant parlé depuis quelque temps. L'enfant de la grosse femme avait une vague idée de ce que voulait dire minuit (Victoire lui avait un jour dit, avec un air narquois: « Minuit,

c'est quand la veille tombe dans son lendemain»
et il avait pensé que c'était un moment durant
la nuit où tout tombait d'un coup comme un
verre de lait qu'on renverse ou une orange qui
roule en bas de la table) mais le mot messe lui
restait mystérieux, presque hostile parce que
c'était quelque chose, un endroit peut-être, qui
semblait ne plaire qu'aux adultes (Marcel lui disait souvent: «T'es donc chanceux, toé, de pas
être obligé d'aller à la messe.»). Il descendit de
son lit et vint coller son oreille à la porte comme
il le faisait quand un orage — ils étaient fré-
quents — éclatait dans la maison. Sa grand-mère
parlait toujours: «T'as tout mangé sans réfléchir,
comme d'habitude! Y a quequ'chose à manger
su'a'table, sautons dessus!» C'était le père Noël!
Sa grand-mère chicanait le père Noël! Elle savait,
pourtant, que la pointe de tarte était pour lui!
Il ouvrit doucement la porte, convaincu de voir
le gros bonhomme tout en bedaine, souriant
malgré les injures, son bon gros «ho! ho!
ho!» au bord d'éclater mais à son grand étonnement il aperçut son oncle Édouard, piteux et
craintif, une fourchette à la main devant l'assiette vide du père Noël. Il eut un coup au cœur
et les larmes lui vinrent aux yeux. Sans trop
savoir pourquoi, il trouva l'image très triste et
fut déchiré entre l'envie d'éclater en sanglots
devant le morceau de tarte disparu et celle de
courir vers son oncle pour le consoler. Soudain,
au milieu d'une phrase très longue de Victoire,
emberlificotée et pas trop claire, Édouard réagit
en posant énergiquement sa fourchette dans l'assiette. «Moman, vous allez pas me faire une

295

scène la veille de Noël pour un morceau de tarte aux pommes!» «Certain que j'vas te faire une scène pour un morceau de tarte aux pommes! C'tait le morceau de tarte aux pommes du père Noël!» «Ben oui, mais moman, on va y en couper un autre, c'est toute! De toute façon, si c'est pas moé qui l'avait mangé ç'aurait été quelqu'un d'autre! Gabriel, ou ben donc Albertine, ou ben donc vous! Vous êtes quand même pas choquée parce que j'vous ai volé vot'morceau de tarte aux pommes, viarge!» L'enfant de la grosse femme fronça les sourcils et tendit le cou pour mieux entendre. Sa grand-mère se berçait violemment sur sa chaise, donnant de grands coups de pied sur le plancher pour balancer très loin par en arrière. «C'est pas ça qui est important, Édouard, pis tu le sais très bien! On te voit presque pus, ici-dedans, tu passes des semaines sans nous donner des nouvelles, on se ronge d'inquiétude pis première chose que tu fais quand tu rentres icitte, tu te garroches dans' nourriture sans demander la permission, comme si toute t'appartenait...» «Vous m'en auriez offert un, morceau de tarte, moman...» «C'est justement! T'aurais pu me laisser le plaisir de te l'offrir, maudit sans-cœur, au lieu de te jeter dessus comme si t'avais pas mangé depuis trois semaines! C'est moé qui l'as faite, c'te tarte-là, c'est peut-être une des dernières fois que j'en fais, d'la tarte, pis j'aimerais ça pouvoir en offrir à qui je veux, quand je veux, t'es capable de comprendre ça, jamais je croirai!» Édouard soupira impatiemment en se passant la main sur le front. Il posa ses coudes de chaque côté

296

de l'assiette. «J'avais peur de vous réveiller, chus rentré sur la pointe des pieds, j'ai faite attention de pas faire de bruit... pis j'tombe sur une engueulade comme j'en n'ai pas eu depuis que j'étais haut de même!» Victoire rit méchamment. «Engueulade? Où c'est que t'as pris ça, c'te mot-là, pour l'amour du bon Dieu? Sors-tu du radio?» L'enfant de la grosse femme regarda l'appareil de radio avec un air étonné. Il aurait préféré qu'ils continuent à parler du mystère de la pointe de tarte du père Noël mangée par quelqu'un d'autre mais ils semblaient bien loin de tout ça, maintenant; cela tournait comme d'habitude à la chicane où personne n'écoute vraiment la réponse de l'autre et poursuit son monologue jusqu'à ce que la source en soit tarie (ce qui pouvait être fort long entre Victoire et Édouard qui continuaient depuis toujours la même discussion commencée dans la nuit des temps, semblait-il, et qui n'était pas près de se terminer). «Oùsque t'étais, tout ce temps-là? Dans quequ'recoin de trous à rats avec ton monde que t'as honte de nous emmener icitte?» Édouard se leva, prit l'assiette et la fourchette et se rendit à la cuisine où on l'entendit ouvrir la glacière. «C'est ça, mange donc un peu de viande, après ta tarte, ça te ressemble pas mal! Pis tu finiras par la soupe, y en a de la frette!» Édouard revint avec l'autre moitié de la tarte aux pommes dans une assiette propre. Victoire fut aussitôt sur ses pieds, les bras croisés sur sa poitrine encore volumineuse, la bouche agitée de ce tremblement qui trahissait toujours chez elle la secousse qui allait venir.

« Édouard ! J't'ai pas offert de tarte ! » La maison en trembla presque. Une porte s'ouvrit à l'autre bout de l'appartement ; la tête de Marcel parut dans le corridor, bouffie de sommeil. L'enfant de la grosse femme referma la porte de la chambre de ses parents et grimpa dans leur lit en grelottant. Il s'enfouit sous les couvertures, entre les deux oreillers froids. Dans la salle à manger, le silence fut de courte durée et prit fin lorsque l'assiette contenant la moitié de tarte s'écrasa quelque part sur le mur après avoir traversé la pièce à grande vitesse. L'enfant de la grosse femme s'imagina les morceaux de pomme dégoulinant sur la tapisserie fleurie et fit une moue de dégoût. Il vit le père Noël, une fourchette à la main, en train de gratter la tapisserie et se dit : « Maudit que chus fou ! Y ont faite j'sais pas trop combien de tartes, après-midi, y vont ben finir par y en trouver un morceau ! » Il avait entendu le rire de Marcel, puis la porte de sa chambre se refermer. La scène qui suivit fut très longue et très violente. Le petit garçon n'en comprit pas la signification mais sentit confusément qu'on partait de très loin en arrière, du fond de l'âme et de la source d'un mal lent et mortel, sans jamais aboutir nulle part parce que l'avenir faisait peur. Il n'aurait pu nommer aucune des sensations qu'il ressentait mais il les savait présentes et elles le terrorisaient. Il remonta les couvertures au-dessus de sa tête et décida de ne plus rien entendre. Mais il écouta tout, malgré lui, les yeux ouverts, les mains collées sur son ventre chaud, enregistrant tout, comprenant tout à la manière des enfants, d'une

Lack of words for reconcil.

V — insults) love for E.
Solitude, worry.
threaten, break, wants return.
Afraid + hear
E — mumbled plea, confession —
longing to be heard

façon embrouillée quant au contenu qu'il ne comprenait pas mais assez clairement quant à l'aboutissement de ces cris, de ce brassage d'humeurs stérile et un peu ridicule. Il avait appris très jeune (surtout à cause d'Albertine et de Thérèse qui en faisaient presque leur pain quotidien) que la chicane mène rarement quelque part et sentait une impatience cuisante l'envahir lorsqu'on élevait le ton dans la maison. Victoire s'était rassise dans sa chaise berçante et regardait l'arbre de Noël en couvrant son fils de reproches et d'injures qui criaient son amour pour lui. Elle lui parla de sa solitude sans jamais la nommer, de son inquiétude, aussi, qui la prenait au moment même où il mettait le pied dehors, de la terreur qu'elle avait qu'il ne revienne plus; elle défit devant lui chacun des fils de leur relation, parla de ce qui les unissait comme d'une liaison qui tirait à sa fin, usa de chantage émotif, insinua le bannissement ou le désaveu tout en mendiant un retour plus régulier sinon définitif. Édouard écoutait, un peu penché par en avant, fixant l'arbre de Noël, lui aussi, balbutiant parfois quelque chose qui ressemblait vaguement à une supplication ou à un aveu avorté, hurlant intérieurement son besoin de se faire entendre au milieu des flots de paroles que sa mère déversait sur lui peut-être pour ne pas avoir à l'écouter. Il disait: « Moman, j'ai quarante ans... » ou bien: « Je r'viens, des fois, mais j'peux pas rester collé icitte... » Ils furent même très proches d'une réconciliation définitive mais n'eurent pas les mots pour la formuler. S'ils s'étaient regardés, chacun aurait peut-être lu dans les yeux de l'autre ce qu'il ne pouvait pas exprimer, mais le sapin de Noël resta jusqu'au bout le foyer de leur hécatombe et la rupture fut inévitable. Après une attaque particulièrement vive au sujet de la vie dissolue que son fils devait mener loin d'elle, attaque au propos quand même voilé parce que rien n'avait jamais été clair entre eux et que de toute façon Victoire n'aurait pas pu nommer les choses qu'elle dénonçait, n'en devinant que les contours flous et les émanations écœurantes, la vieille femme cessa de parler tout d'un coup comme si les mots, même les plus simples, lui manquaient ou que son intérêt pour ce qu'elle disait venait de s'épuiser irrémédiablement. Elle soupira doucement, baissa les yeux sur ses mains posées sur ses genoux. Édouard se dit que c'était peut-être là le moment rêvé de lui donner sa version à lui de sa propre vie dont elle connaissait en fin de compte si peu de choses, de parler de l'étouffement malsain que représentait pour lui la maison non pas parce qu'il la détestait mais parce qu'il avait quarante ans et qu'il voyait venir avec terreur le jour où il serait trop tard pour tenter quoi que ce soit de gratifiant pour lui ou de libérateur; de la liberté, aussi, sûrement utopique mais tellement plus excitante parce que le mensonge, le rêve, l'illusion, sont préférables à la pitoyable reddition, qu'il croyait trouver dans cet ailleurs que sa mère mettait toujours entre guillemets quand elle parlait: «Viens pas me dire que c'est si beau que ça, «ailleurs»! Rien qu'à te voir la binette quand tu reviens icitte on se rend compte que c'est pas

Words - empty, worn out
E - to yield - complete
submission
V- sends him away

vrai!» Mais à lui non plus les mots ne venaient
plus. Il était devenu évident qu'ils étaient désormais inutiles entre eux; ils avaient tous deux usé
à profusion de ceux qu'ils connaissaient, les
avaient vidés de leur substance, de leur signification et ne pourraient plus que les répéter sans
jamais se toucher parce qu'ils les avaient déjà
trop entendus et qu'une chose trop entendue
devient sans effet. Quoi faire, alors? Se jeter
dans les bras de sa mère, rendre les armes,
se réfugier dans la soumission et crever le ventre
plein, gavé d'attentions trop exclusives et de
nourriture trop lourde? Il se vit en gros
chien couché en rond devant la chaise berçante
de sa mère qui lui tapotait la croupe ou lui grat-
tait le derrière de l'oreille, et il frissonna. Parce
que c'était tentant autant que répugnant. Mais
ce fut elle, encore une fois, qui déclencha non
pas la bataille finale parce qu'elle fut la seule
combattante, Édouard reculant aussitôt sous
l'assaut pour prendre la fuite sans demander
son reste comme il l'avait toujours fait, mais
l'ultime attaque qui fut d'une rare violence et
d'une étrange beauté. Victoire commença par
lui dire tout bas, peut-être pour qu'il ne l'entende pas: «Va-t'en donc, Édouard. » Il tourna enfin
la tête vers elle en penchant la tête par en avant,
étonné, mais ne répondit rien. Elle répéta sa
phrase au bout de quelques secondes mais un
peu plus fort, plus durement, aussi, en ajoutant
en fronçant le front: «Ça va être tellement plus
simple si t'es pas là quand les autres vont revenir
pour le réveillon. J'leu' dirai pas que t'es venu;
j'dirai que j'ai eu faim pis que j'ai pas pu m'em-

301

pêcher de manger le morceau de tarte... J'vas
laver celui qui est sur le mur... J'vas toute faire
c'qui faut mais va-t'en...» Au mot réveillon
Édouard sembla sortir de la torpeur dans laquelle
la conversation qui avait précédé l'avait jeté; il
eut conscience, tout d'un coup, des odeurs qui
l'assaillaient depuis qu'il était entré dans la maison mais auxquelles il avait inconsciemment résisté parce qu'elles représentaient trop cette sécu-
rité maladive, pervertie, qui vous donne l'illusion du bien-être tout en vous enchaînant sans
rémission dans le cercle vicieux des choses
éternellement recommencées, des gestes perpétuellement reposés, des questionnements
éternellement écartés dans l'hébétude benoîte:
les arômes de dinde, de tartes, de beignes, de
tourtières, d'oreilles de christ et de pets de
sœurs luttaient sans trop se mêler ou, si elles
se mêlaient, gardaient leurs couleurs propres et
agressaient les narines en bouquets multiples
qui montaient au cerveau et le gelaient, l'empêchant de fonctionner tant elles étaient enivrantes.
Édouard eut envie de se lever et de se sauver
en courant. Il n'eut pas à le faire. Sa mère le
mit à la porte. Voyant qu'il ne réagissait pas à
son discours trop doucement exprimé, Victoire
se leva soudain en rugissant et vint se planter
devant l'arbre de Noël, un poing sur la hanche,
l'autre levé. La violence du propos était telle, les
mots employés si étonnants chez cette femme
généreuse et intelligente qu'Édouard fut lui
aussi debout mais avant même de s'en rendre
compte; il se vit comme dans un film plutôt qu'il
ne se sentit courir dans le corridor vers la porte

libératrice qu'il défoncerait à coups de poing si elle lui montrait la moindre résistance. Il ne croyait pas les mots qui sortaient de la bouche de sa mère et ne croyait pas non plus cette vision du corridor qui défilait trop lentement autour de lui sans jamais vouloir finir. Il entendit sans l'enregistrer le bruit des deux portes de chambres qu'on ouvrait brusquement et les cris d'enfants réveillés en sursaut; il vit la tête de Marcel, ahuri, qui tremblait sur le pas de sa propre chambre et pendant une fraction de seconde se revit enfant déjà obèse, la main tendue vers un cream puff ou une cuillerée de sirop d'érable que sa mère lui tendait avec un sourire placide. Il hoqueta un sanglot qui refusa de sortir de sa gorge et sentit ses yeux s'embuer. Avant de sortir, il eut le courage de se tourner vers sa mère dont la main était désormais vide et même fermée sur un poing impuissant. Elle se profilait devant le sapin de Noël, belle vieille encore droite malgré son âge et sa jambe malade qui la faisait claudiquer, baignant dans un éclairage doux qui lui colorait les cheveux de teintes étonnantes, mais gesticulante, vociférante, double vision superposée sur elle-même, d'une grande absurdité, mais superbe. Il ne l'aima jamais plus qu'à ce moment où elle le bannissait, peut-être à tout jamais, inaccessible sur son fond de lumière mais sans doute fragile malgré les cris et le poing levé. Il ouvrit la porte sans un mot et sortit. Ou, plutôt, il se réfugia dans le froid vif de la nuit qui réveilla la douleur qui n'avait pas encore réussi à fleurir. Un courant d'air glacé avait parcouru la maison à la sortie

303

d'Édouard. Marcel frissonna et referma la porte de la chambre. L'enfant de la grosse femme resta en contemplation devant sa grand-mère habituellement si douce, du moins avec lui, qu'il ne reconnaissait qu'à ses seuls vêtements tant elle était transformée par la colère et le dépit. Les deux beaux grands anges de carton, que la grosse femme installait toujours au sommet de l'arbre de Noël à la place de l'étoile traditionnelle, frissonnèrent dans le courant d'air, se détachèrent de la branche trop délicate à laquelle ils étaient mal fixés, voletèrent maladroitement dans les odeurs de réveillon qui se prépare et vinrent se poser sur l'épaule de Victoire qui se tut et s'immobilisa sous le choc. Elle vit une ombre passer dans la salle à manger et ferma les yeux pour ne pas la reconnaître.

Troisième partie

Février 1947

*«Y faut d'autres liche-cul pour pas-
ser en arrière des liche-cul!»*

Les dits de Victoire

Le repas du soir fut triste et silencieux. La
grosse femme était troublée par la conversation
qu'elle avait eue avec Marcel et par la petite
poussée de fièvre que son dernier garçon avait
faite durant l'après-midi; elle servait distraite-
ment son monde en couvant les deux enfants
du regard. L'un, le sien, suivait chacun de ses
gestes comme toujours mais son attention était
moins intense et il était parfois agité par une
petite toux sèche qui inquiétait sa mère; l'autre
évitait délibérément son regard et jouait avec
son pain dont il faisait des boulettes vite salies
et un peu dégoûtantes. Albertine lui avait d'ailleurs déjà dit à plusieurs reprises: «Arrête de
jouer avec ton pain! On a assez de misère
comme ça à le payer, si y faut que tu le gas-
pilles en plus!» Albertine ne savait plus comment réagir avec son enfant: la scène au maga-

sin de musique l'avait d'abord humiliée mais maintenant qu'elle y repensait, quelque chose qu'elle n'aurait pu définir, une présence dans son cœur, une nouvelle émotion, un sentiment neuf, essayaient de faire surface mais elle luttait, persuadée qu'elle ne devait sous aucun prétexte se laisser ramollir dans un tel moment par des impressions indéfinies qu'elle aurait de la peine à contrôler. Elle était même un peu plus raide que d'habitude avec Marcel, décidée à ne rien lui passer: elle l'avait renvoyé se laver les mains, puis les oreilles avant de le laisser s'installer à table, lui avait dit au moins trois fois de ne pas tant gigoter sur sa chaise et se rabattait maintenant sur le pain pour le gronder. Elle savait pertinemment qu'elle était injuste, elle en avait parfaitement conscience en brusquant Marcel comme elle le faisait, en lui tapotant la main chaque fois qu'il voulait s'emparer de quelque chose qui n'était pas déjà dans son assiette, en le rudoyant au moindre prétexte, mais c'était la seule façon qu'elle connaissait de ne pas se laisser aller à ce qu'elle appelait «les faiblesses de mère poule», ces débordements trop libéraux à son goût, ces effusions exagérées qu'elle avait toujours reprochés à sa mère quand Édouard daignait les visiter. Elle maltraitait Marcel pour ne pas se rendre compte à quel point cette journée aurait dû être importante pour eux deux et devenir une espèce d'épreuve à surmonter, de laquelle une nouvelle relation pouvait fleurir entre eux, se développer en les rapprochant plutôt qu'en les séparant; mais elle y renonçait catégoriquement, non pas parce qu'elle n'aimait

pas son enfant, elle l'adorait, mais parce qu'elle
avait peur de tout ce qui n'était pas immédiatement reconnaissable ou explicable. Le geste de
Marcel charriait des questions auxquelles elle refusait de faire face; elle préférait les ignorer en
tapant sur cet enfant qui en était la cause. Marcel se laissait faire avec un petit sourire narquois; il faisait même peut-être un peu exprès
de jouer avec son pain ou de faire du bruit
avec ses ustensiles parce qu'il savait que ça
exaspérait sa mère. Il avait voulu lui dire quelque chose, lui montrer le cœur de sa vie; elle
ne voulait pas comprendre, tant pis pour elle.
À l'autre bout de la table, un drôle de chantage,
complexe et encore mal défini, était en train de
se tisser entre Thérèse, Richard et Philippe:
Thérèse craignait que Richard dise à Albertine
qu'elle allait quitter l'école le lundi suivant pour
devenir serveuse chez Larivière et Leblanc mais
Richard savait de son côté qu'elle était prête à
crier partout qu'elle l'avait vu manger un sundae
en compagnie de Lucienne Boileau, la risée du
quartier depuis qu'elle se prenait pour une autre
et dont aucun garçon ne voulait; Thérèse avait
aussi envie de dénoncer Philippe, de le traiter
de porte-panier et de vendeur de cousine, de le
battre, même, devant tout le monde, tant elle
lui en voulait, mais elle craignait qu'il réagisse
en dévoilant ce qu'elle faisait chaque samedi
après-midi depuis des mois dans le jubé de la
salle paroissiale. Ce petit réseau de mesquineries
à peine esquissé avait déjà commencé à éroder
les liens étroits qui avaient toujours rapproché
les trois adolescents élevés ensemble depuis

leur enfance et qu'une grande tendresse, mieux, un amour profond, unissait en cris joyeux, en rire frisant l'hystérie, en caresses sans équivoque. Ils ne s'agaçaient plus comme ils l'avaient fait le matin même; déjà le silence s'insinuait entre eux ainsi que les regards en coulisse détournés aussitôt que surpris. L'hypocrisie faisait son entrée dans leur vie. Richard et Philippe, avec ce qu'ils savaient d'elle, auraient pu s'unir pour détruire Thérèse mais ces deux frères se parlaient rarement directement; leurs rapports se faisaient toujours à travers Thérèse qu'ils adulaient ou leur petit frère qu'ils étaient parfois très près de détester tant on lui laissait faire ce qu'il voulait dans la maison. Leurs relations avaient besoin d'un ciment et s'effriteraient, à la longue, si elles venaient à en manquer. Seul Gabriel était d'une humeur charmante pendant ce repas sinistre, reprenant deux fois de tout, essayant vainement de partir une conversation que personne ne voulait entamer, pressé par un besoin impérieux de faire du bruit, de chanter, de taper du pied et de rire tant il sentait la tension monter entre les autres membres de sa famille: il savait sa sœur au bord d'éclater, sa femme bouleversée, ses trois enfants inquiets et taciturnes sans raison apparente et ceux d'Albertine nerveux, mais il ignorait pourquoi, se sentait à part, obligé de mettre de l'entrain là où personne n'en demandait. Il tombait sur les nerfs de tout le monde avec sa bonne humeur feinte, en était conscient, mais était incapable de s'arrêter; il avait l'impression d'être un ressort de montre trop remonté. La conversation fut cependant un peu ranimée au dessert lorsqu'Albertine déclara à brûle-pourpoint à sa belle-sœur : « Allez-y avec Thérèse, vous, voir Tino Rossi, à soir... Moé, j'ai pus le goût. » Elle avait posé les deux billets devant son assiette ; Thérèse s'en empara aussitôt. « Youppi ! J'vas enfin aller au Plateau ! Depuis le temps que j'en entends parler ! Y paraît que c'est ben beau !» Sa mère lui prit les billets des mains. « T'es ben excitée, toé, pour une fille qui disait pas plus tard qu'à matin que Tino Rossi avait l'air d'un mort embaumé !» « Y m'intéresse pas plus qu'à matin, non plus, mais le monde qui vont être là m'intéressent, par exemple ! Aie, les femmes en toilettes pis les hommes checqués comme pour aller aux noces !» La grosse femme mâcha bien sa dernière bouchée de gâteau (un gâteau renversé aux ananas, sa spécialité) avant de parler. « Moé non plus j'ai pus tellement le goût d'aller là... Avec le p'tit qui fait de la fièvre... » Gabriel était sidéré. « Ça fait un mois que vous nous rabâchez les oreilles avec vot' Tino Rossi à' marde, que vous en parlez à tout propos, que vous vous pâmez comme des dindes chaque fois que vous entendez sa voix à' radio, que vous vous accrochez après le radio en criant : « On va le voir en parsonne ! Ça se peut pas !», pis là, tout d'un coup, vous voulez pus y aller !» Il se leva de table, prit les deux billets des mains de sa sœur, les fourra dans la poche de sa chemise. « Vous allez vous habiller, toutes les deux, vous allez mettre vos plus belles robes, vos plus beaux camails pis toé, Bartine, tes maudits pardessus que tu nous vantes depuis des semaines pis que

311

t'as fini par acheter après-midi, pis vous allez
vous rendre à pied jusqu'au parc Lafontaine,
ça va vous faire du bien! Sinon, j'fais une crise!
Y a toujours ben un boute à toute!» Il se pencha sur sa femme, passa sa main dans son
cou, parla plus doucement. «Pensez à l'argent
qu'Édouard a dépensé pour vous faire plaisir!
Des billets de trois piasses chaque!» La grosse
femme dut s'éclaircir la gorge avant de parler.
«Oui, mais si ça nous tente pus!» Thérèse en-
chaîna aussitôt: «Ouan, si ça leu' tente pus, mon
oncle!» Gabriel la fusilla du regard. «Toé, la
tête folle, mêle-toé pas de t'ça!» Il se méfiait
beaucoup de cette nièce trop belle qu'il voyait
s'épanouir avec un sans-gêne effronté et à laquelle il était obligé de servir de père depuis que
le mari d'Albertine était mort; il devinait chez
elle quelque chose de puissant et de toxique qui
ne s'était pas encore tout à fait révélé mais dont
il avait un peu peur d'avance, comme s'il avait
su qu'il risquerait d'y succomber lui aussi. Thérèse quitta la pièce en faisant claquer ses talons.
Gabriel reprit sa place entre sa femme et Albertine. «J'vas garder les deux p'tits, inquiétez-vous
pas... Y me semble que ça se peut pas que ça
vous tente pus... Oubliez vos problèmes, pour à
soir, pis ayez du fun!» La grosse femme et Albertine se regardaient, le regard mouillé, à demi
convaincues. La femme de Gabriel prit une gorgée de café. «Tant qu'à ça. Y reviendra peut-
être pas chanter icitte de sitôt, y'était pas venu
depuis 1938! Pis on va l'avoir manqué...» Albertine, butée, avait croisé les bras pendant que sa
belle-sœur parlait. «Ça me tente pas! Y chante

312

pas si ben que ça! Pis y'est même pas beau!»
La grosse femme s'était levée et avait commencé
à desservir pendant qu'elle parlait. Les enfants
avaient déguerpi avant qu'on leur demande de
l'aide. Gabriel était penché sur la table et passait
les plats à sa femme. Albertine soupira. «Vas-y,
toé, Gabriel, avec elle.» «Tu viens de donner
ton billet à Thérèse, viarge, décide-toé!» «J'disais juste ça, comme ça, pour que le billet se
parde pas...» «De toute façon, j'écoute *La
veillée du samedi soir*, pis *Les boute-en-train*,
à soir! Y a Muriel Millard qui va chanter, pis
je l'aime ben gros... Pis à part de t'ça, les serins
qui font pâmer les femmes m'intéressent pas!
Chus capable de me chanter *Reginella* tu-seul
dans mon bain, c'est plus beau!» Il se mit
à chanter en contrefaisant la voix et l'accent
de Tino Rossi et Albertine sourit malgré elle.
«Tant qu'à ça, ça risque d'être ben beau...»
Gabriel la prit dans ses bras et la serra à
l'étouffer. «J'te promets que si le feu pogne
dans' maison, la première chose que j'vas sauver
ça va être ton maudit gros radio!» Albertine
se dégagea d'une façon un peu trop brusque au
goût de Gabriel qui l'aimait beaucoup et qui aurait voulu la faire rire, la faire danser. «Maudit
fou! Dis-moé pas que tu vas virer comme
Édouard, toé, en vieillissant!» Elle se leva et
ramassa les derniers ustensiles qui traînaient.
«C'est vrai que ça le désappointerait ben gros
qu'on y soye pas allées...»

313

Samarcette avait les yeux ronds et dut s'y reprendre à deux fois avant d'arriver à articuler la phrase pourtant simple qu'il voulait dire : « Tu vas pas sortir de même, dehors, à soir ! » Édouard mit une dernière touche à ses cheveux en y introduisant le manche d'un long peigne de nacre auquel il imprima un léger mouvement de rotation ; la torsade noire et luisante se replaça ; tout était maintenant parfait. Il regarda ses deux profils dans le vieux miroir à trois faces que madame Petrie lui avait donné quelques semaines plus tôt, peut-être pour se faire pardonner les paroles cruelles qu'elles lui avait dites au Palace. (Elle avait dit en le lui donnant : « J'espère que j'aurai pas à regretter, un jour, de t'avoir donné ça... » Édouard lui avait juré que non en se croisant les doigts derrière le dos comme un gros bébé qui ment et qui s'en amuse.) Il parut satisfait de ce qu'il voyait (trois images flatteuses de lui-même, embelli, transformé, restructuré) et hocha la tête sérieusement, presque avec gravité. Samarcette s'était un peu rapproché de la coiffeuse qui ressemblait à un champ de bataille après une double défaite : tout y était bouleversé, renversé, répandu, pêle-mêle, de la poudre de riz aux rouges à lèvres, des flacons de parfum bon marché aux maquillages gras, de la crème Pond's au vernis à ongles Revlon. « Tu pourrais au moins me répondre ! » Édouard serra les lèvres en les rentrant un peu dans la bouche, mordit pour bien y fixer le rouge grenat, jugea de l'effet en faisant des grimaces, parut content, sourit enfin. « Pourquoi j'te répondrais ?

314

Tu connais la réponse mieux que moé!» Édouard entreprit de parfaire le bout de son nez par petites touches rapides, en étirant la lèvre d'en haut vers le bas, ce qui lui fronçait le menton et accentuait son début de goitre. «Si chus aussi bonne que j'pense que j'vas l'être, tu vas me retrouver heureuse et comblée quand tu vas revenir après ton dernier show...» «Tu sais que j'haïs ça quand tu parles de toé au féminin, comme ça...» Édouard jeta brusquement sa houppette sur la coiffeuse; un petit nuage à l'odeur un peu sucrée s'éleva. «J'commence à trouver que t'haïs ben des affaires, depuis quequ'temps, Samarcette!» Samarcette se redressa, étonné soudain de cette tête de femme assez belle, impressionnante, en tout cas, mais à la voix trop grave et aux intonations peu assurées de quelqu'un qui a le trac. Édouard profita de ce léger avantage que lui donnait la surprise de Samarcette pour continuer sur un ton plus agressif: «J'ai une belle grande chambre qui m'attend su'a'rue Fabre, j'peux y retourner, si tu veux! J'me rappelle de l'adresse pis j'sais le chemin par cœur!» Samarcette réagit en riant d'une façon un peu forcée mais qui porta; Édouard détourna les yeux. «Rentrer chez vous déguisé de même? T'oserais jamais!» Édouard recula sa chaise, se leva prestement, croisa les deux pans de sa robe de chambre qui glissait toujours sur sa vaste bedaine. «Tu vas faire exiprès pour m'énarver avant que j'parte, hein?» Samarcette s'assit sur le bout du lit. «Si quelqu'un te voit sortir d'icitte amanché de même que c'est qu'y va dire? Y ont jamais vu une fem-

315

me comme toé su'a'rue Dorion!» «Tant mieux!
Ça va te faire une meilleure réputation! Y te
voyent toujours avec moé, ça va faire changement!» Édouard fouillait dans le tiroir du
haut de la coiffeuse, à la recherche d'une brosse
à ongles qu'il avait laissée sur la tablette du
miroir de la salle de bains. «Penses-tu qu'y savent pas c'qui se passe icitte, Samarcette? Sont
pas fous, c'te monde-là! Ça fait des mois pis
des mois qu'y nous voyent rentrer le soir pis
ressortir le matin! Y pensent quand même pas
qu'on est des frères, on a l'air de venir de deux
planètes différentes! Y savent très bien qu'y a
rien qu'un lit, qu'y est trop grand pour une
seule parsonne pis que le sofa du salon, lui, est
trop petit pour que quelqu'un couche dedans!
Le p'tit gars de la livraison de chez Trépanier
a les yeux grands comme des soucoupes quand
y vient icitte, penses-tu qu'y répète pas c'qu'y
voit? Devant nous autres, y disent rien parsonne,
mais watch out quand on a le dos tourné, par
exemple!» Samarcette jouait avec les fleurs en
chenille du couvre-lit. Il détestait parler de ces
choses; il faisait toujours tout pour éviter ce
qu'il appelait «le sujet» avec des airs mystérieux et le rouge aux joues, se dérobant quand
Édouard, qui aimait les situations nettes, essayait
de lui soutirer des explications, des éclaircisse-
ments et même, comme cela arrivait régulièrement depuis quelque temps, des déclarations ou
des promesses, devenant de plus en plus évasif
à mesure qu'Édouard le voulait précis, finissant
la plupart du temps par se sauver sans avoir
rien résolu. «J'me mêle pas des affaires des

autres, qu'y se mêlent pas des miennes!»
Édouard sourit de la naïveté de son ami. «Tu
te mêles pas des affaires des autres parce qu'y
sont plates; y se mêlent des tiennes parce que
t'es t'intéressant; tu devrais être flatté!» Samarcette arracha un brin de chenille qu'il essaya
d'enrouler autour de son doigt. «Tu me dis
toujours que chus plate à mourir pis là, tout
d'un coup, j'deviens intéressant! Que c'est qu'y
te prend!» Samarcette ne tenait pas du tout à
être intéressant pour cette rue Dorion qui l'avait
vu naître, pousser, souffrir dans la pauvreté et
la crasse, mais un homme qui se promène toute
sa vie avec une paire de patins à roulettes autour du cou finit fatalement par attirer l'attention, les quolibets et même les injures. Surtout
que la plupart de ses voisins fréquentaient le
Théâtre National comme tout le monde et entendaient ce qu'on disait de lui dans la salle.
Édouard lui avait souvent dit de déménager, il
lui avait même offert de partager un appartement plus grand, avec deux chambres à coucher,
«pour faire taire les grandes yeules», mais Samarcette avait toujours refusé avec une curieuse
passion, se fâchant quand Édouard se faisait
trop pressant, et regardant autour de lui comme
si on avait voulu lui enlever une partie de sa
vie. Il était né dans cette maison croche de la
côte Sherbrooke, la détestait sans pouvoir envi-
sager de s'en passer et se voyait y vieillir avec
un mélange de soulagement et d'horreur. Il rêvait pourtant de la quitter, en sentait souvent
un cuisant besoin; il reluquait même du côté du
Plateau Mont-Royal qu'il trouvait plus propre et

plus commode (redescendre de la rue Mont-Royal à la rue Sherbrooke, aux petites heures du matin, alors que les tramways se font rares, le déprimait profondément) mais chaque fois qu'il considérait sérieusement la possibilité de quitter cet appartement trop petit dans ce quartier trop sale, il paniquait, il avait le vertige, il avait envie de tourner sur lui-même comme une toupie pour devenir intouchable. Édouard le traitait de pissou, de chiant en culotte et Samarcette acquiesçait, sans remords, sans complexe. « Tout c'que tu dis est vrai! Chus toute ça, mais que c'est que tu veux, c'est de même!» Édouard s'assit à côté de son ami, faisant gémir du coup les ressorts du vieux matelas cabossé contre lequel il tempêtait depuis qu'il y passait des nuits d'un total inconfort. «Samarcette, t'es t'intéressant pour le monde même si t'es souvent plate pour moé parce que t'es différent d'eux autres!» «Y le savent pas!» «Voyons donc! Quand t'arrives su'a'scène dans ton costume rose nénane pis tes paillettes qui pognent la lumière, penses-tu que les femmes dans' salle peuvent penser deux secondes que tu ressembles à leurs maris qui passent leu' journées avec une drill dans les mains ou ben donc un marteau! Ça fait mille fois que j'te le dis, accepte-lé une fois pour toutes! T'es plus souple que la plupart des danseuses du Théâtre National pis tu te branles le cul quinze fois mieux!» «Dis-moé pas ça juste avant mon show, Édouard, j'pourrai pus rien faire, à soir... » «Mais c'est pas grave, ça, qu'y trouvent que t'es pas comme eux autres, c'est vrai!» Samarcette se leva. Il sembla vouloir sor-

318

tir de la pièce, se ravisa, s'installa à la coiffeuse. « Tout ça, c'est de mes affaires, à moé! J'veux
pas que parsonne en parle!» «T'as honte,
hein?» Édouard s'étendit sur le lit, s'appuya
sur un coude comme le faisait toujours Béatrice
quand il allait la visiter, le samedi matin. Il
chercha ses mots longtemps pendant que Samarcette se regardait frissonner dans le miroir en se
détestant de ne pas être plus courageux. Quand
Édouard parla, il renversa un peu la tête par en
arrière, fixant les moulures du plafond qui
avaient grand besoin d'être rafraîchies. «J'ai décidé de casser le moule, Samarcette. Définitivement. De pus avoir honte. De pus me cacher.
De pus me guetter quand chus pas au poulailler.» Samarcette ferma les yeux. Il voyait les
voisins garrocher des roches dans ses fenêtres,
les petits bums du quartier lui courir après en
le couvrant d'injures, les ménagères chuchoter
dans son dos, leurs maris lui rire franchement
en pleine face. Édouard continuait son monologue sans s'apercevoir que son ami ne l'écoutait
plus. «J'ai décidé que si j'avais pas assez de
talent pour monter sur une scène, j'en aurais
dans' vie! Chus tanné de passer en arrière des
autres en leu' disant qu'y sont bons! Moé aussi
j'veux être bon! Pis j'veux avoir du monde qui
vont me suivre en me le disant! C'que j'peux
pas faire sur une scène parce que c'est peut-être
vrai qu'y' est trop tard pour commencer, j'vas
le faire partout ailleurs!» Il se tourna un peu
vers Samarcette qui ne frissonnait plus, perdu
dans ses pensées. «Partout ailleurs, Samarcette! Le monde vont tellement rire, avec moé!

J'vas tellement leur en spotter avec mes déguisements pis mes folies qu'y vont finir par pus pouvoir se passer de moé! Pis si tout mon argent
y passe, tant pis, ça me fait rien! Au moins j'aurai eu une raison pour continuer à vendre mes
maudits souliers!» Il se coucha sur le dos, les
yeux brillants, une main posée sur son cou, là
où le maquillage finissait brusquement, comme
un masque foncé posé sur une peau très blanche.
«La roture le jour, le sang bleu le soir!» Il sourit
en plissant les yeux, pensa à son maquillage qui
pouvait en souffrir. «La plèbe accroupie au
pied des riches toute la journée, qui cède la place
tou'es soirs à la noblesse chiante qui dit tout
c'qu'a' veut, à qui a' veut, quand a' veut, où
a' veut!» Il se releva, soudain, mais sans replacer sa robe de chambre, cette fois, qui pendait sur ses cuisses fermes où couraient des ré-
seaux de veines violettes. «J'veux pas mourir
dans mon trou la bouche ouvarte! Comme ma
mére! Comme mon pére! Comme tout le monde
que j'ai vu partir! Pis j'refuse de disparaître
dans les fleurs d'la tapisserie quand j'rentre
quequ'part! J'veux qu'on me voye passer, Samarcette! Pis j'veux qu'on se rappelle de mon
passage! J'vas marcher fort, j'vas parler fort,
j'vas sentir fort! J'vas remuer de l'air, calvaire!»
Samarcette s'était levé pendant qu'Édouard parlait, comme pour lui céder la place à la coiffeuse. Effectivement, le gros homme s'installa
sur le petit banc rose à frisons blancs. «Défier
le monde, Samarcette, c'est tout c'qui nous reste
pour qu'y nous endurent! Sinon, c'est eux autres
qui vont nous écoeurer. Si t'es pas prête à accep-

ter ça... » Il fit une petite grimace d'impuissance. « Mais si t'es prête à l'accepter, on va avoir du fun, rare! » Il prit sa voix favorite, celle d'Edwige Feuillère mourante dans *La duchesse de Langeais*: « Je veux être un exemple de courage! » Il rit puis soupira. « Penses-y pendant que tu fais tes samarcettes su'a'scène, à soir... Ou, plutôt, penses-y pas, tu serais capable de te casser la yeule... Mais penses-y, après, icitte, si j'rentre ben tard ou ben donc si je r'viens pas pantoute parce que j'me sus faite enlever... » Samarcette avait collé le nez à la fenêtre qui donnait directement dans la rue et dont il tenait toujours le store baissé pour ne pas donner le goût aux passants de regarder dans la maison (il avait lui-même tendance à écornifler chez les voisins mais tremblait à la seule pensée qu'ils pouvaient faire la même chose chez lui). « La tempête a repogné, Édouard. Y en annoncent toute une sucrée... » Son ami comprit qu'il ne fallait pas insister. L'idée ferait son chemin mais pour le moment il était plus prudent de se taire. Il passa donc, lui aussi, à la température. « Le Plateau est à côté. » Il ajouta, pour lui-même : « Pis mon costume va être juste plus beau sur un fond blanc! » Soudain il eut envie de choquer Samarcette, de le brasser, de l'obliger à réagir, au risque de le perdre définitivement. Il prit une grande respiration et parla très fort pour que Samarcette ne puisse pas prétendre qu'il ne l'avait pas entendu : « Le p'tit numéro d'Esther Williams que j'te fais pis qui te fait tant rire quand j'sors du bain avec une serviette su'a'tête pis un vieux costume de bain que j'ai payé vingt-cinq cennes

321

dans un dry good de la rue Saint-Laurent... j'vas le faire pour toute le poulailler, au prochain party... J'vas envoyer de l'eau dans la face du monde pis j'vas me sacrer à plein ventre sur le banc du piano pour faire semblant que j'fais d'la danse aquatique... Faut que t'apprennes à partager nos secrets... » Samarcette sortit aussitôt de la pièce en faisant claquer la porte derrière lui et sans même jeter un regard vers Édouard qui s'était penché sur le miroir pour replacer un cil qui se décollait. « Y'est comme pas prête, hein... »

L'enfant de la grosse femme savait que ses parents auraient préféré avoir une fille; il les avait souvent entendus parler, parfois à mots couverts, parfois ouvertement quand ils le croyaient endormi, de cette belle fille, leur aînée, morte de leucémie au début de la guerre, si intelligente, si soignée, dont la perte avait failli les tuer tous deux de chagrin et qu'ils avaient essayé de remplacer malgré l'âge un peu trop avancé de la grosse femme. Quand sa mère racontait sa naissance difficile à des parents ou à des amis, il sentait toujours comme une sorte de déception mal maquillée dans son ton même lorsqu'elle ajoutait à son intention, sur un ton narquois parce qu'elle savait qu'il écoutait toujours tout ce qui se disait dans la maison : « À c't'heure qu'y'est là depuis quatre ans, je l'échangerais pas pour tout l'or au monde ! » Elle croyait le flatter; elle ne faisait qu'accroître son malaise. Il aurait bien échangé sa culotte courte bleue contre une robe rose pour plaire encore plus à sa mère; il aurait même laissé pousser ses cheveux, comme Carmen Brassard qui les avait bouclés et fous. Il aurait pu facilement copier les airs de Carmen, ses gestes, son port de tête que la grosse femme trouvait amusants tout en disant: «Ça va être quequ'chose quand ça va vieillir, ça, madame!» Mais il avait fini par comprendre, d'abord confusément, puis avec une acuité de plus en plus aiguë, que les différences entre les petits garçons et les petites filles se situaient ailleurs que dans l'habillement, un soir où Thérèse qui le gardait, parce que tous les adultes de la maison étaient partis jouer aux cartes chez la cousine Laura, avait décidé de prendre son bain et de l'embarquer dans la baignoire avec elle. Il avait alors eu le loisir de bien examiner ce qui le séparait de l'état de «fille» et avait compris une fois pour toutes qu'il aurait à endurer jusqu'au bout cette déficience qui faisait de lui quelqu'un qu'on adorait *quand même* plutôt que l'être parfait qu'on avait tant attendu. Il y pensait souvent, la plupart du temps avant de s'endormir quand ses parents avaient fini de se chamailler pour rien au milieu de cris étouffés et de petits rires vite réprimés. Ce soir-là, à mesure qu'il voyait sa mère se pomponner joyeusement en jetant des regards excités sur le lit où elle avait étendu la robe qu'elle allait porter, il se disait que quelque chose de plus que les vêtements et les différences physiques faisait qu'il était un garçon et non une

323

fille: tous les mâles de la maison avaient de la difficulté à exprimer leurs sentiments, même son père dont il sentait pourtant l'affection très vive mais dont les caresses, rares et furtives, étaient toujours très courtes, presque brusques, alors que les femmes, surtout sa mère qui avait gardé une étonnante capacité d'émerveillement, étaient très extraverties, presque trop, même, quand la chicane pognait entre Albertine et Thérèse; mais c'était là de la vie, une preuve tangible de vitalité et de sensibilité. Les hommes, eux, quand ils ressentaient quelque chose qui aurait eu besoin d'être exprimé, se réfugiaient dans leur coin et s'éteignaient. Il soupira d'envie lorsque sa mère sortit de la chambre, propre, pomponnée, impeccable malgré la simplicité de sa mise et fière parce qu'elle savait qu'elle avait grande allure. « Tout ça m'est-tu défendu, à moé aussi? » Soudain il revit son oncle Édouard beuglant à tue-tête une chanson française ou esquissant quelques pas de danse grotesques et drôles en embrassant Albertine avec force becs sonores, et cela le soulagea. « Y a peut-être été élevé comme moé, lui... entre les deux. Peut-être qu'on est chanceux, après toute... » Il était très fatigué; il s'endormit avant le départ des deux femmes en pensant à Marcel qui était un cas encore plus particulier parce qu'il voyait des choses que personne d'autre ne voyait, même pas les filles. La grosse femme et Albertine étaient très énervées; elles se regardaient l'une l'autre en se replaçant mutuellement une mèche de cheveux ou un pli de robe, paradaient dans la salle à manger pour juger de l'effet qu'elles

produisaient, riaient comme des couventines
en se poussant du coude et en se cachant le
visage dans les mains. Plus tôt, la grosse femme
avait dit à sa belle-sœur: «La couture de ton
bas est pas droite...» et Albertine avait disparu
dans sa chambre en sacrant, mais mollement,
pour la forme. Elles portaient encore toutes
deux le deuil de Victoire mais Albertine avait
ajouté à sa robe de crêpe noir aux épaules carrées une espèce de fleur de tissu rouge, indis-
crète et surtout flasque et passée, qui avait l'air
d'un nœud défait et mal fixé. La grosse femme
lui avait conseillé de l'enlever mais Albertine
s'était butée, se contentant de triturer distraite-
ment la fleur, ce qui l'acheva définitivement.
Elles étaient chapeautées, gantées, bottées (les
pardessus d'Albertine avaient fait sensation et
Thérèse lui avait fait promettre de les lui prêter
le lendemain après-midi pour aller au Dominion)
et visiblement heureuses lorsqu'elles se retrouvèrent toutes les deux dans le vestibule. La maisonnée au complet (sauf l'enfant de la grosse
femme qui dormait depuis un bon quart d'heure)
s'était réunie dans le corridor pour les voir
partir: Thérèse lançait des petits cris aigus comme lorsqu'elle avait onze ans et qu'on lui avait
promis une robe neuve; Gabriel, fier comme Ar-
taban de l'allure de sa femme, était rose de
plaisir; Richard et Philippe crânaient en faisant
semblant de rire des deux femmes mais on
voyait à la lueur qui animait leurs yeux qu'ils
étaient eux aussi très contents. Marcel les regardait silencieusement, les bras croisés, le menton sur l'épaule. Albertine souriait enfin, ce qui

325

fit dire à son frère : « Pour une femme qui avait
pas le goût d'aller là à soir, j'te dis que t'as l'air
pas mal excitée... » Elle ouvrait et refermait sans
cesse son sac à main, à la recherche d'un bonbon sûrette, d'un mouchoir, de son porte-
monnaie, des deux billets dont elle vérifiait la
présence comme si elle avait été convaincue
qu'ils allaient disparaître d'un moment à l'autre
parce que tout cela n'était qu'un trop beau rêve.
Pour une fois, les embrassades furent nombreuses, longues et sonores. La grosse femme dit,
entre les effusions surprenantes de Philippe et
la froideur composée de Richard : « Voyons
donc, tout le monde ! On dirait qu'on s'en va
pour de bon ! », ce à quoi Albertine ajouta : « En
tout cas, moé, quand j'vas r'venir icitte, à soir,
j's'rai pus la même femme ! Elle avait délibérément oublié son après-midi désastreux et toutes
ses forces étaient tendues vers cette soirée de
délices qui l'attendait dans la chaleur de la voix
de Tino. Lorsqu'elle ouvrit la porte, une bordée
de neige s'engouffra dans le vestibule et tout le
monde s'exclama d'étonnement et de déception.
Albertine pâlit un peu sous les deux plaques de
rouge parfaitement rondes qu'elle avait appli-
quées sur ses joues. « Dis-moé pas qu'on pourra
pas sortir ! » La grosse femme la poussa par les
épaules. « Envoye, marche ! Certain, qu'on va
sortir ! J'vas manger la neige qu'y a en avant de
nous autres, s'il le faut, mais on va se rendre au
Plateau, fie-toé sus moé ! » Au moment où elle
allait mettre le pied dehors, elle se sentit tirée
par le manteau. Elle se tourna. Marcel lui faisait
signe de se pencher. « Que c'est que tu fais là,

326

en pydjama, Marcel! Tu vas attraper ton coup de mort!» «J'ai quequ'chose à vous dire...» Elle le repoussa dans la maison, se pencha sur lui en souriant. Il ne dit qu'une seule phrase, à voix très basse, mais qui bouleversa sa tante: «J'ai choisi le mensonge...»

Mauve suivait la partition scrupuleusement, avec application, au lieu de plonger dans la musique comme elle le faisait d'habitude et de laisser son instinct lui dicter une interprétation, quitte à la trouver ensuite mauvaise, à la réviser, à en rire, même. Florence lui avait souvent dit: «Des fois, une mauvaise interprétation est préférable à une exécution trop respectueuse. Laisse-toi aller, un peu; c'qu'y a sur le papier c'est juste une base...» Violette chantait, appuyée contre le piano, mais l'application de sa sœur la dérangeait; elle n'aimait pas cet accompagnement qui n'était rien d'autre, justement: Mauve l'avait habituée à un support beaucoup plus inspirant, même dans les chansons où le piano ne tenait qu'un rôle d'arrière parfum. Elle avait l'impression de mal chanter et cela troublait sa concentration. C'était pourtant une très belle mélodie, aux phrases longues et sinueuses, qui donnait la nostalgie d'une Espagne qui n'avait jamais existé où se succédaient des nuits d'une absolue tranquillité que ne perturbaient que le clapotis des fontaines et l'odeur entêtante des magnolias. C'était une musique qui sentait bon

quand on la jouait bien mais ce soir-là Mauve
et Violette étaient bien loin de cette Espagne
utopique vue à travers l'imagination idéaliste
d'un compositeur français qui n'avait jamais
quitté son pays natal. Rose, penchée sur son petit secrétaire de bois, écrivait d'une main lente
et régulière. Une toute petite lampe en forme
de fleur jetait une délicate lumière sur son
papier bleu qu'elle noircissait avec un peu trop
d'uniformité dans le geste, comme si elle avait
recopié une chose qu'elle connaissait par cœur
depuis très longtemps. Florence, leur mère,
avait le regard perdu dans la fenêtre aux rideaux
de coton qui donnait sur la rue Fabre. Elle plissait les yeux pour essayer de voir la neige qui
avait commencé à tomber en flocons rapides et
virevoltants. «C't'hiver-là finira jamais, on
dirait. On a quasiment une tempête par semaine...» Rose leva la tête, posa un buvard
sur son papier. «Vous aimez tellement ça l'hiver, pourtant, moman...» Florence poussa
le rideau de coton, approcha la tête de la vitre.
«Ben oui, j'aime ça... Mais j'aime ça moins
longtemps qu'avant...» La chanson était finie.
Mauve fouillait dans le cahier qu'elle avait posé
sur le piano, à la recherche de quelque chose
de moins mélancolique mais Violette soupira
en se jetant dans le fauteuil de peluche qui
séparait le grand salon double. «J'ai le goût
de rien, à soir...» Rose repoussa son papier
bleu. «J'ai plutôt l'impression qu'on a un arrière-
goût de défaite...» Elles contemplaient toutes
trois leur mère qui avait appuyé la tête sur le
dossier de son fauteuil. Mauve osa enfin aborder

le sujet autour duquel elle et ses sœurs tournaient depuis le repas du soir : « Moman, pensez-
vous qu'on s'est trompé ? » Florence sourit faiblement ; seule sa bouche bougea légèrement, le
reste du visage restant parfaitement immobile.
« Non, on s'est pas trompé... C't'à lui de choisir,
à c't'heure... » Violette glissa sur le tapis et vint
s'asseoir sur le bras du fauteuil de sa mère.
« Vous le savez, vous, c'qui va arriver... dites-
nous-lé... » Florence regarda longuement le piano auquel elle faisait face. « Y va arriver c'qu'y
va choisir qu'y arrive, j'viens de vous le dire... »
Mauve referma brusquement le clavier du piano ;
des notes lentes, presque lugubres, résonnèrent
dans la maison. « Vous nous répondez toujours
évasivement... On sait jamais au juste à quoi
s'en tenir, avec vous... » Florence haussa les
épaules et fit un petit geste d'impuissance de la
main. « Vous auriez dû comprendre depuis
longtemps que j'peux pas vous dire plus que
c'que j'vous dis... au cas où toute arriverait autrement... » Violette lissait les cheveux de sa
mère au-dessus de l'oreille, là où battait faiblement une petite veine bleue. « Moman... l'autre...
y s'est offert, vous vous en rappelez ? Y serait
prête à remplacer Marcel... » Florence les regarda chacune à son tour puis revint vers la
fenêtre avant de parler. « C'est rien que de Marcel qu'y faut s'occuper. Marcel, lui, y a juste à
être patient... Quand son temps viendra, ça va
être facile pour lui... Mais l'autre... y serait
obligé de toute inventer parce qu'y voit pas
c'que Marcel voit... Victoire est partie, Josaphat-
le-Violon va la suivre dans pas longtemps, y

329

nous reste juste Marcel. Sinon... » Elle passa la main sur l'énorme panier d'osier qui cachait en grande partie le calorifère, sous la fenêtre. « Sinon, on va être obligé de sortir les tricots en espérant que Thérèse finisse par tomber enceinte... » Rose referma son secrétaire après avoir rebouché son encrier et essuyé sa plume. « Vous considérez même pas la possibilité de donner une chance à l'autre ? » Florence se leva, traversa le salon d'un pas un peu raide. Avant de sortir, elle fit un petit mouvement vers ses filles. « Y prendra ben sa chance si y veut. Mais son éducation viendra pas de nous autres. Ça, j'y peux rien. »

Vers huit heures, les principaux membres du poulailler s'étaient réunis chez Samarcette, d'où ils devaient partir pour se rendre à l'auditorium du Plateau. Ils s'étaient tous rebaignés, relavés, repolis, reparfumés, redéguisés : la Comeau arborait son fameux paletot de chat sauvage qui lui donnait un air de « mononcle » des États mais dont elle était si fière parce que, comme elle le disait volontiers, « il sentait l'argent à plein nez » ; la Vaillancourt avait revêtu un complet d'été, le seul propre qu'il lui restait, sous son pardessus double breast qui commençait à bâiller entre les boutons tant le déchireur de tickets du Cinéma de Paris avait engraissé depuis l'automne (une peine d'amour, une histoire d'amour, une autre peine d'amour) ; la Rol-

lande Saint-Germain promenait ses deux cent
vingt livres dans un invraisemblable habit pied-
de-poule qu'elle avait hérité de son père et
qu'elle s'entêtait à trouver beau malgré les jambes trop courtes et la coupe quelque peu étonnante pour l'époque: petit collet presque rond,
manche ajustée, martingale, veste droite et ran-
gée de six boutons rapprochés (cela la ficelait,
la boudinait, l'étouffait; mais son père l'avait à
peine étrenné et elle avait décidé de l'user jusqu'à la corde); Rosario DelRose avait mis son
costume de scène car il aurait à courir, après
le récital, pour aller animer le spectacle du
Palace (il s'était bien juré de ne pas enlever sa
capote de gabardine de la soirée pour qu'on
ne voie pas du tout sa chemise de taffetas vert
pomme et à peine son pantalon de soie noire;
mais il avait déjà chaud et entrevoyait avec inquiétude toutes ces heures passées à suer et à
sacrer d'exaspération: «Tout ça pour voir un
Corse beurré au pancake brun foncé faire des
vocalises moins belles que les miennes!») Tout
ce beau monde piaillait, riait d'énervement,
s'étrivait en attendant les deux héros de la soirée,
Adrien et Édouard, qui avaient annoncé une
surprise, et de taille; ce qui avait fait dire à la
Vaillancourt, avec un air gourmand: «J'espère
qu'y va être de ma pointure!» et à quoi Édouard
avait répondu, avec une grimace de dépit: «Y a
pus parsonne au monde qui est de ta pointure,
ma pauvre grosse chérie!» Samarcette avait laissé un plat de jelly beans et des pinottes salées
sur la table du salon avant de partir pour le
Théâtre National; trois minutes après l'arrivée

331

des invités il n'en restait plus rien et la Rollande Saint-Germain commençait déjà à reluquer du côté de la cuisine. «Jamais j'croirai que c'est toute c'qu'y ont à nous servir! Y nous connaissent, pourtant!» La Comeau s'était affalée dans le fauteuil de Samarcette et tapotait nerveusement le bras de peluche usé et poussiéreux dont un napperon de dentelle de coton de couleur indéfinie essayait en vain de dissimuler les trous de cigarettes. «Si t'avais mâché un peu plus longtemps, pis envalé un peu moins vite, y t'en resterait encore! T'avais l'air d'un cheval tombé dans une mine d'avoine!» La Rollande Saint-Germain fit semblant de ne pas avoir entendu et partit vers la cuisine, à la recherche des fonds de sacs de bonbons qui devaient se trouver dans l'armoire, au-dessus de l'évier (elle le savait parce qu'elle fouillait toujours partout où elle allait). Rosario DelRose regardait sans cesse sa montre. Il cria pour qu'on l'entende jusqu'à l'autre bout de la maison: «Y'est huit heures et vingt, là; on est déjà en retard!» Édouard lui répondit aussitôt de la chambre qui n'était séparée du salon que par un rideau fleuri: «Crie pas de même, Rosario, tu vas faire venir les pompiers! Pis de toute façon, j'ai décidé que ça ferait plus chic si on arrivait juste à l'intermission... Occupez-vous avec les pinottes pis les jelly beans, en attendant, ça sera pas long... Moé pis Adrien, on va t'être prêtes dans quequ'menutes...» Personne ne protesta: ils avaient tous rêvé d'arriver un jour à l'entracte d'un spectacle de music-hall, sautant ainsi les acrobates, les comiques, les numéros d'adresse, de magie et les danseurs exotiques qui ennuyaient tout le monde. Seule la Comeau s'inquiétait un peu: «D'un coup qu'y a du monde qui prennent nos places!» La Vaillancourt croisa les mains sur son ventre, se tourna les pouces, prit un air innocent. «Aie pas peur... Quand on va arriver, nos places vont se vider... Le monde vont avoir assez peur qu'y vont retourner directement dans le fond du balcon!» La Comeau parut étonnée. «Pourquoi c'qu'y auraient peur de nous autres?» La Vaillancourt sourit. «Nous as-tu vus? Nous as-tu entendus? Nous as-tu sentis?» La Rollande Saint-Germain revenait avec les deux sacs à moitié vides de jelly beans de toutes les couleurs et de pinottes salées luisantes d'huile. «C'est tout c'qu'y avait! Le croyez-vous? Même pas un petit poisson rouge! Même pas un pretzel ou un cheese bit!» Édouard, qui ne perdait pas un mot de ce qui se disait au salon, répliqua aussitôt: «C'est pas un party, qu'on donnait! Vous êtes venues icitte pour nous attendre, pas pour dévorer nos nénannes! Pis toé, la Rollande Saint-Germain, t'as rien à dire! La dernière fois qu'on est allé chez vous, on a été obligé de fouiller jusqu'en dessous du sofa du salon pour trouver quequ'chose d'intéressant à manger! Les bilous de poussière étaient plus appétissants que c'que tu nous offrais!» Le rouge de l'indignation monta aux joues de la Rollande Saint-Germain, pourtant reconnue pour sa pingrerie, et qui donnait ce qu'elle appelait des «dry partys» pour ne pas avoir à fournir l'alcool. Cependant, de mystérieuses choses semblaient se préparer derrière le rideau: on entendait des glissements, des mouvements furtifs, des « ahanements », des petits cris de douleur vite réprimés, des exclamations d'envie (Adrien qui disait : « Ben voyons donc ! Ça a pas de bon sens ! ») ou d'aise (Édouard, avec la voix de Zinka Milanov : « Ah ! je ris, de me voir si belle en ce boudoir... non... en ce trou noir... non... en ce manoir... non, en ce miroir ! ») ; des bouffées de parfum parvenaient au salon en brassées fortes et sucrées ; des tiroirs étaient tirés, malmenés, fouillés, vidés ; des pots, des flacons, des boîtiers, des étuis s'entrechoquaient en tintinnabulant ; en un mot, c'était le bordel total et les quatre hommes commençaient à se demander sérieusement ce qui leur pendait au bout du nez lorsqu'Édouard cria de derrière le rideau : « Tournez vos p'tites têtes d'eau vers la chambre, on arrive ! » Le rideau glissa lentement sur sa tringle de métal. Un silence étonné plana longtemps dans le salon ; tellement, qu'Édouard finit par hurler : « Réagissez, sans ça j'vous troue avec mon épingle à chapeau ! »

Édouard avait pris la mort de sa mère de deux façons différentes, mais complémentaires. Il avait d'abord ressenti cette horreur mêlée de révolte que produit toujours sur nous la mort de quelqu'un dont on a été très près pendant une longue période, qu'on avait fini par prendre pour acquis et dont la disparition prend figure d'insulte personnelle autant que de perte irrémédiable. Il avait envie de tout casser, criait à l'injustice et en même temps il culpabilisait parce qu'il s'était peu occupé de sa mère à la fin de sa vie. Une souffrance insupportable le brûlait; il faisait des crises qui duraient des heures, chez Samarcette qui se contentait de le regarder avec de grands yeux impuissants ou dans sa propre chambre où il avait rarement remis les pieds parce qu'elle lui était devenue odieuse avec ses propres odeurs de vieux garçon mêlées à celles de la vieille femme avec laquelle il avait partagé un salon double pendant une grande partie de sa vie; tout lui semblait sombre et laid, l'avenir avec cette certitude qu'il avait maintenant de ne jamais pouvoir monter sur une scène parce qu'il était trop tard ou, plus simplement, parce qu'il n'avait pas de talent, autant que le passé vécu à l'ombre de sa mère, dans ses jupes, dans son sillage parce qu'il avait besoin d'être aimé et que cette femme l'adorait, et que le présent qu'il traversait en se consumant; il pensait au suicide et se savait trop lâche, il pensait à la survie et ressentait un dégoût sans nom. Mais à travers ces grands pans de douleur, en filigrane, sporadiquement mais avec une intensité de plus en plus palpable, quelque chose qui ressemblait à du soulagement se brassait au fond de lui; il entrevoyait, au beau milieu de ses crises, parfois pendant quelques secondes à peine, parfois pendant une longue minute quand il était épuisé, des éclaircies qui ne se manifestaient pas encore totalement mais qu'il sentait venir avec une agréable crainte qui lui serrait le cœur. Pendant ces courts instants de répit, il avait l'impression que sa vie était inversée: il entrevoyait l'espoir d'une accalmie au beau milieu de la déflagration qui l'avait galvanisé, et ne savait au juste quoi en penser. Il eut d'abord honte de ce soulagement qu'il ne comprenait pas et qu'il se refusait encore à interpréter, puis il se laissa gagner, sachant très bien qu'on ne peut pas souffrir perpétuellement et que le temps, si patient parce qu'il se sait le plus fort, finit à la longue par tout arranger. *Comme le lui avait dit sa mère.* L'image idéalisée qu'il s'était projetée de sa mère pendant quelques semaines se teinta bientôt de couleurs moins flatteuses; il revit ses défauts, nombreux et très marqués, et s'en délecta sans trop se l'avouer (surtout l'emprise qu'elle avait toujours eue sur lui et le chantage sentimental dont elle avait abusé parce qu'il était son plus jeune fils et qu'elle ne voulait pas le perdre): il comprit peu à peu que la mort de sa mère pourrait bien être la brèche par laquelle il arriverait à s'échapper de cette médiocrité banale mais cuisante qu'il se reprochait chaque matin quand il se courbait devant le premier client de la journée. Sa mère morte, il n'aurait peut-être plus de ces scrupules qui l'empêchaient de s'assumer et de faire les folies dont il avait besoin pour s'affirmer. Il était sûr, maintenant, qu'elle n'aurait pas honte de lui! Il avait passé son enfance à séduire sa mère, son âge adulte à entretenir cette séduction et ressentait un immense soulagement à l'idée qu'il pouvait désormais diriger ses énergies ailleurs. On le vit de moins en moins dans la maison de la rue Fabre et, chaque fois, il était un peu plus transformé; en clown pour les enfants qu'il amusait, en quelque chose de beaucoup moins drôle et de beaucoup plus embarrassant pour les adolescents et les adultes qu'il mettait mal à l'aise. Seule la grosse femme semblait le couver d'un regard encore affectueux quoique certaines de ses frasques ou de ses farces la laissaient quelque peu pantoise. En s'habillant, ce soir-là, il savait qu'il allait porter le grand coup et il en jouissait par anticipation: le monde en général et deux membres de sa famille en particulier allaient voir qui il était et quelles que fussent leurs réactions il allait rester comme il avait décidé qu'il serait à tout jamais, dérangeant, provocateur et, s'il le fallait, seul. Heureusement pour lui, l'idée que sa mère avait toujours su qui il était et avait attendu toute sa vie qu'il vienne se confier à elle ne lui effleura pas l'esprit; cela l'aurait définitivement replongé dans les eaux troubles du masochisme et de la culpabilité.

Albertine et la grosse femme n'étaient jamais entrées dans l'auditorium du Plateau mais elles passaient devant cinquante fois par année, surtout l'été, en route pour la bibliothèque municipale où Victoire et sa bru étaient abonnées ou lorsque toute la famille faisait un pique-nique sur les pelouses du lac artificiel ou sur les tables installées à côté du terrain de jeu des filles. Les deux femmes avaient tellement

337

vu ce bâtiment austère de brique et de ciment qui faisait le coin de l'école secondaire le Plateau, qu'elles ne le remarquaient plus depuis longtemps, se contentant d'y jeter parfois un rapide coup d'œil, curieux quand de la musique symphonique sortait par les fenêtres ouvertes — les concerts symphoniques de Montréal y tenaient leurs répétitions, l'après-midi — et exaspéré quand une quelconque chorale reprenait trente à quarante fois *V'là le bon vent* en ponctuant tout de *la, la, la* ridicules et achalants. Elles ne mettaient presque jamais les pieds au parc Lafontaine, l'hiver, surtout pas le soir, et furent étonnées de sa blancheur bleutée et de son calme. Le vent avait diminué de force, la neige tombait maintenant régulièrement, en gros flocons mouillés qui se prenaient aux cils et aux sourcils. Avant d'entrer dans le parc, la grosse femme s'arrêta un moment pour souffler. « C'est beau, hein? » Albertine replaça son chapeau qui avait tendance à lui glisser dans le cou. « Ouan... Mais j'espère qu'on n'aura pas trop de misère à revenir, par exemple! » Elles traversèrent la rue Rachel en évitant le plus possible la sloche qui commençait à se former, puis entrèrent dans le parc en retenant leurs manteaux. Aussitôt le premier massif d'arbres dépassé, elles bifurquèrent vers la droite et empruntèrent un petit chemin oblique, tracé à la charrue, qui menait aux bureaux de la Ville de Montréal et des Amis de l'Art, grand bâtiment de pierre qui faisait penser à un château fort avec ses coins arrondis, son toit en pente et ses petites fenêtres, et qu'elles connaissaient très bien parce qu'il contenait aussi les toilettes publiques que tous les promeneurs du parc Lafontaine fréquentaient dans un joyeux désordre, point de ralliement facile à repérer autant qu'endroit commode pour se soulager ou se cacher d'un soleil trop épuisant. Le blanc du ciel se mêlait à celui de la neige; les arbres faisaient comme des taches grises, imprécises et tourmentées, mais figées. La neige crissait sous les pas et la grosse femme se sentait bien. Elle avait décidé d'oublier pour quelques heures ce que Marcel lui avait dit avant son départ; après tout, elle aurait bien le temps d'y repenser. Elle regardait souvent Albertine qui, étonnamment, peut-être à cause de ses chevilles faibles, peinait beaucoup plus qu'elle-même dans ce chemin de fortune taillé à même les bancs de neige, beaucoup plus fait pour la bottine de ski que pour les pardessus flambant neufs de sa belle-sœur. Arrivées devant l'imposante bâtisse de pierre dont elles ne connaissaient que les caves qui fleuraient le pipi séché ou le désinfectant trop fort, elles purent apercevoir, de l'autre côté de la rue Calixa-Lavallée, l'école secondaire le Plateau dont l'auditorium était illuminé pour la circonstance, majestueux dans sa simplicité de lignes, impressionnant, comme un bateau de croisière posé sur une mer de glace. Une foule se pressait à l'entrée; Albertine vérifia pour la centième fois si les billets étaient toujours dans son sac à main. La grosse femme la prit par le bras et elles traversèrent la rue à grandes enjambées maladroites. Elles grimpèrent, avec une émotion mêlée de crainte, les quelques marches qui menaient à la porte principale. Albertine, défaitiste, pensa: «C'est la deuxième fois aujourd'hui que j'rentre dans une place qui est pas pour moé! Ça va finir par me porter malheur...» Le Plateau était ordinairement fréquenté par le public mondain, snob, circonspect, presque froid des concerts symphoniques, auditoire surtout composé de femmes de professionnels qui se réunissaient là beaucoup plus pour se montrer que par amour de la musique, applaudissant faiblement mais consciencieusement après chaque mouvement de symphonie malgré la note dans le programme qui leur demandait de n'en rien faire; et d'érudits (vrais ou faux) guindés, proprets et quelque peu constipés, qui parlaient fort pour bien se faire remarquer, avec un accent français très prononcé s'ils avaient eu la chance d'aller se tremper dans le Paris d'avant-guerre ou celui, plus local et surtout plus rocailleux, des lettrés de province si ce bonheur leur avait été interdit. Ils étalaient tous leur savoir et leurs préjugés avec l'assurance des gens en place qui ne doutent de rien. Cela donnait un mélange de «Bonsoir, ma chèèère, comment va maître Hurtubise?» et de «Monteux ne connaît rien à la musique allemande mais son *Daphnis et Chloé* est sans égal!», très ridicule pour ceux qui aimaient vraiment la musique (ils étaient peu dans le parterre trop bien garni) mais très jouissant pour les concernés qui croyaient y discerner la preuve irréfutable de l'élégance et de la culture. Seule vie dans cette élite de pacotille: quelques étudiants qu'on regardait grimper au balcon avec mépris, mais recueillis, concentrés, attentifs,

340

ouverts à tout aussitôt le chef d'orchestre installé au podium. Montréal n'avait pas de salle de concert et cet auditorium pouvait se vanter d'être le seul endroit du Plateau Mont-Royal à être fréquenté par le nec plus ultra d'Outremont et de Westmount. Des limousines longeaient la rue Calixa-Lavallée tous les mardis soir et déversaient leur trop-plein de femmes dignes et raides, de jeunes filles discrètes et distinguées et parfois même d'hommes carrés à la calvitie précoce qui bâillaient déjà d'ennui. Les Bronfman se mêlaient aux Trudeau et aux Beaugrand, des poignées de mains diplomatiques étaient échangées, des sourires glacés, aussi; des transferts de clans y étaient négociés, des bannissements, des désaveux, des complicités, des amitiés confirmés, mais jamais définitivement. Et quand Pierre Monteux ou Charles Munch entrait en scène, on applaudissait beaucoup plus la star internationale qu'on avait réussi à se payer que le chef génial devant lequel on aurait dû s'incliner. Mais ce soir-là le Plateau était livré au public du Théâtre National et de l'Arcade qui n'en prenait possession que lentement, avec précaution, comme s'il n'avait pas été tout à fait sûr d'être content d'être là. Le hall était bourré de monde mais étrangement silencieux; on avait le nez en l'air, on se poussait du coude, on passait des remarques à voix basse, on jetait un petit coup d'œil timide vers les grandes portes où des ouvreurs (des étudiants de l'école secondaire) déchiraient les billets en indiquant l'allée à emprunter ou l'escalier à monter. Lorsqu'Albertine et la grosse femme entrèrent dans

le hall en secouant leurs pardessus comme
quand elles allaient en visite chez des parents
ou des amis, un groupe se détacha de la foule
à peine bruissante: les quatre sœurs Guérin,
guidées par leur mère, vinrent à leur rencontre
avec des fous rires de couventines qui ne peuvent
pas s'empêcher de pouffer au milieu de la messe.
Rita Guérin s'essuyait les yeux avec un mouchoir de coton mauve tout détrempé qu'elle faisait semblant de tordre. « Aie, ça fait une heure
qu'on est icitte, pis on rit encore ! Imaginez-
vous donc qu'on est arrivé de bonne heure pour
avoir des bonnes places pis que rendu icitte on
s'est rendu compte qu'y avait des numéros de
sièges d'imprimés su'es tickets qu'on a achetés
y a deux semaines ! » Germaine Lauzon se tenait
le ventre, Gabrielle Jodoin toussait, Rose Ouimet lançait de petits couinements de douleur et
Pierrette s'accrochait à sa mère. La grosse femme sourit poliment. Albertine haussa les épaules.
« Où c'est que vous êtes assis, toujours ? » Rita
Guérin éclata: « Dans le fond du balcon ! » Des
têtes se tournèrent vers elles, des fronts se plissèrent; c'était là la première vraie explosion
de bonne humeur de la soirée et on se demandait si elle était excusable ou s'il ne valait pas
mieux continuer de gober des mouches en s'étonnant de la couleur des murs. Il faut dire, aussi,
que le crème très pâle de ces murs avait de
quoi en imposer à un public habitué à la décoration sans façon et un peu criarde du Théâtre National. Le blanc à peine teinté du hall
et de la salle brillait doucement sous l'éclairage
discret des beaux lustres de métal et de verre

et cela indisposait presque ces quelques centaines de femmes venues entendre des chansons colorées qui sentaient le sud de l'Italie et non pas des lieder nordiques, frileux et pâlots. Albertine sortit ses billets, les tint bien serrés entre le pouce et l'index. «On y va-tu? Ça devrait commencer ben vite...» La grosse femme regardait vers la porte où la foule commençait à se bousculer plus sérieusement. «Faudrait ben...» Rita Guérin distribuait les billets en nommant ses filles chacune son tour. Avant de s'éloigner, la grosse femme se pencha vers elle: «Vos maris sont pas venus vous autres non plus?» Rose Ouimet éclata d'un bon gros rire qui fit sursauter même ses sœurs. «J'comprends donc! Y nous ont payé nos tickets pour se débarrasser de nous autres! C'est Tino qui va hériter de toute notre affection, à soir!» Pierrette, un peu gênée d'être là parce qu'après tout elle était presque d'une autre génération, se tortillait en tirant sa mère par la manche de manteau. Celle-ci se dégageait régulièrement en lui disant: «Pierrette, franchement, t'as quasiment seize ans, t'es pus une enfant!» Pierrette aimait passionnément Tino Rossi, en avait honte et était fâchée d'avoir croisé Albertine qui irait probablement dire à Thérèse qu'elle l'avait vue. Et Thérèse détestait ce genre de faiblesse: pour elle, tous les chanteurs français étaient également méprisables et seuls les crooners américains valaient la peine qu'on se dérange pour eux. Pierrette avait dû raconter à son amie qu'elle allait visiter la sœur de sa mère et la seule idée que son mensonge risquait d'être découvert lui gâchait sa soirée. La grosse femme et Albertine descendirent l'allée le plus dignement possible mais ne purent s'empêcher de se regarder avec un évident étonnement quand l'ouvreur leur montra leurs places: huitième rang, plein centre. Albertine ajusta encore une fois son chapeau, mais plus discrètement. «Y a dû s'y prendre y a deux ans pour avoir ces places-là, lui!» Pendant ce temps-là la grosse femme se redressait ostensiblement, relevait la tête en prenant un petit air non pas de supériorité mais peut-être un peu insolent et glissait alertement dans le rang, un grand sourire aux lèvres. «Montre pas que t'es surprise, Albertine, les Guérin nous regardent!» Leurs cinq voisines de la rue Fabre n'en revenaient pas. Elles s'étaient attardées à l'arrière de la salle pour voir où les deux femmes étaient placées et avaient arrondi les yeux et tendu le cou au fur et à mesure qu'Albertine et la grosse femme descendaient vers la scène. Rita Guérin enleva son manteau avec des gestes brusques. «Sont tellement proches qu'y vont être assis dessus, 'coudonc!» Elles montèrent à leur balcon en grappe compacte, regardant d'un côté et de l'autre, inquiètes, impressionnées, embarrassées. Rendues à leur rang, elles hésitèrent avant de prendre place dans les sièges de velours cordé pâli et usé. Rita Guérin se tourna vers la scène, soupira. «Y va avoir l'air d'un nain, d'icitte!» Albertine avait remarqué six places vides à côté d'elle et poussa sa belle-sœur du coude. «C'est à la veille de commencer, pis y a pas de monde, là... On pourrait peut-être aller le dire à ma-

344

dame Guérin pis ses filles!» La grosse femme s'était penchée pendant qu'Albertine parlait et regardait en direction des places vides en secouant la tête. «Laisse faire... Y vont ben finir par arriver...» Quelques madames descendaient l'allée en se pressant, le manteau de fourrure bien en vue. Il était huit heures trente-cinq. Lorsque les lumières de la salle commencèrent à baisser, Albertine saisit la main de la grosse femme. «J'ai l'impression que j'rêve!» L'orchestre attaqua une samba endiablée; des larmes montèrent immédiatement aux yeux des deux femmes. Le chuintement des maracas, le grattement des os frottés les uns contre les autres, les coups de fouet de l'accordéon qui marquait le rythme leur fouillaient le cœur et déjà Albertine ouvrait son sac, à la recherche d'un mouchoir. «C'tu beau!» Et lorsque les sœurs Gonzales entrèrent en scène dans leurs costumes cubains chamarés, mille cerveaux se fixèrent sur elles; mille drames, ou joies, ou maladies, furent oubliés sur le champ et mille cœurs s'envolèrent au son des maracas. Devant l'orchestre déchaîné, les sœurs Gonzales virevoltaient en souriant, levaient la jambe, remuaient le bassin, brassaient les épaules avec une aisance feinte mais efficace. Le turban leur donnait des airs de Carmen Miranda et comme elle elles arboraient l'absurde tutti frutti. Albertine, qui ne fréquentait même pas le Théâtre National, était subjuguée. Ses yeux n'étaient pas assez grands pour tout voir, ses oreilles assez grandes pour tout entendre. Elle disait: «Aie! Aie! J'vous dis que c'est mieux que le radio!», ou bien: «On

345

arait-tu été folles de pas venir, rien qu'un peu!»
La première partie du spectacle n'était pas spé-
cialement intéressante mais l'attente fébrile dans
laquelle était plongé le public mettait de l'électricité dans l'air; l'ouverture finie, le premier
numéro exécuté, la salle trop blanche fut ou-
bliée et la joie explosa enfin. On fit un triomphe au deuxième numéro des sœurs Gonzales
(une *danse d'escrime*, annonçait le programme,
qui fit penser aux films d'Errol Flynn mais «en
vraie vie», comme le dit si bien Rita Guérin),
puis aux danseurs Jacky et Michou qui inter-
prétèrent une danse russe des plus banales et
une fort ennuyeuse valse fantaisiste. Quand au
magicien Romano the Great, dont la connaissance de la langue française était plus qu'ap-
proximative, il tira son épingle du jeu (et quelques lapins de son chapeau) en faisant beaucoup rire malgré ses maladresses. Ensuite, des
acrobates visiblement saouls vinrent s'enfarger,
tomber, se répandre et s'échapper mutuellement
rendant tout le monde mal à l'aise pendant un
trop long moment. Et soudain, après exactement quarante minutes de spectacle, un petit
bout d'homme tout rose fit son entrée, discrètement, et se dirigea vers le micro qu'on avait
planté bien au centre de la scène. Il y eut quelques secondes de flottement (on ne l'attendait
qu'après l'entracte), puis une petite voix, au
balcon, hurla: «C'est lui!» Ce fut la totale confusion, le pandémonium incontrôlable; deux
bonnes minutes de complet délire. Il saluait
gentiment, rougissait même un peu pour la
forme; il envoya quelques baisers presque timi-

346

des, fit signe à l'orchestre d'attaquer le premier morceau. Il n'eut qu'à entonner *La chanson aux nuages* pour que s'installe instantanément un silence respectueux, attentif, fébrile. Cette voix qu'on croyait si bien connaître par les disques avait quelque chose de plus modulé, de plus sensuel, dans cette salle où l'acoustique était excellente; elle vous prenait au cœur et vous transportait dans des régions inconnues, aux odeurs fortes, qui étonnaient, d'abord, puis troublaient, au cœur de cet hiver qui n'en finissait plus: quelque chose du printemps flottait dans l'auditorium le Plateau enfermé dans le parc Lafontaine où sévissait une tempête, comme un parfum trop violent qui donnait envie de pleurer. Albertine, transportée, était assise au bord de son siège, la bouche ouverte et sa belle-sœur, même si elle était un peu déçue par le physique du chanteur qu'elle aurait voulu beaucoup plus grand et, surtout, beaucoup plus mince, se berçait lentement, ravie. Le ténorino ne fit que trois chansons pendant cette première partie, le temps d'exciter un peu plus le public, de le préparer à ce qui l'attendait après l'entracte alors qu'il serait seul en scène pendant une heure. Aussitôt *Le joyeux bandit* terminé et le premier salut esquissé, la salle fut debout: on hurlait, on applaudissait à tout rompre, on sifflait, on en redemandait. Tino sortait, revenait, saluait poliment, disait merci et repartait avec sa démarche dolente des gens du sud. Cela ne semblait ne jamais vouloir finir, lorsque le chanteur ne revint plus. Les lumières se rallumèrent brusquement. Le semblant de calme qui

347

suivit fut long à s'installer. Le public refusait presque de quitter la salle pour aller se rafraîchir. On se levait lentement en regardant autour de soi, comme si on revenait d'un long voyage. Les sept femmes de la rue Fabre se retrouvèrent dans le hall, exaltées et heureuses. Des propos plus flatteurs les uns que les autres furent échangés au sujet du ténorino que toutes elles avaient trouvé «ben bon» même s'il n'était plus «si beau». Rita Guérin suçotait une paparmanne qu'elle avait mis longtemps à débarrasser de son cellophane, tant elle était nerveuse. «C'tait tellement beau, comment c'qu'y chantait, que des fois j'avais envie de fermer les yeux! Pis j'me sus dit qu'on était venu pour voir, aussi, hein? Mais on était tellement loin...» Elle croqua son bonbon, mâcha longtemps, puis demanda: «De proche, y'est-tu moins pire?» La grosse femme prit un ton évasif: «Ah... Y a l'air ben fin...» Gabrielle Jodoin s'était approchée d'Albertine qu'elle avait croisée l'après-midi même sur la rue Fabre: «Êtes-vous allée voir ma vente, toujours?» Le souvenir du magasin de musique revint à Albertine, son visage s'altéra; elle parut décontenancée. «Non... euh... c'est pas là que j'allais... Mais j'me sus t'achetée des pardessus neufs, par exemple!» Et les cinq femmes du clan Guérin de se pâmer sur la belle fourrure grise des pardessus d'Albertine. La grosse femme allait entraîner sa belle-sœur vers les toilettes lorsqu'un brouhaha se produisit vers l'entrée principale. Déjà des têtes se tournaient dans le hall. La grosse femme fut la première de sa bande à y jeter un coup d'œil et

rivées fit quelques pas dans le hall, y jeta de petits regards qui se voulaient indifférents tout en disant n'importe quoi pour entretenir l'intérêt qu'elle suscitait, ce qui donnait à peu près : « Une tempéte terribe, mes agneaux chéris ! D'la néége jusqu'aux yeux, d'la sleuche jusqu'aux genoux et de l'eau qui s'infiltreu partout... » Pendant un très court moment, ses yeux croisèrent ceux de la grosse femme et toutes deux rougirent. Les quatre chevaliers servants entouraient la volubile madame en bombant le torse pendant que la duègne, d'humeur visiblement massacrante, se contentait de la suivre en baissant les yeux. La matrone portait une longue robe de crêpe gris souris aux broderies ton sur ton très discrètes mais que relevaient un tantinet trop ostensiblement des bijoux (une énorme broche à cinq branches, des boucles d'oreilles surchargées, un bracelet large à fermoir doré et un collier qui semblait peser deux tonnes) brillant de mille feux et qui devaient valoir une fortune s'ils étaient vrais. (Comme on s'adressait à cette dame à grands coups de « madame la duchesse », on les présuma vrais.) Son compliqué chapeau rouge sang, son vernis à ongles et son rouge à lèvres grenat ajoutaient cependant une note encore plus curieuse à l'ensemble, comme si elle avait hésité entre deux styles complètement différents pour finir par opter pour le compromis. Mais ses cheveux noirs laqués, son port de reine, ses mouvements souples, ses gestes mesurés témoignaient de son rang et les petits regards rapides qu'elle continuait à jeter sur la foule gênaient

350

ceux qu'ils touchaient. Sa compagne, elle, était moins « réussie », eût-on dit. Son austère robe noire un peu trop grande pour elle et ses nombreux peignes d'ébène placés un peu n'importe comment prouvaient sa qualité d'inférieure, sa probable condition de dame de compagnie; mais quelque chose dans son visage, peut-être le nez proéminent strié de veinules violettes ou la mâchoire trop carrée, peu faite pour la lecture à haute voix ou les confidences susurrées au-dessus d'une tasse de thé, ses gestes, aussi, saccadés, comme si elle avait été prise de panique, surprenaient. Peut-être un revers de fortune venait-il de la plonger dans un rôle pour lequel elle n'était pas faite et se prêtait-elle mal à ce jeu de classes humiliant. La grande dame se retourna soudain vers elle et lui dit, sèchement: « Vous venez, ma bonne Adrienne, nous nous mettrerons en retard! » Son accent était à peine mieux réussi que celui de ses estafettes mais au moins il en imposait et des trous se formaient dans la foule pour les laisser circuler. La femme de Gabriel avait porté la main à son cœur quand elle avait vu l'étrange cortège se diriger vers son groupe; son regard passait d'Albertine à la présumée duchesse avec un évident affolement. Ils défilèrent tous les six juste devant elles et la duchesse les salua gentiment. Rose Ouimet siffla entre ses dents en secouant la tête. « Est chic en pas pour rire, hein? » Albertine se tourna vers sa belle-sœur. « Pensez-vous que c'est nos voisines? » La grosse femme essayait de cacher son trouble. « J'en ai ben peur. »

351

Le ténorino chantait *J'attendrai* pour la
deuxième fois, une main glissée dans la poche
de sa veste, l'autre posée sur le micro. La salle
était plongée dans le ravissement. La plupart
des femmes formaient les mots avec la bouche
ou fredonnaient tout bas. Tino avait mis un peu
plus de miel dans sa voix ; il murmurait presque
cette chanson qui avait la même emprise sur le
public, où qu'il la fasse : à Paris comme à Al-
ger, dans son Ajaccio natale autant qu'ici, dans
le fin fond de l'hiver. Ce moment juste avant la
conclusion de son récital était toujours magique ;
le silence qui se faisait alors et le contact qui
s'établissait entre le chanteur et la foule au tem-
pérament différent selon les pays mais au goût
exactement pareil étaient uniques. À chaque
récital, il bissait avec bonne grâce celle de ses
chansons qui était devenue son fétiche et qu'on
réclamait en piochant avec les pieds autant
qu'en applaudissant. La première fois qu'il avait
chanté *J'attendrai*, Albertine s'était figée dans
son fauteuil ; tout s'était dissipé autour d'elle,
même le parfum décidément trop insistant de la
grande femme qui s'était assise à côté d'elle
pour la seconde moitié du spectacle et qu'elle
trouvait très incommodant. Albertine avait
beaucoup de difficulté à se concentrer sur quelque chose qui n'était pas le train-train quotidien : il lui arrivait souvent de tomber dans la
lune au beau milieu d'une émission de radio ;

352

elle perdait tout intérêt après trois pages d'un livre; elle avait même quelque problème à suivre une chanson d'un bout à l'autre, gardant souvent l'air en tête sans savoir ce dont il était question parce qu'elle n'avait tout simplement pas écouté les paroles. Mais les trois minutes que durèrent *J'attendrai* furent pour elle un événement complet en soi, lisse, rond, inattaquable, parfait. Parce que *J'attendrai* parlait d'elle. Elle aussi avait attendu toute sa vie, mais pas quelqu'un; quelque chose. Le quelqu'un que lui avait octroyé le sort, son mariage n'en ayant pas été un de choix mais de circonstance («Faudrait ben te marier, là, Albertine, t'as l'âge!»), l'avait humiliée pendant des années sans même s'en rendre compte dans son abrutissement d'alcoolique violent, puis était parti se faire tuer dans une guerre qui ne le concernait pas, au grand soulagement de sa femme qui s'était mise à attendre que «quelque chose d'autre» se produise. Mais son manque d'intérêt, de curiosité, son incapacité à s'évader par le rêve ou dans les faits, la laissaient en perpétuelle attente, inassouvie mais ne sachant pas de quoi. Ses enfants ne la satisfaisaient pas non plus parce qu'ils étaient plus intelligents qu'elle et qu'elle avait déjà commencé à les perdre définitivement; quant à la vie qu'elle menait, personne d'autre qu'elle ne s'en serait contenté. Un avant-goût de révolte, un besoin de tout casser, une soif d'élargissement la prenaient parfois mais elle les retournait contre les autres, les transformait en colères ou en crises d'angoisse sans essayer de se les expliquer. *J'attendrai* ne lui expliqua rien,

353

non plus, mais elle vibra, au bord de quelque chose qui ressemblait à la compréhension, à la révélation. Pendant tout le reste de la soirée, elle avait sans cesse vaguement eu conscience du théâtre, du public, de l'orchestre toujours visible, toile de fond mouvante et dérangeante, de l'éclairage, aussi, dont elle ignorait jusqu'à l'existence avant de mettre les pieds au Plateau et qu'elle avait été étonnée de voir passer du rouge au rose, du rose au bleu, du bleu au jaune ambré; mais aussitôt que le ténorino avait annoncé sa chanson favorite avec sa voix flûtée, chantante, même, lorsqu'il parlait, une élévation s'était produite en elle, un vertige nouveau qu'elle avait goûté dans la parfaite immobilité; pas une seconde ses yeux n'avaient quitté le chanteur qui avait semblé s'adresser directement à elle; et son exaltation avait atteint l'absolu. Elle avait eu l'impression que quelqu'un l'avait comprise pendant un court instant et en avait été reconnaissante. Elle n'avait pas applaudi, après, comme les autres; elle n'avait que repris conscience en sursautant. Au rappel, elle s'était reculée dans son siège confortable sans essayer de retrouver cet unique état de grâce: la bourrasque était passée et elle était trop paresseuse pour tenter de la renouveler. Elle regardait autour d'elle. Sa belle-sœur semblait encore sous le charme; son autre voisine avait fermé les yeux en souriant. Elle s'attarda sur ce visage très maquillé qui luisait comme si la dame avait eu trop chaud dans son corset. Quelque chose de familier la frappa dans ce profil, mais pendant un très court instant. Elle avait

354

déjà vu ce nez légèrement recourbé, ces joues
pleines, ce petit front carré. Mais où? Peut-être
à cause de l'extravagance de la mise de sa voisine, elle pensa à des photos d'actrices, à ces
films américains, aussi, auxquels elle ne comprenait pas grand-chose mais qu'elle préférait
aux films français parce qu'elle pouvait se contenter de regarder défiler les images sans essayer d'y trouver une signification. C'était ça.
La supposée duchesse assise à côté d'elle ressemblait tout simplement à une actrice de cinéma.
La chanceuse! Elle allait en faire la remarque
à sa belle-sœur lorsque quelqu'un, derrière elle,
toussa; son attention dériva. *J'attendrai* s'acheva
dans un pianissimo qui pâma tout le monde.
Albertine ne vit pas le regard en coulisse que
venait de jeter sur elle la duchesse, ni la pointe
d'amusement, de moquerie, même, qu'il reflé-
tait. La grosse femme, pour sa part, était dans
ses petits souliers depuis qu'elle avait vu Édouard
entrer dans le théâtre habillé en femme. Elle savait depuis un bon bout de temps, depuis ce
soir d'août, en fait, où il lui avait tout raconté,
qu'elle le verrait un jour retontir dans un accoutrement invraisemblable qui confondrait tout le
monde; mais pas ici, pas dans cette salle trop
impressionnante, si peu faite pour la provoca-
tion publique et, surtout, pour la chicane de
famille! Heureusement, Albertine n'avait aucune
imagination et les chances qu'elle reconnaisse
son frère étaient minces. À moins qu'Édouard
ne la provoque, ce dont il était bien capable.
La grosse femme voyait mal exploser dans cette
enceinte discrète et huppée, la crise de nerfs,

355

les insultes, les sacres, les coups, l'esclandre, enfin, dont on parlerait pendant des années sur le Plateau Mont-Royal et qui frapperait leur famille du sceau de l'infamie si Albertine venait à reconnaître Édouard. Quand son beau-frère était passé devant elle, dans le hall, pour aller prendre sa place, la grosse femme avait pris un air suppliant qu'il avait semblé comprendre. Elle espérait maintenant qu'il se contenterait de la satisfaction de savoir qu'il ressemblait tellement à la femme qu'il avait toujours rêvé d'être que même sa sœur s'y était laissé prendre. Mais allez donc savoir, avec ce doux rêveur qui risquait d'avoir envie de partager son bonheur et cette survoltée qui sautait sur toutes les occasions d'éclater en cris et en violences incontrôlables non pas pour se défrustrer mais pour faire pitié. La grosse femme aussi avait fermé les yeux pendant *J'attendrai*, mais pas tellement à cause de la chanson elle-même qu'elle aimait bien mais qu'elle avait trop entendue, ni de l'orage qui menaçait d'éclater d'un instant à l'autre; c'était plutôt à cause de la chanson qui venait tout de suite après et qu'elle avait attendue toute la soirée. Elle l'avait vite repérée en dépliant le feuillet que lui avait tendu l'ouvreur, à la porte: à la fin du récital, comme un ultime bouquet d'émotion, apothéose vers laquelle tout convergeait: *Le temps des ceri-ses*. Et quand elle vit venir le moment où le ténorino allait enfin l'interpréter, son visage se plissa, une bouffée de désarroi lui monta à la tête et ce qu'elle ressentit fut aussi douloureux qu'agréable. Cette chanson contenait à la fois

356

tous ses rêves avortés et tous ses accomplisse-
ments: elle revécut simultanément les plages
défendues d'Acapulco et le corps baigné de
sueurs de Gabriel; les villes aux noms étonnants
et si évocateurs dont les romans qu'elle avait
lus étaient truffés et qu'elle aurait juré avoir
visitées de fond en comble: Vladivostok, Alex-
andrie, Montevideo, Manille, Carthage, Syracuse,
et le total abandon de son dernier enfant quand
il s'endormait sur son sein au milieu d'une caresse. Soudain, elle pensa à Édouard dans son
attifement saugrenu et *Le temps des cerises*, que
Tino Rossi chanta dans un éclairage très doux,
prit un goût de liberté et une signification très
précise: Édouard avait franchi une porte qu'il
n'avait pas tout à fait refermée derrière lui; elle
se vit y jeter un coup d'œil, s'y glisser sur la
pointe des pieds, et sourit. De son côté, Édouard
était tiraillé entre l'envie de sauter franchement
sur Albertine en arrachant sa perruque et de lui
dire un gros « Surprise! » qui la tuerait ou, tout
au moins, lui causerait un infarctus; et celle,
plus douce, de savourer silencieusement son
triomphe, de le boire à petites gorgées, de le
siroter en riant intérieurement. En planifiant sa
soirée, il avait d'abord imaginé une grande fres-
que presque sanglante, une épopée baroque et
violente qui commencerait dans le hall ou
dans la salle pour se poursuivre dans le parc
Lafontaine, avec Albertine lui sautant au visage
pendant que la grosse femme essayait de les sé-
parer, la foule, impatiente de le déchiqueter
à belles dents, vociférant des grossièretés et lui-
même, Édouard-la-duchesse, au milieu de la

357

mêlée, prouvant ce dont il était capable à cette engeance sans imagination qui se contentait de mal interpréter, toute sa vie durant, le rôle qui lui était imposé. Il serait le flambeau de la rébellion, le premier fleuron de la dissidence dans cette société de têtes carrées! Mais dans ses folles idées de chambardements romantiques et d'empoignades épiques, il avait oublié un détail vital: il aimait son nouveau rôle (son entrée au théâtre lui avait procuré une jouissance extraordinaire) et le simple fait de savoir que maintenant, à la seconde présente, pendant que Tino Rossi chantait *J'ai deux chansons*, ou *Marinella*, ou *Le temps des cerises*, il dupait mille personnes en même temps *qui ne savaient pas* qu'il était un homme, qu'il avait impressionnées et qu'il pouvait continuer à tromper tant qu'il le voudrait parce qu'il interprétait bien son personnage, réveillait en lui une satisfaction neuve, quelque chose qui ressemblait à de la fierté, à de la vanité. Ce succès instantané le portait à remettre de minute en minute le moment de la révélation pour goûter le plus longtemps possible les avantages de sa situation. À la fin du *Temps des cerises*, il tourna très lentement la tête vers sa sœur pour qui, en grande partie, il avait monté cette comédie et la mesquinerie, l'étroitesse d'esprit, l'obtuse médiocrité, l'ignorance crasse qu'il lut dans ce profil fermé et chiffonné le bouleversèrent au lieu de le provoquer. À quoi bon ajouter un élément de plus au tourment déjà insupportable qu'il devinait chez sa sœur? Pourquoi? Pour rire d'elle? Ne devait-il pas apprendre à rire de lui-même d'abord? Il

358

aima sa sœur à ce moment-là comme il ne l'avait jamais aimée. Il eut envie de se pencher vers elle et de lui murmurer à l'oreille mille choses parmi lesquelles se trouvait le secret de son déguisement, mais noyé dans les paroles apaisantes et les mots d'amour. Accepterait-elle à mots dits tout bas les choses qu'elle rejetterait autrement? La réponse était non et Édouard en ressentit une vive douleur. Lorsque la salle se leva encore d'un seul bloc après la dernière chanson, il resta bien assis au fond de son siège et décida de faire cadeau à Albertine de son ignorance à son endroit. Sans applaudir, il fit signe à ses amis de sortir du rang et se dirigea droit vers la coulisse.

Adrien éclata en mettant le pied dans la coulisse déserte. Le ténorino n'avait pas fini ses saluts; il semblait même vouloir accorder un autre rappel tout en faisant de petits gestes de protestation. Adrien prit Édouard par le bras, lui fit faire un demi-tour sur lui-même et le plaqua contre le mur de ciment où couraient des câbles de manipulation et des fils électriques. «J'me r'tiens depuis le commencement de la soirée, mais faut que j'te le dise: T'es t'un beau chien, hein, Édouard?» Ce dernier jeta un regard interrogateur vers les autres membres du poulailler, puis le ramena vers son ami qui semblait dans un piteux état. «Voyons donc, Adrien, que c'est qui se passe?» Adrien approcha son visage rouge de rage de celui d'Édouard. «Tu me l'avais pas dit, hein, que j'arais l'air de ta dame de compagnie! Ah! non... À t'entendre parler, on arait l'air de deux princesses en visite à Montréal, on ferait baver toutes les snobs parce qu'on s'rait plus chic qu'eux autres, on arait le Plateau à nos pieds pis Tino Rossi au creux de not' main! Tu t'occupais de toute, pis toute se passerait ben! Pis première chose que j'ai sue, j'avais l'air de sortir d'une vieille vue française! J'avais l'air de Jeanne Fusier-Gir! Ça fait quinze ans que j'ai laissé le travesti, Édouard, sais-tu c'que ça voulait dire, c'te soirée-là, pour moé? En plus que ça me coûtait ma soirée au Palace! J'ai été obligé de demander à mon beau-frère de me remplacer au bar parce que j'pensais que ça vaudrait la peine! Pis j'ai l'air de passer en arrière de toé pour ramasser ta marde!» Il frissonnait, il gesticulait, des larmes lui étaient montées aux yeux et sa lèvre inférieure était agitée d'un léger tremblement mais il se tenait droit dans sa pitoyable robe noire et son manteau de caracul probablement emprunté à Mercedes. «Toé, tu te pavanes dans ta belle robe grise pis tes beaux accessoires rouges pis moé j'ai pas une chance de me faire valoir parce que j'ai l'air de la chienne à Jacques!» Édouard rajusta son manteau en haussant les épaules. Il prit la voix de Gaby Morlay parlant à Pauline Carton: «Tu m'as toujours exaspéré, Adrien! J'te donne une chance de nous montrer c'que t'es capable de faire pis t'en profites pas! Si t'as l'air d'une pauvresse dans ta robe noire pis ton manteau de fourrure c'est parce que t'agis en pauvresse! 'gard, moé, penses-tu que c'que j'porte a plus d'allure? Tout est dans l'allure, Adrien! Si tu te forçais, un peu, si tu te débattais, c'est moé qui risquerais d'avoir l'air de ta dame de compagnie!» Adrien recula de quelques pas. «As-tu déjà vu une dame de compagnie grimée comme un bouffon?» Édouard sourit. «On le sait pas, Adrien, on n'a jamais fréquenté le grand monde ni un ni l'autre... On joue, on imagine, pourquoi pas le faire jusqu'au boute?» Adrien, ne trouvant rien à répondre, sortit un mouchoir et se vida le nez bruyamment. Édouard s'approcha, lui posa une main gantée sur le bras. «Écoute ben... La prochaine fois, là, si tu veux, j'vas m'habiller en servante, pis tu t'habilleras en maîtresse, okay? Tu mettras une belle robe de bal pis moé j'me déguiserai en soubrette avec une p'tite robe courte, un p'tit tablier blanc pis une capuche su'a'tête! Mais j'te préviens, par exemple! J'vas toute faire c'que t'arais dû faire à soir pis c'est moé que le monde vont regarder! J'vas faire les pieds au mur, j'vas grimacer comme douze, j'vas me tortiller pis j'vas parler fort! C'est ça qu'y faut faire! Si t'avais réagi, un peu, à soir, si t'avais joué le jeu avec moé, on arait dix fois plus de fun! On arait eu l'air de deux vieilles amies qui viennent se pâmer devant leur idole pis on serait mortes de rire! Mais non! Aussitôt que t'as vu la robe, t'as pogné un down terrible pis t'es restée de même au lieu de te débattre!» Adrien était tellement insulté qu'il en était au bord de l'apoplexie. La Vaillancourt, qui l'aimait bien, s'était approchée de lui et lui avait posé la main sur l'épaule. «Le show est fini, là, le monde vont arriver...» Adrien sembla soudain réaliser où il était. Il parla plus bas, mais d'une voix cassée où éclataient sa rage et son impuissance. «Ta mauvaise foi est tellement insultante, Édouard! Tu me mets dans une situation ridicule pis ensuite tu viens me dire que c'est de ma faute! Me prends-tu pour un épais à ce point-là! J'pensais que t'étais un ami mais j'me rends compte que t'es juste un profiteur! T'es venu me demander de t'aider pour faire ta première sortie dans le monde pis tout c'que t'as faite c'est d'essayer de m'écraser! Mais laisse-moé te dire qu'y'en aura pas de prochaine fois! Ma revanche, j'la veux pas! T'es trop bébé pour que j'te prenne au sérieux!» Il tourna les talons et piqua dans la foule qui commençait à envahir la coulisse. Édouard aurait voulu le rattraper, lui dire qu'il avait tort, qu'il n'avait jamais voulu l'humilier, qu'il s'était seulement laissé aller à sa joie en pensant que tout le poulailler le suivrait, mais il était trop tard, les peignes de fausse écaille d'Adrien avaient disparu au milieu des chapeaux de feutre multicolores. Déjà quelques femmes pomponnées et bruyantes se frayaient un chemin vers la loge. Édouard se détourna du point où Adrien venait de disparaître et fit un geste de ralliement à ce qui restait du poulailler. Une toute jeune fille, très belle et à l'œil particulièrement vif, avait suivi la scène avec un étonnement amusé. Quelque chose qu'elle ne pouvait pas encore s'expliquer l'avait touchée dans cet échange de propos où l'émotion l'emportait sur l'intelligence; elle avait senti l'importance des passions en jeu et, loin de trouver tout cela ridicule, elle avait eu envie d'aller trouver ces deux fausses dames pour leur dire qu'elle admirait leur courage. Mais la timidité la retint. Elle tenait son carnet d'autographes contre son manteau de drap en suivant en même temps ce qui se passait en coulisse et la fin du récital. Quand elle vit les premiers visiteurs entrer en coulisse et la plus grande des deux dames se diriger vers elle avec son état-major à l'air contrit, elle se précipita vers la porte de la loge pour arriver la première. Tino Rossi sortait de scène; deux policiers retenaient la foule en délire. «S'il vous plaît! S'il vous plaît! Monsieur Rossi va donner des orthographes dans sa loge après s'être changé!» Le ténorino, tout petit dans cette foule houleuse, faisait de charmants sourires gênés, comme s'il avait été mal à l'aise d'être là. À la porte de la loge se tenaient une grande femme forte et une jolie adolescente qui semblaient toutes deux bien décidées à rester là tant qu'on n'accéderait pas à leur désir. Les policiers, intimidés par l'allure impressionnante de la dame, hésitaient à lui demander de se retirer. Mais elle se contenta de tendre la main au ténorino: «Antoinette de Navarreins, *duchesse* duchesse de Langeais. Enchantée! Je ne vous dérangerai pas plus longtemps, cher ami, je connais les affres du triomphe! Alors, on se revoit tout à l'heure au Ritz!» Elle s'éloigna en jouant des coudes, suivie de quatre messieurs à la mine ahurie. La Vaillancourt rattrapa Édouard dans l'escalier qui menait à la salle. «Es-tu fou, Édouard, on n'est même pas invités!» Édouard replaça sa perruque qui penchait dangereusement vers la gauche. «J'viens de nous inviter!» À la porte de la loge, la jeune fille tendait son carnet, rose d'émotion. «S'il vous plaît, monsieur Rossi. Faut que j'retourne à Saint-Eustache à soir! J'peux pas attendre que vous soyez changé!» Tino sourit. La jeune fille porta sa main à son cœur. «J'veux être chanteuse, moi aussi, vous savez! Pis actrice! Pis danseuse!» Le ténorino prit gentiment le carnet. «Votre nom, mademoiselle?» L'adolescente frissonnait d'excitation. «Denyse. Avec un *y*!»

Les grands salons du Ritz Carlton débordaient de beau monde. Une partie de la faune artistique de Montréal s'était donné rendez-vous dans cette enfilade de pièces luxueuses, autant pour poser pour la postérité devant les flashes de *La Presse* ou du *Petit Journal* et les caméras de l'Office national du film que pour fêter le triomphe de Tino Rossi au Plateau. Malgré la tempête dont on disait déjà qu'elle serait la plus grosse de l'année, presque tout le monde avait répondu à l'invitation du maire Camilien Houde qu'on avait vu arriver très tôt en habit de soirée, tuyau de castor et paletot de chat sauvage, le sourire aux lèvres, une bonne parole pour chacun et les yeux brillants. Il s'était installé dos à un foyer où brûlaient quelques bûches odorantes de sapin sec et avait patiemment attendu la venue

364

de Tino Rossi en distribuant poignées de mains
et clins d'œil. Il était en grande forme; il apos-
trophait gentiment les passants, riait de bon
cœur, embrassait volontiers les femmes; on
l'avait même vu esquisser quelques figures de
valse avec Germaine Giroux («Germaine, vous
serez toujours la femme de ma vie!» «Camilien,
n'importe quand!») au son d'un orchestre mal
dissimulé par un massif de plantes vertes maga-
nées par l'hiver trop long. Et lorsque le ténorino lui-même avait mis le pied dans le dernier
salon, celui près des ascenseurs, au bras de son
grand ami Jean Grimaldi qui lui ressemblait
comme un frère et qu'il retrouvait toujours avec
une vive émotion au milieu d'embrassades et de
larmes très sincères, Camilien Houde s'était précipité avec un sonore «Tino!» qui avait mobili-
sé tout le monde. Il avait embrassé le chanteur
dont il avait vu le spectacle le jeudi précédent,
l'avait encore félicité et, très propriétaire terrien
qui fait visiter ses communs et présente son
personnel, il avait entrepris de faire le tour des
salons en improvisant un court éloge des principaux invités. Il s'était d'abord dirigé vers Juliette Béliveau devant qui il s'était incliné avant
de la prendre dans ses bras et de lui plaquer
deux énormes baisers sur les joues. Madame
Béliveau et Tino Rossi, en vieilles connaissan-
ces qui s'aiment autant qu'elles se respectent,
s'étaient longuement étreints. Tout de suite
après, Jean Grimaldi avait pris madame Béliveau par le bras. Ils avaient tous deux emboî-
té le pas au chanteur rougissant et au maire
rayonnant qui le guidait à travers les salons en

lui glissant à l'oreille des choses que le ténorino ne comprenait pas toujours mais qui semblaient toujours amusantes. Des éclairs de magnésium avaient illuminé un des salons quand Alys Robi s'était littéralement jetée dans les bras de Tino Rossi et quand Juliette Petrie, qui se promenait fièrement au bras de son mari, lui avait gentiment tendu la main. La Poune avait tapoté le bras du ténorino en lui disant: « On n'a pas été te voir, on travaillait; mais on a entendu dire que t'étais ben bon! » Jeanne Demons minaudait, Paul Guévremont faisait des farces, Roger Garceau circulait en souriant au bras d'Estelle Piquette avec qui il répétait *L'École des femmes,* sous la direction de Pierre Dagenais. Jean-Pierre Masson, l'Arnolphe de cette *École des femmes* qui commençait la semaine suivante, discutait ferme avec Marjolaine Hébert et Robert Gadouas enlacés comme deux jeunes amoureux. Le maire Houde présentait son monde avec une évidente fierté, disant à voix très haute: « Mon cher Tino, vous savez que la vie artistique de Montréal est des plus excitantes! Nous sommes la deuxième plus grande ville française du monde et nous faisons en sorte que Paris en soit fière! » ou « Le music-hall est aussi dynamique que le théâtre ou l'opérette! Je sors presque tous les soirs et je ne m'ennuie jamais! » Muriel Millard, Juliette Huot et Marcel Gamache avaient marché du studio de *La veillée du samedi soir* jusqu'au Ritz Carlton pour venir saluer Tino Rossi et attendaient calmement leur tour en grignotant de petits sandwiches verts et roses. Tout ce beau monde buvait, mangeait et jasait;

on s'embrassait volontiers, on s'engueulait à peine, on s'évitait soigneusement. Antoinette Giroux, prétextant une légère indisposition, s'était excusée; mais aux douze coups de minuit elle parut dans une incroyable robe de taffetas vert émeraude, au grand dam de sa sœur qui lui glissa à l'oreille: «On n'avait pas décidé que nos costumes resteraient au théâtre? J'ai l'air d'une galeuse, à côté de toi! Mais ça me fait rien, t'as l'air de Gaby Morlay en couleurs!» Des cercles concentriques, toujours brisés et toujours refaits, pressaient le duo Tino Rossi - Camilien Houde qui évoluait avec un étonnant manque de prétention. Le chanteur ne disait presque rien; il se courbait, baisait des mains, souriait, au point que Germaine Giroux dit à Denis Drouin qu'elle suivait de près: «Pour moi, y nous ont pas envoyé le vrai Tino Rossi, y nous ont envoyé un dummy! Y'est raide comme une barre pis y a l'air d'un p'tit gars de six ans!» Denis Drouin sourit avec un petit air narquois. «J'voudrais ben te voir dans un salon rempli d'étrangers, toi!» Germaine plissa les yeux d'une façon gourmande. «J'aimerais mieux que tu me vois pas!» La Poune croisa un grand jeune homme bien mis qui circulait discrètement, un verre de champagne à la main. «Valérie! Comment ça va, mon p'tit chien!» Au milieu de cette foule haute en couleurs et de plus en plus bruyante au fur et à mesure que se déroulait la soirée, circulait une grande femme seule, bizarrement mise et un peu raide, que madame Petrie et La Poune avaient regardée faire son entrée avec de grands yeux, se pous-

367

sant du coude : Édouard, en robe longue et perruque, qui leur faisait de petits signes d'amitié
quand il les croisait, sans toutefois leur adresser la parole, et que la patronne du Théâtre
National trouvait assez réussi. « Y a fini par le
faire ! Parle-moé de ça ! » Chaque fois qu'elle
l'apercevait, rose et confus, lui toujours si volubile et gesticuleux, madame Petrie ressentait de
la compassion pour lui et se retenait pour ne pas
aller l'embrasser. Elle le trouvait à la fois pitoyable et touchant. « Pauvre Édouard. J'espère qu'y
pense pas qu'y nous trompe ! Personne, ici, est
assez naïf pour s'imaginer qu'y peut être une
femme ! » Édouard était beaucoup plus impressionné qu'il ne l'avait pensé de côtoyer tous ces
gens qu'il admirait tant mais dont il avait peur,
tout à coup. Il était à l'intérieur du party comme
il l'avait voulu mais il avait l'impression d'en
être coupé par un écran. À son arrivée, il était
sûr d'avoir le front de se mêler aux conversa-
tions, de faire des farces, de forcer madame
Petrie et madame Ouellette à la complicité mais
quelque chose de fondamental et dont il n'arrivait pas à saisir la nature lui manquait pour être
totalement à l'aise et il restait silencieux, errant
de groupe en groupe sans oser aborder qui que
ce soit. Parfois, il jetait de petits regards de
panique vers ses deux amies du Théâtre National mais quand il sentait leurs yeux se poser sur
lui il détournait brusquement la tête, le cœur
battant. Lorsqu'il passait près de la grande porte,
il apercevait ses quatre compagnons, dans le hall
de l'hôtel, qui n'avaient pas osé foncer comme
lui, levant le nez et haussant les épaules, quand

368

on leur avait demandé leur carton d'invitation,
et il s'en voulait d'être pris entre ces deux mondes, le poulailler qui manquait d'envergure et le
milieu artistique qui en avait encore trop pour
lui et dont il se sentait indigne. Il avait eu le
courage d'abandonner ses amis mais n'arrivait
pas à pénétrer cette société pour laquelle il
s'était toujours cru fait. Dans la coulisse du Plateau, devant ses camarades faciles à impression-
ner, il lui avait été aisé de plonger vers Tino
Rossi, de se présenter, de s'inviter, en jouant un
rôle qu'il s'était taillé lui-même mais ici, dans ce
salon chic, parmi le *vrai* monde, les règles
n'étaient plus les mêmes ; tout lui semblait hors
d'atteinte. Au bras du *vrai* Camilien Houde, entouré de la *vraie* Juliette Béliveau, du *vrai*
Jacques Auger, de la *vraie* Alys Robi, Tino Rossi
devenait intouchable alors qu'il avait semblé
presque insignifiant au Plateau. Et Édouard était
trop orgueilleux pour aller quêter de l'aide auprès de madame Petrie ou de la Poune. Il se
sentait irrémédiablement seul alors qu'il avait
jusque-là toujours été entouré. Il ne voyait pas
les airs moqueurs que certains invités prenaient
aussitôt qu'il avait dépassé un groupe ; cela l'aurait tué. Il était au bord de décider de partir
lorsqu'il s'arrêta devant une grande glace pour
replacer le plus discrètement possible sa perruque qui recommençait à lui glisser dans le cou.
Cela lui sauta aux yeux d'un seul coup. Il sursauta sous le choc. Un mot lui vint à l'esprit, qu'il
n'avait jamais employé mais qui s'imposa à lui
avec une force étonnante : vernis. Il comprit en
deux secondes que seule une partie de sa trans-

369

formation s'était opérée: le roturier disparaissait à peine sous la perruque, la robe, le maquillage et transparaissait dangereusement dans l'allure, les gestes, la physionomie. Il ne se sentait duchesse qu'extérieurement; il restait vendeur de souliers jusque dans ses moindres fibres. « J'ai juste un semblant de vernis! Chus pas prêt!» Il avait fait un pas énorme, mais pas suffisant. Le rouge de la honte lui monta aux joues. Il sortit du grand salon, traversa le hall sans regarder ses amis qui s'étaient levés de leur canapé à son approche, et sortit. Il figea sous la marquise qui l'avait tant fait rêver, où brillait faiblement le fameux camée noir aux lettres blanches translucides. La neige était souveraine. Le Ritz Carlton était coupé du reste du monde. De grands murs de flocons blancs se déplaçaient en tournoyant dans la rue Sherbrooke totalement vide. Il se sentit comme au cœur d'un énorme cocon qu'il fallait percer à tout prix avant d'étouffer. Deux portes s'offraient à lui: la première était ouverte sur une odeur de bière mal digérée, un danseur à patins à roulettes raté et ennuyeux comme les pierres, et un coin de bar qui faisait frissonner de désespoir; l'autre était fermée, mais il avait peur qu'elle mène exactement au même endroit. Il ouvrit les bras, se laissa bousculer par le vent et se mit à rire.

Quelques minutes plus tard, une corpulente femme, un peu défaite mais autoritaire et imposante, se présenta à la réception du Ritz Carlton. Elle posa son sac à main sur le comptoir avec un geste assuré et dit d'une voix forte: « I would like to rent a room, please! » Édouard avait entrouvert la porte qui menait peut-être à la libération.

Intercalaire III

Octobre 1946

31

« C'qu'y a dans ma tête est cent fois plus beau que tout c'qu'y a en dehors ! »

Les dits de Victoire

L'été des Indiens distillait doucement ses couleurs folles. La rue Fabre semblait flamber en silence dans la tiédeur insolite de cette dernière journée d'octobre. La veille, encore, il faisait froid; la pluie détrempait la ville en grosses gouttes pesantes qui annonçaient déjà l'hiver trop proche, mais voilà que ce matin l'humidité étouffante de juillet était revenue, enveloppant d'abord les arbres rouges et jaunes d'une brume collante, puis se transformant peu à peu en arrière-goût de vacances qui serrait le cœur. Les enfants étaient partis pour l'école en maugréant; les hommes avaient hésité sur le pas de leur porte avant de se diriger, tête basse, vers leur travail; quelques femmes avaient sorti une dernière fois leur chaise berçante favorite sur leur balcon. Un tout petit vent, coulant et à peine insistant, s'était levé vers midi, juste pour rappeler que ce n'était vraiment plus l'été et que ces quelques heures de sursis n'étaient qu'un ultime cadeau avant le coup de grâce de novembre. L'enfant de la grosse femme jouait dans les feuilles tombées des érables et des peupliers. Il s'était fabriqué un énorme nid rouge et or, s'était assis au milieu et humait avec délice les effluves mouillées et fortes. Il imaginait mille aventures qui se ressemblaient toutes mais qui, toutes, le rendaient heureux. Parfois, il prenait une feuille morte, la cassait entre ses mains, l'émiettait et la portait à son nez. Là aussi quelque chose de l'été s'attardait et il fermait les yeux. Quand il avait trop bougé les jambes, un grand trou se formait autour de lui; il ramenait les feuilles avec des gestes excités, se disant: « Faut que j'protège mes p'tits » ou bien: « La moman oiseau va avoir froid pis ses œufs vont geler! » Il en avait jusqu'à la taille et cela le ravissait. Quand il s'étendait de tout son long, il disparaissait complètement et rêvait qu'il était invisible. Vers deux heures, cependant, il allait remonter chez lui pour aller dire à sa mère qu'une grosse envie venait de le prendre (les grosses envies étaient plus pressées que les petites envies et il devait les déclarer aussitôt qu'elles se manifestaient), lorsque quelque chose, peut-être le reflet du soleil dans une vitre, attira son attention en direction de la maison vide où disparaissait trop souvent à son goût son cousin Marcel. Il s'approcha de la clôture sans presque s'en rendre compte. Devant le refus toujours renouvelé de Marcel de l'emmener dans cette maison, le dernier fils de Gabriel

376

avait vaguement pris la résolution d'y aller seul,
un jour, mais l'occasion ne s'était jamais présen-
tée et, de toute façon, il avait beaucoup trop
peur. Mais là, au milieu de ce splendide après-
midi, sa peur s'était envolée ou, plutôt, il n'y
pensait plus. Il poussa la porte de fer forgé qui
grinça un tout petit peu. Il traversa le parterre,
monta les trois marches qui menaient au perron.
Des feuilles pendaient à ses culottes et à son
chandail de laine bleu marine. Il mit le nez à la
vitre de la porte d'entrée en même temps qu'il
posait la main sur la poignée qui tourna très
facilement. La porte s'ouvrit; il y glissa la tête.
Rien. Le portique était vide et, par la porte ouverte, il pouvait voir que le corridor qui coupait la maison en deux, comme chez lui, était
lui aussi désert. Marcel avait donc menti avec
ses histoires de gros meubles, de tapis ça d'épais
et d'instruments de musique de toute beauté!
Il poussa la porte d'entrée complètement avant
de risquer un pas dans la maison. Il allait quand
même en avoir le cœur net! Il entra. Il s'attendait à tout moment à ce qu'un énorme chat,
gentil et caressant, se jette sur lui en lui criant:
« Bienvenue! Depuis le temps qu'on t'attendait! »
mais il traversa toute la maison sans que rien ne
se produise. Il en fut très chagriné. Il sentait un
vide à la hauteur de son cœur, comme quand
on le privait de quelque chose qu'on lui avait
longtemps promis. La maison était divisée exactement comme la sienne, mais à l'envers. La
chambre qui correspondait à celle qu'il partageait avec ses parents était à droite de la salle
à manger, au lieu d'être à gauche, et cela lui

donnait le vertige. Il se rappela le jour où il
avait tant pleuré parce que sa mère lui avait
expliqué qu'il ne pouvait pas entrer dans le miroir de sa coiffeuse parce que tout y était à l'envers et qu'il s'y perdrait. Il avait vaguement
l'impression d'être dans un miroir vide. Il risqua un œil dans la fenêtre en coin de la salle
à manger et vit sa mère, justement, qui étendait
du linge sur la corde. Il envoya la main, mais
n'osa pas frapper dans la vitre. Sa mère chantait.
Il chanta aussi. Il revint sur ses pas très lentement et allait sortir lorsqu'une envie d'entrer
au salon, qui se trouvait maintenant à sa droite,
le prit. C'était là, au dire de Marcel, que tout se
passait : les leçons, les rires, les séances de chatouillage. Il poussa la porte. Toujours rien. Ou,
plutôt, une impression que quelque chose devrait y être qui n'y était pas. Ou quelqu'un. Il
revit tous les récits de Marcel qu'il se racontait
souvent, le soir, pour s'endormir : les belles madames en robes longues qui parlaient si bien et
qui enseignaient des choses si belles ; le chat, le
maudit chat fou, si drôle, qui caressait comme
pas un, qui faisait les mimiques les plus comiques du monde et qui *parlait* ; le piano dont les
sons faisaient pleurer ; toutes ces choses qu'il aurait dû voir mais qu'il ne voyait pas ! Une irrésistible envie de prétendre que tout cela existait et
qu'il en faisait partie lui aussi le prit et il dit,
à voix haute : « J'f'rais-tu l'affaire, moé aussi ? »
Rose, Violette, Mauve et Florence, leur mère,
immobiles dans leurs fauteuils, le regardaient.
Pendant tout le temps que l'enfant avait pris
pour visiter la maison, elles avaient retenu leur

378

souffle. Sans quitter leur travail. Elles tricotaient. Quand il avait poussé la porte du salon, Florence avait levé la tête la première. Il les avait regardées sans les voir et quand il s'était offert à remplacer Marcel ou à se joindre à lui, elles avaient posé leur ouvrage. L'enfant de la grosse femme resta deux longues minutes dans l'encadrement de la porte. Des taches d'humidité salissaient le plafond, au-dessus de la fenêtre; la tapisserie était décollée; le plancher pourrissait. Avant de refermer la porte, il dit: « Que c'est qu'y a de plus que moé, Marcel? » N'y tenant plus, Mauve se leva de son fauteuil, se dirigea vers le piano, l'ouvrit. Sa mère fit un geste dans sa direction. Trop tard. Mauve avait posé le doigt sur une note, une seule. L'enfant de la grosse femme sursauta. Un petit coup de marteau l'avait atteint quelque part et il comprit que la maison était belle et bien remplie des trésors que Marcel lui avait décrits mais qu'il n'en était pas digne. Secoué de sanglots, il referma la porte du salon en la faisant claquer. Il sortit de la maison en courant et la splendeur de la rue Fabre l'étonna. Les feuilles semblaient plus rouges, plus jaunes, l'air plus doux. Des oiseaux s'égosillaient. Les trois grands peupliers, en face du restaurant de Marie-Sylvia, frissonnaient en miroitant d'or. Aussitôt passé la clôture, il oublia tout ce qui s'était passé dans la maison. Il sauta dans son tas de feuilles, le visage baigné de larmes dont il ignorait la provenance. Une seule idée le traversa, qui le surprit. « C'est drôle, j'ai pus envie! »

Épilogue

Mai 1947

after glow of sunset — a Hollywood effect

*« Quand j's'rai partie, oubliez-moé
parce que moé j'vas vous avoir oubliés !* »

Les dits de Victoire

Au bout de la 54th Street, le long du Pier 4,
le *Liberté* se profilait sur un après-coucher de
soleil aux roses agressifs. Les nuages étaient
éclairés par en dessous comme si quelqu'un, au
milieu de la ville, avait allumé d'énormes projec-
teurs pour annoncer la première d'un film de
Bette Davis ou d'une pièce de Broadway.
Accoudé à la rambarde de la première classe, un
chapeau de feutre posé sur l'oreille et ficelé dans
un invraisemblable imperméable acheté le jour
même dans une boutique de la Fifth Avenue,
Édouard regardait la foule sur le quai, noyée
dans les confettis et rattachée au bateau par de
longs rubans de papier de toilette ou de papier
crêpé de toutes les couleurs. Il pensait à la
grosse femme qui était venue le reconduire au
train, à la gare Windsor, et qui lui avait dit,
doucement: «J'te prête mes yeux, Édouard!

383

R'garde toute comme si on était deux!» Il avait tout quitté: son emploi qui le faisait chier depuis si longtemps; Samarcette qui continuerait indéfiniment à tourner sur lui-même sur une petite table carrée; le poulailler qui avait poussé de grands cris d'horreur et de ravissement; sa famille qui le trouvait fou (sauf la grosse femme, bien sûr, qui aurait voulu le suivre). Le petit pécule que lui avait laissé sa mère après toute une vie passée à ménager sou après sou, au cas, juste au cas, où quelqu'un aurait un jour besoin d'argent, ces quelques milliers de dollars dont il n'avait d'abord su quoi faire parce que rien ne l'intéressait vraiment, avait tout naturellement trouvé son utilité: dans cinq jours il serait au Havre; dans six ou sept, à Paris. Paris! Ce seul mot le faisait trembler, de peur et d'excitation. Paris, dont il avait décidé de se garder la surprise, ne consultant aucune carte ni aucune brochure touristique pour rester vierge. Il n'en connaissait que ce qu'il avait vu dans les films en noir et blanc et se doutait que tout cela était bien insuffisant: des rues apparemment trop étroites ou trop larges; des habitants gueulards qui se promenaient à la journée longue avec un pain français sous le bras et qui trinquaient à tout bout de champ; des policiers à bicyclettes qui avaient l'air aussi dangereux que des enfants d'école; des guidounes en jupes courtes et bas de fil, au décolleté plongeant, guettées par des souteneurs à paletot de gabardine, chapeau mou, cravate blanche sur chemise noire qui semblaient toujours sur le point de pousser une chansonnette d'Andrex; des appar-

tements ridicules avec des portes munies de rideaux entre chaque pièce, surveillées par des
concierges qui semblaient toujours tout savoir
et, surtout, de superbes femmes au chic sûr, à
la démarche unique, à la repartie facile, minces et vives, presque toujours blondes, drôles et
effrontées. Il apprendrait Paris par cœur, jusque dans ses recoins les plus reculés, en décou-
vrirait les beautés et les secrets, fouillant la face
cachée dont on ne parlait pas autant que la figure de grande dame qu'on essayait d'imposer,
remuant mer et monde pour en tirer une nourriture suffisante et se gavant jusqu'au bord de
l'apoplexie. Il reviendrait ensuite au bercail
parisienne jusqu'au bout des ongles et Montréal
ne pourrait que se rendre à ses moindres désirs! Un long coup de sifflet se fit entendre;
son cœur se serra. Cinq jours en mer! Mais on
lui avait juré (l'agence de voyages, bien sûr) que
le *Liberté* ne bougeait pas. Le pont ondula légèrement sous ses pieds; il blêmit. Sur le quai,
la foule était en délire. Même les passagers bla-
sés de la première classe se laissaient émouvoir
et envoyaient la main en se grattant un peu la
gorge. Édouard enleva son chapeau de feutre et,
d'un geste large, le lança dans le vide. Le chapeau descendit au milieu des serpentins qui se
déchiraient et des derniers confettis qui tombaient dans l'eau. Il pensa à la robe de lamé
noir qu'il porterait le soir même pour son premier souper à bord et sourit à New York qui
commençait à bouger.

Outremont,
1 er janvier 1982 — 31 juillet 1982.

En préparation : *Des nouvelles d'Édouard,* lettres
Le premier quartier de la lune,
roman

Ouvrages consultés

Quand on revoit tout ça de Juliette Petrie, Montréal, Les Productions Vieux Rêves Ltée et Les Éditions Juliette Petrie Enr., 1977

La Poune de Philippe Laframboise, Montréal, Les Éditions Héritage, 1978

Répertoire des œuvres de la littérature radiophonique québécoise 1930-1970 de Pierre Pagé, Montréal, Éditions Fides, 1975

Le burlesque au Québec de Chantal Hébert, Montréal, Hurtubise-HMH, 1981

Ouvrages déjà parus dans la collection
« Roman québécois »

389

34. Bertrand B. Leblanc, *Y sont fous le grand monde!*, 1979, 230 p.

35. Jacques Brillant, *Le soleil se cherche tout l'été*, 1979, 240 p.

36. Bertrand B. Leblanc, *Horace ou l'Art de porter la redingote*, 1980, 226 p.

37. Jean-Marie Poupart, *Angoisse Play*, 1980, 86 p.

38. Robert Gurik, *Jeune Délinquant*, 1980, 250 p.

39. Alain Poissant, *Dehors, les enfants!*, 1980, 142 p.

40. Jean-Paul Filion, *Cap Tourmente*, 1980, 164 p.

41. Jean-Marie Poupart, *le Champion de cinq heures moins dix*, 1980 302 p.

42. Michel Tremblay, *Thérèse et Pierrette à l'école des Saints-Anges*, 1980, 368 p.

43. Réal-Gabriel Bujold, *le P'tit Ministre-les-pommes*, 1980, 257 p.

44. Suzanne Martel, *Menfou Carcajou*, t. I: *Ville-Marie*, 1980, 254 p.

45. Suzanne Martel, *Menfou Carcajou*, t. II: *la Baie du Nord*, 1980, 202 p.

46. Julie Stanton, *Ma fille comme une amante*, 1981, 96 p.

47. Jacques Fillion, *Il est bien court, le temps des cerises*, 1981, 348 p.

48. Suzanne Paradis, *Il ne faut pas sauver les hommes*, 1981, 194 p.

49. Lionel Allard, *Mademoiselle Hortense ou l'École du septième rang*, 1981, 245 p.

50. Normand Rousseau, *le Déluge blanc*, 1981, 216 p.

51. Michel Bélil, *Greenwich*, 1981, 228 p.

52. Suzanne Paradis, *les Hauts Cris*, 1981, 190 p.

53. Laurent Dubé, *la Mariakèche*, 1981, 216 p.

54. Réal-Gabriel Bujold, *La sang-mêlé d'arrière-pays*, 1981, 316 p.

55. Antonine Maillet, *Cent ans dans les bois*, 1981, 358 p.

56. Laurier Melanson, *Zélika à Cochon Vert*, 1981, 157 p.

57. Claude Jasmin, *L'armoire de Pantagruel*, 1982, 142 p.

58. Jean-Paul Fugère, *En quatre journées*, 1982, 164 p.

59. Suzanne Paradis, *Emmanuelle en noir*, 1982, 211 p.

ACHEVÉ D'IMPRIMER SUR
LES PRESSES DES ATELIERS
MARQUIS DE MONTMAGNY
LE 10 NOVEMBRE 1982 POUR
LES ÉDITIONS LEMÉAC INC.